LES DENTS DU TIGRE

Maurice Leblanc est né en 1864 à Rouen. Après des études de droit, il se lance dans le journalisme. En 1907 paraît son premier ouvrage « policier » : *Arsène Lupin gentleman cambrioleur*. Le personnage devient immédiatement populaire et Leblanc en fait le héros d'une longue série d'aventures. Au total trente récits, parmi lesquels *Arsène Lupin contre Herlock Sholmès* (1908), *L'Aiguille creuse* (1909), *Le Bouchon de cristal* (1912), *Les Huit Coups de l'horloge* (1921), *La Cagliostro se venge* (1935)... Maurice Leblanc est mort en 1941 à Perpignan.

MAURICE LEBLANC

Les Dents du tigre

LE LIVRE DE POCHE

© Claude Leblanc et Librairie Générale Française, 1969.

ISBN : 978-2-253-00580-3 – 1re publication LGF

PREMIÈRE PARTIE

DON LUIS PERENNA

CHAPITRE PREMIER

D'ARTAGNAN, PORTHOS ET MONTE-CRISTO

À quatre heures et demie, M. Desmalions, le préfet de police, n'étant pas encore de retour, son secrétaire particulier rangea sur le bureau un paquet de lettres et de rapports qu'il avait annotés, sonna, et dit à l'huissier qui entrait par la porte principale :

« M. le préfet a convoqué pour cinq heures plusieurs personnes dont voici les noms. Vous les ferez attendre séparément, afin qu'elles ne puissent communiquer entre elles, et vous me donnerez leurs cartes. »

L'huissier sortit. Le secrétaire se dirigeait vers la petite porte qui donnait sur son cabinet, quand la porte principale fut rouverte et livra passage à un homme qui s'arrêta et s'appuya en chancelant contre le dossier d'un fauteuil.

« Tiens, fit le secrétaire, c'est vous, Vérot ? Mais qu'y a-t-il donc ? Qu'est-ce que vous avez ? »

L'inspecteur Vérot était un homme de forte corpulence, puissant des épaules, haut en couleur. Une émotion violente devait le bouleverser, car sa face striée de filaments sanguins, d'ordinaire congestionnée, paraissait presque pâle.

«Mais rien, monsieur le secrétaire.

— Mais si, vous n'avez plus votre air de santé... Vous êtes livide... Et puis ces gouttes de sueur...»

L'inspecteur Vérot essuya son front, et, se ressaisissant :

«Un peu de fatigue... Je me suis surmené ces jours-ci... Je voulais à tout prix éclaircir une affaire dont M. le préfet m'a chargé... Tout de même, c'est drôle, ce que j'éprouve.

— Voulez-vous un cordial ?

— Non, non, j'ai plutôt soif.

— Un verre d'eau ?

— Non... non...

— Alors ?

— Je voudrais... je voudrais...»

La voix s'embarrassait. Il eut un regard anxieux comme si, tout à coup, il n'eût pu prononcer d'autres paroles. Mais, reprenant le dessus :

«M. le préfet n'est pas là ?

— Non ; il ne sera là qu'à cinq heures, pour une réunion importante.

— Oui... je sais... très importante. C'est aussi pour cela qu'il m'a convoqué. Mais j'aurais voulu le voir avant. J'aurais tant voulu le voir !»

Le secrétaire examina Vérot et lui dit :

«Comme vous êtes agité ! Votre communication a donc tellement d'intérêt ?

— Un intérêt considérable. Il s'agit d'un crime qui a eu lieu il y a un mois, jour pour jour... Et il s'agit surtout d'empêcher deux assassinats qui sont la conséquence de ce crime et qui doivent être commis cette nuit... Oui, cette nuit, fatalement, si nous ne prenons pas les mesures nécessaires.

— Voyons, asseyez-vous, Vérot.

— Ah ! c'est que tout cela est combiné d'une façon si diabolique ! Non, on ne s'imagine pas...

— Mais puisque vous êtes prévenu, Vérot... puisque M. le préfet va vous donner tout pouvoir...

— Oui, évidemment... évidemment... Mais tout de même c'est effrayant de penser que je pourrais ne pas le rencontrer. Alors j'ai eu l'idée d'écrire cette lettre où je lui raconte tout ce que je sais sur l'affaire. C'était plus prudent. »

Il remit une grande enveloppe jaune au secrétaire, et il ajouta :

« Tenez, voici une petite boîte également que je mets sur cette table. Elle contient quelque chose qui sert de complément et d'explication au contenu de la lettre.

— Mais pourquoi ne gardez-vous pas tout cela ?

— J'ai peur... On me surveille... On cherche à se débarrasser de moi... Je ne serai tranquille que quand je ne serai plus seul à connaître le secret.

— Ne craignez rien, Vérot. M. le préfet ne saurait tarder à arriver. Jusque-là je vous conseille de passer à l'infirmerie et de demander un cordial. »

L'inspecteur parut indécis. De nouveau il essuya son front qui dégouttait. Puis, se raidissant, il sortit.

Une fois seul, le secrétaire glissa la lettre dans un dossier volumineux étalé sur le bureau du préfet et s'en alla par la porte qui communiquait avec son cabinet particulier.

Il l'avait à peine refermée que la porte de l'antichambre fut rouverte encore une fois et que l'inspecteur rentra, en bégayant :

« Monsieur le secrétaire... il est préférable que je vous montre... »

Le malheureux était blême. Il claquait des dents. Quand il s'aperçut que la pièce était vide, il voulut marcher vers le cabinet du secrétaire. Mais une défaillance le prit, et il s'écroula sur une chaise où il demeura quelques minutes, anéanti, la voix gémissante.

« Qu'est-ce que j'ai ?... Est-ce du poison, moi aussi ? Oh j'ai peur... j'ai peur... »

Le bureau se trouvait à portée de sa main. Il saisit un crayon, approcha un bloc-notes et commença à griffonner des mots. Mais il balbutia :

«Mais non, pas la peine, puisque le préfet va lire ma lettre... Qu'est-ce que j'ai donc ? Oh ! j'ai peur...»

D'un coup il se dressa sur ses jambes et articula :

«Monsieur le secrétaire, il faut... il faut que... C'est pour cette nuit... Rien au monde n'empêchera...»

À petits pas, comme un automate, tendu par un effort de toute sa volonté, il avança vers la porte du cabinet. Mais, en route, il vacilla et dut s'asseoir une seconde fois.

Une terreur folle le secoua et il poussa des cris, si faibles, hélas ! qu'on ne pouvait l'entendre. Il s'en rendit compte, et du regard chercha une sonnette, un timbre, mais il n'y voyait plus. Un voile d'ombre semblait peser sur ses yeux.

Alors il tomba à genoux, rampa jusqu'au mur, battant l'air d'une main, comme un aveugle, et finit par toucher des boiseries. C'était le mur de séparation. Il le longea. Malheureusement son cerveau confus ne lui présentait plus qu'une image trompeuse de la pièce, de sorte qu'au lieu de tourner vers la gauche, comme il l'eût dû, il suivit le mur à droite, derrière un paravent qui masquait une petite porte.

Sa main ayant rencontré la poignée de cette porte, il réussit à ouvrir. Il balbutia : «Au secours... au secours...» et s'abattit dans une sorte de réduit qui servait de toilette au préfet de police.

«Cette nuit ! gémissait-il, croyant qu'on l'entendait et qu'il se trouvait dans le cabinet du secrétaire, cette nuit... le coup est pour cette nuit... Vous verrez... la marque des dents... quelle horreur !... Comme je souffre !... Au secours ! C'est le poison... Sauvez-moi !»

La voix s'éteignit. Il dit plusieurs fois, comme dans un cauchemar :

«Les dents... les dents blanches... elles se referment !...»

Puis la voix s'affaiblit encore, des sons indistincts sortirent de ses lèvres blêmes. Sa bouche parut mâcher dans le vide, comme celle de certains vieillards qui ruminent interminablement. Sa tête s'inclina peu à peu sur sa poitrine. Il poussa deux ou trois soupirs, fut secoué d'un grand frisson et ne bougea plus.

Et le râle de l'agonie commença, très bas, d'un rythme égal, avec des interruptions où un effort suprême de l'instinct semblait ranimer le souffle vacillant de l'esprit et susciter dans les yeux éteints comme des lueurs de conscience.

À cinq heures moins dix, le préfet de police entrait dans son cabinet de travail.

M. Desmalions, qui occupait son poste depuis quelques années avec une autorité à laquelle tout le monde rendait hommage, était un homme de cinquante ans, lourd d'aspect, mais de figure intelligente et fine. Sa mise — veston et pantalon gris, guêtres blanches, cravate flottante — n'avait rien d'une mise de fonctionnaire. Les manières étaient dégagées, simples, pleines de bonhomie et de rondeur.

Ayant sonné, il fut aussitôt rejoint par son secrétaire auquel il demanda :

«Les personnes que j'ai convoquées sont ici ?

— Oui, monsieur le préfet, et j'ai donné l'ordre qu'on les fît attendre dans des pièces différentes.

— Oh ! il n'y avait pas d'inconvénient à ce qu'elles pussent communiquer entre elles. Cependant... cela vaut mieux. J'espère que l'ambassadeur des États-Unis ne s'est pas dérangé lui-même ?...

— Non, monsieur le préfet.

« — Vous avez les cartes de ces messieurs ?
— Voici. »

Le préfet de police prit les cinq cartes qu'on lui tendait et lut :

ARCHIBALD BRIGHT, *premier secrétaire de l'ambassade des États-Unis.*

MAÎTRE LEPERTUIS, *notaire.*

JUAN CACÉRÈS, *attaché à la légation du Pérou.*

LE COMMANDANT COMTE D'ASTRIGNAC, *en retraite.*

La cinquième carte portait simplement un nom sans adresse ni autre désignation

DON LUIS PERENNA.

« J'ai bien envie de le voir, celui-là, fit M. Desmalions. Il m'intéresse diablement !... Vous avez lu le rapport de la Légion étrangère ?

— Oui, monsieur le préfet, et j'avoue que, moi aussi, ce monsieur m'intrigue...

— N'est-ce pas ? Quel courage ! Une sorte de fou héroïque et vraiment prodigieux. Et puis ce surnom d'Arsène Lupin, que ses camarades lui avaient donné, tellement il les dominait et les stupéfiait !... Il y a combien de temps qu'Arsène Lupin est mort ?

— Deux ans avant la guerre, monsieur le préfet. On a retrouvé son cadavre et celui de Mme Kesselbach sous les décombres d'un petit chalet incendié, non loin de la frontière du Luxembourg[1]. L'enquête a prouvé qu'il avait étranglé cette monstrueuse Mme Kesselbach, dont les crimes furent

1. Voir *813.*

12

découverts par la suite, et qu'il s'était pendu après avoir mis le feu au chalet.

— C'est bien la fin que méritait ce damné personnage, dit M. Desmalions, et j'avoue que, pour ma part, je préfère de beaucoup n'avoir pas à le combattre... Voyons, où en sommes-nous ? Le dossier de l'héritage Mornington est prêt ?

— Sur votre bureau, monsieur le préfet.

— Bien. Mais j'oubliais... L'inspecteur Vérot est-il arrivé ?

— Oui, monsieur le préfet, il doit être à l'infirmerie, en train de se réconforter.

— Qu'est-ce qu'il avait donc ?

— Il m'a paru dans un drôle d'état, assez malade.

— Comment ? Expliquez-moi donc... »

Le secrétaire raconta l'entrevue qu'il avait eue avec l'inspecteur Vérot.

« Et vous dites qu'il m'a laissé une lettre ? fit M. Desmalions d'un air soucieux. Où est-elle ?

— Dans le dossier, monsieur le préfet.

— Bizarre... tout cela est bizarre. Vérot est un inspecteur de premier ordre, d'un esprit très rassis, et s'il s'inquiète ce n'est pas à la légère. Ayez donc l'obligeance de me l'amener. Pendant ce temps-là, je vais prendre connaissance du courrier. »

Le secrétaire s'en alla rapidement. Quand il revint, cinq minutes plus tard, il annonça, d'un air surpris, qu'il n'avait pas trouvé l'inspecteur Vérot.

« Et ce qu'il y a de plus curieux, monsieur le préfet, c'est que l'huissier qui l'avait vu sortir d'ici l'a vu rentrer presque aussitôt, et qu'il ne l'a pas vu sortir une seconde fois.

— Peut-être n'aura-t-il fait que traverser cette pièce pour passer chez vous.

— Chez moi, monsieur le préfet ? Je n'ai pas bougé de chez moi.

— Alors c'est incompréhensible...

13

— Incompréhensible... à moins d'admettre que l'huissier ait eu un moment d'inattention puisque Vérot n'est ni ici ni à côté.

— Évidemment. Sans doute aura-t-il été prendre l'air et va-t-il revenir d'un instant à l'autre. Je n'ai d'ailleurs pas besoin de lui dès le début. »

Le préfet regarda sa montre.

« Cinq heures dix. Veuillez dire à l'huissier qu'il introduise ces messieurs... Ah ! cependant... »

M. Desmalions hésita. En feuilletant le dossier, il avait trouvé la lettre de Vérot. C'était une grande enveloppe de commerce jaune, au coin de laquelle se trouvait l'inscription : « Café du Pont-Neuf. »

Le secrétaire insinua :

« Étant donné l'absence de Vérot et les paroles qu'il m'a dites, je crois urgent, monsieur le préfet, que vous preniez connaissance de cette lettre. »

M. Desmalions réfléchit.

« Oui, peut-être avez-vous raison. »

Puis, se décidant, il mit un stylet dans le haut de l'enveloppe et coupa vivement. Un cri lui échappa :

« Ah ! non, celle-là est raide.

— Qu'est-ce qu'il y a donc, monsieur le préfet ?

— Ce qu'il y a ? Tenez... une feuille de papier blanc... Voilà tout ce que contient l'enveloppe.

— Impossible !

— Regardez... une simple feuille pliée en quatre... Pas un mot dessus.

— Pourtant Vérot m'a dit, en propres termes, qu'il avait mis là-dedans tout ce qu'il savait de l'affaire...

— Il vous l'a dit, mais vous voyez bien... Vraiment, si je ne connaissais pas l'inspecteur Vérot, je croirais à une plaisanterie...

— Une distraction, monsieur le préfet, tout au plus.

— Certes, une distraction, mais qui m'étonne de sa part. On n'a pas de distraction quand il s'agit de la vie de deux personnes. Car il vous a bien averti qu'un double assassinat était combiné pour cette nuit ?

— Oui, monsieur le préfet, pour cette nuit, et dans des conditions particulièrement effrayantes... diaboliques, m'a-t-il dit. »

M. Desmalions se promenait à travers la pièce, les mains au dos. Il s'arrêta devant une petite table.

« Qu'est-ce que c'est que ce paquet à mon adresse ? "Monsieur le préfet de police... À ouvrir en cas d'accident."

— En effet, dit le secrétaire, je n'y pensais pas... C'est encore de l'inspecteur Vérot, une chose importante selon lui, et qui sert de complément et d'explication au contenu de la lettre.

— Ma foi, dit M. Desmalions, qui ne pu s'empêcher de sourire, la lettre en a besoin d'explication, et, quoiqu'il ne soit pas question d'accident, je n'hésite pas. »

Tout en parlant, il avait coupé une ficelle et découvert, sous le papier qui l'enveloppait, une boîte, une petite boîte en carton, comme les pharmaciens en emploient, mais salie celle-là, abîmée par l'usage qu'on en avait fait.

Il souleva le couvercle.

Dans le carton, il y avait des feuilles d'ouate, assez malpropres également, et au milieu de ces feuilles une demi-tablette de chocolat.

« Que diable cela veut-il dire ? » marmotta le préfet avec étonnement.

Il prit le chocolat, le regarda, et tout de suite son examen lui montra ce que cette tablette, de matière un peu molle, offrait de particulier, et les raisons certaines pour lesquelles l'inspecteur Vérot l'avait conservée. En dessus et en dessous, elle portait des empreintes de dents, très nettement dessinées, très nettement détachées les unes des autres, enfoncées de deux ou trois millimètres dans le bloc de chocolat, chacune ayant sa forme et sa largeur spéciales, et chacune écartée des autres par un intervalle différent. La mâchoire qui avait ainsi commencé à croquer la tablette avait incrusté la marque de quatre de ses dents supérieures et de cinq dents du bas.

M. Desmalions resta pensif, et, la tête baissée, il reprit durant quelques minutes sa promenade de long en large, en murmurant :

« Bizarre ! Il y a là une énigme dont je voudrais bien avoir le mot... Cette feuille de papier, ces empreintes de dents... Que signifie toute cette histoire ? »

Mais, comme il n'était pas homme à s'attarder longtemps à une énigme dont la solution devait lui être révélée d'un moment à l'autre, puisque l'inspecteur Vérot se trouvait dans la préfecture même, ou aux environs, il dit à son secrétaire :

« Je ne puis faire attendre ces messieurs plus longtemps. Veuillez donner l'ordre qu'on les fasse entrer. Si l'inspecteur Vérot arrive durant la réunion, comme cela est inévitable, prévenez-moi aussitôt. J'ai hâte de le voir. Sauf cela, qu'on ne me dérange sous aucun prétexte, n'est-ce pas ? »

Deux minutes après, l'huissier introduisait maître Lepertuis, gros homme rubicond, à lunettes et à favoris, puis le secrétaire d'ambassade, Archibald Bright, et l'attaché péruvien Cacérès. M. Desmalions, qui les connaissait tous trois, s'entretint avec eux et ne les quitta que pour aller au-devant du commandant comte d'Astrignac, le héros de la Chouia, que ses blessures glorieuses avaient contraint à une retraite prématurée, et auquel il adressa quelques mots chaleureux sur sa belle conduite au Maroc.

La porte s'ouvrit encore une fois.

« Don Luis Perenna, n'est-ce pas ? » dit le préfet en tendant la main à un homme de taille moyenne, plutôt mince, décoré de la médaille militaire et de la Légion d'honneur, et que sa physionomie, que son regard, que sa façon de se tenir et son allure

16

très jeune permettaient de considérer comme un homme de quarante ans, bien que certaines rides au coin des yeux et sur le front indiquassent quelques années de plus.

Il salua.

«Oui, monsieur le préfet.»

Le commandant d'Astrignac s'écria:

«C'est donc vous, Perenna! Vous êtes donc encore de ce monde?

— Ah! mon commandant! Quel plaisir de vous revoir!

— Perenna vivant! Mais quand j'ai quitté le Maroc, on était sans nouvelles de vous. On vous croyait mort.

— Je n'étais que prisonnier.

— Prisonnier des tribus, c'est la même chose.

— Pas tout à fait, mon commandant, on s'évade de partout… La preuve…»

Durant quelques secondes, le préfet de police examina, avec une sympathie dont il ne pouvait se défendre, ce visage énergique, à l'expression souriante, aux yeux francs et résolus, au teint bronzé comme cuit et recuit par le feu du soleil.

Puis, faisant signe aux assistants de prendre place autour de son bureau, lui-même s'assit et s'expliqua de la sorte, en un préambule articulé nettement et lentement:

«La convocation que j'ai adressée à chacun de vous, messieurs, a dû vous paraître quelque peu sommaire et mystérieuse… Et la manière dont je vais entamer notre conversation ne sera point pour atténuer votre étonnement. Mais, si vous voulez m'accorder quelque crédit, il vous sera facile de constater qu'il n'y a rien dans tout cela que de très simple et de très naturel. D'ailleurs, je serai aussi bref que possible.»

Il ouvrit devant lui le dossier préparé par son secrétaire, et, tout en consultant les notes, il reprit:

«Quelques années avant la guerre de 1870, trois

sœurs, trois orphelines âgées de vingt-deux, de vingt et de dix-huit ans. Ermeline, Élisabeth et Armande Roussel, habitaient Saint-Étienne avec un cousin germain du nom de Victor, plus jeune de quelques années.

«L'aînée, Ermeline, quitta Saint-Étienne la première pour suivre à Londres un Anglais du nom de Mornington, qu'elle devait épouser et dont elle eut un fils qui reçut le prénom de Cosmo. Le ménage était pauvre et traversa de rudes épreuves. Plusieurs fois, Ermeline écrivit à ses sœurs pour leur demander quelques secours. Ne recevant pas de réponse, elle cessa toute correspondance. Vers 1875, M. et Mme Mornington partirent pour l'Amérique. Cinq ans plus tard, ils étaient riches. M. Mornington mourut en 1883, mais sa femme continua de gérer la fortune qui lui était léguée, et comme elle avait le génie de la spéculation et des affaires elle porta cette fortune à un chiffre colossal. Quand elle décéda, en 1905, elle laissait à son fils la somme de 400 millions.»

Le chiffre parut faire quelque impression sur les assistants. Le préfet, ayant surpris un regard entre le commandant et don Luis Perenna, leur dit:

«Vous avez connu Cosmo Mornington, n'est-ce pas?

— Oui, monsieur le préfet, répliqua le comte d'Astrignac, Il séjournait au Maroc quand nous y combattions, Perenna et moi.

— En effet, reprit M. Desmalions, Cosmo Mornington s'était mis à voyager. Il s'occupait de médecine, m'a-t-on dit, et donnait ses soins, lorsque l'occasion s'en présentait, avec beaucoup de compétence, et gratuitement bien entendu. Il habita l'Égypte, puis l'Algérie et le Maroc, et, à la fin de 1914, passa en Amérique pour y soutenir la cause des Alliés. L'année dernière, après l'armistice, il s'établit à Paris. Il y est mort voici quatre semaines, à la suite de l'accident le plus stupide.

— Une piqûre mal faite, n'est-ce pas, monsieur le préfet? dit le secrétaire d'ambassade des États-Unis. Les journaux ont parlé de cela, et nous-mêmes, à l'ambassade, nous avons été prévenus.

— Oui, déclara M. Desmalions. Pour se remettre d'une longue influenza qui l'avait tenu au lit tout l'hiver, M. Mornington, sur l'ordre de son docteur, se faisait des piqûres de glycéro-phosphate de soude. L'une de ces piqûres n'ayant pas été entourée, évidemment, de toutes les précautions nécessaires, la plaie s'envenima avec une rapidité foudroyante. En quelques heures, M. Mornington était emporté. »

Le préfet de police se retourna vers le notaire et lui dit :

« Mon résumé est-il conforme à la réalité, maître Lepertuis ?

— Exactement conforme, monsieur le préfet. »

M. Desmalions reprit :

« Le lendemain matin, maître Lepertuis se présentait ici, et, pour des raisons que la lecture de ce document vous expliquera, me montrait le testament de Cosmo Mornington que celui-ci avait déposé entre ses mains. »

Tandis que le préfet compulsait les papiers, maître Lepertuis ajouta :

« Monsieur le préfet me permettra de spécifier que je n'ai vu mon client, avant d'être appelé à son lit de mort, qu'une seule fois : le jour où il me manda dans la chambre de son hôtel pour me remettre le testament qu'il venait d'écrire. C'était au début de son influenza. Dans notre conversation, il me confia qu'il avait fait, en vue de retrouver la famille de sa mère, quelques recherches qu'il comptait poursuivre sérieusement après sa guérison. Les circonstances l'en empêchèrent. »

Cependant le préfet de police avait sorti du dossier une enveloppe ouverte qui contenait deux feuilles de papier. Il déplia la plus grande et dit :

«Voici le testament. Je vous demanderai d'en écouter la lecture avec attention, ainsi que celle de la pièce annexe qui l'accompagne:

«Je, soussigné Cosmo Mornington, fils légitime de Hubert Mornington et d'Ermeline Roussel, naturalisé citoyen des États-Unis, lègue à mon pays d'adoption la moitié de ma fortune, pour être employée en œuvres de bienfaisance, conformément aux instructions écrites de ma main, que maître Lepertuis voudra bien transmettre à l'ambassade des États-Unis.

«Pour les deux cents millions environ constitués par mes dépôts dans diverses banques de Paris et de Londres, dépôts dont la liste est en l'étude de maître Lepertuis, je les lègue, en souvenir de ma mère bien-aimée, d'abord à sa sœur préférée, Élisabeth Roussel, ou aux héritiers en ligne directe d'Élisabeth Roussel — sinon à sa seconde sœur, Armande Roussel, ou aux héritiers directs d'Armande —, sinon, à leur défaut, à leur cousin Victor ou à ses héritiers directs.

«Au cas où je disparaîtrais sans avoir retrouvé les membres survivants de la famille Roussel ou du cousin des trois sœurs, je demande à mon ami don Luis Perenna de faire toutes les recherches nécessaires. Je le nomme à cet effet mon exécuteur testamentaire pour la partie européenne de ma fortune, et je le prie de prendre en main la conduite des événements qui pourraient survenir après ma mort, ou par suite de ma mort, de se considérer comme mon représentant, et d'agir en tout pour le bien de ma mémoire et l'accomplissement de mes volontés. En reconnaissance de ce service, et en mémoire des deux fois où il me sauva la vie, il voudra bien accepter la somme d'un million.»

Le préfet s'interrompit quelques instants. Don Luis murmura:

«Pauvre Cosmo... Je n'avais pas besoin de cela pour remplir ses derniers vœux.»

« En outre, continua M. Desmalions reprenant sa lecture, en outre, si, trois mois après ma mort, les recherches faites par don Luis Perenna et par maître Lepertuis n'ont pas abouti, si aucun héritier ni aucun survivant de la famille Roussel ne s'est présenté pour recueillir l'héritage, la totalité des deux cents millions sera définitivement, et quelles que puissent être les réclamations ultérieures, acquise à mon ami don Luis Perenna. Je le connais assez pour savoir qu'il fera de cette fortune un emploi conforme à la noblesse de ses desseins et à la grandeur des projets dont il m'entretenait, avec un tel enthousiasme, sous la tente marocaine. »

M. Desmalions s'arrêta de nouveau et leva les yeux sur don Luis. Il demeurait impassible, silencieux. Une larme pourtant brilla à la pointe de ses cils. Le comte d'Astrignac lui dit :

« Mes félicitations, Perenna.

— Mon commandant, répondit-il, je vous ferai remarquer que cet héritage est subordonné à une condition. Et je vous jure bien que, si cela dépend de moi, les survivants de la famille Roussel seront retrouvés.

— J'en suis sûr, dit l'officier, je vous connais.

— En tout cas, demanda le préfet de police à don Luis, cet héritage... conditionnel, vous ne le refusez pas ?

— Ma foi non, dit Perenna en riant. Il y a des choses qu'on ne refuse pas.

— Ma question, dit le préfet, est motivée par ce dernier paragraphe du testament :

« Si, pour une raison ou pour une autre, mon ami Perenna refusait cet héritage, ou bien s'il était mort avant la date fixée pour le recueillir, je prie M. l'ambassadeur des États-Unis et M. le préfet de police de s'entendre sur les moyens de construire à Paris et d'entretenir une université réservée aux étudiants et aux artistes de nationalité américaine. M. le préfet de police voudra bien en tout cas prélever une somme de trois cent mille francs qu'il versera dans la caisse de ses agents. »

M. Desmalions replia la feuille de papier et en prit une autre.

« À ce testament est joint un codicille constitué par une lettre que M. Mornington écrivit quelque temps après à maître Lepertuis, et où il s'explique sur certains points de façon plus précise :

« Je demande à maître Lepertuis d'ouvrir mon testament le lendemain de ma mort, en présence de M. le préfet de police, lequel voudra bien tenir la chose entièrement secrète durant un mois. Un mois après, jour pour jour, il aura l'obligeance de réunir dans son cabinet un membre important de l'ambassade des États-Unis, maître Lepertuis et don Luis Perenna. Après lecture, un chèque d'un million devra être remis à mon légataire et ami don Luis Perenna sur le simple examen de ses papiers et sur la simple constatation de son identité. J'aimerais que cette constatation fût faite : au point de vue de la personne, par le commandant comte d'Astrignac, qui fut son chef au Maroc et qui, malheureusement, a dû prendre une retraite prématurée ; au point de vue de l'origine, par un membre de la légation du Pérou, puisque don Luis Perenna, bien qu'ayant conservé la nationalité espagnole, est né au Pérou.

« En outre, j'exige que mon testament ne soit communiqué aux héritiers Roussel que deux jours plus tard, et en l'étude de maître Lepertuis.

« Enfin — et ceci est la dernière expression de mes volontés pour ce qui concerne l'attribution de ma fortune et le mode de procéder à cette attribution —, M. le préfet voudra bien convoquer une seconde fois les mêmes personnes dans son cabinet à une date qui pourra être choisie par lui entre le soixantième et le quatre-vingt-dixième jour qui suivra la première réunion. C'est alors, et alors seulement, que l'héritier définitif sera désigné d'après ses droits et proclamé ; et nul ne pourra l'être s'il n'assiste à cette séance, à l'issue de laquelle don Luis Perenna, qui devra s'y rendre également, deviendra l'héritier définitif, si, comme je l'ai dit, aucun survivant de la famille Roussel et du cousin Victor ne s'est présenté pour recueillir l'héritage. »

« Tel est le testament de M. Cosmo Mornington, conclut le préfet de police, et telles sont les raisons de votre présence ici, messieurs. Une sixième personne doit être introduite tout à l'heure, un de mes agents que j'ai chargé de faire une première enquête sur la famille Roussel et qui vous rendra compte de ses recherches. Mais, pour l'instant, nous devons procéder conformément aux prescriptions du testateur. Les papiers que, sur ma demande, don Luis Perenna m'a fait remettre, il y a deux semaines, et que j'ai examinés moi-même, sont parfaitement en règle. Au point de vue de l'origine, j'ai prié M. le ministre du Pérou de vouloir bien réunir les renseignements les plus précis.

— C'est à moi, monsieur le préfet, dit M. Cacérès, l'attaché péruvien, que M. le ministre du Pérou a confié cette mission. Elle fut facile à remplir. Don Luis Perenna est d'une vieille famille espagnole émigrée il y a trente ans, mais qui a conservé ses terres et ses propriétés d'Europe. De son vivant, le père de don Luis, que j'ai rencontré en Amérique, parlait de son fils unique avec ferveur. C'est notre légation qui a appris au fils, voilà cinq ans, la mort du père. Voici la copie de la lettre écrite au Maroc.

— Et voilà la lettre elle-même, communiquée par don Luis Perenna, dit le préfet de police. Et vous, mon commandant, vous reconnaissez le légionnaire Perenna qui combattit sous vos ordres ?

— Je le reconnais, dit le comte d'Astrignac.

— Sans erreur possible ?

— Sans erreur possible et sans le moindre sentiment d'hésitation. »

Le préfet de police se mit à rire et insinua :

« Vous reconnaissez le légionnaire Perenna que ses camarades, par une sorte d'admiration stupéfiée pour ses exploits, appelaient Arsène Lupin ?

— Oui, monsieur le préfet, riposta le commandant, celui que ses camarades appelaient Arsène Lupin, mais que ses chefs appelaient tout court : *le héros*, celui dont nous disions qu'il était brave comme d'Artagnan, fort comme Porthos...

— Et mystérieux comme Monte-Cristo, dit en riant le préfet de police. Tout cela en effet se trouve dans le rapport que j'ai reçu du 4e régiment de la Légion étrangère, rapport inutile à lire dans son entier, mais où je constate ce fait inouï que le légionnaire Perenna, en l'espace de deux ans, fut décoré de la médaille militaire, décoré de la Légion d'honneur pour services exceptionnels, et cité sept fois à l'ordre du jour. Je relève au hasard...

— Monsieur le préfet, je vous en supplie, protesta don Luis, ce sont là des choses banales, et je ne vois pas l'intérêt...

— Un intérêt considérable, affirma M. Desmalions. Ces messieurs sont ici, non pas seulement pour entendre la lecture d'un testament, mais aussi pour en autoriser l'exécution dans la seule de ses clauses qui soit immédiatement exécutoire : la délivrance d'un legs s'élevant à un million. Il faut donc que la religion de ces messieurs soit éclairée sur le bénéficiaire de ce legs. Par conséquent, je continue...

— Alors, monsieur le préfet, dit Perenna en se levant et en se dirigeant vers la porte, vous me permettrez...

— Demi-tour !... Halte !... Fixe ! » ordonna le commandant d'Astrignac d'un ton de plaisanterie.

Il ramena don Luis en arrière au milieu de la pièce et le fit asseoir.

« Monsieur le préfet, je demande grâce pour mon ancien compagnon d'armes, dont la modestie serait, en effet, mise à une trop rude épreuve si on lisait devant lui le récit de ses prouesses. D'ailleurs, le rapport est ici et chacun peut le consulter. D'avance, et sans le connaître, je souscris aux éloges qu'il contient, et je déclare que dans ma carrière militaire, si remplie pourtant, je n'ai jamais rencontré un soldat qui pût être comparé au légionnaire Perenna. Cependant, j'en ai vu des gaillards là-bas, des sortes de démons comme on n'en trouve qu'à la Légion, qui se font crever la peau pour le plaisir, pour la rigolade, comme ils disent, histoire d'épater le voisin. Mais aucun ne venait à la cheville de Perenna. Celui que nous appelions d'Artagnan, Porthos, de Bussy, méritait d'être mis en parallèle avec les héros les plus étonnants de la légende et de la réalité. Je l'ai vu accomplir des choses que je ne voudrais pas raconter sous peine d'être traité d'imposteur, des choses si invraisemblables qu'aujourd'hui, de sang-froid, je me demande si je suis sûr de les avoir vues. Un jour, à Settat, comme nous étions poursuivis...

— Un mot de plus, mon commandant, s'écria gaiement don Luis, et je sors, tout de bon cette fois. Vrai, vous avez une façon d'épargner ma modestie...

— Mon cher Perenna, reprit le comte d'Astrignac, je vous ai toujours dit que vous aviez toutes les qualités et un seul défaut : c'est de n'être pas Français.

— Et je vous ai toujours répondu, mon commandant, que j'étais Français par ma mère, et que je l'étais aussi de cœur et de tempérament. Il y a des choses que l'on ne peut accomplir que si l'on est Français. »

Les deux hommes se serrèrent la main de nouveau affectueusement.

« Allons, dit le préfet de police, qu'il ne soit plus question de vos prouesses, monsieur, ni de ce rapport. J'y relèverai cependant ceci, c'est qu'au cours de l'été 1915 vous êtes tombé dans une embuscade de quarante Berbères, que vous avez été capturé et que vous n'avez reparu à la Légion que le mois dernier.

— Oui, monsieur le préfet, pour être désarmé, mes cinq années d'engagement étant largement dépassées.

— Mais comment M. Cosmo Mornington a-t-il pu vous désigner comme légataire puisque, au moment où il rédigeait son testament, vous étiez disparu depuis quatre ans ?

— Cosmo et moi, nous correspondions.

— Hein ?

— Oui, et je lui avais annoncé mon évasion prochaine et mon retour à Paris.

— Mais par quel moyen ?... Où étiez-vous ? Et comment vous fut-il possible ?... »

Don Luis sourit sans répondre.

« Monte-Cristo, cette fois, dit M. Desmalions, le mystérieux Monte-Cristo...

— Monte-Cristo, si vous voulez, monsieur le préfet. Le mystère de ma captivité, de mon évasion, bref, de toute ma vie pendant la guerre, est en effet assez étrange. Peut-être un jour sera-t-il intéressant de l'éclaircir. Je demande un peu de crédit. »

Il y eut un silence. M. Desmalions examina de nouveau ce singulier personnage, et il ne put s'empêcher de dire, comme s'il eût obéi à une association d'idées dont lui-même ne se fût pas rendu compte :

« Un mot encore... le dernier. Pour quelles raisons vos camarades vous donnaient-ils ce surnom bizarre d'Arsène Lupin ? Était-ce seulement une allusion à votre audace, à votre force physique ?

— Il y avait autre chose, monsieur le préfet, la découverte d'un vol très curieux, dont certains détails, inexplicables en apparence, m'avaient permis de désigner l'auteur.

— Vous avez donc le sens de ces affaires ?

26

— Oui, monsieur le préfet, une certaine aptitude que j'eus l'occasion d'exercer plusieurs fois en Afrique. D'où mon surnom d'Arsène Lupin, dont on parlait beaucoup à cette époque, à la suite de sa mort.

— Ce vol était important ?

— Assez, et commis justement au préjudice de Cosmo Mornington, qui habitait alors la province d'Oran. C'est de là que datent nos relations. »

Il y eut un nouveau silence, et don Luis ajouta :

« Pauvre Cosmo !... Cette aventure lui avait donné une confiance inébranlable dans mes petits talents de policier. Il me disait toujours : Perenna, si je meurs assassiné (c'était une idée fixe chez lui qu'il mourrait de mort violente), si je meurs assassiné, jurez-moi de poursuivre le coupable. »

— Ses pressentiments n'étaient pas justifiés, dit le préfet de police. Cosmo Mornington n'a pas été assassiné.

— C'est ce qui vous trompe, monsieur le préfet », déclara Don Luis.

M. Desmalions sursauta.

« Quoi ! Qu'est-ce que vous dites ? Cosmo Mornington...

— Je dis que Cosmo Mornington n'est pas mort, comme on le croit, d'une piqûre mal faite, mais il est mort, comme il le redoutait, de mort violente.

— Mais, monsieur, votre assertion ne repose sur rien.

— Sur la réalité, monsieur le préfet.

— Étiez-vous là ? Savez-vous quelque chose ?

— Je n'étais pas là le mois dernier. J'avoue même que, quand je suis arrivé à Paris, n'ayant pas lu les journaux de façon régulière, j'ignorais la mort de Cosmo. C'est vous, monsieur le préfet, qui me l'avez apprise tout à l'heure.

— En ce cas, monsieur, vous n'en pouvez connaître que ce que j'en connais, et vous devez vous en remettre aux constatations du médecin.

— Je le regrette, mais, pour ma part, ces constatations sont insuffisantes.

— Mais enfin, monsieur, de quel droit cette accusation ? Avez-vous une preuve ?

— Oui.

— Laquelle ?

— Vos propres paroles, monsieur le préfet.

— Mes paroles ?

— Celles-ci, monsieur le préfet. Vous avez dit, d'abord, que Cosmo Mornington s'occupait de médecine et qu'il pratiquait avec beaucoup de compétence, et, ensuite, qu'il s'était fait une piqûre qui, mal donnée, avait provoqué une inflammation mortelle et l'avait emporté en quelques heures.

— Oui.

— Eh bien, monsieur le préfet, j'affirme qu'un monsieur qui s'occupe de médecine avec beaucoup de compétence et qui soigne des malades comme le faisait Cosmo Mornington, est incapable de se donner une piqûre sans l'entourer de toutes les précautions antiseptiques nécessaires. J'ai vu Cosmo à l'œuvre, je sais comment il s'y prenait.

— Alors ?

— Alors, le médecin a écrit un certificat comme le font tous les médecins quand un indice quelconque n'éveille pas leurs soupçons.

— De sorte que votre avis ?…

— Maître Lepertuis, demanda Perenna en se tournant vers le notaire, lorsque vous fûtes appelé au lit de mort de M. Mornington, vous n'avez rien remarqué d'anormal ?

— Non, rien. M. Mornington était entré dans le coma.

— Il est déjà bizarre, nota don Luis, qu'une piqûre, si mauvaise qu'elle soit, produise des résultats si rapides. Il ne souffrait pas ?

— Non… ou plutôt si… si, je me rappelle, le visage offrait des taches brunes que je n'avais pas vues la première fois.

28

— Des taches brunes? Cela confirme mon hypothèse Cosmo Mornington a été empoisonné.

— Mais comment? s'écria le préfet.

— Par une substance quelconque que l'on aura introduite dans une des ampoules de glycéro-phosphate, ou dans la seringue dont se servait le malade.

— Mais le médecin? ajouta M. Desmalions.

— Maître Lepertuis, reprit Perenna, avez-vous fait observer au médecin la présence de ces taches brunes?

— Oui, il n'y attacha aucune importance.

— C'était son médecin ordinaire?

— Non. Son médecin ordinaire, le docteur Pujol, un de mes amis précisément, et qui m'avait adressé à lui comme notaire, était malade. Celui que j'ai vu à son lit de mort devait être un médecin du quartier.

— Voici son nom et son adresse, dit le préfet de police qui avait cherché le certificat dans le dossier. Docteur Bellavoine, 14, rue d'Astorg.

— Vous avez un annuaire des médecins, monsieur le préfet? »

M. Desmalions ouvrit un annuaire qu'il feuilleta. Au bout d'un instant, il déclarait:

« Il n'y a pas de docteur Bellavoine, et aucun docteur n'habite au 14 de la rue d'Astorg. »

Un assez long silence suivit cette déclaration. Le secrétaire d'ambassade et l'attaché péruvien avaient suivi l'entretien avec un intérêt passionné. Le commandant d'Astrignac hochait la tête d'un air approbateur: pour lui Perenna ne pouvait pas se tromper.

Le préfet de police avoua:

« Évidemment... évidemment... il y a là un ensemble de circonstances... plutôt équivoques... Ces taches brunes... ce médecin... C'est une affaire à étudier... »

Et, comme malgré lui, interrogeant don Luis Perenna, il dit :

« Et sans doute, selon vous, il y aurait corrélation entre le crime... possible et le testament de M. Mornington ?

— Cela je l'ignore, monsieur le préfet. Ou alors il faudrait supposer que quelqu'un connaissait le testament. Croyez-vous que ce soit le cas, maître Lepertuis ?

— Je ne crois pas, car M. Mornington semblait agir avec beaucoup de circonspection.

— Et il n'est pas admissible, n'est-ce pas, qu'une indiscrétion ait pu être commise en votre étude ?

— Par qui ? Moi seul ai manié ce testament, et moi seul d'ailleurs ai la clef du coffre où je range tous les soirs les documents de cette importance.

— Ce coffre n'a pas été l'objet d'une effraction ? Il n'y a pas eu de cambriolage dans votre étude ?

— Non.

— C'est un matin que vous avez vu Cosmo Mornington ?

— Un vendredi matin.

— Qu'avez-vous fait du testament jusqu'au soir, jusqu'à l'instant où vous l'avez rangé dans votre coffre-fort ?

— Probablement l'aurai-je mis dans le tiroir de mon bureau.

— Et ce tiroir n'a pas été forcé ?

Maître Lepertuis parut stupéfait et ne répondit pas.

— Eh bien ? reprit Perenna.

— Eh bien.... oui... je me rappelle... il y a eu quelque chose... ce jour-là, ce même vendredi.

— Vous êtes sûr ?

— Oui. Quand je suis revenu après mon déjeuner, j'ai constaté que le tiroir n'était pas fermé à clef. Pourtant je l'avais fermé, cela sans aucune espèce de doute. Sur le moment, je n'ai attaché à cet incident qu'une importance relative. Aujourd'hui, je comprends... je comprends... »

Ainsi se vérifiaient au fur et à mesure toutes les hypothèses imaginées par don Luis Perenna, hypothèses appuyées, il est vrai, sur quelques indices, mais où il y avait, avant tout, une part d'intuition et de divination, réellement surprenante chez un homme qui n'avait assisté à aucun des événements qu'il reliait entre eux avec tant d'habileté.

« Nous n'allons pas tarder, monsieur, dit le préfet de police, à contrôler vos assertions, un peu hasardées, avouez-le, avec le témoignage plus rigoureux d'un de mes agents que j'ai chargé de cette affaire... et qui devrait être ici.

— Son témoignage porte-t-il sur les héritiers de Cosmo Mornington ? demanda le notaire.

— Sur les héritiers d'abord, puisque avant-hier il me téléphonait qu'il avait réuni tous les renseignements, et aussi sur les points mêmes dont... Mais tenez... je me rappelle qu'il a parlé à mon secrétaire d'un crime commis il y a un mois, jour pour jour. Or, il y a un mois, jour pour jour, que M. Cosmo Mornington... »

D'un coup sec, M. Desmalions appuya sur un timbre.

Aussitôt son secrétaire particulier accourut.

« L'inspecteur Vérot ? demanda vivement le préfet de police.

— Il n'est pas encore de retour.

— Qu'on le cherche ! Qu'on l'amène ! Il faut le trouver à tout prix et sans retard. »

Et, s'adressant à don Luis Perenna :

« Voilà une heure que l'inspecteur Vérot est venu ici assez souffrant, très agité, paraît-il, en se disant surveillé, poursuivi. Il avait à me communiquer les déclarations les plus importantes sur l'affaire Mornington et à mettre la police en garde contre deux assassinats qui doivent être commis cette nuit et qui seraient la conséquence du meurtre de Cosmo Mornington.

— Et il était souffrant?

— Oui. mal a son aise, et très bizarre même, l'imagination frappée. Par prudence, il m'a fait remettre un rapport détaillé sur l'affaire. Or, ce rapport n'est autre chose qu'une feuille de papier blanc. Voici cette feuille et son enveloppe. Et voici une boîte de carton qu'il a déposée également et qui contenait une tablette de chocolat avec des empreintes de dents.

— Puis-je voir ces deux objets, monsieur le préfet?

— Oui, mais ils ne vous apprendront rien du tout.

— Peut-être... »

Don Luis examina longuement la boîte en carton et l'enveloppe jaune où se lisait l'inscription «Café du Pont-Neuf». On attendait ses paroles comme si elles eussent dû apporter une lumière imprévue. Il dit simplement:

«L'écriture n'est pas la même sur l'enveloppe et sur la petite boîte. L'écriture de l'enveloppe est moins nette, un peu tremblante, visiblement imitée.

— Ce qui prouve?...

— Ce qui prouve, monsieur le préfet, que cette enveloppe jaune ne provient pas de votre agent. Je suppose qu'après avoir écrit son rapport sur une table du Café du Pont-Neuf et l'avoir cacheté, il aura eu un moment de distraction pendant lequel on a substitué à son enveloppe une autre enveloppe portant la même adresse, mais ne contenant qu'une feuille blanche.

— Supposition! dit le préfet.

— Peut-être, mais ce qu'il y a de sûr, monsieur le préfet, c'est que les pressentiments de votre inspecteur sont motivés, qu'il est l'objet d'une surveillance étroite, que les découvertes qu'il a pu faire sur l'héritage Mornington contrarient des manœuvres criminelles, et qu'il court des dangers terribles.

— Oh! Oh!

— Il faut le secourir, monsieur le préfet. Depuis le début de cette réunion, la conviction s'impose à moi que nous nous heurtons à une entreprise déjà commencée. Je souhaite qu'il ne soit pas trop tard et que votre inspecteur n'en soit pas la première victime.

— Eh! monsieur, s'écria le préfet de police, vous affirmez tout cela avec une conviction que j'admire, mais qui ne suffit pas à établir que vos craintes sont justifiées. Le retour de l'inspecteur Vérot en sera la meilleure démonstration.

— L'inspecteur Vérot ne reviendra pas.

— Mais enfin pourquoi?

— Parce qu'il est déjà revenu. L'huissier l'a vu revenir.

— L'huissier a la berlue. Si vous n'avez pas d'autre preuve que le témoignage de cet homme...

— J'en ai une autre, monsieur le préfet, et que l'inspecteur Vérot a laissée ici même de sa présence... Ces quelques mots presque indéchiffrables, qu'il a griffonnés sur le bloc-notes, que votre secrétaire ne l'a pas vu écrire, et qui viennent de me tomber sous les yeux. Les voici. N'est-ce pas une preuve qu'il est revenu? Et une preuve formelle!»

Le préfet ne cacha pas son trouble. Tous les assistants paraissaient émus. Le retour du secrétaire ne fit qu'augmenter les appréhensions. Personne n'avait vu l'inspecteur Vérot.

«Monsieur le préfet, prononça don Luis, j'insiste vivement pour qu'on interroge l'huissier.»

Et dès que l'huissier fut là, il lui demanda, sans même attendre l'intervention de M. Desmalions:

«Êtes-vous sûr que l'inspecteur Vérot soit rentré une seconde fois dans cette pièce?

— Absolument sûr.

— Et qu'il n'en soit pas sorti?

— Absolument sûr.

— Vous n'avez pas eu la moindre minute d'inattention?

— Pas la moindre. »

Le préfet s'écria :

« Vous voyez bien, monsieur ! Si l'inspecteur Vérot était ici, nous le saurions.

— Il est ici, monsieur le préfet.

— Quoi ?

— Excusez mon obstination, monsieur le préfet, mais je dis que quand quelqu'un entre dans une pièce et qu'il n'en sort pas, c'est qu'il s'y trouve encore.

— Caché ? fit M. Desmalions qui s'irritait de plus en plus.

— Non, mais évanoui, malade… mort peut-être.

— Mais où ? que diable !

— Derrière ce paravent.

— Il n'y a rien derrière ce paravent, rien qu'une porte.

— Et cette porte ?

— Donne sur un cabinet de toilette.

— Eh bien, monsieur le préfet, l'inspecteur Vérot, étourdi, titubant, croyant passer de votre bureau dans celui de votre secrétaire, est tombé dans ce cabinet de toilette. »

M. Desmalions se précipita, mais, au moment d'ouvrir la porte, il eut un geste de recul. Était-ce appréhension ? désir de se soustraire à l'influence de cet homme stupéfiant qui donnait des ordres avec tant d'autorité et qui semblait commander aux événements eux-mêmes ? Don Luis demeurait imperturbable, en une attitude pleine de déférence.

« Je ne puis croire… dit M. Desmalions.

— Monsieur le préfet, je vous rappelle que les révélations de l'inspecteur Vérot peuvent sauver la vie à deux personnes qui doivent mourir cette nuit. Chaque minute perdue est irréparable. »

M. Desmalions haussa les épaules. Mais cet homme le dominait de toute sa conviction. Il ouvrit.

Il ne fit pas un mouvement, il ne poussa pas un cri. Il murmura simplement :

« Oh ! est-ce possible !... »

À la lueur pâle d'un peu de jour qui entrait par une fenêtre aux vitres dépolies, on apercevait le corps d'un homme qui gisait à terre.

« L'inspecteur... l'inspecteur Vérot... » balbutia l'huissier qui s'était élancé.

Avec l'aide du secrétaire, il put soulever le corps et l'asseoir sur un fauteuil du cabinet de travail.

L'inspecteur Vérot vivait encore, mais si faiblement qu'on entendait à peine les battements de son cœur. Un peu de salive coulait au coin de sa bouche. Les yeux n'avaient pas d'expression. Cependant certains muscles du visage remuaient, peut-être sous l'effort d'une volonté qui persistait, au-delà de la vie aurait-on pu dire.

Don Luis murmura :

« Regardez, monsieur le préfet... les taches brunes... »

Une même épouvante bouleversa les assistants qui se mirent à sonner et à ouvrir les portes en appelant au secours.

« Le docteur !... ordonnait M. Desmalions, qu'on amène un docteur... le premier venu, et un prêtre... On ne peut pourtant pas laisser cet homme... »

Don Luis leva le bras pour réclamer du silence.

« Il n'y a plus rien à faire, dit-il... Tâchons plutôt de profiter de ces dernières minutes... Voulez-vous me permettre, monsieur le préfet ?... »

Il s'inclina sur le moribond, renversa la tête branlante contre le dossier du fauteuil, et, d'une voix très douce, chuchota :

« Vérot, c'est le préfet qui vous parle. Nous

voudrions avoir quelques renseignements sur ce qui doit se passer cette nuit. Vous m'entendez bien, Vérot? Si vous m'entendez, fermez les paupières.»

Les paupières s'abaissèrent. Mais n'était-ce pas le hasard? Don Luis continua:

«Vous avez retrouvé les héritiers des sœurs Roussel, cela nous le savons, et ce sont deux de ces héritiers qui sont menacés de mort... Le double crime doit être commis cette nuit. Mais le nom de ces héritiers, qui sans doute ne s'appellent plus Roussel, nous est inconnu. Il faut nous le dire. Écoutez-moi bien: vous avez inscrit sur un bloc-notes trois lettres qui paraissent former la syllabe FAU... Est-ce que je me trompe? Est-ce le commencement d'un nom? Quelle est la lettre qui suit ces trois lettres?... Est-ce un B? un C?»

Mais plus rien ne remuait dans le visage blême de l'inspecteur. La tête retomba lourdement sur la poitrine. Il poussa deux ou trois soupirs, fut secoué d'un grand frisson, et ne bougea plus.

Il était mort.

CHAPITRE II

L'HOMME QUI DOIT MOURIR

La scène tragique s'était déroulée avec une telle rapidité que les personnes qui en furent les témoins frémissants demeurèrent un moment confondues. Le notaire fit un signe de croix et s'agenouilla. Le préfet murmura:

«Pauvre Vérot... un brave homme qui ne songeait qu'au service, qu'au devoir... Au lieu d'aller se faire soigner, et qui sait? peut-être l'eût-on sauvé, il est revenu ici dans l'espoir de livrer son secret. Pauvre Vérot...

— Une femme? des enfants? demanda anxieusement don Luis.

— Une femme et trois enfants, répondit le préfet.

— Je me charge d'eux», déclara don Luis simplement.

Puis, comme on amenait un médecin, et que M. Desmalions donnait des ordres pour qu'on transportât le cadavre dans une pièce voisine, il prit le médecin à part et lui dit :

«Il est hors de doute que l'inspecteur Vérot a été empoisonné. Regardez son poignet, vous observerez la trace d'une piqûre, entourée d'un cercle d'inflammation.

— On l'aurait donc piqué là?

— Oui, à l'aide d'une épingle ou d'un bec de plume, et pas aussi violemment qu'on l'eût voulu, puisque la mort n'est survenue que quelques heures après.»

Les huissiers emportèrent le cadavre, et bientôt il ne resta plus dans le cabinet du préfet que les cinq personnages qu'il avait convoqués.

Le secrétaire d'ambassade américain et l'attaché péruvien, jugeant leur présence inutile, s'en allèrent, après avoir chaudement félicité don Luis Perenna de sa clairvoyance.

Puis ce fut le tour du commandant d'Astrignac, qui secoua la main de son ancien subordonné avec une affection visible. Et maître Lepertuis et Perenna, ayant pris rendez-vous pour la délivrance du legs, étaient eux-mêmes sur le point de se retirer, quand M. Desmalions entra vivement.

«Ah! vous êtes encore là, don Luis Perenna... Tant mieux! Une idée qui me frappe... Ces trois lettres que vous avez cru déchiffrer sur le bloc-notes... vous êtes certain qu'il y a bien la syllabe Fau?...

— Il me semble, monsieur le préfet. Tenez, n'est-ce pas les trois lettres F, A et U?... Et remarquez que la lettre F est tracée en majuscule. Ce qui me fait supposer que cette syllabe est le début d'un nom propre.

— En effet, en effet, dit M. Desmalions. Eh bien, il se présente ceci de curieux, c'est que cette syllabe est justement... Du reste, nous allons vérifier... »

D'une main hâtive, M. Desmalions feuilletait la correspondance que son secrétaire lui avait remise à son arrivée et qui se trouvait rangée sur un coin de la table.

« Ah ! voici, s'exclama-t-il en saisissant une lettre et en se reportant aussitôt à la signature... Voici... C'est bien ce que je croyais... Fauville... la syllabe initiale est la même... Regardez, Fauville tout court, sans prénom... La lettre a dû être écrite dans un moment de fièvre... Il n'y a ni date ni adresse... L'écriture est tremblée... »

Et M. Desmalions lut à haute voix :

Monsieur le préfet,
Un grand danger est suspendu sur ma tête et sur la tête de mon fils. La mort approche à grands pas. J'aurai cette nuit, ou demain matin au plus tard, les preuves de l'abominable complot qui nous menace. Je vous demande la permission de vous les apporter dans la matinée. J'ai besoin de protection et je vous appelle à mon secours.
Veuillez agréer, etc.

FAUVILLE.

« Pas d'autre désignation ? fit Perenna. Aucun en-tête ?

— Rien, mais il n'y a pas d'erreur. Les déclarations de l'inspecteur Vérot coïncident d'une façon trop évidente avec cet appel désespéré. C'est bien M. Fauville et son fils qui doivent être assassinés cette nuit. Et ce qu'il y a de terrible, c'est que le nom de Fauville étant très répandu il est impossible que nos recherches aboutissent à temps.

— Comment! monsieur le préfet, mais à tout prix...

— À tout prix, certes, et je vais mettre tout le monde sur pied. Mais notez bien que nous n'avons pas le moindre indice.

— Ah! s'écria don Luis, ce serait effrayant. Ces deux êtres qui doivent mourir et que nous ne pourrions sauver. Monsieur le préfet, je vous en supplie, prenez cette affaire en main. Par la volonté de Cosmo Mornington, vous y êtes mêlé dès la première heure, et par votre autorité et votre expérience vous lui donnerez une impulsion plus vigoureuse.

— Cela concerne la Sûreté... le parquet... objecta M. Desmalions.

— Certes, monsieur le préfet, Mais ne croyez-vous pas qu'il y a des moments où le chef a seul qualité pour agir? Excusez mon insistance... »

Il n'avait pas achevé ces mots que le secrétaire particulier du préfet entra avec une carte à la main.

« Monsieur le préfet, cette personne insiste tellement... j'ai hésité... »

M. Desmalions saisit la carte et jeta une exclamation de surprise et de joie.

« Regardez, monsieur, dit-il à Perenna qui lut ces mots :

HIPPOLYTE FAUVILLE
Ingénieur,
14 *bis*, boulevard Suchet.

— Allons, fit M. Desmalions, le hasard veut que tous les fils de cette affaire viennent se placer dans mes mains, et que je sois amené à m'en occuper selon votre désir, monsieur. D'ailleurs, il semble que les événements tournent en notre faveur. Si ce monsieur Fauville est un des héritiers Roussel, la tâche sera simplifiée.

En tout cas, monsieur le préfet, objecta le notaire, je vous rappellerai qu'une des clauses du testament stipule que la lecture n'en doit être faite que dans quarante-huit heures. Ainsi donc M. Fauville ne doit pas encore être mis au courant... »

La porte du bureau s'entrouvrit à peine, un homme bouscula l'huissier et entra brusquement.

Il bredouillait :

« L'inspecteur... l'inspecteur Vérot ? Il est mort, n'est-ce pas ? On m'a dit...

— Oui, monsieur, il est mort.

— Trop tard ! J'arrive trop tard », balbutia-t-il.

Et il s'effondra, les mains jointes, en sanglotant :

« Ah ! les misérables ! les misérables ! »

Son crâne chauve surmontait un front que rayaient des rides profondes. Un tic nerveux agitait son menton et tirait les lobes de ses oreilles. C'était un homme de cinquante ans environ, très pâle, les joues creuses, l'air maladif. Des larmes roulaient dans ses yeux.

Le préfet lui dit :

« De qui parlez-vous, monsieur ? De ceux qui ont tué l'inspecteur Vérot ? Vous est-il possible de les désigner, de guider notre enquête ?... »

Hippolyte Fauville hocha la tête.

« Non, non. Pour l'instant, cela ne servirait de rien... Mes preuves ne suffiraient pas... Non, en vérité, non. »

Il s'était levé déjà et s'excusait :

« Monsieur le préfet, je vous ai dérangé inutilement... mais je voulais savoir... J'espérais que l'inspecteur Vérot aurait échappé... Son témoignage réuni au mien aurait été précieux. Mais peut-être a-t-il pu vous prévenir ?

— Non, il a parlé de ce soir... de cette nuit... »

Hippolyte Fauville sursauta.

« De ce soir ! Alors, ce serait déjà l'heure... Mais non, mais non, c'est impossible, ils ne peuvent rien encore contre moi... Ils ne sont pas prêts.

— L'inspecteur Vérot affirme pourtant que le double crime doit être commis cette nuit.

— Non, monsieur le préfet... Là, il se trompe... Je le sais bien, moi... Demain soir, au plus tôt. Et nous les prendrons au piège... Ah! les misérables... »

Don Luis s'approcha et lui dit:

«Votre mère s'appelait bien Elisabeth Roussel, n'est-ce pas?

— Oui, Elisabeth Roussel. Elle est morte maintenant.

— Et elle était bien de Saint-Étienne?

— Oui... Mais pourquoi ces questions?...

— Monsieur le préfet vous expliquera demain... Un mot encore. »

Il ouvrit la boîte de carton déposée par l'inspecteur Vérot.

«Cette tablette de chocolat a-t-elle une signification pour vous? Ces empreintes?...

— Oh! fit l'ingénieur, la voix sourde... Quelle infamie!... Où l'inspecteur a-t-il trouvé cela? »

Il eut encore une défaillance, mais très courte, et, se redressant aussitôt, il se hâta vers la porte, d'un pas saccadé.

«Je m'en vais, monsieur le préfet, je m'en vais. Demain matin, je vous raconterai... J'aurai toutes les preuves... et la justice me protégera... Je suis malade, c'est vrai, mais enfin, je veux vivre!... J'ai le droit de vivre... et mon fils aussi... Et nous vivrons... Oh! les misérables... »

Et il sortit en courant, à l'allure d'un homme ivre.

M. Desmalions se leva précipitamment.

«Je vais faire prendre des renseignements sur l'entourage de cet homme... faire surveiller sa demeure. J'ai déjà téléphoné à la Sûreté. J'attends quelqu'un en qui j'ai toute confiance. »

Don Luis déclara:

«Monsieur le préfet, je vous en conjure, accordez-moi l'autorisation de poursuivre cette affaire sous vos ordres. Le testament de Cosmo Mornington m'en fait un devoir, et, permettez-moi de le dire, m'en donne le droit. Les ennemis de M. Fauville sont d'une adresse et d'une audace extraordinaires. Je tiens à l'honneur d'être au poste, ce soir, chez lui et auprès de lui. »

Le préfet hésita. Comment n'eût-il pas songé à l'intérêt considérable que don Luis Perenna avait à ce qu'aucun des héritiers Mornington ne fût retrouvé, ou du moins ne pût s'interposer entre lui et les millions de l'héritage ? Devait-on attribuer à un noble sentiment de gratitude, à une conception supérieure de l'amitié et du devoir, ce désir étrange de protéger Hippolyte Fauville contre la mort qui le menaçait ?

Durant quelques secondes, M. Desmalions observa ce visage résolu, ces yeux intelligents, à la fois ironiques et ingénus, graves et souriants, au travers desquels on ne pouvait certes pas pénétrer jusqu'à l'énigme secrète de l'individu, mais qui vous regardaient avec une telle expression de sincérité et de franchise. Puis il appela son secrétaire.

« On est venu de la Sûreté ?

— Oui, monsieur le préfet, le brigadier Mazeroux est là.

— Veuillez dire qu'on l'introduise. »

Et, se tournant vers Perenna :

« Le brigadier Mazeroux est un de nos meilleurs agents. Je l'employais concurremment avec ce pauvre Vérot lorsque j'avais besoin de quelqu'un de débrouillard et d'actif. Il vous sera très utile. »

Le brigadier Mazeroux entra. C'était un petit homme sec et robuste, auquel ses moustaches tombantes, ses paupières lourdes, ses yeux larmoyants, ses cheveux plats et longs donnaient l'air le plus mélancolique. Le préfet lui dit :

« Mazeroux, vous devez connaître déjà la mort de votre camarade Vérot et les circonstances atroces de cette mort. Il s'agit de le venger et de prévenir d'autres crimes. Monsieur, qui connaît l'affaire à fond, vous fournira toutes les explications nécessaires. Vous marcherez d'accord avec lui, et demain matin vous me rendrez compte de ce qui s'est passé. »

C'était donner le champ libre à don Luis Perenna et se confier à son initiative et à sa clairvoyance.

Don Luis s'inclina.

« Je vous remercie, monsieur le préfet. J'espère que vous n'aurez pas à regretter le crédit que vous voulez bien m'accorder. »

Et, prenant congé de M. Desmalions et de maître Lepertuis, il sortit avec le brigadier Mazeroux.

Dehors il raconta ce qu'il savait à Mazeroux, lequel sembla fort impressionné par les qualités professionnelles de son compagnon et tout disposé à se laisser conduire par lui.

Ils décidèrent de passer d'abord au Café du Pont-Neuf.

Là ils apprirent que l'inspecteur Vérot, un habitué de l'établissement, avait, en effet le matin, écrit une longue lettre. Et le garçon de table se rappela fort bien que son voisin de table, entré presque en même temps que l'inspecteur, avait demandé également du papier à lettre et réclamé deux fois des enveloppes jaunes.

« C'est bien cela, dit Mazeroux à don Luis. Il y a eu, comme vous le pensiez, substitution de lettres. »

Quant au signalement que le garçon put donner, il était suffisamment explicite : un individu de taille élevée, un peu voûté, qui portait une barbe châtaine coupée en pointe, un lorgnon d'écaille retenu par un cordonnet de soie noire, et une canne d'ébène dont la poignée d'argent formait une tête de cygne.

« Avec cela, dit Mazeroux, la police peut marcher. »

Ils allaient sortir du café, lorsque don Luis arrêta son compagnon.

« Un instant.

— Qu'y a-t-il ?

— Nous avons été suivis...

— Suivis ! Elle est raide celle-là. Et par qui donc ?

— Aucune importance. Je sais ce que c'est, et j'aime autant régler cette histoire-là en un tourne-main. Attendez-moi. Je reviens, et vous ne vous ennuierez pas, je vous le promets. Vous allez voir un type à la hauteur. »

Il revint, en effet, au bout d'une minute, avec un monsieur mince et grand, au visage encadré de favoris.

Il fit les présentations :

« Monsieur Mazeroux, un de mes amis. Monsieur Cacérès, attaché à la légation péruvienne, et qui, tout à l'heure, assistait à l'entrevue chez le préfet. C'est M. Cacérès qui fut chargé par le ministre du Pérou de réunir les pièces relatives à mon identité. »

Et gaiement, il ajouta :

« Alors, cher monsieur Cacérès, vous me cherchiez... J'avais bien cru, en effet, quand nous sommes sortis de la Préfecture... »

L'attaché péruvien fit un signe et montra le brigadier Mazeroux. Perenna reprit :

« Je vous en supplie... Que monsieur Mazeroux ne vous gêne pas !... Vous pouvez parler devant lui... Il est très discret... et d'ailleurs il est au courant de la question. »

L'attaché se taisait. Perenna le fit asseoir en face de lui.

« Parlez sans détours, cher monsieur Cacérès. C'est un sujet qui doit être traité carrément et où, même, je ne redoute pas une certaine crudité de mots. Que de temps gagné de la sorte ! Allons-y. Il vous faut de l'argent, n'est-ce pas? Ou, du moins, un supplément d'argent. Combien?»

Le Péruvien eut une dernière hésitation, jeta un coup d'œil sur le compagnon de don Luis, puis, se décidant tout à coup, prononça, d'une voix sourde:

«Cinquante mille francs!

— Bigre de bigre! s'écria don Luis, vous êtes gourmand! Qu'est-ce que vous en dites, monsieur Mazeroux? Cinquante mille francs, c'est une somme. D'autant plus… Voyons, mon cher Cacérès, récapitulons. Il y a quelques années, ayant eu l'honneur de lier connaissance avec vous en Algérie, où vous étiez de passage, ayant compris d'autre part à qui j'avais affaire, je vous ai demandé s'il vous était possible de m'établir, en trois ans, avec mon nom de Perenna, une personnalité hispano-péruvienne, munie de papiers indiscutables et d'ancêtres respectables. Vous m'avez répondu: "Oui." Le prix fut fixé: vingt mille francs. La semaine dernière, le préfet de police m'ayant fait dire de lui communiquer mes papiers, j'allai vous voir, et j'appris de vous que vous étiez justement chargé d'une enquête sur mes origines. D'ailleurs, tout était prêt. Avec les papiers convenablement mis au point de feu Perenna, noble hispano-péruvien, vous m'aviez confectionné un état civil de tout premier ordre. Après entente sur ce qu'il y avait à dire devant le préfet de police, je versai les vingt mille francs. Nous étions quittes. Que voulez-vous de plus?»

L'attaché péruvien ne montrait plus le moindre embarras. Il posa ses deux coudes sur la table, et tranquillement il articula:

«Monsieur, en traitant avec vous jadis, je croyais traiter avec un monsieur qui, se cachant sous l'uniforme de légionnaire pour des raisons personnelles, désirait plus tard recouvrer les moyens de vivre honorablement. Aujourd'hui, il s'agit du légataire universel de Cosmo Mornington, lequel légataire touche demain, sous un faux nom, la somme d'un million, et dans quelques mois peut-être la somme de deux cents millions. C'est tout autre chose.»

L'argument sembla frapper don Luis. Pourtant il objecta :

« Et si je refuse ?

— Si vous refusez, j'avertis le notaire et le préfet de police que je me suis trompé dans mon enquête, et qu'il y a erreur sur la personne de don Luis Perenna. Ensuite de quoi vous ne toucherez rien du tout et serez même tout probablement mis en état d'arrestation.

— Ainsi que vous, mon brave monsieur.

— Moi ?

— Dame ! pour faux et maquillage d'état civil... Car vous pensez bien que je mangerai le morceau. »

L'attaché ne répondit pas. Son nez, qu'il avait très fort, semblait s'allonger entre ses deux longs favoris.

Don Luis se mit à rire.

« Allons, monsieur Cacérès, ne faites pas cette binette-là. On ne vous fera pas mal. Seulement ne cherchez plus à me mettre dedans. De plus malins que vous l'ont essayé qui s'y sont cassé les reins. Et, vrai, vous n'avez pas l'air de premier ordre quand il s'agit de rouler le prochain. Un peu poire même, le sieur Cacérès, un peu poire. Eh bien, c'est compris, n'est-ce pas ? On désarme ? Plus de noirs desseins contre cet excellent Perenna ? Parfait monsieur Cacérès, parfait, je serai bon prince et vous prouverai que le plus honnête des deux... est bien celui qu'on pense. »

Il tira de sa poche un carnet de chèques timbré par le Crédit lyonnais.

« Tenez, cher ami, voici vingt mille francs que vous donne le légataire de Cosmo Mornington. Empochez-les avec un sourire. Dites merci au bon monsieur. Et prenez vos cliques et vos claques sans plus détourner la tête que les filles de M. Loth. Allez... Ouste!»

Cela fut dit de telle manière que l'attaché obéit, point par point, aux prescriptions de don Luis Perenna. Il sourit en empochant l'argent, répéta deux fois merci et s'esquiva sans détourner la tête.

«Crapule!... murmura don Luis. Hein, qu'en dites-vous, brigadier?»

Le brigadier Mazeroux le regardait avec stupeur, les yeux écarquillés.

«Ah ça! mais, monsieur...

— Quoi, brigadier?

— Ah ça! mais, monsieur, qui êtes-vous?

— Qui je suis?

— Oui.

— Mais ne vous l'a-t-on pas dit? Un noble Péruvien ou un noble Espagnol... Je ne sais pas trop... Bref, don Luis Perenna.

— Des blagues! Je viens d'assister...

— Don Luis Perenna, ancien légionnaire...

— Assez, monsieur...

— Médaillé... décoré sur toutes les coutures.

— Assez, monsieur, encore une fois, et je vous somme de me suivre devant le préfet.

— Mais laissez-moi continuer, que diable? Donc, ancien légionnaire... ancien héros... ancien détenu à la Santé... ancien prince russe... ancien chef de la Sûreté... ancien...

— Mais vous êtes fou! grinça le brigadier... Qu'est-ce que c'est que cette histoire?

— De l'histoire vraie, authentique. Vous me demandez ce que je suis... J'énumère. Dois-je remonter plus haut? J'ai encore quelques titres à vous offrir... marquis, baron, duc, archiduc, grand-duc, petit-duc, contre-duc... tout le Gotha, quoi! On me dirait que j'ai été roi, ventre-saint-gris je n'oserais pas jurer le contraire.»

Le brigadier Mazeroux saisit de ses deux mains,

habituées aux rudes besognes, les deux poignets, frêles en apparence, de son interlocuteur, et lui dit :

« Pas d'pétard, n'est-ce pas ? Je ne sais pas à qui j'ai affaire, mais je ne vous lâche pas. On s'expliquera à la Préfecture.

— Parle pas si fort, Alexandre. »

Les deux poignets frêles se dégagèrent avec une aisance inouïe, les deux mains robustes du brigadier furent happées à leur tour et immobilisées, et don Luis ricana :

« Tu ne me reconnais donc pas, imbécile ? »

Le brigadier Mazeroux ne souffla pas mot. Ses yeux s'écarquillèrent davantage. Il tâchait de comprendre et demeurait absolument ahuri. Le son de cette voix, cette manière de plaisanter, cette gaminerie alliée à cette audace, l'expression narquoise de ces yeux, et puis ce prénom d'Alexandre, qui n'était pas le sien et qu'une seule personne lui donnait autrefois. Était-ce possible ?

Il balbutia :

« Le patron... le patron...

— Pourquoi pas ?

— Mais non... mais non... puisque...

— Puisque quoi ?

— *Vous êtes mort.*

— Et après ? Crois-tu que ça me gêne pour vivre, d'être mort ? »

Et, comme l'autre semblait de plus en plus confondu, il lui posa la main sur l'épaule et lui dit :

« Qui est-ce qui t'a fait entrer à la Préfecture de police ?

— Le chef de la Sûreté, M. Lenormand.

— Et qui était-ce, M. Lenormand ?

— C'était le patron.

— C'est-à-dire Arsène Lupin, n'est-ce pas[1] ?

— Oui.

---

1. Voir *813*.

— Eh bien, Alexandre, ne sais-tu pas qu'il était beaucoup plus difficile pour Arsène Lupin d'être chef de la Sûreté, et il le fut magistralement, que d'être don Luis Perenna, que d'être décoré, que d'être légionnaire, que d'être un héros, et même que d'être vivant tout en étant mort ? »

Le brigadier Mazeroux examina silencieusement son compagnon. Puis ses yeux tristes s'animèrent, son visage terne s'enflamma, et soudain, frappant la table d'un coup de poing, il mâchonna, la voix rageuse :

« Eh bien, soit, mais je vous avertis qu'il ne faut pas compter sur moi ! Ah ! non, alors. Je suis au service de la société, et j'y reste. Rien à faire. J'ai goûté à l'honnêteté. Je ne veux plus manger d'autre pain. Ah ! non, alors, non, non, non, plus de sottises ! »

Perenna haussa les épaules.

« T'es bête, Alexandre. Vrai, le pain de l'honnêteté ne t'engraisse pas l'intelligence. Qui te parle de recommencer ?

— Cependant...

— Cependant, quoi ?

— Toute votre manigance, patron...

— Ma manigance ! Crois-tu donc que j'y sois pour quelque chose, dans cette affaire-là ?

— Voyons, patron...

— Mais pour rien du tout, mon petit. Il y a deux heures, je n'en savais pas plus long que toi. C'est le bon Dieu qui m'a bombardé héritier sans crier gare, et c'est bien pour ne pas lui désobéir que...

— Alors ?

— Alors j'ai mission de venger Cosmo Mornington, de retrouver ses héritiers naturels, de les protéger et de répartir entre eux les deux cents millions qui leur appartiennent. Un point, c'est tout. Est-ce une mission d'honnête homme, cela ?

— Oui, mais...

— Oui, mais si je ne l'accomplis pas en honnête homme, c'est ça que tu veux dire, n'est-ce pas ?

— Patron...

— Eh bien, mon petit, si tu distingues à la loupe la moindre chose qui te déplaise dans ma conduite, si tu découvres un point noir sur la conscience de don Luis Perenna, pas d'hésitation, fiche-moi tes deux mains au collet. Je t'y autorise. Je te l'ordonne. Ça te suffit-il ?

— Il ne suffit pas que ça me suffise, patron.

— Qu'est-ce que tu chantes ?

— Il y a encore les autres.

— Explique.

— Si vous êtes pincé ?

— Comment ?

— Vous pouvez être trahi.

— Par qui ?

— Nos anciens camarades...

— Partis. Je les ai expédiés hors de France.

— Où ça ?

— C'est mon secret. Toi, je t'ai laissé à la préfecture, au cas où j'aurais eu besoin de tes services. Et tu vois que j'ai eu raison.

— Mais si l'on découvre votre véritable personnalité ?

— Eh bien ?

— On vous arrête.

— Impossible.

— Pourquoi ?

— On ne peut pas m'arrêter.

— La raison ?

— Tu l'as dite toi-même, bouffi, une raison supérieure, formidable, irrésistible.

— Laquelle ?

— *Je suis mort.* »

Mazeroux parut suffoqué. L'argument le frappait en plein. D'un coup il l'apercevait, dans toute sa vigueur et dans toute sa cocasserie. Et, subitement, il partit d'un éclat de rire fou, qui le tordait en deux et convulsait de la façon la plus drôle son mélancolique visage.

«Ah! patron, toujours le même!... Dieu, que c'est rigolo!... Si je marche? Je crois bien que je marche!... Et deux fois plutôt qu'une!... Vous êtes mort! enterré! supprimé! Ah! quelle rigolade! quelle rigolade!»

Hippolyte Fauville, ingénieur, habitait, sur le boulevard Suchet, le long des fortifications, un hôtel assez vaste flanqué à gauche d'un jardin où il avait fait bâtir une grande pièce qui lui servait de cabinet de travail. Le jardin se trouvait ainsi réduit à quelques arbres et à une bande de gazon, en bordure de la grille habillée de lierre et percée d'une porte qui le séparait du boulevard Suchet.

Don Luis Perenna se rendit avec Mazeroux au commissariat de Passy, où Mazeroux, sur ses instructions, se fit connaître et demanda que l'hôtel de l'ingénieur Fauville fût surveillé, durant la nuit, par deux agents de police, qui mettraient en arrestation toute personne suspecte tentant de s'introduire.

Le commissaire promit son concours.

Après quoi don Luis et Mazeroux dînèrent dans le quartier. À neuf heures, ils arrivaient devant la porte principale de l'hôtel.

«Alexandre, fit Perenna.

— Patron?

— Tu n'as pas peur?

— Non, patron. Pourquoi?

— Pourquoi? Parce que, en défendant l'ingénieur Fauville et son fils, nous nous attaquons à des gens qui ont un intérêt considérable à les faire disparaître, et que ces gens n'ont pas l'air d'avoir froid aux yeux. Ta vie, la mienne... un souffle, un rien... Tu n'as pas peur?

— Patron, répondit Mazeroux, je ne sais pas si je connaîtrai la peur un jour ou l'autre. Mais il y a un cas où je ne la connaîtrai jamais.

— Lequel, mon vieux?

— Tant que je serai à vos côtés.»

Et résolument il sonna.

La porte s'ouvrit et un domestique apparut. Mazeroux fit passer sa carte.

Hippolyte Fauville les reçut tous deux dans son cabinet. La table était encombrée de brochures, de livres et de papiers. On voyait, sur deux pupitres soutenus par de hauts chevalets, des épures et des dessins, et, dans deux vitrines, des réductions en ivoire et en acier d'appareils construits ou inventés par l'ingénieur. Un large divan s'étalait contre le mur. À l'opposé se trouvait un escalier tournant qui montait à une galerie circulaire. Au plafond, un lustre électrique. Au mur, le téléphone.

Tout de suite, Mazeroux, après avoir décliné son titre et présenté son ami Perenna comme envoyé également par le préfet de police, exposa l'objet de leur démarche. M. Desmalions, sur des indices très graves dont il venait d'avoir connaissance, s'inquiétait. Sans attendre l'entretien du lendemain, il priait M. Fauville de prendre toutes les précautions que lui conseilleraient ses agents.

Fauville montra d'abord une certaine humeur.

«Mes précautions sont prises, messieurs, et bien prises. Et je craindrais, d'autre part, que votre intervention ne fût pernicieuse.

— En quoi donc?

— En éveillant l'attention de mes ennemis, et en m'empêchant, par là même, de recueillir les preuves dont j'ai besoin pour les confondre.

— Pouvez-vous m'expliquer?

— Non, je ne peux pas. Demain, demain matin... pas avant.

— Et s'il est trop tard? interrompit don Luis Perenna.

— Trop tard, demain?

— L'inspecteur Vérot l'a dit au secrétaire de M. Desmalions: «Le double assassinat aura lieu cette nuit. C'est fatal, c'est irrévocable.»

— Cette nuit ? s'écria Fauville, avec colère... Je vous dis que non, moi. Pas cette nuit, j'en suis sûr... Il y a des choses que je sais, n'est-ce pas ? et que vous ne savez pas...

— Oui, objecta don Luis, mais il y a peut-être aussi des choses que savait l'inspecteur Vérot et que vous ignorez. Il avait peut-être pénétré plus avant dans le secret de vos ennemis. La preuve, c'est qu'on se défiait de lui. La preuve, c'est qu'un individu, porteur d'une canne d'ébène, l'espionnait. La preuve, enfin, c'est qu'il a été tué. »

L'assurance d'Hippolyte Fauville diminuait. Peronna en profita pour insister, et de telle façon que Fauville, sans toutefois sortir de sa réserve, finit par s'abandonner à cette volonté, plus forte que la sienne.

« Eh bien, quoi ? Vous n'avez pourtant pas la prétention de passer la nuit ici ?

— Précisément.

— Mais c'est absurde ! Mais c'est du temps perdu ! Car enfin, en mettant les choses au pire... Et puis, quoi encore, que voulez-vous ?

— Qui habite cet hôtel ?

— Qui ? Ma femme d'abord. Elle occupe le premier étage.

— Mme Fauville n'est pas menacée.

— Non, nullement. C'est moi qui suis menacé, moi et mon fils Edmond. Aussi, depuis huit jours, au lieu de coucher dans, ma chambre, comme d'habitude, je m'enferme dans cette pièce... J'ai donné comme prétexte des travaux, des écritures qui m'obligent à veiller très tard, et pour lesquels j'ai besoin de mon fils.

— Il couche donc ici ?

— Au-dessus de nous, dans une petite chambre que je lui ai fait aménager. On n'y peut accéder que par cet escalier intérieur.

— Il s'y trouve actuellement ?

— Oui. Il dort.

— Quel âge a-t-il ?

— Seize ans.

— Mais, si vous avez ainsi changé de chambre, c'est que vous redoutiez qu'on ne vous attaquât ? Qui ? Un ennemi habitant l'hôtel ? Un de vos domestiques ? Ou bien des gens du dehors ? En ce cas, comment pourrait-on s'introduire ? Toute la question est là.

— Demain... demain... répondit Fauville, obstiné. Demain, je vous expliquerai...

— Pourquoi pas ce soir ? reprit Perenna avec entêtement.

— Parce qu'il me faut des preuves, je vous le répète... parce que le fait seul de parler peut avoir des conséquences terribles... et que j'ai peur... oui, j'ai peur... »

De fait, il tremblait et il paraissait si misérable, si terrifié, que don Luis n'insista plus.

« Soit, dit-il. Je vous demanderai seulement, pour mon camarade et moi, la permission de passer la nuit, à portée de votre appel.

— Comme vous voudrez, monsieur. Après tout, cela vaut peut-être mieux. »

À ce moment, un des domestiques frappa et vint annoncer que madame désirait voir monsieur avant de sortir. Presque aussitôt, Mme Fauville entra.

Elle salua, d'un signe de tête gracieux, Perenna et Mazeroux. C'était une femme de trente à trente-cinq ans, d'une beauté souriante, qu'elle devait à ses yeux bleus, à ses cheveux ondulés, à toute la grâce de son visage un peu futile, mais aimable et charmant. Elle portait, sous un grand manteau de soie brochée, une toilette de bal qui découvrait ses belles épaules.

Son mari lui dit avec étonnement :

« Tu sors donc ce soir ?

— Rappelle-toi, dit-elle, les Auvérard m'ont offert une place dans leur loge, à l'Opéra, et c'est toi-même qui m'as priée d'aller ensuite quelques instants à la soirée de Mme d'Ersinger.

— En effet... en effet... dit-il, je ne me souvenais plus... Je travaille tellement ! »

Elle acheva de boutonner ses gants et reprit :

« Tu ne viendras pas me retrouver chez Mme d'Ersinger ?

— Pour quoi faire ?

— Ce serait un plaisir pour eux.

— Mais pas pour moi. D'ailleurs, ma santé me le défend.

— Je t'excuserai.

— Oui, tu m'excuseras. »

Elle ferma son manteau, d'un joli geste, et elle resta quelques secondes immobile, comme si elle eût cherché une parole d'adieu. Puis elle dit :

« Edmond n'est donc pas là ? Je croyais qu'il travaillait avec toi.

— Il était fatigué.

— Il dort ?

— Oui.

— J'aurais voulu l'embrasser.

— Mais non, tu le réveillerais. D'ailleurs, voici ton automobile. Va, chère amie. Amuse-toi bien.

— Oh ! m'amuser... dit-elle, comme on s'amuse à l'Opéra et en soirée.

— Ça vaut toujours mieux que de rester dans ta chambre. »

Il y eut un peu de gêne. On sentait un de ces ménages peu unis, où l'homme, de mauvaise santé, hostile aux plaisirs mondains, s'enferme chez lui, tandis que la femme cherche les distractions auxquelles lui donnent droit son âge et ses habitudes.

Comme il ne lui adressait plus la parole, elle se pencha et l'embrassa au front.

Puis, saluant de nouveau les deux visiteurs, elle sortit.

Un instant plus tard, on perçut le bruit du moteur qui s'éloignait.

Aussitôt Hippolyte Fauville se leva et, après avoir sonné, il dit :

« Personne ici ne se doute du danger qui est sur ma tête. Je ne me confie à personne, pas même à Silvestre, mon valet de chambre particulier, qui me sert cependant depuis des années, et qui est la probité même. »

Le domestique entra.

« Je vais me coucher, Silvestre, préparez tout », dit M. Fauville.

Silvestre ouvrit le dessus du grand divan, qui forma ainsi un lit confortable, et il disposa les draps et les couvertures. Ensuite, sur l'ordre de son maître, il apporta une carafe, un verre, une assiette de gâteaux secs et un compotier de fruits. M. Fauville croqua des gâteaux, puis coupa une pomme d'api. Elle n'était pas mûre. Il en prit deux autres, tâta et, ne les jugeant pas à point, les remit également. Puis il pela une poire et la mangea.

« Laissez le compotier, dit-il au domestique. Si j'ai faim cette nuit, je serai bien aise... Ah ! j'oubliais, ces messieurs restent ici. N'en parlez à personne. Et demain matin ne venez que quand je sonnerai. »

Le domestique, avant de se retirer, déposa donc le compotier sur la table. Perenna, qui remarquait tout, et qui, par la suite, devait évoquer les plus petits détails de cette soirée que sa mémoire enregistrait avec une fidélité pour ainsi dire mécanique, Perenna compta, dans le compotier, trois poires et quatre pommes d'api.

Cependant Fauville montait l'escalier tournant, et, suivant la galerie, gagnait la chambre où couchait son fils.

« Il dort à poings fermés », dit-il à Perenna qui l'avait rejoint.

La pièce était petite. L'air y arrivait par un système spécial d'aération, car un volet de bois cloué bouchait hermétiquement la lucarne.

« C'est une précaution que j'ai prise l'an dernier, expliqua Hippolyte Fauville. Comme c'est dans cette pièce que je faisais mes expériences électriques, je craignais qu'on ne m'épiât. J'ai donc fermé l'issue qui donnait sur le toit. »

Et il ajouta, la voix basse :

« Il y a longtemps que l'on rôde autour de moi. »

Ils redescendirent.

Fauville consulta sa montre.

« Dix heures et quart… C'est l'heure du repos. Je suis très las, et vous m'excuserez… »

Il fut convenu que Perenna et Mazeroux s'installeraient sur deux fauteuils qu'ils transportèrent dans le couloir qui menait du cabinet de travail au vestibule même de l'hôtel.

Mais, avant de les quitter, Hippolyte Fauville, qui jusqu'ici, bien que fort agité, semblait maître de lui, eut une défaillance soudaine. Il exhala un faible cri. Don Luis se retourna et vit que la sueur lui coulait comme de l'eau sur le visage et sur le cou, et il grelottait de fièvre et d'angoisse.

« Qu'est-ce que vous avez ?

— J'ai peur… J'ai peur… dit-il.

— C'est de la folie, s'écria don Luis, puisque nous sommes là tous les deux ! Nous pourrions même fort bien passer la nuit auprès de vous, à votre chevet. »

L'ingénieur secoua violemment Perenna par l'épaule, et, la figure convulsée, bégaya :

« Quand vous seriez dix… quand vous seriez vingt auprès de moi, croyez-vous que cela les gênerait ? Ils peuvent tout, vous entendez… Ils peuvent tout !… Ils ont déjà tué l'inspecteur Vérot… ils me tueront… et ils tueront mon fils… Ah ! les misérables… Mon Dieu, ayez pitié de moi !… Ah ! quelle épouvante !… Ce que je souffre ! »

Il était tombé à genoux et se frappait la poitrine en répétant :

« Mon Dieu, ayez pitié de moi… Je ne veux pas

mourir... Je ne veux pas que mon fils meure... Ayez pitié de moi, je vous en supplie...»

Il se releva d'un bond, conduisit Perenna devant une vitrine qu'il poussa et qui roula aisément sur ses roulettes de cuivre, et, découvrant un petit coffre scellé dans le mur même:

«Toute mon histoire est ici, écrite au jour le jour depuis trois ans. S'il m'arrivait malheur, la vengeance serait facile.»

Hâtivement, il avait tourné les lettres de la serrure, et, à l'aide d'une même clef qu'il tira de sa poche, il ouvrit.

Le coffre était aux trois quarts vide. Sur l'un des rayons seulement, parmi des tas de papiers, il y avait un cahier de toile grise ceinturé d'un ruban de caoutchouc rouge.

Il saisit ce cahier et scanda:

«Tenez... voici... tout est là-dedans. Avec ça on peut reconstituer l'abominable chose... Il y a mes soupçons d'abord, et puis mes certitudes... et tout... tout... de quoi les prendre au piège... de quoi les perdre... Vous vous rappellerez, n'est-ce pas? un cahier de toile grise... je le replace dans le coffre...»

Peu à peu son calme revenait. Il repoussa la vitrine, rangea quelques papiers, alluma la poire électrique qui dominait son lit, éteignit le lustre qui marquait le milieu du cabinet et pria don Luis et Mazeroux de le laisser.

Don Luis, qui faisait le tour de la pièce et qui examinait les volets de fer des deux fenêtres, nota une porte en face de l'entrée et questionna l'ingénieur...

«Je m'en sers, dit Fauville, pour mes clients habituels... et puis quelquefois aussi je sors par là.

— Elle donne sur le jardin?

— Oui.

— Elle est bien fermée?

— Vous pouvez voir... fermée à clef et au verrou de sûreté. Les deux clefs sont à mon trousseau, avec celle du jardin.»

Il déposa le trousseau sur la table, ainsi que son portefeuille. Il y plaça également sa montre, après l'avoir remontée.

Sans se gêner, don Luis s'empara du trousseau et fit fonctionner la serrure et le verrou. Trois marches le conduisirent au jardin. Il fit le tour de l'étroite plate-bande. À travers le lierre il aperçut et il entendit les deux agents de police qui déambulaient sur le boulevard. Il vérifia la serrure de la grille. Elle était fermée.

«Allons, dit-il en remontant, tout va bien, et vous pouvez être tranquille. À demain.

— À demain», dit l'ingénieur en reconduisant Perenna et Mazeroux.

Il y avait entre son cabinet et le couloir une double porte, dont l'une était matelassée et recouverte de moleskine. De l'autre côté le couloir était séparé du vestibule par une lourde tapisserie.

«Tu peux dormir, dit Perenna à son compagnon. Je veillerai.

— Mais enfin, patron, vous ne supposez pas qu'une alerte soit possible !

— Je ne le suppose pas, vu les précautions que nous avons prises. Mais toi, qui connais l'inspecteur Vérot, crois-tu que c'était un type à se forger des idées ?

— Non, patron.

— Eh bien, tu sais ce qu'il a prédit. C'est qu'il avait des raisons pour cela. Donc j'ouvre l'œil.

— Chacun son tour, patron, réveillez-moi quand ce sera mon heure de faction.»

Immobiles l'un près de l'autre, ils échangèrent encore de rares paroles. Peu après, Mazeroux s'endormit. Don Luis resta sur son fauteuil, sans bouger, l'oreille aux aguets. Dans l'hôtel, tout était calme. Dehors, de temps en temps passait le roulement d'une auto ou d'un fiacre. On entendait aussi les derniers trains sur la ligne d'Auteuil.

Don Luis se leva plusieurs fois et s'approcha de la porte. Aucun bruit. Sans nul doute, Hippolyte Fauville dormait.

« Parfait, se disait Perenna. Le boulevard est gardé. On ne peut pas pénétrer dans la pièce par un autre passage que celui-ci. Donc rien à craindre. »

À deux heures du matin, une auto s'arrêta devant l'hôtel, et un des domestiques qui devait attendre du côté de l'office et des cuisines, se hâta vers la grande porte. Perenna éteignit l'électricité dans le couloir et, soulevant légèrement la tapisserie, aperçut Mme Fauville qui rentrait, suivie de Silvestre.

Elle monta. La cage de l'escalier redevint obscure. Durant une demi-heure encore, des murmures de voix et des bruits de chaises remuées se firent entendre aux étages supérieurs. Et ce fut le silence.

Et, dans ce silence, Perenna sentit sourdre en lui une angoisse inexprimable. Pourquoi ? Il n'eût pu le dire. Mais c'était si violent, l'impression devenait si aiguë qu'il murmura :

« Je vais voir s'il dort. Les portes ne doivent pas être fermées au verrou. »

De fait, il n'eut qu'à pousser les battants pour ouvrir. Sa lanterne électrique à la main, il s'approcha du lit.

Hippolyte Fauville, tourné vers le mur, dormait. Perenna eut un soupir de soulagement. Il revint dans le couloir et secouant Mazeroux :

« À ton tour, Alexandre.

— Rien de nouveau, patron ?

— Non, non, rien, il dort.

— Comment le savez-vous donc ?

— J'ai été le voir.

— C'est drôle, je n'ai pas entendu. C'est vrai que je pionçais comme une brute. »

Il suivit dans la pièce Perenna, qui lui dit:

«Assieds-toi et ne le réveille pas. Je vais m'assoupir un instant.»

Il reprit encore une faction. Mais, même en sommeillant, il gardait conscience de tout ce qui se passait autour de lui.

Une pendule sonnait les heures à voix basse, et, chaque fois, Perenna comptait. Puis ce fut la vie du dehors qui s'éveilla, les voitures de laitiers qui roulèrent, les premiers trains de banlieue qui sifflèrent.

Dans l'hôtel aussi, l'agitation commença.

Le jour filtrait par les interstices des volets, et la pièce peu à peu s'emplissait de lumière.

«Allons-nous-en, dit le brigadier Mazeroux. Il vaut mieux qu'il ne nous trouve pas ici.

— Tais-toi, ordonna don Luis en accompagnant son injonction d'un geste impérieux.

— Mais pourquoi?

— Tu vas le réveiller.

— Vous voyez bien qu'il ne se réveille pas, fit Mazeroux sans baisser le ton.

— C'est vrai... c'est vrai...» chuchota don Luis, étonné que le son de cette voix n'eût pas troublé le dormeur.

Et il se sentit envahi par la même angoisse qui l'avait bouleversé au milieu de la nuit. Angoisse plus précise, quoiqu'il ne voulût pas, qu'il n'osât pas, se rendre compte du motif qui la suscitait.

«Qu'est-ce que vous avez, patron? Vous êtes tout chose. Qu'y a-t-il?

— Rien... rien... j'ai peur.»

Mazeroux frissonna.

«Peur de quoi? Vous dites ça comme il le disait hier soir, lui.

— Oui... oui... et pour la même cause.

— Mais enfin?...

— Tu ne comprends donc pas?... Tu ne comprends donc pas que je me demande...

« — Quoi donc ?

— S'il n'est pas mort !

— Mais vous êtes fou, patron.

— Non... je ne sais pas... seulement... seulement... j'ai l'impression de la mort. »

Sa lanterne à la main, il demeurait comme paralysé en face du lit, et, lui qui ne craignait rien au monde, il n'avait pas le courage d'éclairer le visage d'Hippolyte Fauville. Un silence terrifiant s'accumulait dans la pièce.

« Oh ! patron, il ne bouge pas...

— Je sais... je sais... et je m'aperçois maintenant qu'il n'a pas bougé une seule fois cette nuit. Et c'est cela qui m'effraie. »

Il dut faire un réel effort pour avancer. Il toucha presque au lit.

L'ingénieur ne semblait pas respirer.

Résolument il lui prit la main.

Elle était glacée.

D'un coup Perenna reprit tout son sang-froid.

« La fenêtre ! ouvre la fenêtre ! » cria-t-il.

Et, lorsque la lumière jaillit dans la pièce, il vit la figure d'Hippolyte Fauville tuméfiée, tachée de plaques brunes.

« Oh ! dit-il à voix basse, il est mort.

— Cré tonnerre !... cré tonnerre !... » bégaya le brigadier.

Durant deux ou trois minutes, ils restèrent pétrifiés, stupides, anéantis par la constatation du plus prodigieux et du plus mystérieux des phénomènes. Puis une idée soudaine fit sursauter Perenna. En quelques bonds il monta l'escalier intérieur, galopa le long de la galerie, et se précipita dans la mansarde.

Sur son lit, Edmond, le fils d'Hippolyte Fauville, était étendu, rigide, le visage terreux, mort aussi.

« Cré tonnerre !... cré tonnerre ! » répéta Mazeroux.

Jamais peut-être, au cours de sa vie aventureuse, Perenna n'avait éprouvé une telle commotion. Il en ressentait une sorte de courbature, et comme une impuissance à tenter le moindre geste, à prononcer la moindre parole. Le père et le fils étaient morts! On les avait tués au cours de cette nuit! Quelques heures auparavant, bien que la maison fût gardée, et toutes les issues hermétiquement closes, on les avait, à l'aide d'une piqûre infernale, empoisonnés tous deux, comme on avait empoisonné l'Américain Cosmo Mornington.

«Cré tonnerre! redit encore Mazeroux, c'était pas la peine de nous occuper d'eux, les pauvres diables, et de faire tant d'épate pour les sauver!»

Il y avait un reproche dans cette explication. Perenna le saisit et avoua:

«Tu as raison, Mazeroux, je n'ai pas été à la hauteur de la tâche.

— Moi non plus, patron.

— Toi... toi... tu n'es dans l'affaire que depuis hier soir.

— Eh bien, vous aussi, patron.

— Oui, je sais, depuis hier soir, tandis qu'eux la combinent depuis des semaines et des semaines... Mais tout de même, ils sont morts, et j'étais là! J'étais là, moi, Lupin... La chose s'est accomplie sous mes yeux, et je n'ai rien vu... Je n'ai rien vu... Est-ce possible?»

Il découvrait les épaules du pauvre garçon et, montrant la trace d'une piqûre en haut du bras:

«La même marque... la même évidemment que l'on retrouve sur le père... L'enfant ne semble pas avoir souffert non plus. Malheureux gosse! Il n'avait pas l'apparence bien robuste... N'importe... une jolie figure... Ah! comme la mère va être malheureuse!»

Le brigadier pleurait de rage et de pitié, tout en mâchonnant:

«Cré tonnerre!... cré tonnerre!

— Nous les vengerons, hein, Mazeroux ?

— À qui le dites-vous, patron ? Plutôt deux fois qu'une !

— Une fois suffira, Mazeroux. Mais ce sera la bonne.

— Ah ! je le jure bien.

— Tu as raison, jurons-le. Jurons que ces deux morts seront vengés. Jurons que nous ne désarmerons pas avant que les assassins d'Hippolyte Fauville et de son fils soient punis selon leurs crimes.

— Je le jure sur mon salut éternel, patron.

— Bien, fit Perenna. Maintenant à l'œuvre. Toi, tu vas téléphoner immédiatement à la préfecture de police. Je suis sûr que M. Desmalions trouvera bon que tu le fasses avertir sans retard. Cette affaire l'intéresse au plus haut point.

— Et si les domestiques viennent ? Si Mme Fauville...

— Personne ne viendra avant que nous ouvrions, et nous n'ouvrirons les portes qu'au préfet de police. C'est lui qui se chargera ensuite d'annoncer à Mme Fauville qu'elle est veuve et qu'elle n'a plus de fils. Va, dépêche-toi.

— Un instant, patron, nous oublions quelque chose qui va singulièrement nous aider.

— Quoi ?

— Le petit cahier de toile grise contenu dans le coffre, où M. Fauville racontait la machination ourdie contre lui.

— Eh ! parbleu, fit Perenna, tu as raison.... d'autant plus qu'il avait négligé de brouiller le chiffre de la serrure, et que, d'autre part, la clef est au trousseau laissé sur la table. »

Ils descendirent rapidement.

« Laissez-moi faire, dit Mazeroux. Il est plus régulier que vous ne touchiez pas à ce coffre-fort. »

Il prit le trousseau, dérangea la vitrine et introduisit la clef, avec une émotion fébrile que don Luis ressentait plus vivement encore. Ils allaient enfin connaître l'histoire mystérieuse! Le mort allait leur livrer le secret de ses bourreaux!

«Dieu, que tu es long!» ronchonna don Luis.

Mazeroux plongea les deux mains dans le fouillis des papiers qui encombraient le rayon de fer.

«Eh bien, Mazeroux, donne-le-moi.

— Quoi?

— Le cahier de toile grise.

— Impossible, patron.

— Hein?

— Il a disparu.»

Don Luis étouffa un juron. Le cahier de toile grise que l'ingénieur avait placé devant eux dans le coffre avait disparu!

Mazeroux hocha la tête.

«Cré tonnerre! ils savaient donc l'existence de ce cahier?

— Parbleu! et bien d'autres choses. Nous ne sommes pas au bout de notre rouleau avec ces gaillards-là. Aussi, pas de temps à perdre. Téléphone.»

Mazeroux obéit. Presque aussitôt, M. Desmalions lui fit répondre qu'il venait à l'appareil.

Il attendit.

Au bout de quelques minutes, Perenna, qui s'était promené de droite et de gauche en examinant divers objets, vint s'asseoir à côté de lui. Il paraissait soucieux. Il réfléchit assez longuement. Mais, son regard s'étant fixé sur le compotier, il murmura:

«Tiens, il n'y a plus que trois pommes au lieu de quatre. Il a donc mangé la quatrième?

— En effet, dit Mazeroux, il a dû la manger.

— C'est bizarre, reprit Perenna, car il ne les trouvait pas mûres.»

Il garda de nouveau le silence, accoudé à la table, visiblement préoccupé, puis, relevant la tête, il laissa tomber ces mots:

«Le crime a été commis avant que nous n'entrions dans la pièce, exactement à minuit et demi.

— Qu'est-ce que vous en savez, patron?

— L'assassin, ou les assassins de M. Fauville, en touchant aux objets rangés sur cette table, ont fait tomber la montre que M. Fauville y avait déposée. Ils l'ont remise à sa place. Mais sa chute l'avait arrêtée. Elle marque minuit et demi.

— Donc, patron, quand nous nous sommes installés ici, vers deux heures du matin, c'est un cadavre qui reposait à côté de nous, et un autre au-dessus de nous?

— Oui.

— Mais par où ces démons-là sont-ils entrés?

— Par cette porte, qui donne sur le jardin, et par la grille qui donne sur le boulevard Suchet.

— Ils avaient donc les clefs des verrous et des serrures?

— De fausses clefs, oui.

— Mais les agents de police qui surveillent la maison, de dehors?

— Ils la surveillent encore, comme ces gens-là surveillent, en marchant d'un point à un autre, et sans songer que l'on peut s'introduire dans un jardin tandis qu'ils ont le dos tourné. C'est ce qui a eu lieu, à l'arrivée comme au départ.»

Le brigadier Mazeroux semblait abasourdi. L'audace des criminels, leur habileté, la précision de leurs actes le confondaient.

«Ils sont bougrement forts, dit-il.

— Bougrement, Mazeroux, tu l'as dit, et je prévois que la bataille sera terrible. Crebleu! quelle vigueur dans l'attaque!»

La sonnerie du téléphone s'agitait. Don Luis laissa Mazeroux poursuivre sa communication, et, prenant le trousseau de clefs, il fit aisément fonctionner la serrure et le verrou de la porte, et passa dans le jardin avec l'espoir d'y trouver quelque vestige qui faciliterait ses recherches.

Comme la veille, il aperçut, à travers les rameaux de lierre, deux agents de police qui déambulaient d'un bec de gaz à un autre. Ils ne le virent point. D'ailleurs ce qui pouvait se passer dans l'hôtel leur paraissait totalement indifférent.

« C'est là ma grande faute, se dit Perenna. On ne confie pas une mission à des gens qui ne se doutent pas de son importance. »

Les investigations aboutirent à la découverte de traces sur le gravier, trop confuses pour que l'on pût reconstituer la forme des chaussures qui les y avaient faites, assez précises cependant pour que l'hypothèse de Perenna fût confirmée : les bandits avaient passé par là.

Tout à coup, il eut un mouvement de joie. Contre la bordure de l'allée, entre les feuilles d'un petit massif de rhododendrons, il avait aperçu quelque chose de rouge qui l'avait frappé.

Il se baissa.

C'était une pomme, la quatrième pomme, celle dont il avait remarqué l'absence dans le compotier.

« Parfait, se dit-il, Hippolyte Fauville ne l'a pas mangée. C'est l'un d'eux qui l'aura emportée... Une fantaisie... une fringale soudaine... et elle aura roulé de sa main sans qu'il ait eu le temps de la rechercher. »

Il ramassa le fruit et l'examina.

« Ah ! fit-il en tressaillant, est-ce possible ? »

Il restait interdit, saisi d'une véritable émotion, n'admettant pour ainsi dire point la chose inadmissible qui s'offrait cependant à ses yeux avec l'évidence même de la réalité. On avait mordu dans la pomme, dans la pomme trop acide pour qu'on pût la manger. *Et les dents avaient laissé leur empreinte !*

« Est-ce possible ? répétait don Luis, est-ce possible que l'un d'eux ait commis une pareille imprudence ? Il faut que la pomme soit tombée à son insu... ou qu'il n'ait pu la retrouver au milieu des ténèbres. »

Il n'en revenait pas et cherchait des explications. Mais le fait était là. Deux rangées de dents, trouant en demi-cercle la mince pellicule rouge, avaient laissé dans la pulpe même leur morsure bien nette et bien régulière. Il y en avait six en haut, tandis qu'en bas cela s'était fondu en une seule ligne courbe.

« Les dents du tigre !... murmurait Perenna, qui ne pouvait détacher son regard de cette double empreinte. Les dents du tigre ! celles qui s'inscrivaient déjà sur la tablette de l'inspecteur Vérot ! Quelle coïncidence ! Peut-on supposer qu'elle soit fortuite ? Ne doit-on pas admettre comme certain que c'est la même personne qui a mordu dans ce fruit et qui avait marqué la tablette que l'inspecteur Vérot apportait à la Préfecture comme la preuve la plus irréfragable ? »

Il hésita une seconde. Cette preuve, la garderait-il pour lui, pour l'enquête personnelle qu'il voulait mener ? ou bien l'abandonnerait-il aux investigations de la justice ? Mais il éprouvait au contact de cet objet une telle répugnance, un tel malaise physique, qu'il rejeta la pomme et la fit rouler sous le feuillage.

Et il redisait en lui-même :

« Les dents du tigre !... les dents de la bête fauve ! »

Il referma la porte du jardin, poussa le verrou, remit le trousseau de clefs sur la table, et dit à Mazeroux :

« Tu as parlé au préfet de police ?

— Oui.

— Il vient ?

— Oui.

— Il ne t'a pas donné l'ordre de téléphoner au commissaire de police ?

— Non.

— C'est qu'il veut tout voir par lui-même. Tant mieux! Mais la Sûreté? Le Parquet?

— Il les a prévenus.

— Qu'est-ce que tu as Alexandre? Il faut te tirer les réponses du fond des entrailles. Eh bien, et après? Tu me lorgnes d'un drôle d'air? Qu'y a-t-il?

— Rien.

— À la bonne heure. C'est cette histoire sans doute qui t'a tourné la tête. De fait, il y a de quoi... Et le préfet ne va pas rigoler... D'autant qu'il s'est confié à moi un peu à la légère et qu'on lui demandera des explications sur ma présence ici... Ah! à ce propos, il est de beaucoup préférable que tu prennes la responsabilité de tout ce que nous avons fait. N'est-ce pas? Ça n'en vaut que mieux pour toi. D'ailleurs, mets-toi carrément en avant. Efface-moi le plus possible, et surtout — tu ne verras, je suppose, aucun inconvénient à ce petit détail —, ne commets pas la bêtise de dire que tu t'es endormi une seule seconde, cette nuit, dans le couloir. D'abord, ça te retomberait sur le dos. Et puis... et puis voilà... Nous sommes d'accord, hein? Alors il n'y a plus qu'à se quitter. Si le préfet a besoin de moi, comme je m'y attends, qu'on me téléphone, à mon domicile, place du Palais-Bourbon. J'y serai. Adieu. Il est inutile que j'assiste à l'enquête, ma présence y serait déplacée. Adieu, camarade.»

Il se dirigea vers la porte du couloir.

«Un instant, s'écria Mazeroux.

— Un instant? mais...»

Le brigadier s'était jeté entre la porte et lui, et barrait le passage.

«Oui, un instant... Je ne suis pas de votre avis. Il est de beaucoup préférable que vous patientiez jusqu'à l'arrivée du préfet.

— Mais je me fiche pas mal de ton avis.

— Ça se peut, mais vous ne passerez pas.

— Quoi! Ah ça! mais, Alexandre, tu es malade?

— Voyons, patron, supplia Mazeroux pris d'une défaillance, qu'est-ce que ça peut vous faire? Il est tout naturel que le préfet désire causer avec vous.

— Ah! c'est le préfet qui désire?... Eh bien, tu lui diras, mon petit, que je ne suis pas à ses ordres, que je ne suis aux ordres de personne, et que si le président de la République, que si Napoléon Ier lui-même, me barrait la route... Et puis! zut, assez causé. Décampe.

— Vous ne passerez pas! déclara Mazeroux d'un ton résolu et en étendant les bras.

— Elle est rigolote, celle-là.

— Vous ne passerez pas.

— Alexandre, compte jusqu'à dix.

— Jusqu'à cent, si vous voulez, mais vous ne...

— Ah! tu m'embêtes avec ton refrain. Allons, ouste!»

Il saisit Mazeroux par les deux épaules, le fit pirouetter et, d'une poussée, l'envoya buter contre le divan.

Puis il ouvrit la porte.

«Halte! ou je fais feu!»

C'était Mazeroux, debout déjà, et le revolver au poing, l'expression implacable.

Don Luis s'arrêta, stupéfait. La menace lui était absolument indifférente, et ce canon de revolver braqué sur lui le laissait aussi froid que possible. Mais par quel prodige Mazeroux, son complice d'autrefois, son disciple fervent, son serviteur dévoué, par quel prodige Mazeroux osait-il accomplir un pareil geste?

Il s'approcha de lui, et, appuyant doucement sur le bras tendu:

«Ordre du préfet, n'est-ce pas?

— Oui, murmura le brigadier, tout confus.

— Ordre de me retenir jusqu'à son arrivée?

— Oui.

— Et si je manifestais l'intention de sortir, ordre de m'en empêcher ?

— Oui.

— Par tous les moyens ?

— Oui.

— Même en m'envoyant une balle dans la peau ?

— Oui. »

Perenna réfléchit, puis d'une voix grave :

« Tu aurais tiré, Mazeroux ? »

Le brigadier baissa la tête et articula faiblement :

« Oui, patron. »

Perenna le regarda sans colère, d'un regard de sympathie affectueuse, et c'était pour lui un spectacle passionnant que de voir son ancien compagnon dominé par un tel sentiment du devoir et de la discipline. Rien ne prévalait contre ce sentiment-là, rien, pas même l'admiration farouche, l'attachement en quelque sorte animal que Mazeroux conservait pour son maître.

« Je ne t'en veux pas, Mazeroux. Je t'approuve même. Seulement, tu vas m'expliquer la raison pour laquelle le préfet de police... »

Le brigadier ne répondit pas, mais ses yeux avaient une expression si douloureuse que don Luis sursauta, comprenant tout à coup.

« Non... non, s'écria-t-il, c'est absurde... il n'a pas pu avoir cette idée... Et toi, Mazeroux, est-ce que tu me crois coupable ?

— Oh! moi, patron, je suis sûr de vous comme de moi-même... Vous ne tuez pas, vous!... Mais, tout de même, il y a des choses, des coïncidences...

— Des choses... des coïncidences... » répéta don Luis, lentement.

Il demeura pensif, et, tout bas, il scanda :

« Oui... au fond... il y a du vrai dans ce que tu dis... Oui, tout ça coïncide... Comment n'y ai-je pas songé ?... Mes relations avec Cosmo Morning-

71

ton, mon arrivée à Paris pour l'ouverture du testament, mon insistance pour passer la nuit ici, le fait que la mort des deux Fauville me donne sans doute les millions... Et puis... et puis... Mais il a mille fois raison, ton préfet de police !... D'autant plus... Enfin... enfin... quoi ! je suis fichu.

— Voyons, patron.

— Fichu, camarade, mets-toi bien ça dans la caboche... Non pas fichu en tant qu'Arsène Lupin, ex-cambrioleur, ex-forçat, ex tout ce que tu voudras... sur ce terrain-là, je suis inattaquable... mais fichu en tant que don Luis Perenna, honnête homme, légataire universel, etc. Et c'est trop bête ! car enfin, qui retrouvera l'assassin de Cosmo, de Vérot et des deux Fauville, si on me flanque en prison ?

— Voyons, patron...

— Tais-toi... Écoute...»

Une automobile s'arrêtait sur le boulevard, et une autre survint. C'était évidemment le préfet de police et les magistrats du parquet.

Don Luis saisit le bras de Mazeroux :

«Un seul moyen, Alexandre, ne dis pas que tu as dormi.

— Impossible, patron.

— Triple idiot ! grogna don Luis. Peut-on être gourde à ce point ! C'est à vous dégoûter d'être honnête. Alors quoi ?

— Alors, patron, découvrez le coupable...

— Hein ! Qu'est-ce que tu chantes ?»

À son tour, Mazeroux lui prit le bras, et, s'accrochant à lui avec une sorte de désespoir, la voix mouillée de larmes :

«Découvrez le coupable, patron. Sans ça, vous êtes réglé... c'est certain... Le préfet me l'a dit... Il faut un coupable à la justice... et dès ce soir... Il en faut un... À vous de le découvrir.

— Tu en as de bonnes, Alexandre.

— C'est un jeu pour vous, patron. Vous n'avez qu'à vouloir.

— Mais il n'y a pas le moindre indice, idiot !

— Vous en trouverez... il le faut... Je vous en supplie, livrez quelqu'un... Je serais trop malheureux si on vous arrêtait. Et puis, vous, le patron, accusé d'assassinat ! Non... non... je vous en supplie, découvrez le coupable et livrez-le... Vous avez toute la journée pour cela... et Lupin en a fait bien d'autres ! »

Il bégayait, pleurait, se tordait les mains, grimaçait de tout son visage comique. Et c'était touchant, cette douleur, cet effarement à l'approche du danger qui menaçait son maître.

La voix de M. Desmalions se fit entendre dans le vestibule, à travers la tapisserie qui fermait le couloir. Une troisième automobile stoppa sur le boulevard, et une quatrième, toutes deux sans doute chargées d'agents.

L'hôtel était cerné, en état de siège.

Perenna se taisait.

Près de lui, la figure anxieuse, Mazeroux semblait l'implorer.

Quelques secondes s'écoulèrent.

Puis Perenna déclara posément :

« Tout compte fait, Alexandre, j'avoue que tu as vu clair dans la situation et que tes craintes sont pleinement justifiées. Si je n'arrive pas, en quelques heures, à livrer à la justice l'assassin ou les assassins d'Hippolyte Fauville et de son fils, ce soir, jeudi, premier jour du mois d'avril, c'est moi, don Luis Perenna, qui coucherai sur la paille humide. »

CHAPITRE III

LA TURQUOISE MORTE

Il était environ neuf heures du matin lorsque le préfet de police entra dans le bureau où s'était déroulé le drame incompréhensible de ce double et mystérieux assassinat.

Il ne salua même pas don Luis, et les magistrats qui l'accompagnaient auraient pu croire que don Luis n'était qu'un auxiliaire du brigadier Mazeroux, si le chef de la Sûreté n'eût eu soin de préciser en quelques mots le rôle de cet intrus.

Brièvement, M. Desmalions examina les deux cadavres et se fit donner par Mazeroux de rapides explications.

Puis, regagnant le vestibule, il monta dans un salon du premier étage, où Mme Fauville, prévenue de sa visite, le rejoignit presque aussitôt.

Perenna, qui n'avait pas bougé du couloir, à son tour se glissa dans le vestibule, que les domestiques de l'hôtel, déjà mis au courant du crime, traversaient en tous sens, et il descendit les quelques marches qui conduisaient à un premier palier, sur lequel s'ouvrait la grande porte.

Deux hommes étaient là, dont l'un lui dit :

« On ne passe pas.

— Mais…

— On ne passe pas… c'est la consigne.

— La consigne ? Et qui donc l'a donnée

— Le préfet lui-même.

— Pas de veine, dit Perenna en riant. J'ai veillé toute la nuit et je crève de faim. Pas moyen de se mettre quelque chose sous la dent ? »

Les deux agents se regardèrent, puis l'un d'eux fit signe à Silvestre, le domestique, qui s'approcha et avec lequel il s'entretint. Silvestre s'en alla du côté de la salle à manger et de l'office et rapporta un croissant.

«Bien, pensa don Luis, après avoir remercié, la preuve est faite. Je suis bouclé. C'est ce que je voulais savoir. Mais M. Desmalions manque de logique. Car si c'est Arsène Lupin qu'il a l'intention de retenir ici, tous ces braves agents sont quelque peu insuffisants; et si c'est don Luis Perenna, ils sont inutiles, puisque la fuite du sieur Perenna enlèverait au sieur Perenna toute chance de palper la galette du bon Cosmo. Sur quoi, je m'assieds. »

Il reprit sa place en effet dans le couloir et attendit les événements.

Par la porte ouverte du bureau, il vit les magistrats poursuivre leur enquête. Le médecin légiste fit un premier examen des deux cadavres et reconnut aussitôt les mêmes indices d'empoisonnement qu'il avait lui-même constatés la veille au soir sur le cadavre de l'inspecteur Vérot. Puis des agents soulevèrent les corps, que l'on transporta dans les deux chambres contiguës que le père et le fils occupaient naguère au second étage de l'hôtel.

Le préfet de police redescendit alors, et don Luis saisit ces paroles qu'il adressait aux magistrats:

«Pauvre femme! elle ne voulait pas comprendre... Quand elle a compris, elle est tombée raide par terre, évanouie. Pensez donc! son mari et son fils d'un seul coup... La malheureuse! »

À partir de ce moment, il ne vit plus rien et n'entendit plus rien. La porte fut fermée. Le préfet dut ensuite donner des ordres de l'extérieur, par la communication que le jardin offrait avec l'entrée principale, car les deux agents vinrent s'installer dans le vestibule, à l'issue même du couloir, a droite et à gauche de la tapisserie.

«Décidément, se dit Perenna, mes actions ne sont pas en hausse. Quelle bile doit se faire Alexandre! Non, mais quelle bile! »

À midi, Silvestre lui apporta quelques aliments sur un plateau.

Et l'attente recommença, très longue, pénible.

Dans le bureau et dans l'hôtel, l'enquête, interrompue par le déjeuner, avait repris. Il percevait de tous côtés des allées et venues et des bruits de voix. À la fin, fatigué, ennuyé, il se renversa sur son fauteuil et s'endormit.

Il était quatre heures lorsque le brigadier Mazeroux le réveilla. Et, tout en le conduisant, Mazeroux chuchotait :

« Eh bien, vous l'avez découvert ?

— Qui ?

— Le coupable ?

— Parbleu ! dit Perenna, c'est simple comme bonjour.

— Ah ! heureusement, fit Mazeroux, tout joyeux, et ne comprenant pas la plaisanterie. Sans cela, comme vous le disiez, vous étiez fichu. »

Don Luis entra. Dans la pièce se trouvaient réunis le procureur de la République, le juge d'instruction, le chef de la Sûreté, le commissaire du quartier, deux inspecteurs et trois agents en uniforme.

Dehors, sur le boulevard Suchet, s'élevaient des clameurs, et quand le commissaire et les trois agents, obéissant au préfet, sortirent pour écarter la foule, on entendit la voix éraillée d'un camelot qui hurlait :

« Le double assassinat du boulevard Suchet ! Curieux détails sur la mort de l'inspecteur Vérot ! Le désarroi de la police ! »

Puis, la porte close, ce fut le silence.

« Mazeroux ne se trompait pas, pensa don Luis, moi ou *l'autre*, c'est net. Si je ne parviens pas à tirer, des paroles qui vont être dites et des faits qui vont se produire au cours de cet interrogatoire, quelque lumière qui me permette de leur désigner cet X mystérieux, c'est moi qu'ils livreront, ce soir, en pâture au public. Attention, mon bon Lupin!»

Il eut ce frisson de joie qui le faisait tressaillir à l'approche des grandes luttes. Celle-là, en vérité, comptait au nombre des plus terribles qu'il eût encore soutenues. Il connaissait la réputation du préfet, son expérience, sa ténacité, le plaisir très vif qu'il éprouvait à s'occuper des instructions importantes et à les pousser lui-même à fond avant de les remettre aux mains du juge, et Perenna connaissait aussi toutes les qualités professionnelles du chef de la Sûreté, toute la finesse, toute la logique pénétrante du juge d'instruction.

Ce fut le préfet de police qui dirigea l'attaque. Il le fit nettement, sans détours, d'une voix un peu sèche, où il n'y avait plus, à l'égard de don Luis, les mêmes intonations de sympathie. L'attitude également était plus raide et manquait de cette bonhomie qui, la veille, avait frappé don Luis.

«Monsieur, dit-il, les circonstances ayant voulu que, comme légataire universel et comme représentant de M. Cosmo Mornington, vous passiez la nuit dans ce rez-de-chaussée, tandis que s'y commettait un double assassinat, nous désirons recevoir votre témoignage détaillé sur les divers incidents de cette nuit.

— En d'autres termes, monsieur le préfet, dit Perenna qui riposta directement à l'attaque, en d'autres termes, les circonstances ayant voulu que vous m'accordiez l'autorisation de passer la nuit ici, vous seriez désireux de savoir si mon témoignage correspond exactement à celui du brigadier Mazeroux.

— Oui, dit le préfet.

— C'est-à-dire que mon rôle vous semble suspect?»

M. Desmalions hésita. Ses yeux s'attachèrent aux yeux de don Luis. Visiblement il fut impressionné par ce regard si franc. Néanmoins, il répondit, et sa réponse était claire et son accent brusque :

« Vous n'avez pas de questions à me poser, monsieur. »

Don Luis s'inclina.

« Je suis à vos ordres, monsieur le préfet.

— Veuillez nous dire ce que vous savez. »

Don Luis fit alors une relation minutieuse des événements, à la suite de quoi M. Desmalions réfléchit quelques instants et dit :

« Il est un point au sujet duquel il nous faut quelques éclaircissements. Lorsque vous êtes entré ce matin à deux heures et demie dans cette pièce, et que vous avez pris place à côté de M. Fauville, aucun indice ne vous a révélé qu'il était mort ?

— Aucun, monsieur le préfet... sinon le brigadier Mazeroux et moi nous aurions donné l'alarme.

— La porte du jardin était fermée ?

— Elle l'était forcément, puisque nous avons dû l'ouvrir à sept heures du matin.

— Avec quoi ?

— Avec la clef du trousseau.

— Mais comment des assassins, venus du dehors, auraient-ils pu l'ouvrir, eux ?

— Avec de fausses clefs.

— Vous avez une preuve qui vous permet de supposer qu'elle a été ouverte avec de fausses clefs

— Non, monsieur le préfet.

— Donc, jusqu'à preuve du contraire, nous devons penser qu'elle n'a pas pu être ouverte du dehors et que le coupable se trouvait à l'intérieur.

— Mais, enfin, monsieur le préfet, il n'y avait là que le brigadier Mazeroux et moi ! »

Il y eut un silence, un silence dont la signification ne faisait aucun doute, et auquel les paroles de M. Desmalions allaient donner une valeur plus précise encore.

« Vous n'avez pas dormi de la nuit ?

— Si, vers la fin.

« — Vous n'avez pas dormi auparavant, tandis que vous étiez dans le couloir ?

— Non.

— Et le brigadier Mazeroux ? »

Don Luis resta indécis une seconde, mais pouvait-il espérer que l'honnête et scrupuleux Mazeroux eût désobéi aux ordres de sa conscience ?

Il répondit :

« Le brigadier Mazeroux s'est endormi sur son fauteuil et il ne s'est réveillé qu'au retour de Mme Fauville, deux heures plus tard. »

Il y eut un nouveau silence, et qui signifiait évidemment, celui-là :

« Donc, pendant les deux heures que le brigadier Mazeroux dormait, il vous eût été matériellement possible d'ouvrir la porte et de supprimer les deux Fauville. »

L'interrogatoire suivait la marche que Perenna avait prévue, et le cercle se restreignait autour de lui. Son adversaire menait le combat avec une logique et une vigueur qu'il admirait sans réserve.

« Bigre, se disait-il, que c'est malaisé de se défendre quand on est innocent ! Voilà mon aile droite et mon aile gauche enfoncées. Le centre pourra-t-il supporter l'assaut ? »

M. Desmalions, après s'être concerté avec le juge d'instruction, reprit la parole en ces termes :

« Hier soir, lorsque M. Fauville ouvrit son coffre-fort devant vous et devant le brigadier, qu'y avait-il dans ce coffre ?

— Un amoncellement de paperasses sur un des rayons, et, parmi ces paperasses, le cahier de toile grise qui a disparu.

— Vous n'avez pas touché à ces paperasses ?

— Pas plus qu'au coffre, monsieur le préfet. Le brigadier Mazeroux a dû même vous dire que ce matin, pour la régularité de l'enquête, il m'a tenu à l'écart.

— Donc, de vous à ce coffre, il n'y a pas eu le moindre contact ?

— Pas le moindre. »

M. Desmalions regarda le juge d'instruction en hochant la tête. Si Perenna avait pu douter qu'un piège lui fût tendu, il lui eût suffi, pour être renseigné, de jeter un coup d'œil sur Mazeroux : Mazeroux était livide.

Cependant, M. Desmalions continua :

« Vous vous êtes occupé d'enquêtes, monsieur, d'enquêtes policières. C'est donc au détective qui fit ses preuves que je vais poser une question.

— J'y répondrai de mon mieux, monsieur le préfet.

— Voici. Au cas où il y aurait actuellement dans le coffre-fort un objet quelconque, un bijou... mettons un brillant détaché d'une épingle de cravate, et que ce brillant fût détaché d'une épingle de cravate appartenant, sans contestation possible, à une personne connue de nous, personne ayant passé la nuit dans cet hôtel, que penseriez-vous de cette coïncidence ? »

« Ça y est, se dit Perenna, voilà le piège. Il est clair qu'ils ont trouvé quelque chose dans le coffre, et ensuite qu'ils s'imaginent que ce quelque chose m'appartient. Bien. Mais, pour cela, il faudrait supposer, puisque je n'ai pas touché au coffre, que ce quelque chose m'eût été dérobé et qu'on l'eût placé dans le coffre pour me compromettre. Et c'est impossible, puisque je ne suis mêlé à cette affaire que depuis hier soir et qu'on n'a pas eu le temps, durant cette nuit où je n'ai vu personne, de préparer contre moi une intrigue aussi ardue. Donc... »

Le préfet de police interrompit ce monologue et répéta :

« Quelle serait votre opinion ?

— Il y aurait, monsieur le préfet, corrélation indéniable entre la présence de cet individu dans l'hôtel et les deux crimes commis.

— Nous aurions par conséquent le droit tout au moins de soupçonner cet individu ?

— Oui.

— C'est votre avis ?

— Très net. »

M. Desmalions sortit de sa poche un papier de soie qu'il déplia, et saisit entre deux doigts une petite pierre bleue qu'il montra :

« Voici une turquoise que nous avons trouvée dans le coffre. Cette turquoise, sans aucune espèce de doute, fait partie de la bague que vous portez à l'index. »

Un accès de rage secoua don Luis. Il grinça, les dents serrées :

« Ah ! les coquins ! Sont-ils forts tout de même !... Mais non, je ne puis croire... »

Il examina sa bague. Le chaton en était formé par une grosse turquoise éteinte, morte, qu'entourait un cercle de petites turquoises irrégulières, d'un bleu également pâle. L'une d'elles manquait. Celle que M. Desmalions tenait à la main la remplaça exactement.

M. Desmalions prononça :

« Qu'en dites-vous ?

— Je dis que cette turquoise fait partie de ma bague, bague qui me fut donnée par Cosmo Mornington la première fois que je lui sauvai la vie.

— Donc, nous sommes d'accord ?

— Oui, monsieur le préfet, nous sommes d'accord. »

Don Luis Perenna se mit à marcher à travers la pièce en réfléchissant. Au mouvement que les agents de la Sûreté firent vers chacune des portes, il comprit que son arrestation avait été prévue. Une parole de M. Desmalions, et le brigadier Mazeroux serait obligé de mettre la main au collet de son patron.

De nouveau, don Luis lança un coup d'œil vers son ancien complice. Mazeroux esquissa un geste de supplication, comme s'il eût voulu dire : « Eh bien, qu'est-ce que vous attendez pour leur livrer le coupable ? Vite, il est temps. »

Don Luis sourit.

« Qu'y a-t-il ? » demanda le préfet, d'un ton où plus rien ne perçait de cette sorte de politesse involontaire que, malgré tout, il lui témoignait depuis le début de l'instruction.

« Il y a... il y a... »

Perenna saisit une chaise par le dossier, la fit pirouetter et s'assit en disant ce simple mot :

« Causons. »

Et le mot était dit de telle manière, et le mouvement exécuté avec tant de décision, que le préfet murmura, comme ébranlé :

« Je ne vois pas bien...

— Vous allez comprendre, monsieur le préfet. »

Et, la voix lente, en scandant chacune des syllabes de son discours, il commença :

« Monsieur le préfet, la situation est limpide. Vous m'avez donné hier soir une autorisation qui engage votre responsabilité de la façon la plus grave. Il vous faut donc à tout prix, et sur-le-champ, un coupable. Le coupable, ce sera donc moi. Comme charges, vous avez ma présence ici, le fait que la porte était fermée à l'intérieur, le fait que le brigadier Mazeroux dormait pendant le crime, et la découverte, dans le coffre, de cette turquoise. C'est écrasant, je l'avoue. Il s'y ajoute cette présomption terrible que j'avais tout intérêt à la disparition de M. Fauville et de son fils, puisque s'il n'existe pas d'héritier de Cosmo Mornington je touche deux cents millions. Parfait. Il n'y a donc plus pour moi qu'à vous suivre au Dépôt... ou bien...

— Ou bien ?

— Ou bien à remettre en vos mains le coupable, le vrai coupable. »

Le préfet de police sourit ironiquement et tira sa montre.

«J'attends.

— Ce sera l'affaire d'une petite heure, monsieur le préfet, dit Perenna, pas davantage, si vous me laissez toute latitude. Et la recherche de la vérité vaut bien, il me semble, un peu de patience.

— J'attends, répéta M. Desmalions.

— Brigadier Mazeroux, veuillez dire au sieur Silvestre, domestique, que M. le préfet désire le voir.»

Sur un signe de M. Desmalions, Mazeroux sortit.

Don Luis expliqua:

«Monsieur le préfet, si la découverte de la turquoise constitue à vos yeux une preuve extrêmement grave, elle est pour moi une révélation de la plus haute importance. Voici pourquoi. Cette turquoise a dû se détacher de ma bague hier soir et rouler sur le tapis. Or, quatre personnes seulement ont pu remarquer cette chute pendant qu'elle se produisait, ramasser la turquoise et, pour compromettre l'ennemi nouveau que j'étais, la glisser dans le coffre. La première de ces personnes est un de vos agents, le brigadier Mazeroux... n'en parlons pas. La seconde est morte. C'est M. Fauville... n'en parlons pas. La troisième, c'est le domestique Silvestre. Je voudrais lui dire quelques mots. Ce sera bref.»

L'audition de Silvestre fut brève, en effet. Le domestique put prouver que, avant l'arrivée de Mme Fauville à qui il devait ouvrir la porte, il n'avait pas quitté la cuisine, où il jouait aux cartes avec la femme de chambre et un autre domestique.

«C'est bien. dit Perenna. Un mot encore. Vous avez dû lire dans les journaux de ce matin la mort de l'inspecteur Vérot et voir son portrait?

— Oui.

— Connaissez-vous l'inspecteur Vérot?

— Non.

— Pourtant il est probable qu'il a dû venir ici dans la journée.

— Je l'ignore, répondit le domestique. M. Fauville recevait beaucoup de personnes par le jardin, et il leur ouvrait lui-même.

— Vous n'avez pas d'autre déposition à faire?

— Aucune.

— Veuillez prévenir Mme Fauville que M. le préfet serait heureux de lui parler. »

Silvestre se retira.

Le juge d'instruction et le procureur de la République s'étaient approchés avec étonnement.

Le préfet s'écria:

« Quoi! monsieur, vous n'allez pas prétendre que Mme Fauville serait pour quelque chose...

— Monsieur le préfet, Mme Fauville est la quatrième personne qui ait pu voir tomber ma turquoise.

— Et après? A-t-on le droit, sans une preuve réelle, de supposer qu'une femme puisse tuer son mari, qu'une mère puisse empoisonner son fils?

— Je ne suppose rien, monsieur le préfet.

— Alors? »

Don Luis ne répondit point. M. Desmalions ne cachait pas son irritation. Cependant il dit:

« Soit, mais je vous donne l'ordre absolu de garder le silence. Quelle question dois-je poser à Mme Fauville?

— Une seule, monsieur le préfet. Mme Fauville connaît-elle, en dehors de son mari, un descendant des sœurs Roussel?

— Pourquoi cette question?

— Parce que, si ce descendant existe ce n'est pas moi qui hérite des millions, mais lui, et c'est alors lui, et non pas moi, qui aurait intérêt à la disparition de M. Fauville et de son fils.

— Évidemment... évidemment... murmura M. Desmalions... Encore faudrait-il que cette nouvelle piste... »

Mme Fauville entra sur ces paroles. Son visage restait gracieux et charmant, malgré les pleurs qui avaient rougi ses paupières et altéré la fraîcheur de ses joues. Mais ses yeux exprimaient l'effarement de l'épouvante, et la pensée obsédante du drame donnait à toute sa jolie personne, à sa démarche, ses mouvements, quelque chose de fébrile et de saccadé qui faisait peine à voir.

« Asseyez-vous, madame, lui dit le préfet avec une déférence extrême, et pardonnez-moi de vous imposer la fatigue d'une nouvelle émotion. Mais le temps est précieux et nous devons tout faire pour que les deux victimes que vous pleurez soient vengées sans retard. »

Des larmes encore s'échappèrent des beaux yeux et, avec un sanglot, elle balbutia :

« Puisque la justice a besoin de moi, monsieur le préfet…

— Oui, il s'agit d'un renseignement. La mère de votre mari est morte, n'est-ce pas ?

— Oui, monsieur le préfet,

— Elle était bien originaire de Saint-Étienne et s'appelait de son nom de jeune fille Roussel ?

— Oui.

— Élisabeth Roussel ?

— Oui.

— Votre mari avait-il un frère ou une sœur ?

— Non.

— Par conséquent, il ne reste plus aucun descendant d'Élisabeth Roussel ?

— Aucun.

— Bien. Mais Élisabeth Roussel avait deux sœurs, n'est-ce pas ?

— Oui.

— Ermeline Roussel, l'aînée, s'exila, et personne n'entendit plus parler d'elle. L'autre, la plus jeune…

— L'autre s'appelait Armande Roussel. C'était ma mère.

— Hein ? Comment ?

— Je dis que ma mère s'appelait, de son nom de jeune fille, Armande Roussel et que j'ai épousé mon cousin, le fils d'Élisabeth Roussel. »

Ce fut un véritable coup de théâtre.

Ainsi donc, Hippolyte Fauville et son fils Edmond, descendants directs de la sœur aînée, étant morts, l'héritage de Cosmo Mornington passait à l'autre branche, celle d'Armande Roussel, et cette branche cadette était représentée jusqu'ici par Mme Fauville.

Le préfet de police et le juge d'instruction échangèrent un regard, après quoi l'un et l'autre se tournèrent instinctivement du côté de don Luis Perenna. Il ne broncha pas.

Le préfet demanda :

« Vous n'avez pas de frère ni de sœur, madame

— Non, monsieur le préfet, je suis seule. »

Seule ! C'est-à-dire que, rigoureusement, sans aucune espèce de contestation, maintenant que son mari et son fils étaient morts, les millions de Cosmo Mornington lui revenaient à elle, à elle seule.

Une idée affreuse cependant, un cauchemar, pesait sur les magistrats, et ils ne pouvaient s'en délivrer : la femme qu'ils avaient devant eux était la mère d'Edmond Fauville. M. Desmalions observa don Luis Perenna. Celui-ci avait écrit quelques mots sur une carte qu'il tendit à M. Desmalions.

Le préfet, qui peu à peu reprenait vis-à-vis de don Luis son attitude courtoise de la veille, lut cette carte, réfléchit un instant et posa cette question à Mme Fauville :

« Quel âge avait votre fils Edmond ?

— Dix-sept ans.

— Vous paraissez si jeune...

— Edmond n'était pas mon fils, mais mon beau-fils, le fils d'une première femme que mon mari avait épousée, et qui est morte.

— Ah!... Ainsi, Edmond Fauville... » murmura le préfet, qui n'acheva pas sa phrase...

En deux minutes toute la situation avait changé. Aux yeux des magistrats, Mme Fauville n'était plus la veuve et la mère inattaquable. Elle devenait tout à coup une femme que les circonstances exigeaient que l'on interrogeât. Si prévenu que l'on fût en sa faveur, si charmé par la séduction de sa beauté, il était impossible qu'on ne se demandât pas si, pour une raison quelconque, pour être seule par exemple à jouir de l'énorme fortune, elle n'avait pas eu la folie de tuer son mari et l'enfant qui n'était que le fils de son mari. En tout cas, la question se posait. Il fallait la résoudre.

Le préfet de police reprit :

« Connaissez-vous cette turquoise ? »

Elle saisit la pierre qu'on lui tendait, et l'examina sans le moindre trouble.

« Non, dit-elle. J'ai un collier en turquoise, que je ne mets jamais. Mais les pierres sont plus grosses et aucune d'elles n'a cette forme irrégulière.

— Nous avons recueilli celle-ci dans le coffre-fort, dit M. Desmalions. Elle fait partie d'une bague qui appartient à une personne que nous connaissons.

— Eh bien, fit-elle vivement, il faut retrouver cette personne.

— Elle est ici », dit le préfet, en désignant don Luis, qui, se tenant à l'écart, n'avait pas été remarqué par Mme Fauville.

Elle tressaillit en voyant Perenna, et s'écria, très agitée :

« Mais ce monsieur était là hier soir ! Il causait avec mon mari... et, tenez avec cet autre Monsieur, dit-elle en montrant le brigadier Mazeroux... Il faut les interroger, savoir pour quelle raison ils sont venus. Vous comprenez que si cette turquoise appartient à l'un d'eux... »

L'insinuation était claire, mais combien maladroite! et comme elle donnait du poids à l'argumentation de Perenna : « Cette turquoise a été ramassée par quelqu'un qui m'a vu hier soir et qui veut me compromettre. Or, en dehors de M. Fauville et du brigadier, deux personnes seulement m'ont vu, le domestique Silvestre et Mme Fauville. Par conséquent. le domestique Silvestre étant hors de cause, j'accuse Mme Fauville d'avoir mis la turquoise dans ce coffre-fort. »

M. Desmalions reprit :

« Voulez-vous me faire voir votre collier, madame ?

— Certes. Il est avec mes autres bijoux, dans mon armoire à glace. Je vais y aller.

— Ne vous donnez pas cette peine, madame. Votre femme de chambre le connaît ?

— Très bien.

— En ce cas, le brigadier Mazeroux va s'entendre avec elle. »

Durant les quelques minutes que dura l'absence de Mazeroux, aucune parole ne fut échangée. Mme Fauville semblait absorbée par sa douleur. M. Desmalions ne la quittait pas des yeux.

Le brigadier revint. Il apportait une grande cassette qui contenait beaucoup d'écrins et de bijoux.

M. Desmalions trouva le collier, l'examina et put constater que, en effet, les pierres différaient de la turquoise et qu'aucune d'elles ne manquait...

Mais, ayant écarté l'un de l'autre deux écrins pour dégager un diadème où il y avait également des pierres bleues, il eut un geste de surprise.

« Qu'est-ce que c'est que ces deux clefs ? » demanda-t-il, en montrant deux clefs identiques comme forme à celles qui ouvraient le verrou et la serrure de la porte du jardin.

Mme Fauville resta fort calme. Pas un muscle de son visage ne bougea. Rien n'indiqua que cette découverte pût la troubler. Elle dit uniquement :

«Je ne sais pas... Il y a longtemps qu'elles sont ici...

— Mazeroux, dit M. Desmalions, essayez-les à cette porte.»

Mazeroux exécuta l'ordre. La porte fut ouverte!

«En effet, dit Mme Fauville, je me souviens maintenant que mon mari me les avait confiées. Je les avais en double...»

Ces mots furent prononcés du ton le plus naturel, et comme si la jeune femme n'eût même pas entrevu la charge terrible qui se levait contre elle.

Et rien n'était plus angoissant que cette tranquillité. Était-ce la marque d'une innocence absolue? ou la ruse infernale d'une criminelle que rien ne pouvait émouvoir? Ne comprenait-elle rien au drame qui se jouait et dont elle était l'héroïne inconsciente? ou bien devinait-elle l'accusation terrible qui, peu à peu, l'enserrait de toutes parts et la menaçait du danger le plus effrayant? Mais, en ce cas, comment avait-elle pu commettre la maladresse inouïe de conserver ces deux clefs?

Une série de questions s'imposait à l'esprit de tous. Le préfet de police s'exprima ainsi:

«Pendant que le crime s'accomplissait, vous étiez absente, n'est-ce pas, madame?

— Oui.

— Vous avez été à l'Opéra?

— Oui, et ensuite à la soirée d'une de mes amies, Mme d'Ersinger.

— Votre chauffeur vous accompagnait?

— En allant à l'Opéra, oui. Mais je l'ai renvoyé à son garage, et il est venu me rechercher à la soirée.

— Ah! fit M. Desmalions, mais comment avez-vous été de l'Opéra chez Mme d'Ersinger?»

Pour la première fois, Mme Fauville parut comprendre qu'elle était l'objet d'un véritable interrogatoire, et son regard, son attitude trahirent une sorte de malaise. Elle répondit:

« J'ai pris une automobile.

— Dans la rue ?

— Sur la place de l'Opéra.

— À minuit, par conséquent.

— Non, à onze heures et demie. Je suis partie avant la fin du spectacle.

— Vous aviez hâte d'arriver chez votre amie ?

— Oui… ou plutôt… »

Elle s'arrêta, ses joues étaient empourprées, un tremblement agitait ses lèvres et son menton, et elle dit :

« Pourquoi toutes ces questions ?

« Elles sont nécessaires, madame. Elles peuvent nous éclairer. Je vous supplie donc d'y répondre. À quelle heure êtes-vous arrivée chez votre amie ?

— Je ne sais pas trop… Je n'ai pas fait attention.

— Vous y avez été directement ?

— Presque.

— Comment presque ?

— Oui… J'avais un peu mal à la tête. j'ai dit au chauffeur de monter les Champs-Élysées… l'avenue du Bois… très lentement… et puis de redescendre les Champs-Élysées… »

Elle s'embarrassait de plus en plus. Sa voix devenait indistincte. Elle baissa la tête et se tut.

Certes il n'y avait pas d'aveu dans ce silence, et rien n'autorisait à croire que son accablement fût autre chose qu'une conséquence de sa douleur. Mais cependant elle semblait si lasse qu'on eût pu dire que, se sentant perdue, elle renonçait à la lutte. Et c'était presque de la pitié qu'on éprouvait pour cette femme contre qui se tournaient toutes les circonstances et qui se défendait si mal qu'on hésitait à la presser davantage.

De fait, M. Desmalions avait l'air indécis, comme si la victoire eût été trop facile et qu'il eût eu quelque scrupule à la poursuivre.

Machinalement, il observa Perenna.

Celui-ci lui tendit un bout de papier en disant :

«Voici le numéro du téléphone de Mme d'Ersinger. »

M. Desmalions murmura :

« Oui… en effet… on peut savoir… »

Et, décrochant le récepteur, il demanda :

« Allô… Louvre 25-04, s'il vous plaît. »

Et, tout de suite obtenant la communication, il continua :

« Qui est à l'appareil ?… Le maître d'hôtel… Ah ! bien… Est-ce que Mme d'Ersinger est chez elle ?… Non… Et monsieur ? Non plus… Mais, j'y pense, vous pourriez me répondre à ce sujet… Je suis M. Desmalions, préfet de police, et j'aurais besoin d'un renseignement. À quelle heure Mme Fauville est-elle arrivée cette nuit ? Comment dites-vous ?… Vous êtes sûr ?… À deux heures du matin ?… Pas avant ?… Et elle est repartie ?… Au bout de dix minutes, n'est-ce pas ?… Bien… Donc, sur l'heure de l'arrivée, vous ne vous trompez pas ?… J'insiste là-dessus de la façon la plus formelle… Alors, c'est à deux heures du matin ?… Deux heures du matin… Bien. Je vous remercie. »

Lorsque M. Desmalions se retourna, il aperçut, debout près de lui, Mme Fauville qui le regardait avec une angoisse folle. Et la même idée revint à l'esprit des assistants : ils étaient en présence d'une femme absolument innocente, ou d'une comédienne exceptionnelle dont le visage se prêtait à l'expression la plus parfaite de l'innocence.

« Qu'est-ce que vous voulez ?… balbutia-t-elle. Qu'est-ce que ça veut dire ? Expliquez-vous ! »

Alors M. Desmalions demanda simplement :

« Qu'avez-vous fait cette nuit de onze heures et demie du soir à deux heures du matin ? »

Question terrifiante au point où l'interrogatoire avait été amené. Question fatale, qui signifiait : « Si vous ne pouvez pas donner l'emploi rigoureusement exact de votre temps pendant que le crime s'accomplissait, nous avons le droit de conclure que vous n'êtes pas étrangère au meurtre de votre mari et de votre beau-fils... »

Elle le comprit ainsi et vacilla sur ses jambes en gémissant :

« C'est horrible... c'est horrible... »

Le préfet répéta :

« Qu'avez-vous fait ? La réponse doit vous être facile.

— Oh ! dit-elle sur ce même ton lamentable, comment pouvez-vous croire ?... Oh ! non... non... est-il possible ? Comment pouvez-vous croire ?

— Je ne crois rien encore, fit-il... D'un mot, d'ailleurs, vous pouvez établir la vérité. »

Ce mot, on eût supposé, au mouvement de ses lèvres et au geste soudain de résolution qui la souleva, qu'elle allait le dire. Mais elle parut tout à coup stupéfaite, bouleversée, articula quelques syllabes inintelligibles et s'écroula sur un fauteuil avec des sanglots convulsifs et des cris de désespoir.

C'était l'aveu. C'était tout au moins l'aveu de son impuissance à fournir l'explication plausible qui eût clos ce débat.

Le préfet de police s'écarta d'elle et s'entretint à voix basse avec le juge d'instruction et le procureur de la République.

Perenna et le brigadier Mazeroux demeurèrent seuls l'un près de l'autre.

Mazeroux murmura :

« Qu'est-ce que je vous disais ? Je savais bien que vous trouveriez ! Ah ! quel homme vous faites ! Vous avez mené ça !... »

Il rayonnait à l'idée que le patron était hors de cause et n'avait plus maille à partir avec ses chefs à lui, Mazeroux, ses chefs qu'il vénérait presque à l'égal du patron. Tout le monde s'entendait maintenant. « On était des amis. » Mazeroux suffoquait de joie.

« On va la coffrer, hein ?

— Non, dit Perenna. Il n'y a pas assez de "prise" pour qu'on la mette sous mandat.

— Comment, grogna Mazeroux, indigné, pas assez de prise ! J'espère bien, en tout cas, que vous n'allez pas la lâcher. Avec ça qu'elle mettait des gants, elle, pour vous attaquer ! Allons, patron, achevez-la. Une pareille diablesse ! »

Don Luis demeurait pensif. Il songeait aux coïncidences inouïes, à l'ensemble de faits qui traquaient de toutes parts Mme Fauville. Et la preuve décisive qui devait réunir tous ces faits les uns aux autres et donner à l'accusation la base qui lui manquait encore, cette preuve, Perenna pouvait la fournir. C'était la morsure des dents sur la pomme, sur la pomme cachée parmi les feuillages du jardin. Pour la justice, cela vaudrait une empreinte de doigts. D'autant que l'on pouvait corroborer les marques avec celles que portait la tablette de chocolat.

Pourtant il hésitait. Et, de toute son attention anxieuse, il examinait, avec un mélange de pitié et de répulsion, cette femme qui, selon toute vraisemblance, avait tué son mari et le fils de son mari. Devait-il lui porter le coup de grâce ? Avait-il le droit de jouer ce rôle de justicier ? Et s'il se trompait ?

M. Desmalions cependant s'était rapproché de lui, et, tout en affectant de parler à Mazeroux, ce fut à Perenna qu'il dit :

« Qu'est-ce que vous en pensez ? »

Mazeroux hocha la tête. Don Luis répliqua :

« Je pense, monsieur le préfet, que si cette femme est coupable elle se défend, malgré toute son habileté, avec une incroyable maladresse.

— C'est-à-dire ?

— C'est-à-dire qu'elle n'a sans doute été qu'un instrument entre les mains d'un complice.

— Un complice ?

— Rappelez-vous, monsieur le préfet, l'exclamation de son mari, hier, à la Préfecture : "Ah ! les misérables !… les misérables !" Il y a donc tout au moins un complice, qui n'est autre peut-être que cet homme dont, le brigadier Mazeroux a dû vous le dire, nous avons noté la présence au café du Pont-Neuf, en même temps que s'y trouvait l'inspecteur Vérot, un homme à barbe châtaine, porteur d'une canne d'ébène à poignée d'argent. De sorte que…

— De sorte que, acheva M. Desmalions, nous avons des chances, en arrêtant, dès aujourd'hui et sur de simples présomptions, Mme Fauville, de parvenir jusqu'au complice ? »

Perenna ne répondit pas. Le préfet reprit, pensivement :

« L'arrêter… l'arrêter… Encore faudrait-il une preuve… Vous n'avez relevé aucune trace ?…

— Aucune, monsieur le préfet. Il est vrai que mon enquête fut sommaire.

— Mais la nôtre fut minutieuse. Nous avons fouillé cette pièce à fond.

— Et le jardin, monsieur le préfet ?

— Aussi.

— Avec autant de soin ?

— Peut-être pas. Mais il me semble…

— Il me semble au contraire, monsieur le préfet, que, les assassins ayant passé par le jardin pour entrer et pour repartir, on aurait quelque chance…

— Mazeroux, dit M. Desmalions, allez donc voir cela d'un peu plus près. »

Le brigadier sortit. Perenna, qui se tenait de nouveau à l'écart, entendit le préfet de police qui répétait au juge d'instruction :

« Ah ! si nous avions une preuve, une seule ! Il est évident que cette femme est coupable. Il y a trop de présomptions contre elle !… Et puis les millions de Cosmo Mornington… Mais, d'autre part, regardez-la… regardez tout ce qu'il y a d'honnête dans sa jolie figure, tout ce qu'il y a de sincère dans sa douleur. »

Elle pleurait toujours, avec des sanglots saccadés et des sursauts de révolte qui lui crispaient les poings. Un moment, elle saisit son mouchoir trempé de larmes, le mordit à pleines dents, et le déchira comme font certaines actrices. Et Perenna voyait les belles dents blanches, un peu larges, humides et claires, qui s'acharnaient après la fine batiste. Et il songeait aux empreintes de la pomme. Et un désir extrême le pénétrait de savoir. Était-ce la même mâchoire qui avait imprimé sa forme dans la chair du fruit ?

Mazeroux rentra. M. Desmalions se dirigea vivement vers le brigadier, qui lui montra la pomme trouvée sous le lierre. Et, tout de suite, Perenna put se rendre compte de l'importance considérable que le préfet de police attribuait aux explications et à la découverte inattendue de Mazeroux.

Un colloque assez long s'engagea entre les magistrats, qui aboutit à la décision que don Luis avait prévue.

M. Desmalions revint vers Mme Fauville.

C'était le dénouement.

Il réfléchit quelques instants sur la manière dont il devait engager cette dernière bataille, et il dit :

« Il ne vous est toujours pas possible, madame, de nous donner l'emploi de votre temps cette nuit ? »

Elle fit un effort et murmura :

« Si… si… J'étais en auto… Je me suis promenée… et aussi un peu à pied…

— C'est là un fait qu'il nous sera facile de vérifier lorsque nous aurons retrouvé le chauffeur de cette auto… En attendant, il se présente une occasion de dissiper l'impression un peu… fâcheuse que nous a laissée votre silence…

— Je suis toute prête…

— Voici. La personne, ou une des personnes qui ont participé au crime, a mordu dans une pomme

95

qu'elle a ensuite jetée dans le jardin et que nous venons de retrouver. Pour couper court à toute hypothèse vous concernant, nous vous prions de vouloir bien exécuter le même geste...

— Oh! sûrement, s'écria-t-elle avec vivacité. S'il suffit de cela pour vous convaincre...»

Elle saisit une des trois autres pommes, que M. Desmalions lui tendait et qu'il avait prise dans le compotier, et la porta à sa bouche.

L'acte était décisif. Si les deux empreintes se ressemblaient, la preuve existait, certaine, irréfragable.

Or, avant que son geste ne fût achevé, elle s'arrêta net, comme frappée d'une peur subite... Peur d'un piège? peur du hasard monstrueux qui pouvait la perdre? ou, plutôt, peur de l'arme effrayante qu'elle allait donner contre elle? En tout cas, rien ne l'accusait plus violemment que cette hésitation suprême, incompréhensible si elle était innocente, mais combien claire si elle était coupable!

«Que craignez-vous, madame? dit M. Desmalions.

— Rien... rien... dit-elle en frissonnant... je ne sais pas... je crains tout... tout cela est si horrible.

— Pourtant, madame, je vous assure que ce que nous vous demandons n'a aucune espèce d'importance et ne peut avoir pour vous, j'en suis persuadé, que des conséquences heureuses. Alors?...»

Elle leva le bras davantage, et davantage encore, avec une lenteur où se révélait son inquiétude. Et vraiment, de la façon dont les événements se déroulaient, la scène avait quelque chose de solennel et de tragique qui serrait les cœurs.

«Et si je refuse? dit-elle tout à coup.

— C'est votre droit absolu, madame, dit le préfet de police. Mais est-ce bien la peine? Je suis sûr que votre avocat sera le premier à vous donner le conseil...

— Mon avocat...» balbutia-t-elle, comprenant la signification redoutable de cette réponse.

Et brusquement, avec une résolution farouche, et cet air, en quelque sorte féroce, qui tord le visage aux minutes des grands dangers, elle fit le mouvement auquel on la contraignait. Elle ouvrit la bouche. On vit l'éclair des dents blanches. D'un coup, elles s'enfoncèrent dans le fruit.

«C'est fait, monsieur», dit-elle.

M. Desmalions se retourna vers le juge d'instruction :

«Vous avez la pomme trouvée dans le jardin ?

— Voici, monsieur le préfet.»

M. Desmalions rapprocha les deux fruits l'un de l'autre.

Et ce fut, chez tous ceux qui s'empressaient autour de lui et regardaient anxieusement, ce fut une même exclamation.

Les deux empreintes étaient identiques.

Identiques ! Certes, avant d'affirmer l'identité de tous les détails, l'analogie absolue des empreintes de chaque dent, il fallait attendre les résultats de l'expertise. Mais il y avait une chose qui ne trompait pas : c'était la similitude totale de la double courbe. Sur un fruit comme sur l'autre, l'arc s'arrondissait selon la même inflexion. Les deux demicercles auraient pu se confondre, très étroits tous deux, un peu allongés et ovales, et d'un rayon restreint, qui était la caractéristique même de la mâchoire.

Les hommes ne prononcèrent pas une parole. M. Desmalions leva la tête. Mme Fauville ne bougeait pas, livide, folle d'épouvante. Mais tous les sentiments d'épouvante, de stupeur, d'indignation qu'elle pouvait simuler avec la mobilité de sa figure et ses dons prodigieux de comédienne ne prévalaient pas contre la preuve péremptoire qui s'offrait à tous les yeux.

Les deux empreintes étaient identiques : les mêmes dents avaient mordu les deux pommes !

« Madame, commença le préfet de police…

— Non, non, s'écria-t-elle, prise d'un accès de fureur… non… ce n'est pas vrai… Tout cela n'est qu'un cauchemar… Non, n'est-ce pas ? Vous n'allez pas m'arrêter ? Moi, en prison ! mais c'est affreux… Qu'ai-je fait ? Ah ! je vous jure, vous vous trompez… »

Elle se prenait la tête à deux mains.

« Ah ! mon cerveau éclate… Qu'est-ce que tout ça veut dire ? Je n'ai pas tué pourtant… je ne savais rien. C'est vous qui m'avez tout appris ce matin… Est-ce que je m'en doutais ? Mon pauvre mari… et ce petit Edmond qui m'aimait tant… et que j'aimais… Mais pourquoi les aurais-je tués ? Dites-le… Dites-le donc ? On ne tue pas sans motif… Alors… Alors… Mais répondez donc ! »

Et, secouée d'une nouvelle colère, l'attitude agressive, les poings tendus vers le groupe des magistrats, elle proférait :

« Vous n'êtes que des bourreaux… On n'a pas le droit de torturer une femme comme ça… Ah ! quelle horreur ! m'accuser… m'arrêter… pour rien ! Ah ! c'est abominable… Quels bourreaux que tous ces gens ! Et c'est vous surtout (elle s'adressait à Perenna), oui, c'est vous… je le sais bien… c'est vous l'ennemi… Ah ! je comprends ça… vous avez des raisons… vous étiez là cette nuit, vous… Alors, pourquoi ne vous arrête-t-on pas ? Pourquoi n'est-ce pas vous, puisque vous étiez là… et que je n'y étais pas… et que je ne sais rien, absolument rien de tout ce qui s'est passé ?… Pourquoi n'est-ce pas vous ? »

Les derniers mots furent prononcés d'une façon à peine intelligible. Elle n'avait plus de forces. Elle dut s'asseoir. Sa tête s'inclina jusqu'à ses genoux et elle pleura de nouveau, abondamment.

Perenna s'approcha d'elle, et, lui relevant le

front, découvrant la figure ravagée de larmes, il dit :

« Les empreintes gravées dans les deux pommes sont absolument identiques. Il est donc hors de doute que la première provient de vous comme la seconde.

— Non, dit-elle.

— Si, affirma-t-il. C'est là un fait qu'il est matériellement impossible de nier. Mais la première empreinte a pu être laissée par vous avant cette nuit, c'est-à-dire que vous avez pu mordre dans cette pomme hier, par exemple… »

Elle balbutia :

« Vous croyez ?… Oui, peut-être, il me semble, que je me rappelle… hier matin… »

Mais le préfet de police l'interrompit :

« Inutile, madame, je viens de questionner le domestique Silvestre… C'est lui-même qui a acheté les fruits, hier soir, à huit heures. Quand M. Fauville s'est couché, quatre pommes étaient dans le compotier. Ce matin, à huit heures, il n'y en avait plus que trois. Donc celle qu'on a retrouvée dans le jardin est incontestablement la quatrième, et cette quatrième fut marquée cette nuit. Or, cette marque est celle de vos dents. »

Elle bégaya :

« Ce n'est pas moi… ce n'est pas moi… cette marque n'est pas de moi.

— Cependant…

— Cette marque n'est pas de moi… Je le jure sur mon salut éternel… Et puis je jure que je vais mourir… Oui… mourir… j'aime mieux la mort que la prison… je me tuerai… je me tuerai… »

Ses yeux étaient fixes. Elle se raidit dans un effort suprême pour se lever. Mais, une fois debout, elle tournoya sur elle-même et tomba évanouie.

Tandis qu'on la soignait, Mazeroux fit signe à don Luis, et, tout bas :

« Fichez le camp, patron.

— Ah! la consigne est levée. Je suis libre?

— Patron, regardez l'individu qui vient d'entrer il y a dix minutes, et qui cause avec le préfet. Le connaissez-vous?

— Nom d'un chien! fit Perenna après avoir examiné un gros homme au teint rouge, qui ne le quittait pas des yeux... Nom d'un chien! c'est le sous-chef Weber.

— Et il vous a reconnu, patron! Du premier coup, il a reconnu Lupin. Avec lui, il n'y a pas de camouflage qui tienne. Il a le chic pour ça. Or, rappelez-vous, patron, tous les tours que vous lui avez joués[1], et demandez-vous s'il ne fera pas l'impossible pour prendre sa revanche.

— Il a averti le préfet?

— Parbleu, et le préfet a donné l'ordre aux camarades de vous filer. Si vous faites mine de leur fausser compagnie, on vous empoigne.

— En ce cas, rien à faire.

— Comment, rien a faire? Mais il s'agit de les semer, et proprement.

— À quoi cela me servirait-il, puisque je rentre chez moi et que mon domicile est connu?

— Hein? Après ce qui s'est passé, vous auriez le toupet de rentrer chez vous?

— Où veux-tu que je couche? Sous les ponts?

— Mais, cré tonnerre! vous ne comprenez donc pas qu'à la suite de cette histoire il va y avoir un tapage infernal, que vous êtes déjà compromis jusqu'à la gauche et que tout le monde va se retourner contre vous?

— Eh bien?

— Eh bien, lâchez l'affaire.

— Et les assassins de Cosmo Mornington et de Fauville?

— La police s'en charge.

1. Voir *813*.

— T'es bête, Alexandre.

— Alors, redevenez Lupin, l'invisible et l'imprenable Lupin, et combattez-les vous-même, comme autrefois. Mais, pour Dieu ! ne restez pas Perenna ! c'est trop dangereux, et ne vous occupez plus officiellement d'une affaire où vous n'êtes pas intéressé.

— T'en as de bonnes, Alexandre. J'y suis intéressé pour deux cents millions. Si Perenna ne demeure pas solide à son poste, les deux cents millions lui passeront sous le nez. Et, pour une fois où je peux gagner quelques centimes par la droiture et la probité, ce serait vexant.

— Et si l'on vous arrête ?

— Pas mèche. Je suis mort.

— Lupin est mort. Mais Perenna est vivant.

— Du moment qu'on ne m'a pas arrêté aujourd'hui, Je suis tranquille.

— Ce n'est que partie remise. Et, d'ici là, les ordres sont formels. On va cerner votre maison, vous surveiller jour et nuit.

— Tant mieux ! J'ai peur la nuit.

— Mais, bon sang ! qu'est-ce que vous espérez ?

— Je n'espère rien, Alexandre. Je suis sûr. Je suis sûr que, maintenant, l'on n'osera pas m'arrêter.

— Weber se gênera !

— Je me fiche de Weber. Sans ordres, Weber ne peut rien.

— Mais on lui en donnera, des ordres !

— L'ordre de me filer, oui ; celui de m'arrêter, non. Le préfet de police est tellement engagé à mon égard qu'il sera obligé de me soutenir. Et puis, il y a encore ceci : il y a que l'affaire est tellement absurde, tellement complexe, que vous êtes incapables d'en sortir. Un jour ou l'autre vous viendrez me chercher. Car personne autre que moi n'est de taille à combattre de pareils adversaires, pas plus toi que Weber, et pas plus Weber que tous vos copains de la Sûreté. J'attends ta visite, Alexandre.»

Le lendemain, une expertise légale identifiait les empreintes des deux pommes et constatait également que l'empreinte gravée sur la tablette était semblable aux autres.

En outre, un chauffeur de taxi-auto vint déposer qu'une dame l'avait appelé au sortir de l'Opéra, qu'elle s'était fait conduire directement à l'extrémité de l'avenue Henri-Martin, et qu'elle l'avait quitté à cet endroit.

Or, l'extrémité de l'avenue Henri-Martin se trouve à cinq minutes de l'hôtel Fauville.

Confronté avec Mme Fauville, cet homme n'hésita pas à la reconnaître.

Qu'avait-elle fait dans ce quartier pendant plus d'une heure ?

Marie-Anne Fauville fut écrouée au Dépôt.

Le soir même elle couchait à la prison de Saint-Lazare.

C'est ce même jour, alors que les reporters commençaient à divulguer certains détails de l'enquête, comme la découverte des empreintes, mais alors qu'ils ignoraient à qui les attribuer, c'est ce même jour que deux grands quotidiens donnaient comme titre à leurs articles les mots mêmes que don Luis Perenna avait employés pour désigner les marques de la pomme, les mots sinistres qui évoquaient si bien le caractère sauvage, féroce, et pour ainsi dire bestial, de l'aventure : *Les dents du tigre*.

CHAPITRE IV

LE RIDEAU DE FER

La tâche est parfois ingrate de raconter la vie d'Arsène Lupin, pour ce motif que chacune de ses aventures est en partie connue du public, qu'elle fut, à son heure, l'objet de commentaires passionnés, et qu'on est contraint, si l'on veut éclaircir ce qui se passa dans l'ombre, de recommencer tout de même, et par le menu, l'histoire de ce qui se déroula en pleine lumière.

C'est en vertu de cette nécessité qu'il faut redire ici l'émotion extrême que souleva en France, en Europe et dans le monde entier, la nouvelle de cette abominable série de forfaits. D'un coup — car deux jours plus tard l'affaire du testament de Cosmo Mornington était publiée —, d'un coup, c'était quatre crimes que l'on apprenait. La même personne, en toute certitude, avait frappé Cosmo Mornington, l'inspecteur Vérot, l'ingénieur Fauville et son fils Edmond. La même personne avait fait l'identique et sinistre morsure, laissant contre elle, par une étourderie qui semblait la revanche du destin, la preuve la plus impressionnante et la plus accusatrice, la preuve qui donnait aux foules comme le frisson de l'épouvantable réalité, laissant contre elle l'empreinte même de ses dents — les dents du tigre!

Et, au milieu de ce carnage, à l'instant le plus tragique de la funèbre tragédie, voici que la plus étrange figure surgissait de l'ombre! Voici qu'une sorte d'aventurier héroïque, surprenant d'intelligence et de clairvoyance, dénouait en quelques heures une partie des fils embrouillés de l'intrigue, pressentait l'assassinat de Cosmo Mornington, annonçait l'assassinat de l'inspecteur Vérot, prenait en main la conduite de l'enquête, livrait à la justice la créature monstrueuse dont les belles dents blanches s'adaptaient aux empreintes comme des pierres précieuses aux alvéoles de leur monture, touchait, le lendemain de ces exploits, un chèque d'un million, et, finalement, se trouvait le bénéficiaire probable d'une fortune prodigieuse.

Et voilà qu'Arsène Lupin ressuscitait!

Car la foule ne s'y trompa pas, et, grâce à une intuition miraculeuse, avant qu'un examen attentif des événements ne donnât quelque crédit à l'hypothèse de cette résurrection, elle proclama: don Luis Perenna, c'est Arsène Lupin.

«Mais il est mort!» objectèrent les incrédules. À quoi l'on répondit:

«Oui, on a retrouvé, sous les décombres encore fumants d'un petit chalet situé près de la frontière luxembourgeoise, le cadavre de Dolorès Kesselbach[1] et le cadavre d'un homme que la police reconnut comme étant Arsène Lupin. Mais tout prouve que la mise en scène fut machinée par Lupin, qui voulait, pour des raisons secrètes, que l'on crût à sa mort. Et tout prouve que la police accepta et rendit légale cette mort pour le seul motif qu'elle désirait se débarrasser de son éternel adversaire. Comme indications, il y a les confidences de Valenglay, qui était déjà président du Conseil à cette époque. Et il y a l'incident mystérieux de l'île de Capri où l'empereur d'Allemagne, au moment d'être enseveli sous un éboulement, aurait été sauvé par un ermite, lequel, selon la version allemande, n'était autre qu'Arsène Lupin.»

Là-dessus, nouvelle objection:

«Soit, mais lisez les feuilles de l'époque. Dix minutes plus tard cet ermite se jetait du haut du promontoire de Tibère.»

Et nouvelle réponse:

1. Voir *813*.

« En effet. Mais le corps ne fut pas retrouvé. Et justement il est notoire qu'un navire recueillit en mer, dans ces parages, un homme qui lui faisait des signaux, et que ce navire se dirigeait vers Alger. Or, comparez les dates et notez les coïncidences : quelques jours après l'arrivée du bateau à Alger, le nommé don Luis Perenna, qui nous occupe aujourd'hui, s'engageait, à Sidi-bel-Abbès, dans la Légion étrangère. »

Bien entendu, la polémique engagée par les journaux à ce sujet fut discrète. On craignait le personnage, et les reporters gardaient une certaine réserve dans leurs articles, évitant d'affirmer trop catégoriquement ce qu'il pouvait y avoir de Lupin sous le masque de Perenna. Mais sur le chapitre du légionnaire, sur son séjour au Maroc, ils prirent leur revanche et s'en donnèrent à cœur joie.

Le commandant d'Astrignac avait parlé. D'autres officiers, d'autres compagnons de Perenna relatèrent ce qu'ils avaient vu. On publia les rapports et les ordres du jour qui le concernaient. Et ce que l'on appela « l'Épopée du héros » se constitua en une sorte de livre d'or dont chaque page racontait la plus folle et la plus invraisemblable des prouesses.

À Médiouna, le 24 mars, l'adjudant Pollex inflige quatre jours de salle de police au légionnaire Perenna. Motif : « Malgré les ordres, est sorti du camp après l'appel du soir, a bousculé deux sentinelles, et n'est rentré que le lendemain à midi. Il rapportait le corps de son sergent tué au cours d'une embuscade. »

Et, en marge, cette note du colonel : « Le colonel double la punition du légionnaire Perenna, le cite à l'ordre du jour, et lui adresse ses félicitations et ses remerciements. »

Après le combat de Ber-Rechid, le détachement Fardet ayant été obligé de battre en retraite devant une harka de quatre cents Maures, le légionnaire Perenna demanda à couvrir la retraite en s'installant dans une kasbah.

«Combien vous faut-il d'hommes, Perenna?

— Aucun, mon lieutenant.

— Quoi! vous n'avez pas la prétention de couvrir une retraite à vous tout seul?

— Quel plaisir y aurait-il à mourir, mon lieutenant, si d'autres mouraient avec moi?»

Sur sa prière on lui laissa une douzaine de fusils et on partagea avec lui ce qui restait de cartouches. Pour sa part, il en eut soixante-quinze.

Le détachement s'éloigna sans être inquiété davantage. Le lendemain, quand on put revenir avec des renforts, on surprit les Marocains à l'affût autour de la kasbah. Ils n'osaient pas approcher.

Soixante-quinze des leurs jonchaient le sol.

On les chassa.

Dans la kasbah on trouva le légionnaire Perenna étendu.

On le supposait mort. *Il dormait!!!*

Il n'avait plus une seule cartouche. Seulement les soixante-quinze balles avaient porté.

Mais ce qui frappa le plus l'imagination populaire fut le récit du commandant comte d'Astrignac, relativement à la bataille de Dar-Dbibarh. Le commandant avoua que cette bataille, qui dégagea Fez au moment où l'on croyait tout perdu, et qui fit tant de bruit en France, fut gagnée avant d'être livrée, et qu'elle fut gagnée par Perenna tout seul!

Dès l'aube, comme les tribus marocaines se préparaient à l'attaque, le légionnaire Perenna prit au lasso un cheval arabe qui galopait dans la plaine, sauta sur la bête, qui n'avait ni selle, ni bride, ni harnachement d'aucune sorte, et, sans veste, sans képi, sans arme, la chemise blanche bouffant autour de son torse, la cigarette aux lèvres, *les mains dans ses poches, il chargea!*

Il chargea droit vers l'ennemi, pénétra dans le

camp, le traversa au galop, fit des évolutions au milieu des tentes et revint par l'endroit même où il avait pénétré.

Cette course à la mort, vraiment inconcevable, répandit parmi les Marocains une telle impression de stupeur que leur attaque fut molle et la bataille gagnée sans résistance.

Ainsi se forma — et combien d'autres traits de bravoure la renforcèrent! — la légende héroïque de Perenna. Elle mettait en relief l'énergie surhumaine, la témérité prodigieuse, la fantaisie étourdissante, l'esprit d'aventures, l'adresse physique et le sang-froid d'un personnage singulièrement mystérieux qu'il était difficile de ne pas confondre avec Arsène Lupin, mais un Arsène Lupin nouveau, plus grand, ennobli par ses exploits, idéalisé et purifié.

Un matin, quinze jours après le double assassinat du boulevard Suchet, cet homme extraordinaire, qui suscitait une curiosité si ardente, et de qui l'on parlait de tous côtés comme d'un être fabuleux, en quelque sorte irréel, don Luis Perenna, s'habilla et fit le tour de son hôtel.

C'était une confortable et spacieuse construction du XVIIIe siècle, située à l'entrée du faubourg Saint-Germain, sur la petite place du Palais-Bourbon, et qu'il avait achetée toute meublée à un riche Roumain, le comte Malonesco, gardant pour son usage et pour son service les chevaux, les voitures, les automobiles, les huit domestiques, et conservant même la secrétaire du comte, Mlle Levasseur, qui se chargeait de diriger le personnel, de recevoir et d'éconduire les visiteurs, journalistes, importuns ou marchands de bibelots, attirés par le luxe de la maison et la réputation de son nouveau propriétaire.

Ayant terminé l'inspection des écuries et du garage, il traversa la cour d'honneur, remonta dans son cabinet de travail, entrouvrit une des fenêtres et leva la tête. Au-dessus de lui, il y avait un miroir incliné et ce miroir reflétait, par-dessus la cour et par-dessus le mur qui la fermait, tout un côté de la place du Palais-Bourbon.

«Zut! dit-il, ces policiers de malheur sont encore là. Et voilà deux semaines que cela dure! Je commence à en avoir assez, d'une telle surveillance.»

De mauvaise humeur, il se mit à parcourir son courrier, déchirant, après les avoir lues, les lettres qui le concernaient personnellement, annotant les autres, demandes de secours, sollicitations d'entrevues...

Quand il eut fini, il sonna.

«Priez Mlle Levasseur de m'apporter les journaux.»

Elle servait naguère de lectrice et de secrétaire au comte roumain et Perenna l'avait habituée à lire dans les journaux tout ce qui le concernait, et à lui rendre, chaque matin, un compte exact de l'instruction dirigée contre Mme Fauville.

Toujours vêtue d'une robe noire, très élégante de taille et de tournure, elle lui était sympathique. Elle avait un air de grande dignité, une physionomie grave, réfléchie, au travers de laquelle il était impossible de pénétrer jusqu'au secret de l'âme, et qui eût paru austère si des boucles de cheveux blonds, rebelles à toute discipline, ne l'eussent encadrée d'une auréole de lumière et de gaieté. La voix avait un timbre musical et doux que Perenna aimait entendre, et, un peu intrigué par la réserve même que gardait Mlle Levasseur, il se demandait ce qu'elle pouvait penser de lui, de son existence, de ce que les journaux racontaient sur son mystérieux passé.

«Rien de nouveau?» dit-il, tout en parcourant les titres des articles: «Le bolchevisme en Hongrie», «Les prétentions de l'Allemagne».

Elle lut les informations relatives à Mme Fauville et don Luis put voir que, de ce côté, l'instruction n'avançait guère. Marie-Anne Fauville ne se départait pas de son système, pleurant, s'indignant et affectant une entière ignorance des faits sur lesquels on la questionnait.

«C'est absurde, pensa-t-il à haute voix. Je n'ai jamais vu personne se défendre d'une façon aussi maladroite.

— Cependant, si elle est innocente ? »

C'était la première fois que Mlle Levasseur formulait une opinion, ou plutôt une remarque sur cette affaire. Don Luis la regarda, très étonné.

«Vous la croyez donc innocente, mademoiselle ? »

Elle sembla prête à répondre et à expliquer le sens de son interruption. On eût dit qu'elle dénouait son masque d'impassibilité, et que, sous la poussée des sentiments qui la remuaient, sa figure allait prendre une expression plus animée. Mais, par un effort visible, elle se contint et murmura :

«Je ne sais pas... Je n'ai aucun avis.

— Peut-être, dit-il, en l'examinant avec curiosité, mais vous avez un doute... un doute qui serait permis s'il n'y avait pas les empreintes laissées par la morsure même de Mme Fauville. Ces empreintes-là, voyez-vous, c'est plus qu'une signature, plus qu'un aveu de culpabilité. Et tant qu'elle n'aura pas donné là-dessus une explication satisfaisante... »

Mais, pas plus là-dessus que sur les autres choses, Marie-Anne Fauville ne donnait la moindre explication. Elle demeurait impénétrable. D'autre part, la police ne réussissait pas à découvrir son complice, ou ses complices, ni cet homme à la canne d'ébène et au lorgnon d'écaille dont le garçon du Café du Pont-Neuf avait donné le signalement à Mazeroux, et dont le rôle semblait singulièrement suspect. Bref, aucune lueur ne s'élevait du fond des ténèbres. On recherchait également en vain les traces de ce Victor, le cousin germain des sœurs Roussel, lequel, à défaut d'héritiers directs, eût touché l'héritage Mornington.

« C'est tout ? fit Perenna.

— Non, dit Mlle Levasseur, il y a dans *L'Écho de France* un article…

— Qui se rapporte à moi ?

— Je suppose, monsieur. Il est intitulé : « Pourquoi ne l'arrête-t-on pas ? »

— Cela me regarde », dit-il en riant.

Il prit le journal et lut :

« Pourquoi ne l'arrête-t-on pas ? Pourquoi prolonger, à l'encontre de toute logique, une situation anormale qui remplit de stupeur les honnêtes gens ? C'est une question que tout le monde se pose et à laquelle le hasard de nos investigations nous permet de donner l'exacte réponse.

« Un an après la mort simulée d'Arsène Lupin, la justice ayant découvert, ou cru découvrir, qu'Arsène Lupin n'était autre, de son vrai nom, que le sieur Floriani, né à Blois, et disparu, a fait inscrire sur les registres de l'état civil, à la page qui concernait le sieur Floriani, la mention *décédé*, suivie de ces mots : *sous le nom d'Arsène Lupin*.

« Par conséquent, pour ressusciter Arsène Lupin, il ne faudrait pas seulement avoir la preuve irréfutable de son existence — ce qui ne serait pas impossible —, il faudrait mettre en jeu les rouages administratifs les plus compliqués et obtenir un décret du Conseil d'État.

« Or, il paraîtrait que M. Valenglay, président du Conseil, d'accord avec le préfet de police, s'oppose à toute enquête trop minutieuse, susceptible de déchaîner un scandale dont on s'effraye en haut lieu. Ressusciter Arsène Lupin ? Recommencer la lutte avec ce damné personnage ? Risquer encore la défaite et le ridicule ? Non, non, mille fois non.

« Et, c'est ainsi qu'il arrive cette chose inouïe, inadmissible, inimaginable, — scandaleuse ! —

qu'Arsène Lupin, l'ancien voleur, le récidiviste impénitent, le roi des bandits, l'empereur de la cambriole et de l'escroquerie, qu'Arsène Lupin peut aujourd'hui, non pas clandestinement, mais au vu et au su du monde entier, poursuivre l'œuvre la plus formidable qu'il ait encore entreprise, habiter publiquement sous un nom qui n'est pas le sien, mais qu'il a fait en sorte qu'on ne lui contestât pas, supprimer impunément quatre personnes qui le gênaient, faire jeter en prison une femme innocente contre laquelle il a lui-même accumulé les preuves les plus mensongères, et, en fin de compte, malgré la révolte du bon sens, et grâce à des complicités inavouables, toucher les deux cents millions de l'héritage Mornington.

« Voilà l'ignominieuse vérité. Il était bon qu'elle fût dite. Espérons qu'une fois révélée elle influera sur la conduite des événements. »

« Elle influera tout au moins sur la conduite de l'imbécile qui a écrit cet article », ricana don Luis.

Il congédia Mlle Levasseur et demanda le commandant d'Astrignac au téléphone.

« C'est vous, mon commandant ? Vous avez lu l'article de *L'Écho de France* ?

— Oui.

— Cela vous ennuierait-il beaucoup de demander une réparation par les armes à ce monsieur ?

— Oh ! oh ! un duel !

— Il le faut, mon commandant. Tous ces artistes-là m'embêtent avec leurs élucubrations. Il est nécessaire de leur mettre un bâillon. Celui-là paiera pour les autres.

— Ma foi, si vous y tenez beaucoup...

— Énormément. »

Les pourparlers furent immédiats.

Le directeur de *L'Écho de France* déclara que, bien que l'article, déposé à son journal sans signature et sous forme dactylographique, eût été publié à son insu, il en prenait l'entière responsabilité.

Le même jour, à trois heures, don Luis Perenna, accompagné du commandant d'Astrignac, d'un autre officier et d'un docteur, quittait dans son automobile l'hôtel de la place du Palais-Bourbon et, suivi de près par un taxi où s'entassaient les agents de la Sûreté chargés de le surveiller, arrivait au Parc des Princes.

En attendant l'adversaire, le comte d'Astrignac emmena don Luis à l'écart :

« Mon cher Perenna, je ne vous demande rien. Qu'y a-t-il de vrai dans tout ce que l'on publie à votre égard ? Quel est votre véritable nom ? Cela m'est égal. Pour moi, vous êtes le légionnaire Perenna, et ça suffit. Votre passé commence au Maroc. Quant à l'avenir, je sais que, quoi qu'il advienne, et quelles que soient les tentations, vous n'aurez d'autre but que de venger Cosmo Mornington et de protéger ses héritiers. Seulement, il y a une chose qui me tracasse.

— Parlez, mon commandant.

— Donnez-moi votre parole que vous ne tuerez pas cet homme.

— Deux mois de lit, mon commandant, ça vous va-t-il ?

— C'est trop. Quinze jours.

— Adjugé. »

Les deux adversaires se mirent en ligne. À la seconde reprise, le directeur de *L'Écho de France* s'écroula, touché à la poitrine.

« Ah ! c'est mal, Perenna, grommela le comte d'Astrignac, vous m'aviez promis…

— J'ai promis, j'ai tenu, mon commandant. »

Cependant les docteurs examinaient le blessé.

Un d'eux se releva au bout d'un instant et dit :

« Ce ne sera rien… trois semaines de repos, tout au plus. Seulement, un centimètre de plus et ça y était.

— Oui, mais le centimètre n'y est pas », murmura Perenna.

Toujours suivi par l'automobile des policiers, don Luis retourna au faubourg Saint-Germain, et c'est alors qu'il se produisit un incident qui devait l'intriguer singulièrement et jeter sur l'article de *L'Écho de France* un jour vraiment étrange.

Dans la cour de son hôtel, il aperçut deux petites chiennes, lesquelles appartenaient au cocher et se tenaient généralement à l'écurie. Elles jouaient alors avec une pelote de ficelle rouge qui s'accrochait un peu partout, aux marches du perron, aux vases de fleurs. À la fin le bouchon de papier autour duquel la ficelle était enroulée apparut. Don Luis passait à cet instant. Machinalement, son regard ayant discerné des traces d'écriture sur le papier, il le ramassa et le déplia.

Il tressaillit. Tout de suite, il avait reconnu les premières lignes de l'article inséré dans *L'Écho de France*. Et l'article s'y trouvait, intégralement écrit à la plume, sur du papier quadrillé, avec des ratures, des phrases ajoutées, biffées, recommencées.

Il appela le cocher et lui demanda

« D'où vient donc cette pelote de ficelle ?

— Cette pelote, monsieur ?… Mais de la sellerie, je crois… C'est cette diablesse de Mirza qui l'aura…

— Et quand avez-vous enroulé la ficelle sur le papier ?

— Hier soir, monsieur.

— Ah ! hier soir… Et d'où provient ce papier ?

— Ma foi, monsieur, je ne sais pas trop… j'avais besoin de quelque chose pour ma ficelle… j'ai pris cela derrière la remise, là où l'on jette tous les chiffons de la maison, en attendant qu'on les porte dans la rue, le soir. »

Don Luis poursuivit ses investigations. Il questionna ou il pria Mlle Levasseur de questionner les autres domestiques. Il ne découvrit rien, mais un fait demeurait acquis : l'article de *L'Écho de France* avait été écrit — le brouillon ramassé en faisait foi — par quelqu'un qui habitait la maison, ou qui entretenait des relations avec un des habitants de la maison.

L'ennemi était dans la place.

Mais quel ennemi ? Et que voulait-il ? Simplement l'arrestation de Perenna ?

Toute cette fin d'après-midi, don Luis resta soucieux, tourmenté par le mystère qui l'entourait, exaspéré par son inaction et surtout par cette menace d'arrestation qui, certes, ne l'inquiétait pas, mais qui paralysait ses mouvements.

Aussi, quand on lui annonça, vers dix heures, qu'un individu, qui se présentait sous le nom d'Alexandre, insistait pour le voir, quand il eut fait entrer cet individu, et qu'il se trouva en face de Mazeroux, mais d'un Mazeroux travesti, enfoui sous un vieux manteau méconnaissable, se jeta-t-il sur lui comme sur une proie et, le bousculant, le secouant :

« Enfin, c'est toi ! Hein ! je te l'avais dit, vous n'en sortez pas, à la préfecture, et tu viens me chercher ? Avoue-le donc, triple buse ! Mais oui... mais oui... tu viens me chercher... Ah ! elle est rigolote, celle-là... Morbleu ! je savais bien que vous n'auriez pas le culot de m'arrêter et que le préfet de police calmerait un peu les ardeurs intempestives de ce sacré Weber. D'abord est-ce qu'on arrête un homme dont on a besoin ? Va, dégoise. Dieu ! que tu as l'air abruti ! Mais réponds donc. Où en êtes-vous ? Vite, parle. Je vais vous régler ça en cinq sec. Jette-moi seulement vingt mots sur votre enquête, et je vous la fais aboutir d'un coup de bistouri. Montre en main, deux minutes. Tu dis ?

— Mais, patron... bredouilla Mazeroux interloqué.

— Quoi ? Faut t'arracher les paroles ! Allons-y. J'opère. Il s'agit de l'homme à la canne d'ébène, n'est-ce pas ? de celui qu'on a vu au Café du Pont-Neuf, le jour où l'inspecteur Vérot a été assassiné ?

— Oui... en effet.

— Vous avez retrouvé ses traces?

— Oui.

— Eh bien, bavarde, voyons!

— Voilà, patron. Il n'y a pas que le garçon de café qui l'avait remarqué. Il y a aussi un autre consommateur, et cet autre consommateur, que j'ai fini par découvrir, était sorti du café en même temps que notre homme, et, dehors, l'avait entendu demander à un passant "la plus proche station du métro pour aller à Neuilly".

— Excellent, cela. Et, dans Neuilly, à force d'interroger de droite et de gauche, vous avez déniché l'artiste?

— Et même appris son nom, patron: Hubert Lautier, avenue du Roule. Seulement, il a décampé de là, il y a six mois, laissant son mobilier et n'emportant que deux malles.

— Mais à la poste?

— Nous avons été à la poste. Un des employés a reconnu le signalement qu'on lui a fourni. Notre homme vient tous les huit ou dix jours chercher son courrier, qui, d'ailleurs, est très peu important... une lettre ou deux. Il n'est pas venu depuis quelque temps.

— Et ce courrier est sous son nom?

— Sous des initiales.

— On a pu se les rappeler?

— Oui. B. R. W. 8.

— C'est tout?

— De mon côté, absolument tout. Mais un de mes collègues a pu établir, d'après les dépositions de deux agents de police, qu'un individu portant une canne d'ébène à manche d'argent et un binocle d'écaille est sorti, le soir du double assassinat, de la gare d'Auteuil, vers onze heures trois quarts et s'est dirigé vers le Ranelagh. Rappelez-vous la présence de Mme Fauville dans ce quartier, à la même heure. Et rappelez-vous que le crime fut commis un peu avant minuit... J'en conclus...

— Assez, file.

— Mais...

— Au galop.

— Alors on ne se revoit plus ?

— Rendez-vous dans une demi-heure devant le domicile de notre homme.

— Quel homme ?

— Le complice de Marie-Anne Fauville...

— Mais vous ne connaissez pas...

— Son adresse ? Mais c'est toi-même qui me l'as donnée. Boulevard Richard-Wallace, numéro huit. Va, et ne prends pas cette tête d'idiot. »

Il le fit pirouetter, le poussa par les épaules jusqu'à la porte et le remit, tout ahuri, aux mains d'un domestique.

Lui-même sortait quelques minutes plus tard, entraînant sur ses pas les policiers attachés à sa personne, les laissait de planton devant un immeuble à double issue, et se faisait conduire à Neuilly en automobile.

Il suivit à pied l'avenue de Madrid et rejoignit le boulevard Richard-Wallace, en vue du bois de Boulogne.

Mazeroux l'attendait là, devant une petite maison qui dressait ses trois étages au fond d'une cour que bordaient les murs très hauts de la propriété voisine.

« C'est bien le numéro huit ?

— Oui. patron, mais vous allez m'expliquer...

— Une seconde, mon vieux, que je reprenne mon souffle »

Il aspira largement quelques bouffées d'air.

« Dieu ! que c'est bon d'agir ! dit-il. Vrai, je me rouillais... Et quel plaisir de poursuivre ces bandits ! Alors tu veux que je t'explique ? »

Il passa son bras sous celui du brigadier.

« Écoute, Alexandre, et profite. Quand une personne choisit des initiales quelconques pour son adresse de poste restante, dis-toi bien qu'elle ne les choisit pas au hasard, mais presque toujours de façon que les lettres aient une signification pour la personne en correspondance avec elle, signification qui permettra à cette autre personne de se rappeler facilement l'adresse qu'on lui donne.

— Et en l'occurrence ?

— En l'occurrence, Mazeroux, un homme comme moi, qui connais Neuilly et les alentours du Bois, est aussitôt frappé par ces trois lettres B R W et surtout par cette lettre étrangère W, lettre étrangère, lettre anglaise. De sorte que, dans mon esprit, devant mes yeux, instantanément, comme une hallucination, j'ai vu les trois lettres à leur place logique d'initiales, à la tête des mots qu'elles appellent et qu'elles nécessitent. J'ai vu le B du boulevard, j'ai vu l'R et le W anglais de Richard et de Wallace. Et je suis venu vers le boulevard Richard-Wallace. Et voilà pourquoi. mon cher monsieur, votre fille est sourde. »

Mazeroux sembla quelque peu sceptique.

« Et vous croyez, patron ?

— Je ne crois rien. Je cherche. Je construis une hypothèse sur la première base venue... une hypothèse vraisemblable... Et je me dis... je me dis... je me dis, Mazeroux, que ce petit coin est diablement mystérieux... et que cette maison... Chut... Écoute... »

Il repoussa Mazeroux dans un renfoncement d'ombre. Ils avaient entendu du bruit, le claquement d'une porte.

De fait, des pas traversèrent la cour, devant la maison. La serrure de la grille extérieure grinça. Quelqu'un parut, que la lumière d'un réverbère éclaira en plein visage.

« Cré tonnerre ! mâchonna Mazeroux, c'est lui.

— Il me semble, en effet...

— C'est lui, patron. Regardez la canne noire et

le brillant de la poignée... Et puis vous avez vu le lorgnon... et la barbe... Quel type vous êtes, patron !

— Calme-toi, et suivons-le. »

L'individu avait traversé le boulevard Richard-Wallace et tournait sur le boulevard Maillot. Il marchait assez vite, la tête haute, en faisant tournoyer sa canne d'un geste allègre. Il alluma une cigarette.

À l'extrémité du boulevard Maillot, l'homme passa l'octroi et pénétra dans Paris. La station du chemin de fer de Ceinture était proche. Il se dirigea vers elle et, toujours suivi, prit un train qui le conduisait à Auteuil.

« Bizarre, dit Mazeroux, il refait ce qu'il a fait il y a quinze jours. C'est là qu'on l'a aperçu. »

L'individu longea dès lors les fortifications. En un quart d'heure, il atteignit le boulevard Suchet, et presque aussitôt l'hôtel où l'ingénieur Fauville et son fils avaient été assassinés.

En face de cet hôtel, il monta sur les fortifications, et il resta là quelques minutes, immobile, tourné vers la façade. Puis, continuant sa route, il gagna la Muette, s'engagea dans les ténèbres du bois de Boulogne.

« À l'œuvre et hardiment », fit don Luis qui pressa le pas.

Mazeroux le retint :

« Que voulez-vous dire, patron ?

— Eh bien, sautons-lui à la gorge, nous sommes deux, et le moment est propice.

— Comment ! mais c'est impossible.

— Impossible ! Tu as peur ? Soit. Laisse-moi faire.

— Voyons, patron, vous n'y pensez pas ?

— Pourquoi n'y penserais-je pas ?

— Parce qu'on ne peut arrêter un homme sans motif.

— Sans, motif ? Un bandit de son espèce ? Un assassin ? Qu'est-ce qu'il te faut donc ?

— En l'absence d'un cas de force majeure, d'un flagrant délit, il me faut quelque chose que je n'ai pas.

— Quoi ?

— Un mandat. Je n'ai pas de mandat. »

L'accent de Mazeroux était si convaincu et sa réponse parut si comique à don Luis Perenna qu'il éclata de rire.

« T'as pas de mandat ? Pauvre petit ! Eh bien, tu vas voir si j'en ai besoin, d'un mandat !

— Je ne verrai rien du tout, s'écria Mazeroux en s'accrochant au bras de son compagnon. Vous ne toucherez pas à cet individu.

— C'est ta mère ?

— Voyons, patron...

— Mais, triple honnête homme, articula don Luis, exaspéré, si nous laissons échapper l'occasion, la retrouverons-nous ?

— Facilement. Il rentre chez lui. Je préviens le commissaire de police. On téléphone à la préfecture, et demain matin...

— Et si l'oiseau est envolé ?

— Je n'ai pas de mandat.

— Veux-tu que je t'en signe un, idiot ? »

Mais don Luis domina sa colère. Il sentait bien que tous ses arguments se briseraient contre l'obstination du brigadier, et que Mazeroux irait au besoin jusqu'à défendre l'ennemi contre lui. Il formula simplement d'un ton sentencieux :

« Un imbécile et toi, ça fait deux imbéciles, et il y a autant d'imbéciles qu'il y a de gens qui veulent faire de la police avec des chiffons de papier, des signatures, des mandats et d'autres calembredaines. La police, mon petit, ça se fait avec le poing. Quand l'ennemi est là, on cogne. Sinon, on risque de cogner dans le vide. Là-dessus, bonne nuit. Je vais me coucher. Téléphone-moi quand tout sera fini. »

Il rentra chez lui, furieux, excédé d'une aventure

où il n'avait pas ses coudées franches, et où il lui fallait se soumettre à la volonté ou, plutôt, à la mollesse des autres.

Mais, le lendemain matin, lorsqu'il se réveilla, le désir de voir la police aux prises avec l'homme à la canne d'ébène, et surtout le sentiment que son concours ne serait pas inutile, le poussèrent à s'habiller plus vite.

« Si je n'arrive pas à la rescousse, se disait-il, ils vont se laisser rouler. Ils ne sont pas de taille à soutenir un tel combat. »

Justement Mazeroux le demanda au téléphone. Il se précipita vers une petite cabine que son prédécesseur avait fait établir au premier étage, dans un réduit obscur qui ne communiquait qu'avec son bureau, et il alluma l'électricité.

« C'est toi, Alexandre ?

— Oui, patron. Je suis chez un marchand de vin, près de la maison du boulevard Richard-Wallace.

— Et notre homme ?

— L'oiseau est au nid. Mais il était temps.

— Ah !

— Oui, sa valise est faite. Il doit partir ce matin en voyage.

— Comment le sait-on ?

— Par la femme de ménage. Elle vient d'entrer chez lui, et nous ouvrira.

— Il habite seul ?

— Oui, cette femme lui prépare ses repas et s'en va le soir. Personne ne vient jamais, sauf une dame voilée qui lui a rendu trois visites depuis qu'il est ici. La femme de ménage ne pourrait pas la reconnaître. Lui, c'est un savant, dit-elle. qui passe son temps à lire et à travailler.

— Et tu as un mandat ?

— Oui, on va opérer.

— J'accours.

— Impossible ! C'est le sous-chef Weber qui

nous commande. Ah! dites donc, vous ne savez pas la nouvelle à propos de Mme Fauville?

— À propos de Mme Fauville?

— Oui, elle a voulu se tuer, cette nuit.

— Hein! elle a voulu se tuer?»

Perenna avait jeté une exclamation de stupeur, et il fut très étonné d'entendre, presque en même temps, un autre cri, comme un écho très proche.

Sans lâcher le récepteur, il se retourna. Mlle Levasseur était dans le cabinet de travail, à quelques pas de lui, la figure contractée, livide.

Leurs regards se rencontrèrent. Il fut sur le point de l'interroger, mais elle s'éloigna.

«Pourquoi diable m'écoutait-elle? se demanda don Luis, et pourquoi cet air d'épouvante?»

Mazeroux continuait cependant:

«Elle l'avait bien dit, qu'elle essaierait de se tuer. Il lui a fallu un rude courage.»

Perenna reprit:

«Mais comment?

— Je vous raconterai cela. On m'appelle. Mais surtout ne venez pas, patron.

— Si, répondit-il nettement, je viens. Après tout, c'est bien le moins que j'assiste à la capture du gibier, puisque c'est moi qui ai découvert son gîte. Mais ne crains rien: je resterai dans la coulisse.

— Alors, dépêchez-vous, patron. On donne l'assaut.

— J'arrive.»

Il raccrocha vivement le récepteur et fit demi-tour sur lui-même pour sortir de la cabine.

Un mouvement de recul le rejeta jusqu'au mur du fond.

À l'instant précis où il allait franchir le seuil, quelque chose s'était déclenché au-dessus de sa tête, et il n'avait eu que le temps de bondir en arrière pour n'être pas atteint par un rideau de fer qui tomba devant lui avec une violence terrible.

Une seconde de plus, et la masse énorme l'écrasait. Il en sentit le frôlement contre sa main. Et jamais peut-être il n'éprouva de façon plus intense l'angoisse du danger.

Après un moment de véritable frayeur où il resta comme pétrifié, le cerveau en désordre, il reprit son sang-froid et se jeta sur l'obstacle.

Mais tout de suite l'obstacle lui parut infranchissable. C'était un lourd panneau de métal, non pas fait de lamelles ou de pièces rattachées les unes aux autres, mais formé d'un seul bloc, massif, puissant, rigide et que le temps avait revêtu de sa patine luisante, à peine obscurcie, çà et là, par des taches de rouille. De droite et de gauche, en haut et en bas, les bords du panneau s'enfonçaient dans une rainure étroite qui les recouvrait hermétiquement.

Il était prisonnier. À coups de poing, avec une rage soudaine, il frappa, se rappelant la présence de Mlle Levasseur dans le cabinet de travail. Si elle n'avait pas encore quitté la pièce — et sûrement elle ne pouvait pas encore l'avoir quittée lorsque la chose s'était produite — elle entendrait le bruit. Elle devait l'entendre. Elle allait revenir sur ses pas. Elle allait donner l'alarme et le secourir.

Il écouta. Rien. Il appela. Aucune réponse. Sa voix se heurtait aux murs et au plafond de la cabine où il était enfermé, et il avait l'impression que l'hôtel entier, par-delà les salons, et les escaliers, et les vestibules, demeurait sourd à son appel.

Pourtant... pourtant... Mlle Levasseur ?

«Qu'est-ce que ça veut dire ? murmura-t-il... Qu'est-ce que tout cela signifie ? »

Et immobile maintenant, taciturne, il pensait de nouveau à l'étrange attitude de la jeune fille, à son visage bouleversé, à ses yeux égarés. Et il se demandait aussi par quel hasard s'était déclenché le mécanisme invisible qui avait projeté sur lui, sournoisement et implacablement, le redoutable rideau de fer.

CHAPITRE V

L'HOMME À LA CANNE D'ÉBÈNE

Sur le boulevard Richard-Wallace, le sous-chef Weber, l'inspecteur principal Ancenis, le brigadier Mazeroux, trois inspecteurs et le commissaire de police de Neuilly étaient groupés devant la grille du numéro huit.

Mazeroux surveillait l'avenue de Madrid par laquelle don Luis devait venir, mais il commençait à s'étonner, car une demi-heure s'était écoulée depuis qu'ils avaient échangé un coup de téléphone, et Mazeroux ne trouvait plus de prétexte pour reculer l'opération.

« Il est temps, dit le sous-chef Weber, la femme de ménage nous a fait signe d'une fenêtre : le type s'habille.

— Pourquoi ne pas l'empoigner quand il sortira ? objecta Mazeroux. En un tour de main il sera pris.

— Et s'il se trotte par une autre issue que nous ne connaissons pas ? dit le sous-chef. C'est qu'il faut se méfier de pareils bougres. Non, attaquons-le au gîte. Il y a plus de certitude.

— Cependant...

— Qu'est-ce que vous avez donc, Mazeroux ? dit le sous-chef en le prenant à part. Vous ne voyez donc pas que nos hommes sont nerveux ? Ce type-là les inquiète. Il n'y a qu'un moyen, c'est de les lancer dessus, comme sur une bête fauve. Et puis il faut que l'affaire soit dans le sac quand le préfet viendra.

— Il vient donc ?

— Oui. Il veut se rendre compte par lui-même. Toute cette histoire-là le préoccupe au plus haut point. Ainsi donc, en avant! Vous êtes prêts, les gars? Je sonne. »

Le timbre retentit en effet, et, tout de suite, la femme de ménage accourut et entrebâilla la porte.

Bien que la consigne fût de garder le plus grand calme afin de ne pas effaroucher trop tôt l'adversaire, la crainte qu'il inspirait était telle qu'il y eut une poussée et que tous les agents se ruèrent dans la cour, prêts au combat... Mais une fenêtre s'ouvrit et quelqu'un cria, du second étage:

« Qu'y a-t-il? »

Le sous-chef ne répondit pas. Deux agents, l'inspecteur principal, le commissaire et lui, envahissaient la maison, tandis que les deux autres, restés dans la cour, rendaient toute fuite impossible.

La rencontre eut lieu au premier étage. L'homme était descendu, tout habillé, le chapeau sur la tête, et le sous-chef proférait:

« Halte! Pas un geste! C'est bien vous, Hubert Lautier? »

L'homme sembla confondu. Cinq revolvers étaient braqués sur lui. Pourtant, aucune expression de peur n'altéra son visage, et il dit simplement:

« Que voulez-vous, monsieur? Que venez-vous faire ici?

— Nous venons au nom de la loi. Voici le mandat qui vous concerne, un mandat d'arrêt.

— Un mandat d'arrêt contre moi!

— Contre Hubert Lautier domicilié au huit, boulevard Richard-Wallace.

— Mais c'est absurde!... dit-il, c'est incroyable... Qu'est-ce que cela signifie! Pour quelle raison?... »

Sans qu'il opposât la moindre résistance, on l'empoigna par les deux bras et on le fit entrer dans une pièce assez grande où il n'y avait que trois chaises de paille, un fauteuil, et une table encombrée de gros livres.

« Là, dit le sous-chef, et ne bougez pas. Au moindre geste, tant pis pour vous... »

L'homme ne protestait pas. Tenu au collet par les deux agents, il paraissait réfléchir, comme s'il eût cherché à comprendre les motifs secrets d'une arrestation à laquelle rien ne l'eût préparé. Il avait une figure intelligente, une barbe châtaine à reflets un peu roux, des yeux d'un bleu-gris dont l'expression devenait par instants, derrière le binocle qu'il portait, d'une certaine dureté. Les épaules larges, le cou puissant dénotaient la force.

« On lui passe le cabriolet ? dit Mazeroux au sous-chef.

— Une seconde… Le préfet arrive, je l'entends… Vous avez fouillé les poches ? Pas d'armes ?

— Non.

— Pas de flacon ? pas de fiole ? Rien d'équivoque ?

— Non, rien. »

Dès son arrivée, M. Desmalions, tout en examinant la figure du prisonnier, s'entretint à voix basse avec le sous-chef et se fit raconter les détails de l'opération.

« Bonne affaire, dit-il, nous avions besoin de cela. Les deux complices arrêtés, il faudra bien qu'ils parlent, et tout s'éclaircira. Ainsi, il n'y a pas eu de résistance ?

— Aucune, monsieur le préfet.

— N'importe ! restons sur nos gardes. »

Le prisonnier n'avait pas prononcé une parole, et il conservait le visage pensif de quelqu'un pour qui les événements ne se prêtent à aucune explication. Cependant, lorsqu'il eut compris que le nouveau venu n'était autre que le préfet de police, il releva la tête, et M. Desmalions lui ayant dit :

« Inutile, n'est-ce pas, de vous exposer les motifs de votre arrestation ? »

Il répliqua d'une voix déférente :

« Excusez-moi, monsieur le préfet, je vous demande au contraire de me renseigner. Je n'ai pas la moindre idée à ce sujet. Il y a là, chez vos agents, une erreur formidable qu'un mot sans doute peut dissiper. Ce mot, je le désire… je l'exige…»

Le préfet haussa les épaules et dit :

«Vous êtes soupçonné d'avoir participé à l'assassinat de l'ingénieur Fauville et de son fils Edmond.

— Hippolyte est mort !»

Il répéta, la voix sourde, avec un tremblement nerveux :

«Hippolyte est mort ? Qu'est-ce que vous dites là ? Est-ce possible qu'il soit mort ? Et comment ? Assassiné ? Edmond également ?»

Le préfet haussa de nouveau les épaules.

«Le fait même que vous appeliez M. Fauville par son prénom montre que vous étiez dans son intimité. Et en admettant que vous ne soyez pour rien dans son assassinat, la lecture des journaux depuis quinze jours eût suffi à vous l'apprendre.

— Pour ma part, je ne lis jamais de journaux, monsieur le préfet.

— Hein ! vous allez prétendre…

— Cela peut être invraisemblable, mais c'est ainsi. Je vis une existence de travail, m'occupant exclusivement de recherches scientifiques en vue d'un ouvrage de vulgarisation, et sans prendre la moindre part ni le moindre intérêt aux choses de dehors. Je défie donc qui que ce soit au monde de prouver que j'aie lu un seul journal depuis des mois et des mois. Et c'est pourquoi j'ai le droit de dire que j'ignorais l'assassinat d'Hippolyte Fauville. Je l'ai connu autrefois, mais nous nous sommes fâchés.

— Quelles raisons ?

— Des affaires de famille…

— Des affaires de famille ! Vous étiez donc parents ?

— Oui, Hippolyte était mon cousin.

— Votre cousin ! M. Fauville était votre cousin ? Mais… mais alors… Voyons, précisons. M. Fauville et sa femme étaient les enfants de deux sœurs, Élisabeth et Armande Roussel. Ces deux sœurs avaient été élevées avec un cousin germain du nom de Victor.

— Oui, Victor Sauverand, issu du grand-père Roussel, Victor Sauverand s'est marié à l'étranger et il a eu deux fils. L'un est mort il y a quinze ans. L'autre, c'est moi. »

M. Desmalions tressaillit. Son émotion était visible. Si cet homme disait vrai, s'il était réellement le fils de ce Victor dont la police n'avait pas encore pu reconstituer l'état civil, on avait arrêté par là même, puisque M. Fauville et son fils étaient morts et Mme Fauville pour ainsi dire convaincue d'assassinat et déchue de ses droits, on avait arrêté l'héritier définitif de l'Américain Cosmo Mornington.

Mais par quelle aberration donnait-il contre lui, sans y être obligé, cette charge écrasante ?

Il reprit :

« Mes révélations, monsieur le préfet, semblent vous étonner. Peut-être vous éclairent-elles sur l'erreur dont je suis victime ? »

Il s'exprimait sans aucun trouble, avec une grande politesse et une distinction de voix remarquable, et il n'avait nullement l'air de se douter que ses révélations confirmaient au contraire la légitimité des mesures prises à son égard.

Sans répondre à sa question, le préfet de police lui demanda :

« Ainsi, votre nom véritable, c'est ?...

— Gaston Sauverand, dit-il.

— Pourquoi vous faites-vous appeler Hubert Lautier ? »

L'homme eut une petite défaillance qui ne pouvait échapper à un observateur aussi perspicace que M. Desmalions. Il fléchit sur ses jambes, ses yeux papillotèrent, et il dit :

« Cela ne regarde pas la police, cela ne regarde que moi. »

M. Desmalions sourit :

« L'argument est médiocre. M'opposerez-vous le même si je veux savoir pourquoi vous vous cachez, pourquoi vous avez quitté votre domicile de l'avenue du Roule sans laisser d'adresse et pourquoi vous recevez votre correspondance à la poste, sous des initiales ?

— Oui, monsieur le préfet, ce sont là des actes d'ordre privé, qui relèvent de ma seule conscience. Vous n'avez pas à m'interroger là-dessus.

— C'est l'exacte réponse que nous oppose à tout instant votre complice.

— Mon complice ?

— Oui, Mme Fauville.

— Mme Fauville ? »

Gaston Sauverand avait poussé le même cri qu'à l'annonce de la mort de l'ingénieur, et ce fut une stupeur plus grande encore, une angoisse qui rendit ses traits méconnaissables.

« Quoi ?... Quoi ?... Qu'est-ce que vous dites ? Marie-Anne... Non, n'est-ce pas ? Ce n'est pas vrai ? »

M. Desmalions jugea inutile de répondre, tellement cette affectation d'ignorer tout ce qui concernait le drame du boulevard Suchet était absurde et puérile.

Hors de lui, les yeux effarés, Gaston Sauverand murmura :

« C'est vrai ? Elle est victime de la même méprise que moi ? On l'a peut-être arrêtée ? Elle ! elle ! Marie-Anne en prison ! »

Ses poings crispés s'élevèrent dans un geste de menace qui s'adressait à tous les ennemis inconnus dont il était entouré, à ceux qui le persécutaient et qui avaient assassiné Hippolyte Fauville et livré Marie-Anne.

Mazeroux et l'inspecteur Ancenis l'empoignèrent brutalement... Il eut un mouvement de révolte comme s'il allait repousser ses agresseurs.

Mais ce ne fut qu'un éclair, et il s'abattit sur une chaise en cachant sa figure entre ses mains.

« Quel mystère ! balbutia-t-il !... Je ne comprends pas... je ne comprends pas... »

Il se tut.

Le préfet de police dit à Mazeroux :

« C'est la même comédie qu'avec Mme Fauville, et jouée par un comédien de la même espèce qu'elle et de la même force. On voit qu'ils sont parents.

— Il faut se méfier de lui, monsieur le préfet. Pour l'instant, son arrestation l'a déprimé, mais gare au réveil ! »

Le sous-chef Weber, qui était sorti depuis quelques minutes, rentra. M. Desmalions lui dit :

« Tout est prêt ?

— Oui, monsieur le préfet, j'ai fait avancer le taxi jusqu'à la grille, à côté de votre automobile.

— Combien êtes-vous ?

— Huit. Deux agents viennent d'arriver du commissariat.

— Vous avez fouillé la maison ?

— Oui. D'ailleurs, elle est presque vide. Il n'y a que les meubles indispensables et, dans la chambre, des liasses de papiers.

— C'est bien, emmenez-le et redoublez de surveillance. »

Gaston Sauverand se laissa faire docilement et suivit le sous-chef et Mazeroux.

Sur le seuil de la porte, il se retourna :

« Monsieur le préfet, puisque vous perquisitionnez, je vous adjure de prendre soin des papiers qui encombrent la table de ma chambre : ce sont des notes qui m'ont coûté bien des veilles. En outre... »

Il hésita, visiblement embarrassé.

« En outre ?

— Eh bien, monsieur le préfet, je vais vous dire... certaines choses... »

Il cherchait ses mots et paraissait en craindre

les conséquences, tout en les prononçant. Mais il se décida d'un coup :

« Monsieur le préfet, il y a ici... quelque part... un paquet de lettres auxquelles je tiens plus qu'à ma vie. Peut-être ces lettres, si on les interprète dans un mauvais sens, donneront-elles des armes contre moi... mais n'importe... Avant tout, il faut... il faut qu'elles soient à l'abri... Vous verrez... Il y a là des documents d'une importance extrême... Je vous les confie... à vous seul, monsieur le préfet.

— Où sont-elles ?

— La cachette est facile à trouver. Il suffit de monter dans la mansarde au-dessus de ma chambre et d'appuyer, à droite de la fenêtre, sur un clou... un clou inutile en apparence, mais qui commande une cachette située au-dehors, sous une des ardoises, le long de la gouttière. »

Il se remit en marche, encadré par les deux hommes. Le préfet les retint.

« Une seconde... Mazeroux, montez dans la mansarde. Vous m'apporterez les lettres. »

Mazeroux obéit et revint au bout de quelques minutes. Il n'avait pu faire jouer le mécanisme.

Le préfet ordonna à l'inspecteur principal Ancenis de monter à son tour avec Mazeroux et d'emmener le prisonnier, qui leur ferait voir le fonctionnement de sa cachette.

Lui-même, il demeura dans la pièce avec le sous-chef Weber, attendant le résultat de la perquisition, et il se mit à examiner les titres des livres qui s'empilaient sur la table.

C'étaient des volumes de science, parmi lesquels il remarqua des ouvrages de chimie : *La Chimie organique*, *La Chimie dans ses rapports avec l'électricité*. Tous ils étaient chargés de notes, en marge. Il feuilletait l'un d'eux lorsqu'il crut entendre des clameurs. Il se précipita. Mais il n'avait pas franchi le seuil de la porte qu'une détonation retentit au creux de l'escalier et qu'il y eut un hurlement de douleur.

Et aussitôt, deux autres coups de feu. Et puis des cris, un bruit de lutte et une détonation encore...

Par bonds de quatre marches, avec une agilité qu'on n'eût pas attendue d'un homme de sa taille, le préfet de police, suivi du sous-chef, escalada le second étage et parvint au troisième, qui était plus étroit et plus abrupt.

Quand il eut gagné le tournant, un corps qui chancelait au-dessus de lui s'abattit dans ses bras: c'était Mazeroux blessé.

Sur les marches gisait un autre corps inerte, celui de l'inspecteur principal Ancenis.

En haut, dans l'encadrement d'une petite porte, Gaston Sauverand, terrible, la physionomie féroce, avait le bras tendu. Il tira un cinquième coup au hasard. Puis, apercevant le préfet de police, il visa, posément.

Le préfet eut la vision foudroyante de ce canon braqué sur son visage, et il se crut perdu. Mais, à cette seconde précise, derrière lui, une détonation claqua, l'arme de Sauverand tomba de sa main avant qu'il eût pu tirer, et le préfet aperçut, comme dans une vision, un homme, celui qui venait de le sauver de la mort, et qui enjambait le corps de l'inspecteur principal, repoussait Mazeroux contre le mur, et s'élançait, suivi des agents.

Il le reconnut. C'était don Luis Perenna.

Don Luis entra vivement dans la mansarde où Sauverand avait reculé, mais il n'eut que le temps de l'aviser, debout sur le rebord de la fenêtre, et qui sautait dans le vide, du haut des trois étages.

«Il s'est jeté par là? cria le préfet en accourant. Nous ne l'aurons pas vivant!

— Ni vivant ni mort, monsieur le préfet. Tenez, le voilà qui se relève. Il y a des miracles pour ces gens-là... Il file vers la grille... C'est à peine s'il boite un peu.

— Mais mes hommes ?

— Eh ! ils sont tous dans l'escalier, dans la maison, attirés par les coups de feu, soignant les blessés…

— Ah ! le démon, murmura le préfet, il a joué sa partie en maître ! »

De fait, Gaston Sauverand prenait la fuite sans rencontrer personne.

« Arrêtez-le ! Arrêtez-le ! » vociféra M. Desmalions.

Il y avait deux automobiles le long du trottoir, qui à cet endroit est fort large, l'automobile du préfet de police et celle que le sous-chef avait fait venir pour le prisonnier. Les deux chauffeurs, assis sur leurs sièges, n'avaient rien perçu de la bataille. Mais ils virent le saut, dans l'espace, de Gaston Sauverand, et le chauffeur de la préfecture, sur le siège duquel on avait déposé un certain nombre de pièces à conviction, prenant dans le tas et au hasard la canne d'ébène, seule arme qu'il eût sous la main, se précipita courageusement au-devant du fugitif.

« Arrêtez-le ! arrêtez-le ! » criait M. Desmalions.

La rencontre se produisit à la sortie de la cour. Elle fut brève. Sauverand se jeta sur son agresseur, lui arracha la canne, fit un bond en arrière et la lui cassa sur la figure. Puis, sans lâcher la poignée, il se sauva, poursuivi par l'autre chauffeur et par trois agents qui surgissaient enfin de la maison.

Il avait alors trente pas d'avance sur les agents. L'un d'eux tira vainement plusieurs coups de revolver.

Lorsque M. Desmalions et le sous-chef Weber redescendirent, ils trouvèrent au second étage, dans la chambre de Gaston Sauverand, l'inspecteur principal étendu sur le lit, le visage livide.

Frappé à la tête, il agonisait.

Presque aussitôt il mourut.

Le brigadier Mazeroux, dont la blessure était insignifiante, raconta, tandis qu'on le pansait, que Sauverand les avait, l'inspecteur principal et lui, conduits jusqu'à la mansarde, et que, devant la porte, il avait plongé vivement la main dans une sorte de vieille sacoche accrochée au mur entre des tabliers de domestique et des blouses hors d'usage. Il en tirait un revolver et faisait feu à bout portant sur l'inspecteur principal, qui tombait comme une masse. Empoigné par Mazeroux, le meurtrier se dégageait et envoyait trois balles dont la troisième atteignait le brigadier à l'épaule.

Ainsi, dans la bataille où la police disposait d'une troupe d'agents exercés, où l'ennemi, captif, semblait n'avoir aucune chance de salut, cet ennemi, par un stratagème d'une audace inouïe, emmenait à l'écart deux de ses adversaires, les mettait hors de combat, attirait les autres dans la maison et, la route devenue libre, s'enfuyait.

M. Desmalions était pâle de colère et de désespoir. Il s'écria :

« Il nous a roulés... Ses lettres, sa cachette, le clou mobile... autant de trucs... Ah ! le bandit ! »

Il gagna le rez-de-chaussée et passa dans la cour. Sur le boulevard, il rencontra un des agents qui avaient donné la chasse au meurtrier, et qui revenait à bout de souffle.

« Eh bien ? dit-il anxieusement.

— Monsieur le préfet, il a tourné par la rue voisine... Là, une automobile l'attendait... Le moteur devait être sous pression, car tout de suite notre homme nous a distancés.

— Mais mon automobile, à moi ?

— Le temps de se mettre en marche, monsieur le préfet, vous comprenez...

— La voiture qui l'a emporté était une voiture de louage ?

— Oui... un taxi...

— On la retrouvera alors. Le chauffeur viendra de lui-même quand il connaîtra par les journaux... »

Weber hocha la tête :

« À moins, monsieur le préfet, que ce chauffeur ne soit un compère également. Et puis, quand bien même on retrouverait la voiture, peut-on admettre qu'un gaillard comme Gaston Sauverand ignore les moyens d'embrouiller une piste ? Nous aurons du mal, monsieur le préfet. »

« Oui, murmura don Luis, qui avait assisté sans mot dire aux premières investigations, et qui resta seul un instant avec Mazeroux, oui, vous aurez du mal, surtout si vous laissez prendre la poudre d'escampette aux gens que vous tenez. Hein, Mazeroux, qu'est-ce que je t'avais dit hier soir ? Mais, tout de même, quel bandit ! Et il n'est pas seul, Alexandre. Je te réponds qu'il a des complices... et pas plus loin que chez moi encore... tu entends, chez moi ! »

Après avoir interrogé Mazeroux sur l'attitude de Sauverand et sur les incidents de l'arrestation, don Luis regagna son hôtel de la place du Palais-Bourbon.

L'enquête qu'il avait à faire se rapportait, certes, à des événements aussi étranges, et, si la partie que jouait Gaston Sauverand dans la poursuite de l'héritage Cosmo Mornington méritait toute son attention, la conduite de Mlle Levasseur ne l'intriguait pas moins vivement.

Il lui était impossible d'oublier le cri de terreur qui avait échappé à la jeune fille pendant qu'il téléphonait avec Mazeroux, impossible aussi d'oublier l'expression effarée de son visage. Or, pouvait-il attribuer ce cri de terreur et cet effarement à autre chose qu'à la phrase prononcée par lui en réponse à Mazeroux : « Qu'est-ce que tu dis ? Mme Fauville a voulu se tuer ? » Le fait était certain, et il y avait entre l'annonce du suicide et l'émotion extrême de Mlle Levasseur un rapport trop évident pour que Perenna n'essayât pas d'en tirer des conclusions.

Il entra directement dans son bureau, et aussitôt examina la baie qui ouvrait sur la cabine téléphonique. Cette baie, en forme de voûte, large de deux mètres environ et très basse, n'était fermée que par une portière de velours qui, presque toujours relevée, la laissait à découvert. Sous la portière, parmi les moulures de la cimaise, don Luis trouva un bouton mobile sur lequel il suffisait d'appuyer pour que tombât le rideau de fer auquel il s'était heurté deux heures auparavant.

Il fit jouer le déclenchement à trois ou quatre reprises. Ces expériences lui prouvèrent de la façon la plus catégorique que le mécanisme était en parfait état et ne pouvait fonctionner sans une intervention étrangère. Devait-il donc conclure que la jeune fille avait voulu le tuer, lui, Perenna? Mais pour quels motifs ?

Il fut sur le point de sonner et de la faire venir afin d'avoir avec elle l'explication qu'il était résolu à lui demander. Cependant le temps passait, et il ne sonna pas. Par la fenêtre, il la vit qui traversait la cour. Elle avait une démarche lente, et son buste se balançait sur ses hanches avec un rythme harmonieux. Un rayon de soleil alluma l'or de sa chevelure.

Tout le reste de la matinée, il resta sur un divan, à fumer des cigares... Il était mal à l'aise, mécontent de lui et des événements dont aucun ne lui apportait la moindre lueur de vérité, et qui, tous, au contraire, s'entendaient de manière à verser plus d'ombre encore dans les ténèbres où il se débattait. Avide d'agir, aussitôt qu'il agissait il rencontrait de nouveaux obstacles qui paralysaient sa volonté d'agir, et rien, dans la nature de ces obstacles, ne le renseignait sur la personnalité des adversaires qui les suscitaient. Mais à midi, comme il venait de donner l'ordre qu'on lui servît à déjeuner, son maître d'hôtel pénétra dans le cabinet de travail, un plateau à la main, et s'écria avec une agitation qui montrait que le personnel de la maison n'ignorait pas la situation équivoque de don Luis :

« Monsieur, c'est le préfet de police.

— Hein ? fit Perenna. Où se trouve-t-il ?

— En bas, monsieur. Je ne savais pas d'abord... et je voulais avertir Mlle Levasseur. Mais...

— Vous êtes sûr ?

— Voici sa carte, monsieur. »

Perenna lut, en effet, sur le bristol :

GUSTAVE DESMALIONS

Il alla vers la fenêtre, qu'il ouvrit, et, à l'aide du miroir supérieur, observa la place du Palais-Bourbon. Une demi-douzaine d'individus s'y promenaient. Il les reconnut. C'étaient ses surveillants ordinaires, ceux qu'il avait « semés » le soir précédent et qui venaient de reprendre leur faction.

« Pas davantage ? se dit-il. Allons, il n'y a rien à craindre, et le préfet de police n'a que de bonnes intentions à mon égard. C'est bien ce que j'avais prévu, et je crois que je n'ai pas été trop mal inspiré en lui sauvant la vie. »

M. Desmalions entra sans dire un seul mot. Tout au plus inclina-t-il légèrement la tête, d'un geste qui pouvait être interprété comme un salut. Weber, qui l'accompagnait, ne prit même pas la peine, lui, de masquer les sentiments qu'un homme comme Perenna pouvait lui inspirer...

Don Luis parut ne pas s'en apercevoir, et, en revanche, affecta de n'avancer qu'un fauteuil. Mais M. Desmalions se mit à marcher dans la pièce, les mains au dos, et comme s'il eût voulu poursuivre ses réflexions avant de prononcer une seule parole.

Le silence se prolongea. Don Luis attendait, paisiblement. Puis, soudain, le préfet s'arrêta et dit :

« En quittant le boulevard Richard-Wallace, êtes-vous rentré directement chez vous, monsieur ? »

Don Luis accepta la conversation sur ce mode interrogatoire, et il répliqua :

« Oui, monsieur le préfet.

— Dans ce cabinet de travail ?

— Dans ce cabinet de travail. »

M. Desmalions fit une pause et reprit :

« Moi, je suis parti trente ou quarante minutes après vous, et mon automobile m'a conduit à la Préfecture. J'y ai reçu ce pneumatique que vous pouvez lire. Vous remarquerez qu'il fut mis à la Bourse à neuf heures et demie. »

Don Luis prit le pneumatique et il lut ces mots, écrits en lettres capitales :

« Vous êtes averti que Gaston Sauverand, après sa fuite, a retrouvé son complice, le sieur Perenna, qui n'est autre, comme vous le savez, qu'Arsène Lupin. Arsène Lupin vous avait fourni l'adresse de Sauverand pour se débarrasser de lui et toucher l'héritage Mornington. Ils se sont réconciliés ce matin, et Arsène Lupin a indiqué à Sauverand une retraite sûre. La preuve de leur rencontre et de leur complicité est facile. Par prudence, Sauverand a remis à Lupin le tronçon de canne qu'il avait emporté à son insu. Vous le trouverez sous les coussins qui ornent un divan placé entre les deux fenêtres du cabinet de travail du sieur Perenna. »

Don Luis haussa les épaules. La lettre était absurde, puisqu'il n'avait pas quitté son cabinet de travail. Il la replia tranquillement et la rendit au préfet de police, sans ajouter aucun commentaire. Il était résolu à laisser M. Desmalions maître de l'entretien.

Celui-ci demanda :

« Que répondez-vous à l'accusation ?

— Rien, monsieur le préfet.

— Elle est précise pourtant et facile à contrôler.

— Très facile. monsieur le préfet, le divan est là, entre ces deux fenêtres.»

M. Desmalions attendit deux ou trois secondes, puis il s'approcha du divan et dérangea les coussins.

Sous l'un d'eux le tronçon de la canne apparut.

Don Luis ne put réprimer un geste de stupeur et de colère. Pas une seconde il n'avait envisagé la possibilité d'un tel miracle, et l'événement le prenait au dépourvu. Cependant il se domina. Après tout, rien ne prouvait que cette moitié de canne fût bien celle que l'on avait vue dans les mains de Gaston Sauverand et que celui-ci avait emportée par mégarde.

«J'ai l'autre moitié sur moi, dit le préfet de police, répondant ainsi à l'objection. Le sous-chef Weber l'a ramassée lui-même sur le boulevard Richard-Wallace. La voici.»

Il la tira de la poche intérieure de son pardessus et fit l'épreuve.

Les extrémités des deux bâtons s'adaptaient exactement l'une à l'autre.

Il y eut un nouveau silence. Perenna était confondu, comme devaient l'être, comme l'étaient toujours ceux auxquels, lui-même, il infligeait des défaites et des humiliations de ce genre. Il n'en revenait pas. Par quel prodige Gaston Sauverand avait-il pu, en ce court espace de vingt minutes, s'introduire dans cette maison et pénétrer dans cette pièce ? C'est à peine si l'hypothèse d'un complice attaché à l'hôtel rendait le phénomène moins inexplicable.

«Voilà qui démolit mes prévisions, pensa-t-il, et cette fois il faut que j'y passe. J'ai pu échapper à l'accusation de Mme Fauville et déjouer le coup de la turquoise. Mais jamais M. Desmalions n'admettra qu'il y ait là, aujourd'hui, une tentative analogue, et que Gaston Sauverand ait voulu, comme

Marie-Anne Fauville, m'écarter de la bataille en me compromettant et en me faisant arrêter.»

«Eh bien, s'écria le préfet de police impatienté, répondez donc! Défendez-vous!

— Non, monsieur le préfet, je n'ai pas à me défendre.»

M. Desmalions frappa du pied et bougonna:

«En ce cas... en ce cas... puisque vous avouez... puisque...»

Il saisit la poignée de la fenêtre, prêt à l'ouvrir. Un coup de sifflet: les agents faisaient irruption, et l'acte était accompli.

«Dois-je faire appeler vos inspecteurs, monsieur le préfet?» demanda don Luis.

M. Desmalions ne répliqua pas. Il lâcha la poignée de la fenêtre, et il recommença à marcher dans la pièce. Et soudain, alors que Perenna cherchait les motifs de cette hésitation suprême, pour la seconde fois il se planta devant son interlocuteur et prononça:

«Et si je considérais l'incident de cette canne d'ébène comme non avenu, ou plutôt comme un incident qui, prouvant sans nul doute la trahison d'un de vos domestiques, ne saurait vous compromettre, vous? Si je ne considérais que les services que vous nous avez déjà rendus? En un mot si je vous laissais libre?»

Perenna ne put s'empêcher de sourire. Malgré l'incident de la canne, bien que toutes les apparences fussent contre lui, les choses prenaient, au moment où tout semblait se gâter, la direction qu'il avait envisagée dès le début, celle même qu'il avait indiquée à Mazeroux pendant l'enquête du boulevard Suchet. On avait besoin de lui.

«Libre? dit-il... Plus de surveillance? Personne à mes trousses?

— Personne.

— Et si la campagne de presse continue autour de mon nom, si l'on réussit, par suite de certains racontars et de certaines coïncidences, à créer un mouvement d'opinion, si l'on demande contre moi des mesures?…

— Ces mesures ne seront pas prises.

— Je n'ai donc rien à craindre?

— Rien.

— M. Weber renoncera aux préventions qu'il entretient à mon égard?

— Il agira du moins comme s'il y renonçait, n'est-ce pas, Weber?»

Le sous-chef poussa quelques grognements que l'on pouvait prendre, à la rigueur, pour un acquiescement, et don Luis aussitôt s'écria:

«Alors, monsieur le préfet, je suis sûr de remporter la victoire et de la remporter selon les désirs et les besoins de la justice.»

Ainsi, par un changement subit de la situation, après une série de circonstances exceptionnelles, la police elle-même, s'inclinant devant les qualités prodigieuses de don Luis Perenna, reconnaissant tout ce qu'il avait déjà fait et pressentant tout ce qu'il pouvait faire, décidait de le soutenir, sollicitait son concours, et lui offrait, pour ainsi dire, la conduite des opérations.

L'hommage était flatteur. S'adressait-il seulement à don Luis Perenna? et Lupin, le terrible, l'indomptable Lupin, n'avait-il pas droit d'en réclamer sa part? Était-il possible de croire que M. Desmalions, au fond de lui-même, n'admît pas l'identité des deux personnages?

Rien dans l'attitude du préfet de police n'autorisait la moindre hypothèse sur sa pensée secrète. Il proposait à don Luis Perenna un de ces pactes comme la justice est souvent obligée d'en conclure pour atteindre son but. Le pacte était conclu. Il n'en fut pas dit davantage à ce sujet.

«Vous n'avez pas de renseignements à me demander? fit-il.

— Si, monsieur le préfet. Les journaux ont parlé

d'un calepin qu'on aurait trouvé dans la poche du malheureux inspecteur Vérot. Ce calepin contenait-il une indication quelconque?

— Aucune. Des notes personnelles, des relevés de dépenses, c'est tout. Ah! j'oubliais, une photographie de femme... une photographie à propos de laquelle je n'ai encore pu obtenir le moindre renseignement... Je ne suppose pas d'ailleurs qu'elle ait rapport à l'affaire, et je ne l'ai pas communiquée aux journaux. Tenez, la voici. »

Perenna prit le carton qu'on lui tendait et il eut un tressaillement qui n'échappa pas à M. Desmalions.

« Vous connaissez cette femme?

— Non... non, monsieur le préfet, j'avais cru... mais non une simple ressemblance... un air de famille peut-être, que je vérifierai d'ailleurs s'il vous est possible de me laisser cette photographie jusqu'à ce soir.

— Jusqu'à ce soir, oui. Vous la rendrez au brigadier Mazeroux, auquel, d'ailleurs, je donnerai l'ordre de se concerter avec vous pour tout ce qui concerne l'affaire Mornington. »

Cette fois, l'entretien était fini. Le préfet se retira. Don Luis le reconduisit jusqu'à la porte du perron.

Mais, sur le seuil, M. Desmalions se retourna et dit simplement :

« Vous m'avez sauvé la vie ce matin. Sans vous, ce bandit de Sauverand...

— Oh! monsieur le préfet, protesta don Luis.

— Oui, je sais, ce sont là des choses dont vous êtes coutumier. Tout de même, vous accepterez mes remerciements. »

Et le préfet de police salua, comme s'il eût réellement salué don Luis Perenna, noble Espagnol, héros de la Légion étrangère. Quant à Weber, il mit les deux mains dans ses poches et passa avec un air de dogue muselé, en lançant à l'ennemi un regard de haine atroce.

«Fichtre! pensa don Luis. Un voilà un qui ne me ratera pas quand l'occasion s'en présentera!»

D'une fenêtre, il aperçut l'automobile de M. Desmalions qui démarrait. Les agents de la Sûreté emboîtèrent le pas du sous-chef et quittèrent la place du Palais-Bourbon. Le siège était levé.

«À l'œuvre, maintenant! fit don Luis, j'ai les coudées franches. Ça va ronfler.»

Il appela le maître d'hôtel.

«Servez-moi, et vous direz à Mlle Levasseur qu'elle vienne me parler aussitôt après le repas.»

Il se dirigea vers la salle à manger et se mit à table. Près de lui, il avait posé la photographie laissée par M. Desmalions et, penché sur elle, il l'examinait avec une attention extrême.

Elle était un peu pâlie, un peu usée, comme le sont les photographies qui ont traîné dans des portefeuilles ou parmi des papiers, mais l'image n'en paraissait pas moins nette. C'était l'image rayonnante d'une jeune femme en toilette de bal, aux épaules nues, aux bras nus, coiffée de fleurs et de feuilles, et qui souriait.

«Mlle Levasseur, murmura-t-il à diverses reprises... Est-ce possible?»

Dans un coin il y avait quelques lettres effacées à peine visibles. Il lut «Florence», le prénom de la jeune fille, sans doute.

Il répéta:

«Mlle Levasseur... Florence Levasseur... Comment sa photographie se trouvait-elle dans le portefeuille de l'inspecteur Vérot? Et par quel lien la lectrice du comte hongrois dont j'ai pris la succession dans cette maison se rattache-t-elle à toute cette aventure?»

Il se rappela l'incident du rideau de fer. Il se rappela l'article de *L'Écho de France*, article dirigé contre lui et dont il avait trouvé le brouillon dans la cour même de son hôtel. Surtout il évoqua l'énigme de ce tronçon de canne apporté dans son cabinet de travail.

Et tandis que son esprit tâchait de voir clair en ces événements, tandis qu'il essayait de préciser le rôle joué par Mlle Levasseur, ses yeux demeuraient fixés sur la photographie, et distraitement il contemplait le joli dessin de la bouche, la grâce du sourire, la ligne charmante du cou, l'épanouissement admirable des épaules nues.

La porte s'ouvrit brusquement. Mlle Levasseur fit irruption dans la pièce.

À ce moment, Perenna, qui était seul, portait à ses lèvres un verre qu'il avait rempli d'eau. Elle bondit, lui saisit le bras, arracha le verre et le jeta sur le tapis où il se brisa.

«Vous avez bu? Vous avez bu?» proféra-t-elle d'une voix étranglée.

Il affirma:

«Non, je n'avais pas encore bu. Pourquoi?»

Elle balbutia:

«L'eau de cette carafe... l'eau de cette carafe...

— Eh bien?

— Cette eau est empoisonnée.»

Il sauta de sa chaise, et, à son tour, lui agrippa le bras avec une violence terrible.

«Empoisonnée! Que dites-vous? Parlez! Vous êtes certaine?»

Malgré son empire sur lui-même, il s'effrayait après coup. Connaissant les effets redoutables du poison employé par les bandits auxquels il s'attaquait, ayant vu le cadavre de l'inspecteur Vérot, les cadavres d'Hippolyte Fauville et de son fils, il savait que, si entraîné qu'il fût à supporter des doses relativement considérables de poison, il n'aurait pu échapper à l'action foudroyante de celui-là. Celui-là ne pardonnait pas. Celui-là tuait, sûrement, fatalement.

La jeune fille se taisait. Il ordonna:

« Mais répondez donc ! Vous êtes certaine ?

— Non… c'est une idée que j'ai eue… un pressentiment… certaines coïncidences… »

On eût dit qu'elle regrettait ses paroles et qu'elle cherchait à les rattraper.

« Voyons, voyons, s'écria-t-il, je veux pourtant savoir… Vous n'êtes pas certaine que l'eau de cette carafe soit empoisonnée ?

— Non… il se peut…

— Cependant, tout à l'heure…

— J'avais cru en effet… mais non… non…

— Il est facile de s'en assurer », dit Perenna qui voulut prendre la carafe.

Elle fut plus vive que lui, la saisit et la cassa d'un coup sur la table.

« Qu'est-ce que vous faites ? dit-il exaspéré.

— Je m'étais trompée. Par conséquent, il est inutile d'attacher de l'importance… »

Rapidement don Luis sortit de la salle à manger. D'après ses ordres, l'eau qu'il buvait provenait d'un filtre placé dans une arrière-office, à l'extrémité du couloir qui menait de la salle aux cuisines, et plus loin que les cuisines.

Il y courut et prit sur une planchette un bol où il versa de l'eau du filtre. Puis, continuant de suivre le couloir qui bifurquait à cet endroit pour aboutir à la cour, il appela Mirza, la petite chienne. Elle jouait à côté de l'écurie.

« Tiens », dit-il en lui présentant le bol.

La petite chienne se mit à boire.

Mais presque aussitôt elle s'arrêta et demeura immobile, les pattes tendues, toutes raides. Un frisson la secoua. Elle eut un gémissement rauque, tourna deux ou trois fois sur elle et tomba.

« Elle est morte », dit-il après avoir touché la bête.

Mlle Levasseur l'avait rejoint. Il se tourna vers la jeune fille et lui jeta :

«C'était vrai, le poison... et vous le saviez... Mais comment le saviez-vous?»

Tout essoufflée, elle comprima les battements de son cœur et répondit:

«J'ai vu l'autre petite chienne en train de boire, dans l'office. Elle est morte... J'ai averti le chauffeur et le cocher... Ils sont là dans l'écurie... Et j'ai couru pour vous prévenir.

— Alors, il n'y avait pas à douter. Pourquoi disiez-vous que vous n'étiez pas certaine qu'il y eût du poison, puisque...»

Le cocher, le chauffeur, sortaient de l'écurie. Entraînant la jeune fille, Perenna lui dit:

«Nous avons à parler. Allons chez vous.»

Ils regagnèrent le tournant du couloir. Près de l'office où le filtre était installé se détachait un autre corridor terminé par trois marches.

Au haut de ces marches, une porte.

Perenna la poussa.

C'était l'entrée de l'appartement réservé à Mlle Levasseur. Ils passèrent dans un salon. Don Luis ferma la porte de l'entrée, ferma la porte du salon.

«Et maintenant, expliquons-nous», dit-il d'un ton résolu.

CHAPITRE VI

SHAKESPEARE, TOME HUIT

Deux pavillons, d'époque ancienne comme le reste de l'hôtel, flanquaient, à droite et à gauche, le mur assez bas qui s'élevait entre la cour d'honneur et la place du Palais-Bourbon. Ces pavillons étaient reliés au corps de logis principal, situé dans le fond de la cour, par une série de bâtiments dont on avait fait les communs.

D'un côté les remises, écuries, sellerie, garage,

145

et au bout le pavillon des concierges. De l'autre côté les lingeries, cuisines, offices, et au bout le pavillon réservé à Mlle Levasseur.

Celui-ci n'avait qu'un rez-de-chaussée, composé d'un vestibule obscur et d'une grande pièce, dont la partie la plus importante servait de salon, et dont l'autre, disposée en chambre, n'était en réalité qu'une sorte d'alcôve. Un rideau cachait le lit et la toilette. Deux fenêtres donnaient sur la place du Palais-Bourbon.

C'était la première fois que don Luis pénétrait dans l'appartement de Mlle Levasseur. Si absorbé qu'il fût, il en subit l'agrément. Les meubles étaient simples, de vieux fauteuils et des chaises d'acajou, un secrétaire Empire sans ornement, Un guéridon à gros pied massif, des rayons de livres. Mais la couleur claire des rideaux de toile égayait la pièce. Aux murs pendaient des reproductions de tableaux célèbres, des dessins de monuments et de paysages ensoleillés, villes italiennes, temples de Sicile...

La jeune fille se tenait debout. Elle avait repris, avec son sang-froid, sa figure énigmatique, si déconcertante par l'immobilité des traits et par cette expression volontairement morne sous laquelle Perenna croyait deviner une émotion contenue, une vie intense, des sentiments tumultueux, que l'énergie la plus attentive avait du mal à discipliner. Le regard n'était ni craintif, ni provocant. On eût dit vraiment qu'elle n'avait rien à redouter de l'explication.

Don Luis garda le silence assez longtemps. Chose étrange, et dont il se rendait compte avec irritation, il éprouvait un certain embarras en face de cette femme contre laquelle, au fond de lui-même, il portait les accusations les plus graves. Et n'osant pas les formuler, n'osant pas dire nettement ce qu'il pensait, il commença :

«Vous savez ce qui s'est passé ce matin dans cette maison?

— Ce matin?

— Oui, alors que je finissais de téléphoner?

— Je l'ai su depuis, par les domestiques, par le maître d'hôtel…

— Pas avant?

— Comment l'aurais-je su plus tôt?»

Elle mentait. Il était impossible qu'elle ne mentît pas. Pourtant de quelle voix calme elle avait répondu!

Il reprit:

«Voici, en quelques mots, ce qui s'est passé. Je sortais de la cabine lorsque le rideau de fer dissimulé dans la partie supérieure de la muraille s'est abattu devant moi. Ayant acquis la certitude qu'il n'y avait rien à tenter contre un pareil obstacle, je résolus tout simplement, puisque j'avais le téléphone à ma disposition, de demander l'assistance d'un de mes amis. Je téléphonai donc au commandant d'Astrignac. Il accourut, et, avec l'aide du maître d'hôtel, me délivra. C'est bien ce qu'on vous a raconté?

— Oui, monsieur. Je m'étais retirée dans ma chambre, ce qui explique que je n'ai rien su de l'incident, ni de la visite du commandant d'Astrignac.

— Soit. Cependant il résulte de ce que j'ai appris au moment de ma libération, il résulte que le maître d'hôtel, et que tout le monde ici d'ailleurs, et vous-même par conséquent, connaissiez l'existence de ce rideau de fer.

— Certes.

— Et par qui?

— Par le comte Malonesco. Je tiens de lui que, durant la Révolution, son arrière-grand-mère maternelle, qui habitait alors cet hôtel et dont le mari fut guillotiné, resta cachée treize mois dans ce réduit. À cette époque, le rideau était recouvert d'une boiserie semblable à celle de la pièce.

— Il est regrettable qu'on ne m'ait pas averti, car enfin il s'en est fallu de bien peu que je ne sois écrasé. »

Cette éventualité ne parut pas émouvoir la jeune fille. Elle prononça :

« Il sera bon de vérifier le mécanisme et de voir pour quelle raison il s'est déclenché. Tout cela est vieux et fonctionne mal.

— Le mécanisme fonctionne parfaitement bien. Je m'en suis assuré. On ne peut donc accuser le hasard.

— Qui alors, si ce n'est le hasard ?

— Quelque ennemi que j'ignore.

— On l'aurait vu.

— Une seule personne aurait pu le voir, vous, vous qui passiez précisément dans mon bureau tandis que je téléphonais, et dont j'avais surpris l'exclamation de frayeur à propos de Mme Fauville.

— Oui, la nouvelle de son suicide m'avait donné un coup. Je plains cette femme infiniment, qu'elle soit coupable ou non.

— Et comme vous vous trouviez à côté de la baie, la main à portée du mécanisme, la présence d'un malfaiteur n'eût pu vous échapper. »

Elle ne baissa pas le regard. Un peu de rougeur, peut-être, effleura son visage, elle dit :

« En effet, je l'aurais tout au moins rencontré, puisque je suis sortie, d'après ce que je vois, quelques secondes avant l'accident.

— Sûrement, dit-il. Mais ce qu'il y a de curieux... d'invraisemblable, c'est que vous n'ayez pas entendu le fracas du rideau qui s'abattait, et pas davantage mes appels, le vacarme que j'ai fait.

— J'avais déjà sans doute refermé la porte de ce bureau. Je n'ai rien entendu.

— Alors je dois supposer que quelqu'un se trouvait caché dans mon bureau à ce moment, et que ce personnage a des relations de complicité avec

148

les bandits qui ont commis le double crime du boulevard Suchet, puisque le préfet de police vient de découvrir, sous les coussins de mon divan, le tronçon d'une canne qui appartient à l'un de ces bandits. »

Elle eut un air très étonné. Vraiment cette nouvelle histoire semblait lui être tout à fait inconnue. Il s'approcha d'elle et, les yeux dans les yeux, il articula :

« Avouez du moins que cela est étrange.

— Qu'est-ce qui est étrange ?

— Cette série d'événements, tous dirigés contre moi. Hier, ce brouillon de lettre que j'ai trouvé dans la cour — le brouillon de l'article paru dans *L'Écho de France* ! Ce matin, d'abord l'écroulement du rideau de fer à l'instant même où je passe, et ensuite la découverte de cette canne... et puis... et puis... tout à l'heure, cette carafe d'eau empoisonnée... »

Elle hocha la tête et murmura :

« Oui... oui... il y a un ensemble de faits...

— Un ensemble de faits, acheva-t-il avec force, dont la signification est telle que, sans le moindre doute, je dois considérer comme certaine l'intervention directe du plus implacable et du plus audacieux des ennemis. Sa présence est avérée. Son action est constante. Son but est évident. Par le moyen de l'article anonyme, par le moyen de ce tronçon de canne, il a voulu me compromettre et me faire arrêter. Par la chute du rideau, il a voulu me tuer, ou tout au moins me retenir captif durant quelques heures. Maintenant, c'est le poison, le poison qui tue lâchement, sournoisement, et qu'on jette dans mon verre, et qu'on jettera demain dans mes aliments... Et puis ce sera le poignard, et puis la balle de revolver, ou la corde qui étrangle... n'importe quoi... pourvu que je disparaisse, car c'est cela qu'on veut : me supprimer. Je suis l'adversaire, je suis le monsieur dont on a peur, celui

149

qui, un jour ou l'autre, découvrira le pot aux roses et empochera les millions que l'on rêve de voler. Je suis l'intrus. Devant l'héritage Mornington, montant la garde, il y a moi. C'est à mon tour d'y passer. Quatre victimes sont mortes déjà. Je serai la cinquième. Gaston Sauverand l'a décidé, Gaston Sauverand ou tel autre qui dirige l'affaire. Et le complice est là, dans cet hôtel, au cœur de la place, à mes côtés. Il me guette. Il marche sur la trace de mes pas. Il vit dans mon ombre. Il cherche, pour me frapper, la minute opportune et l'endroit favorable. Eh bien, j'en ai assez. Je veux savoir, je le veux, et je le saurai. Qui est-il ? »

La jeune fille avait un peu reculé et s'appuyait au guéridon.

Il avança d'un pas encore et, sans la quitter des yeux, tout en cherchant sur le visage inaltérable un indice de trouble, un frisson d'inquiétude, il répéta, plus violemment :

«Qui est-il, ce complice ? Qui donc ici a juré ma mort ?

— Je ne sais pas.... dit-elle, je ne sais pas... Peut-être n'y a-t-il pas de complot, comme vous le croyez... mais des événements fortuits... »

Il eut envie de lui dire, avec son habitude de tutoyer ceux qu'il considérait comme des adversaires :

«Tu mens, la belle, tu mens. Le complice, c'est toi. Toi seule, qui as surpris ma conversation téléphonique avec Mazeroux, toi seule as pu aller au secours de Gaston Sauverand, l'attendre en auto au coin du boulevard, et, d'accord avec lui, rapporter ici le tronçon de canne. C'est toi, la belle, qui veux me tuer pour des raisons que j'ignore. La main qui me frappe dans les ténèbres, c'est la tienne. »

Mais il lui était impossible de la traiter ainsi, et cela l'exaspérait tellement de ne pas oser crier sa certitude par des mots d'indignation et de colère, qu'il lui avait pris les doigts entre les siens, et qu'il les étreignait durement, et que son regard et toute son attitude accusaient la jeune fille avec plus de force encore que ne l'eussent fait les paroles les plus âpres.

Se dominant, il desserra son étreinte. La jeune fille se dégagea d'un geste rapide, où il y avait de la révolte et de la haine. Don Luis prononça :

« Soit. J'interrogerai les domestiques. Au besoin, je renverrai ceux qui me sembleront suspects.

— Mais non, mais non, fit-elle vivement. Il ne faut pas... Je les connais tous. »

Allait-elle les défendre ? Était-ce des scrupules de conscience qui l'agitaient, au moment où, par sa duplicité et son obstination, elle sacrifiait des serviteurs dont elle savait la conduite irréprochable ?

Don Luis eut l'impression que dans le regard qu'elle lui adressa il y avait comme un appel à la pitié. Mais pitié pour qui ? pour les autres ? ou pour elle ?

Ils gardèrent un long silence. Don Luis, debout à quelques pas d'elle, songeait à la photographie, et il retrouvait avec étonnement dans la femme actuelle toute la beauté de l'image, toute cette beauté qu'il n'avait pas remarquée jusqu'ici, mais qui le frappait maintenant comme une révélation. Les cheveux d'or brillaient d'un éclat qu'il ignorait. La bouche avait une expression moins heureuse peut-être, un peu amère, mais qui conservait malgré tout la forme même du sourire. La courbe du menton, la grâce de la nuque, que découvrait l'échancrure du col de lingerie, la ligne des épaules, le geste des bras et des mains posées sur les genoux, tout cela était charmant, d'une grande douceur, et en quelque sorte d'une grande honnêteté. Était-il possible que cette femme fût une meurtrière, une empoisonneuse ?

Il lui dit :

« Je ne me souviens plus du prénom que vous

m'avez donné comme étant le vôtre. Mais ce n'était pas le véritable.

— Mais si, mais si, dit-elle... Marthe...

— Non. Vous vous appelez Florence... Florence Levasseur... »

Elle sursauta.

« Quoi ? Qui est-ce qui vous a dit ? Florence ?... Comment savez-vous ?

— Voici votre photographie, et voici votre nom, presque effacé.

— Ah ! fit-elle, stupéfaite, et regardant l'image, est-ce croyable ?... D'où vient-elle ? Dites, où l'avez-vous eue ?... »

Et soudain :

« C'est le préfet de police qui vous l'a remise, n'est-ce pas ? Oui... c'est lui... j'en suis sûre... Je suis sûre que cette photographie sert de signalement et qu'on me cherche... moi aussi... Et c'est toujours vous... toujours vous...

— Soyez sans crainte, dit Perenna, il suffit de quelques retouches sur cette épreuve pour que votre visage soit méconnaissable... Je les ferai... Soyez sans crainte... »

Elle ne l'écoutait plus. Elle observait la photographie avec une attention concentrée. et elle murmurait :

« J'avais vingt ans... J'habitais l'Italie... Mon Dieu, comme j'étais heureuse le jour où j'ai posé !... et si heureuse quand j'ai vu mon portrait ! Je me trouvais belle alors... Et puis il a disparu... On me l'a volé, comme on m'avait déjà volé d'autres choses, dans le temps... »

Et plus bas encore, prononçant son nom comme si elle se fût adressée à une autre femme, à une amie malheureuse, elle répéta :

« Florence... Florence... »

Des larmes coulèrent sur ses joues.

« Elle n'est pas de celles qui tuent, pensa don

152

Luis... il est inadmissible qu'elle soit complice...
Et pourtant... pourtant... »

Il s'éloigna d'elle et marcha dans la pièce, allant
de la fenêtre à la porte. Les dessins de paysages
italiens accrochés au mur attirèrent son attention.
Puis il examina, sur les rayons, les titres des livres.
C'étaient des ouvrages de littérature française et
étrangère, des romans, des pièces de théâtre, des
essais de morale, des volumes de poésie qui témoi-
gnaient d'une culture réelle et variée. Il vit Racine
à côté de Dante. Stendhal auprès d'Edgar Poe,
Montaigne entre Goethe et Virgile. Et soudain,
avec cette extraordinaire faculté qui lui permettait
d'apercevoir dans un ensemble d'objets les détails
mêmes qu'il n'observait pas, il remarqua que l'un
des tomes d'une édition anglaise de Shakespeare
ne présentait peut-être pas exactement la même
apparence que les autres. Le dos, relié en chagrin
rouge, avait quelque chose de spécial, de plus
rigide, sans ces cassures et ces plis qui attestent
l'usure d'un livre.

C'était le tome huit. Il le prit vivement, de
manière qu'on n'entendît point.

Il ne s'était pas trompé. Le volume était faux,
simple cartonnage, avec un vide à l'intérieur qui
formait une boîte et offrait ainsi une véritable
cachette, et dans ce livre il avisa du papier à lettre
blanc, des enveloppes assorties et des feuilles de
papier ordinaire quadrillées, toutes de même grandeur et comme détachées d'un bloc-notes.

Et tout de suite l'aspect de ces feuilles le frappa.
Il lui rappelait l'aspect de la feuille sur laquelle on
avait écrit le brouillon de l'article destiné à *L'Écho
de France*. Le quadrillage était identique, et les
dimensions semblaient pareilles.

D'ailleurs, ayant soulevé ces feuilles les unes
après les autres, il vit, sur l'avant-dernière, une
série de lignes formées par des mots et des chiffres

qu'on avait tracés au crayon, comme des notes jetées en hâte.

Il lut :

Hôtel du boulevard Suchet.
Première lettre. Nuit du 15 au 16 avril.
Deuxième. Nuit du 25.
Troisième et quatrième. Nuits du 5 mai et du 15 mai.
Cinquième et explosion. Nuit du 25 mai.

Et tout en constatant, d'abord que la date de la première nuit était précisément celle de la nuit qui venait, et ensuite que toutes ces dates se succédaient à dix jours d'intervalle, il remarquait l'analogie de l'écriture avec l'écriture du brouillon.

Ce brouillon, il l'avait en poche, dans un calepin. Il pouvait ainsi vérifier la similitude des deux écritures et celle des deux feuilles quadrillées.

Il prit son calepin et l'ouvrit.

Le brouillon n'y était plus.

«Cré nom de Dieu! grinça-t-il entre ses dents. Elle est raide, celle-là.»

Et en même temps il se souvenait très nettement que, pendant qu'il téléphonait le matin à Mazeroux, son calepin se trouvait dans la poche de son pardessus et son pardessus sur une chaise située près de la cabine.

Or, à cet instant, Mlle Levasseur, sans aucune raison, rôdait dans le cabinet de travail.

Qu'y faisait-elle ?

«Ah! la cabotine, se dit Perenna furieux, elle était en train de me rouler. Ses larmes, ses airs de candeur, ses souvenirs attendris, autant de balivernes! Elle est de la même race et de la même bande que la Marie-Anne Fauville, que le Gaston Sauverand, comme eux menteuse et comédienne jusqu'en ses moindres gestes et dans les moindres inflexions de sa voix innocente.»

Il fut sur le point de la confondre. La preuve était irréfutable cette fois. Par crainte d'une enquête où l'on aurait pu remonter jusqu'à elle, elle n'avait pas voulu laisser entre les mains de l'adversaire le brouillon de l'article. Comment douter dès lors que ce fût elle la complice dont se servaient les gens qui opéraient dans l'affaire Mornington et qui cherchaient à se débarrasser de lui ? N'avait-on même pas le droit de supposer qu'elle dirigeait la bande sinistre, et que, dominant les autres par son audace et son intelligence, elle les conduisait vers le but obscur où ils tendaient ?

Car enfin elle était libre, entièrement libre de ses actes et de ses mouvements. Par les fenêtres qui donnaient sur la place du Palais-Bourbon, elle avait toute facilité pour sortir de l'hôtel à la faveur de l'ombre et y rentrer sans que personne contrôlât ses absences. Il était donc parfaitement possible que la nuit du double crime elle se fût trouvée parmi les assassins d'Hippolyte Fauville et de son fils. Il était donc parfaitement possible qu'elle y eût participé, et même que le poison eût été injecté aux deux victimes par sa main, par cette petite main qu'il voyait appuyée contre les cheveux d'or, si blanche et si mince.

Un frisson l'envahit. Il avait remis doucement le papier dans le livre, et le livre à sa place, et il s'était approché de la jeune fille. Et voilà tout à coup qu'il se surprenait à étudier le bas de son visage, la forme de sa mâchoire ! Oui, c'était cela qu'il s'ingéniait à deviner, sous la courbe des joues et sous le voile des lèvres. Malgré lui, avec un mélange d'angoisse et de curiosité torturante, il regardait, il regardait, prêt à desserrer violemment ces lèvres closes et à chercher la réponse au problème effrayant qui se posait à lui. Ces dents, ces dents qu'il ne voyait pas, n'était-ce point celles qui avaient laissé dans le fruit l'empreinte accusatrice ? Les dents du tigre, les dents de la bête fauve, étaient-ce celles-là, ou celles de l'autre femme?

Hypothèse absurde, puisque l'empreinte avait été reconnue comme provenant de Marie-Anne Fauville. Mais l'absurdité d'une hypothèse, est-ce une raison suffisante pour écarter cette hypothèse?

Étonné lui-même des sentiments qui le bouleversaient, craignant de se trahir, il préféra couper court à l'entretien, et, passant près de la jeune fille, il lui dit, d'un ton impérieux, agressif:

«Je désire que tous les domestiques de l'hôtel soient congédiés. Vous réglerez leurs gages, vous leur donnerez les indemnités qu'ils voudront, et ils partiront aujourd'hui, irrévocablement. Un autre personnel se présentera ce soir. Vous le recevrez. »

Elle ne répliqua point. Il s'en alla, emportant de cette entrevue l'impression de malaise qui marquait ses rapports avec Florence. Entre elle et lui l'atmosphère demeurait toujours lourde et oppriante. Les mots ne semblaient jamais être ceux que chacun d'eux pensait en secret, et les actes ne correspondaient pas aux paroles prononcées. Est-ce que la situation n'entraînait pas comme seul dénouement logique le renvoi immédiat de Florence Levasseur? Pourtant don Luis n'y songea même point.

Aussitôt revenu dans son cabinet de travail, il demanda Mazeroux au téléphone, et, tout bas, de façon à n'être pas entendu de l'autre pièce:

«C'est toi, Mazeroux?

— Oui.

— Le préfet t'a mis à ma disposition?

— Oui.

— Eh bien, tu lui diras que j'ai flanqué tous mes domestiques à la porte, que je t'ai donné leurs noms, et que je t'ai chargé d'établir autour d'eux une surveillance active. C'est par là qu'on doit chercher le complice de Sauverand. Autre chose: demande au préfet l'autorisation, pour toi et pour

moi, de passer la nuit dans la maison de l'ingénieur Fauville.

— Allons donc! dans la maison du boulevard
Suchet?

— Oui, j'ai toutes raisons de croire qu'un événement s'y produira.

— Quel événement?

— Je ne sais pas. Mais quelque chose y doit
avoir lieu. Et j'insiste vivement. C'est convenu?

— Convenu, patron. Sauf avis contraire, rendez-
vous ce soir, à neuf heures, au boulevard Suchet.»

Ce jour-là, Perenna ne vit plus Mlle Levasseur. Il
quitta son hôtel au cours de l'après-midi et se rendit dans un bureau de placement, où il choisit des
domestiques, chauffeur, cocher, valet de chambre,
cuisinière, etc.

Puis il alla chez un photographe, qui tira sur la
photographie de Mlle Levasseur une épreuve nouvelle, que don Luis fit retoucher et qu'il maquilla
lui-même, pour que le préfet de police ne pût voir
la substitution.

Il dîna au restaurant.

À neuf heures, il rejoignit Mazeroux.

Depuis le double assassinat, l'hôtel Fauville était
sous la garde du concierge. Les scellés avaient été
mis à toutes les chambres et à toutes les serrures,
sauf à la porte intérieure de l'atelier, dont la police
conservait les clefs pour les besoins de l'enquête.

La vaste pièce offrait le même aspect. Cependant, tous les papiers avaient été enlevés ou rangés,
et il ne restait rien, ni livres, ni brochures, sur la
table de travail. Un peu de poussière, déjà visible à
la clarté électrique, en recouvrait le cuir noir et
l'encadrement d'acajou.

«Eh bien, mon vieil Alexandre, s'écria don Luis
quand ils se furent installés, qu'est-ce que tu en
dis? C'est impressionnant de se retrouver ici,
hein? Mais, cette fois, n'est-ce pas, plus de portes

barricadées. Plus de verrous. Si tant est qu'il doive se passer quelque chose, en cette nuit du 15 au 16 avril, n'y mettons pas d'obstacles. La liberté pleine et entière pour ces messieurs. À vous, la pose. »

Bien qu'il plaisantât, don Luis n'en était pas moins singulièrement impressionné, comme il disait, par le souvenir épouvantable des deux crimes qu'il n'avait pu empêcher et par la vision obsédante des deux cadavres. Et il se rappelait aussi, avec une émotion réelle, le duel implacable qu'il avait soutenu contre Mme Fauville, le désespoir de cette femme et son arrestation.

« Parle-moi d'elle, dit-il à Mazeroux. Alors, elle a voulu se tuer ?

— Oui, dit Mazeroux, et pour de bon, et par un genre de suicide qui devait cependant lui faire horreur : elle s'est pendue avec des lambeaux de toile arrachés à ses draps et à son linge et tressés les uns autour des autres. Il a fallu la ranimer par des tractions et des mouvements respiratoires. Actuellement, m'a-t-on dit, elle est hors de péril, mais on ne la quitte pas, car elle a juré de recommencer.

— Elle n'a point fait d'aveu ?

— Non. Elle persiste à se proclamer innocente.

— Et l'opinion du parquet, de la préfecture ?

— Comment voulez-vous que l'opinion change à son égard, patron ? L'instruction a confirmé point par point toutes les charges relevées contre elle, et notamment on a établi, sans contestation possible, qu'elle seule a pu toucher à la pomme, et qu'elle n'a pu y toucher qu'entre onze heures du soir et sept heures du matin. Or, la pomme porte les marques irrécusables de ses dents. Admettez-vous qu'il y ait au monde deux mâchoires qui puissent laisser identiquement la même empreinte ?

— Non… non, affirma don Luis, qui songeait à Florence Levasseur… Non, l'argumentation ne souffre pas la moindre controverse. Il y a là un fait clair comme le jour, et cette empreinte constitue, pour ainsi dire, un flagrant délit. Mais alors, qu'est-ce que vient faire au milieu de tout cela?...

— Qui, patron?

— Rien... une idée qui me tracasse... Et puis, vois-tu, il existe là-dedans tant de choses anormales, des coïncidences et des contradictions si bizarres, que je n'ose pas m'attacher à une certitude que la réalité de demain peut détruire.»

Ils causèrent assez longtemps, à voix basse, étudiant la question sous toutes ses faces.

Vers minuit, ils éteignirent le plafonnier électrique, et il fut convenu que chacun dormirait à son tour.

Et les heures s'écoulèrent, pareilles aux heures de leur première veillée. Mêmes bruits de voitures tardives et d'automobiles. Mêmes sifflements de chemins de fer. Même silence.

La nuit passa.

Il n'y eut aucune alerte, aucun incident.

Au petit jour, la vie du dehors recommença et don Luis, à ses heures de garde, n'avait entendu, dans la pièce, que le ronflement monotone de son compagnon.

«Me serais-je trompé? se disait-il. L'indication recueillie dans le volume de Shakespeare avait-elle un autre sens? Ou bien faisait-elle allusion à des événements de l'année précédente, ayant eu lieu aux dates inscrites?»

Malgré tout, une inquiétude confuse l'envahissait à mesure que l'aube filtrait par les volets à demi clos. Quinze jours auparavant, rien non plus ne s'était produit qui pût l'avertir, et pourtant, au réveil, les deux victimes gisaient auprès de lui.

À sept heures, il appela:

«Alexandre?

— Hein! quoi, patron?

— Tu n'es pas mort?

— Qu'est-ce que vous dites? Si je suis mort?
Mais non, patron.

— Tu es bien sûr?

— Eh bien! vous en avez de bonnes, patron.
Pourquoi pas vous?

— Oh! mon tour ne tardera pas. Avec des bandits de ce calibre-là, ils pourraient bien ne pas me
rater.»

Ils patientèrent encore une heure. Puis, Perenna
ouvrit une fenêtre et poussa les volets.

«Dis donc, Alexandre. Tu n'es peut-être pas
mort. Mais en revanche...

— En revanche?

— Tu es vert.»

Mazeroux eut un rire forcé.

«Ma foi, patron, je vous avoue que quand j'étais
de faction, pendant que vous dormiez, je n'en
menais pas large.

— Tu avais peur?

— Jusqu'à la pointe des cheveux. Il me semblait
tout le temps qu'il allait arriver quelque chose.
Mais vous-même, patron, vous n'avez pas l'air
dans votre assiette... Est-ce que, vous aussi?...»

Il s'interrompit tellement la figure de don Luis
exprimait d'étonnement.

«Qu'est-ce qu'il y a, patron?

— Regarde... sur la table... cette lettre...»

Il regarda.

Sur la table de travail, il y avait, en effet, une
lettre, ou plutôt une carte-lettre dont la bande de
fermeture avait été déchirée selon le pointillé, et
dont on voyait l'extérieur avec l'adresse, le timbre
et les cachets de la poste.

«C'est toi qui as mis cela ici, Alexandre?

— Vous riez, patron. Vous savez bien que ce ne
peut être que vous.

— Ce ne peut être que moi... et cependant, ce
n'est pas moi...

— Mais alors?...»

Don Luis prit la carte-lettre et, l'ayant examinée, il constata que l'adresse et que les cachets de la poste avaient été grattés de telle façon qu'on ne pouvait distinguer ni le nom du destinataire, ni le lieu qu'il habitait, mais que le lieu de l'expédition était très net, ainsi que les dates :

«Paris, 4 janvier 1919».

«La lettre est donc vieille de trois mois et demi», fit don Luis.

Il la retourna du côté de l'intérieur. Elle contenait une douzaine de lignes, et, tout de suite, il s'écria :

«La signature d'Hippolyte Fauville !

— Et son écriture, nota Mazeroux, je la reconnais maintenant. Pas d'erreur. Qu'est-ce que ça signifie ? Une lettre écrite par Hippolyte Fauville, trois mois avant sa mort... »

Perenna lut à haute voix :

Mon cher ami,
Je ne puis, hélas! que confirmer ce que je t'écrivais l'autre jour: la trame se resserre. Je ne sais encore quel est leur plan et moins encore comment ils l'exécuteront, mais tout m'apprend que le dénouement approche. Je vois cela dans ses yeux à elle. Comme elle me regarde étrangement parfois! Ah! quelle infamie! Qui donc aurait jamais supposé qu'elle serait capable... Je suis bien malheureux, mon pauvre ami.

«Et c'est signé Hippolyte Fauville, continua Mazeroux... Et je vous affirme que c'est bien écrit par lui.... écrit le 4 janvier de cette année, à un ami dont nous ignorons le nom, mais que nous saurons bien dénicher, je vous le jure. Et cet ami nous donnera toutes les preuves nécessaires. »

Mazeroux s'exaltait :

«Des preuves ! Mais il n'en est plus besoin ! Elles sont là. M. Fauville les donne lui-même. «Le dénouement approche. *Je vois cela dans ses yeux à elle.*» *Elle*, c'est sa femme, c'est Marie-Anne Fauville, et le témoignage du mari confirme tout ce que nous savions contre elle. Qu'en dites-vous, patron?

— Tu as raison, répondit Perenna distraitement, tu as raison, cette lettre est définitive. Seulement...

— Qui diable a pu l'apporter? Il faut donc que quelqu'un soit entré cette nuit dans cette pièce, pendant que nous y étions? Est-ce possible? Car enfin nous aurions entendu... Voilà ce qui me stupéfie.

— Il est de fait que...

— N'est-ce pas? Il y a quinze jours, le coup était déjà bizarre. Mais enfin nous avions pris notre poste dans l'antichambre et on opérait ici. Tandis qu'aujourd'hui nous y étions, ici, tous les deux, près de cette table même. Et sur cette table où, hier soir, il n'y avait pas le moindre morceau de papier, ce matin nous trouvons cette lettre.»

Une étude minutieuse des lieux ne leur fit découvrir aucune indication qui les mît sur la voie. Ils visitèrent l'hôtel de fond en comble et purent s'assurer que personne ne s'y cachait. D'ailleurs, en admettant que quelqu'un s'y cachât, comment aurait-on pu pénétrer dans la pièce sans attirer leur attention? Le problème était insoluble.

«Ne cherchons pas davantage, dit Perenna, ça ne sert de rien. Dans les histoires de ce genre, un jour ou l'autre la lumière pénètre par une fissure invisible et tout s'éclaire peu à peu. Porte cette lettre au préfet de police, raconte-lui notre veillée et dis-lui que nous demandons l'autorisation de revenir dans la nuit du 25 au 26 avril prochain. Cette nuit-là, encore, il doit y avoir du nouveau, et j'ai diablement envie de savoir si une seconde lettre nous sera remise par l'opération du Saint-Esprit.»

Ils refermèrent les portes et sortirent de l'hôtel.

Comme ils s'en allaient à droite, vers la Muette, pour y prendre une auto, et qu'ils parvenaient au bout du boulevard Suchet, le hasard fit que don Luis tourna la tête du côté de la chaussée.

Un homme les dépassait, à bicyclette.

Don Luis eut juste le temps de voir son visage glabre, ses yeux étincelants, fixés sur lui.

« Gare à toi ! » cria-t-il en poussant Mazeroux avec une telle brusquerie que le brigadier perdit l'équilibre.

L'homme avait tendu son poing, armé d'un revolver. Un coup de feu jaillit. La balle siffla aux oreilles de don Luis, qui s'était baissé rapidement.

« Courons dessus, proféra-t-il. Tu n'es pas blessé, Mazeroux ?

— Non, patron. »

Ils s'élancèrent tous deux en appelant au secours. Mais, à cette heure matinale, les passants étaient rares sur les larges avenues de ce quartier. L'homme, qui filait vivement, augmenta son avance, tourna au loin par la rue Octave-Feuillet et disparut.

« Gredin, va, je te repincerai, grinça don Luis en renonçant à une vaine poursuite.

— Mais vous ne savez même pas qui c'est, patron.

— Si, c'est lui.

— Qui donc ?

— L'homme à la canne d'ébène. Il a coupé sa barbe. Il s'est rasé. N'importe, je l'ai reconnu. C'était bien l'homme qui nous canardait hier matin, du haut de l'escalier de sa maison, boulevard Richard-Wallace, celui qui a tué l'inspecteur principal Ancenis. Ah ! le misérable, comment a-t-il pu savoir que j'avais passé la nuit dans l'hôtel Fauville ? On m'a donc suivi, espionné ? Mais qui donc ? Et pour quelle raison ? Et par quel moyen ? »

Mazeroux réfléchit et prononça :

« Rappelez-vous, patron, vous m'avez téléphoné dans l'après-midi pour me donner rendez-vous. Qui sait ? vous aviez beau me parler tout bas, quelqu'un de chez vous a peut-être entendu. »

Don Luis ne répondit point. Il pensait à Florence.

Ce matin-là, ce ne fut point Mlle Levasseur qui apporta le courrier à don Luis, et il ne la fit pas venir non plus. Il l'aperçut plusieurs fois qui donnait des ordres aux nouveaux domestiques. Elle dut ensuite se retirer dans sa chambre, car il ne la vit plus.

L'après-midi, il commanda son automobile et se rendit a l'hôtel du boulevard Suchet pour y continuer, avec Mazeroux, et sur l'ordre du préfet, des investigations qui, d'ailleurs, n'aboutirent à aucun résultat.

Il était six heures quand il rentra. Le brigadier et lui dînèrent ensemble. Le soir, désireux d'examiner à son tour le domicile de l'homme à la canne d'ébène, il repartit en automobile, toujours accompagné de Mazeroux, et donna comme adresse le boulevard Richard-Wallace.

La voiture traversa la Seine, qu'elle suivit sur la rive droite.

« Allez plus vite, dit-il par le porte-voix à son nouveau chauffeur, j'ai l'habitude de marcher bon train.

— Vous culbuterez un jour ou l'autre, patron, dit Mazeroux.

— Pas de danger, répondit don Luis. Les accidents d'auto sont réservés aux imbéciles. »

Ils arrivaient à la place de l'Alma. La voiture, à ce moment, tourna vers la gauche.

« Droit devant vous, cria don Luis... montez par le Trocadéro. »

L'automobile se redressa. Mais, tout de suite, elle fit trois ou quatre embardées, à toute allure, escalada un trottoir, se heurta contre un arbre et fut renversée.

En quelques secondes, une douzaine de passants accoururent. On cassa une des glaces et l'on ouvrit la portière. Don Luis surgit le premier.

« Rien, dit-il, je n'ai rien. Et toi, Alexandre ? »

On tira le brigadier. Il avait quelques contusions, des douleurs, mais aucune blessure qui parût sérieuse.

Seulement, le chauffeur avait été précipité de son siège et gisait inerte sur le trottoir, la tête ensanglantée.

On le transporta dans une pharmacie. Il mourut dix minutes plus tard.

Lorsque Mazeroux, qui avait accompagné la malheureuse victime et qui, lui-même assez étourdi, avait dû avaler un cordial, retourna vers l'automobile, il trouva deux agents de police qui constataient l'accident et recueillaient des témoignages, mais le patron n'était pas là.

Perenna, en effet, venait de sauter dans un taxi et se faisait ramener chez lui aussi vite que possible. Sur la place, il descendit de voiture, passa sous le porche en courant, traversa la cour et suivit le couloir qui conduisait au logement de Mlle Levasseur.

Au haut des marches, il frappa, puis entra sans attendre la réponse.

La porte de la pièce qui servait de salon fut ouverte. Florence apparut.

Il la repoussa dans le salon et lui dit d'un ton d'indignation et de courroux :

« C'est fait. L'accident s'est produit. Pourtant aucun des anciens domestiques n'a pu le préparer, puisqu'ils n'étaient plus là et que je suis sorti cet après-midi dans l'automobile. Donc, c'est à la fin de la journée, entre six heures et neuf heures du soir, qu'on a dû s'introduire dans la remise et qu'on a limé aux trois quarts la barre de direction.

— Je ne comprends pas... je ne comprends pas... dit-elle, l'air effaré.

— Vous comprenez parfaitement que le complice des bandits ne peut pas être un des nouveaux domestiques, et vous comprenez parfaitement que le coup ne pouvait pas manquer de réussir, et qu'il a réussi, au-delà de toute espérance. Il y a une victime, et qui paie à ma place.

— Mais parlez donc, monsieur ! Vous m'effrayez !... Quel accident ?... Qu'y a-t-il eu ?

— L'automobile s'est renversée. Le chauffeur est mort.

— Ah ! dit-elle, quelle horreur ! Et vous croyez que j'aurais pu, moi... Ah ! cette mort, quelle horreur ! le pauvre homme... »

Sa voix s'affaiblit. Elle était en face de Perenna, tout contre lui. Pâle, défaillante, elle ferma les yeux et chancela.

Il la reçut dans ses bras au moment où elle tombait. Elle voulut se dégager, mais elle n'avait pas de force, et il l'étendit sur un fauteuil, tandis qu'elle gémissait à diverses reprises :

« Le pauvre homme... le pauvre homme... »

Un de ses bras derrière la tête de la jeune fille, il essuyait avec un mouchoir le front couvert de sueur et les joues pâlies où des larmes roulaient. Elle avait dû perdre tout à fait conscience, car elle s'abandonnait aux soins de Perenna sans marquer la moindre révolte. Et lui, ne bougeant plus, se mit à regarder anxieusement la bouche qui s'offrait à ses yeux, la bouche aux lèvres si rouges d'ordinaire, et maintenant décolorées, comme privées de sang.

Doucement, posant sur chacune d'elles l'un de ses doigts, d'un effort continu il les écarta ainsi que l'on écarte les pétales d'une rose, et la double rangée des dents lui apparut.

Elles étaient charmantes, admirables de forme

et de blancheur, peut-être un peu moins grandes que celles de Mme Fauville, peut-être aussi disposées en un cercle plus élargi. Mais qu'en savait-il ? Et qui pouvait assurer que leur morsure ne laissait pas la même empreinte ? Supposition invraisemblable, miracle inadmissible, il le savait. Et néanmoins combien les circonstances accusaient la jeune fille et la désignaient comme la plus audacieuse des criminelles, comme la plus cruelle, la plus implacable et la plus terrible !

Sa respiration devenait régulière. Un souffle égal s'exhalait de sa bouche, dont il sentit la caresse fraîche, enivrante comme le parfum d'une fleur. Malgré lui, il se pencha davantage, si près, si près qu'un vertige le prit et qu'il lui fallut faire un grand effort pour reposer sur le dossier du fauteuil la tête de la jeune fille et pour détacher son regard du beau visage aux lèvres entrouvertes.

Il se releva et partit.

CHAPITRE VII

LA GRANGE-AUX-PENDUS

De tous ces événements, on ne connut que la tentative de suicide de Marie-Anne Fauville, la capture et l'évasion de Gaston Sauverand, le meurtre de l'inspecteur principal Ancenis et la découverte d'une lettre écrite par Hippolyte Fauville. Ils suffirent, d'ailleurs, à raviver la curiosité d'un public que l'affaire Mornington intriguait déjà vivement et qui se passionnait aux moindres gestes de ce mystérieux don Luis Perenna que l'on s'obstinait à confondre avec Arsène Lupin.

Bien entendu, on lui attribua la capture momentanée de l'homme à la canne d'ébène. On sut, en outre, qu'il avait sauvé la vie du préfet de police, et que, finalement, ayant, sur sa demande, passé la nuit dans l'hôtel du boulevard Suchet, il avait reçu de la façon la plus incompréhensible la fameuse lettre de l'ingénieur Fauville. Et tout cela surexcitait l'opinion au plus haut point.

Mais combien les problèmes posés à don Luis Perenna étaient plus complexes et plus troublants ! Quatre fois en l'espace de quarante-huit heures, et sans parler de l'article anonyme où on le dénonçait, quatre fois, par l'écroulement du rideau de fer, par le poison, par le coup de feu du boulevard Suchet et par le « truquage » de son automobile, on avait essayé de le tuer. La participation de Florence à ces attentats consécutifs était indéniable. Et voilà que les relations de la jeune fille avec les assassins d'Hippolyte Fauville se trouvaient établies grâce à la petite note recueillie dans le volume huit de Shakespeare ! Et voilà que deux morts nouvelles s'ajoutaient à la liste funèbre, la mort de l'inspecteur principal Ancenis, la mort du chauffeur d'automobile.

Comment définir et comment expliquer le rôle que jouait, au milieu de toutes ces catastrophes, l'énigmatique créature ?

Chose étrange, la vie reprit à l'hôtel de la place du Palais-Bourbon, comme si rien d'anormal ne s'y fût passé. Chaque matin, Florence Levasseur dépouillait le courrier en présence de don Luis et lisait à haute voix les articles de journaux qui le concernaient ou se rapportaient à l'affaire Mornington.

Pas une fois, il ne fit allusion à la lutte sauvage qu'on avait poursuivie contre lui pendant deux jours. Il semblait qu'une trêve fût conclue entre eux et que, pour l'instant, l'ennemi eût renoncé à ses attaques. Et don Luis se sentait tranquille, à l'abri du danger. Et il parlait à la jeune fille d'un air indifférent, ainsi qu'il eût parlé à la première venue.

Mais avec quel intérêt fiévreux il l'épiait à la dérobée! Comme il observait l'expression à la fois si ardente et si calme de ce visage, où frémissait, sous le masque paisible, une sensibilité douloureuse, excessive, difficilement contenue, et que l'on devinait à certains frissons des lèvres, à certains battements des narines!

«Qu'es-tu? Qu'es-tu? avait-il envie de crier. Est-ce donc ta volonté de semer les cadavres sur la route? Et te faut-il encore ma mort pour atteindre ton but? Où vas-tu, et d'où viens-tu?»

À la réflexion, une certitude l'avait envahi, qui résolvait un problème dont il s'était souvent préoccupé, à savoir le rapport mystérieux existant entre sa présence, à lui, dans l'hôtel de la place du Palais-Bourbon, et la présence d'une femme qui, manifestement, le poursuivait de sa haine. Aujourd'hui, il comprenait que ce n'était point par hasard qu'il avait acheté cet hôtel. En agissant ainsi, il avait cédé à une offre anonyme qu'on lui avait faite au moyen d'un prospectus dactylographié. D'où venait cette offre, sinon de Florence, de Florence qui voulait l'attirer auprès d'elle pour le surveiller et pour le combattre?

«Eh oui! pensa-t-il, la vérité est là. Héritier possible de Cosmo Mornington, mêlé directement à cette affaire, je suis l'ennemi, et l'on cherche à me supprimer comme les autres. Et c'est Florence qui agit contre moi. Et c'est elle qui a tué. Tout l'accuse, et rien ne la défend. Ses yeux purs? Sa voix sincère? La gravité et la noblesse de sa personne?... Et après?... Oui, après? N'en ai-je pas vu de ces femmes au regard candide, et qui tuaient sans raison, par volupté presque?»

Il tressaillait d'épouvante au souvenir de Dolorès Kesselbach[1]... Quel lien obscur unissait à chaque instant, dans son esprit, l'image de ces deux

1. Voir *813*.

femmes? Il avait aimé l'une, la monstrueuse Dolorès, et, de ses propres mains, l'avait étranglée. La destinée le conduisait-elle aujourd'hui vers un même amour et vers un meurtre semblable?

Quand Florence s'en allait, il éprouvait une satisfaction et respirait plus à l'aise, comme délivré d'un poids qui l'eût oppressé, mais il courait à la fenêtre, et il la regardait traverser la cour, et il attendait encore que passât et repassât la jeune fille dont il avait senti sur son visage l'haleine parfumée.

Un matin, elle lui dit:

« Les journaux annoncent que c'est pour ce soir.

— Pour ce soir?

— Oui, fit-elle en montrant un article, nous sommes le 25 avril, et les renseignements de la police, fournis par vous, dit-on, prétendent que, tous les dix jours, il y aura une lettre dans l'hôtel du boulevard Suchet, et que l'hôtel sera détruit par une explosion, la nuit même où apparaîtra la cinquième et dernière lettre. »

Était-ce un défi? Voulait-elle lui faire entendre que, quoi qu'il arrivât, et quels que fussent les obstacles, les lettres apparaîtraient, ces lettres mystérieuses annoncées sur la liste qu'il avait trouvée dans le tome huit de Shakespeare?

Il la regarda fixement. Elle ne broncha pas. Il répondit:

« En effet, c'est pour cette nuit. Et j'y serai. Rien au monde ne peut m'empêcher d'y être. »

Elle fut encore sur le point de répliquer, mais, une fois de plus, elle imposa silence aux sentiments qui la bouleversaient.

Ce jour-là, don Luis se tint sur ses gardes. Il déjeuna et dîna au restaurant, et s'entendit avec Mazeroux pour qu'on surveillât la place du Palais-Bourbon.

L'après-midi, Mlle Levasseur ne quitta pas l'hôtel. Le soir, don Luis donna l'ordre aux hommes de Mazeroux que l'on suivît toute personne qui sortirait.

À dix heures, le brigadier rejoignait don Luis dans le cabinet de travail de l'ingénieur Fauville. Le sous-chef Weber et deux agents l'accompagnaient.

Don Luis prit Mazeroux à part.

«On se méfie de moi, avoue-le.

— Non. Tant que M. Desmalions sera là, on ne peut rien contre vous. Seulement Weber prétend, et il n'est pas le seul, que c'est vous qui manigancez toutes ces histoires-là.

— Dans quel but?

— Dans le but de fournir des preuves contre Marie-Anne Fauville et de la faire condamner. Alors, c'est moi qui ai demandé la présence du sous-chef et de deux hommes. Nous serons quatre pour témoigner de votre bonne foi.»

Chacun prit son poste.

Tour à tour, deux policiers devaient veiller.

Cette fois, après avoir fouillé minutieusement la petite chambre où couchait jadis le fils d'Hippolyte Fauville, on ferma et on verrouilla les portes et les volets.

À onze heures, on éteignit le plafonnier électrique.

Don Luis et Weber dormirent à peine.

La nuit s'écoula sans le moindre incident.

Mais, à sept heures, quand les volets furent poussés, on s'aperçut qu'il y avait une lettre sur la table.

De même que l'autre fois, il y avait une lettre sur la table!

Cette lettre, le premier moment de stupeur passé, le sous-chef la prit. Il avait ordre de ne pas la lire et de ne la laisser lire à personne.

La voici, telle que les journaux la publièrent, en même temps qu'ils publiaient les déclarations des experts attestant que l'écriture était bien celle d'Hippolyte Fauville.

« *Je l'ai vu ! Tu comprends, n'est-ce pas, mon bon ami. Je l'ai vu ! Il se promenait dans une allée du Bois, le col relevé, le chapeau enfoncé jusqu'aux oreilles. M'a-t-il vu, lui ? Je ne crois pas. Il faisait presque nuit. Mais, moi, je l'ai bien reconnu. J'ai reconnu la poignée d'argent de sa canne d'ébène. C'était bien lui, le misérable !*

« *Le voilà donc à Paris, malgré sa promesse. Gaston Sauverand est à Paris ! Comprends-tu ce qu'il y a de terrible dans ce fait ? S'il est à Paris, c'est qu'il veut agir. S'il est à Paris, c'est que ma mort est décidée. Ah ! c'est mon homme, quel mal il m'aura fait ! Il m'a déjà volé mon bonheur, et maintenant c'est ma vie qu'il lui faut. J'ai peur.* »

Ainsi l'ingénieur Fauville savait que l'homme à la canne d'ébène, que Gaston Sauverand préméditait de le tuer. Cela, Hippolyte Fauville, par un témoignage écrit de sa propre main, le déclarait de la façon la plus formelle, et la lettre, en outre, corroborant les paroles échappées à Gaston Sauverand lors de son arrestation, laissait entendre que les deux hommes avaient été jadis en relations, qu'il y avait eu entre eux rupture d'amitié, et que Gaston Sauverand avait promis de ne jamais venir à Paris.

Un peu de clarté pénétrait donc en la ténébreuse aventure de l'héritage Mornington. Mais, d'autre part, quel mystère inconcevable que la présence de cette lettre sur la table du cabinet de travail ! Cinq hommes avaient veillé, cinq hommes qui comptaient parmi les plus habiles, et pourtant, cette nuit-là, comme la nuit du 15 avril, une main inconnue avait déposé la lettre dans une pièce aux fenêtres et aux portes barricadées, sans que le moindre bruit fût perçu, sans qu'une trace d'effraction pût être relevée aux fermetures des portes et des fenêtres.

Tout de suite, on souleva l'hypothèse d'une issue secrète. Hypothèse qu'on dut abandonner après un examen attentif des murs, et après convocation de l'entrepreneur qui avait construit la maison quelques années auparavant, sur le plan de l'ingénieur Fauville.

Il est inutile de rappeler encore à ce propos ce qu'on pourrait appeler l'ahurissement du public. Dans les conditions où il se produisait, le fait prenait l'apparence d'un tour de passe-passe. Plutôt que l'intervention d'un personnage disposant de moyens ignorés, on était tenté de voir là le divertissement d'un prestidigitateur doué d'une adresse prodigieuse.

Il n'en restait pas moins établi que les indications de don Luis Perenna se trouvaient justifiées, et que la date du 25, comme celle du 15 avril, avait suscité l'incident prévu. La date du 5 mai continuerait-elle la série ? Nul n'en douta, puisque don Luis l'avait prédit, et qu'il semblait à tous que don Luis ne pût pas se tromper. Et toute la nuit du 5 au 6 mai, il y eut foule sur le boulevard Suchet. Des curieux, des noctambules venaient en bande chercher les dernières nouvelles.

Le préfet de police lui-même, vivement impressionné par le double miracle, voulut se rendre compte et assister en personne aux opérations de la troisième nuit. Il se fit accompagner de plusieurs inspecteurs qu'il laissa dans le jardin, dans le couloir et dans la mansarde de l'étage supérieur. Lui-même s'établit au rez-de-chaussée avec le sous-chef Weber, avec Mazeroux et avec don Luis Perenna.

L'attente fut déçue. Et cela par la faute de M. Desmalions. Malgré l'avis formel de don Luis, qui jugeait l'expérience inutile, il avait décidé, afin de savoir si la lumière empêcherait le miracle de se produire, de ne pas éteindre l'électricité. Dans de telles conditions, aucune lettre ne pouvait surgir, et aucune lettre ne surgit. Truc de magicien ou stratagème de malfaiteur, il fallait le secours de l'ombre propice.

C'étaient donc dix jours perdus, si tant est que le correspondant diabolique osât renouveler sa tentative et produire la troisième lettre mystérieuse.

Le 15 mai, la faction recommença, tandis qu'une même foule s'accumulait dehors, une foule anxieuse, haletante, remuée par les moindres bruits et qui, les yeux fixés sur l'hôtel Fauville, gardait un silence impressionnant.

Cette fois, on éteignit. Mais le préfet de police tenait la main sur l'interrupteur électrique. Dix fois, vingt fois, il alluma inopinément : sur la table, rien. C'était le craquement d'un meuble qui avait éveillé son attention, ou le geste d'un des assistants.

Soudain, tous, ils eurent une exclamation. Quelque chose d'insolite, un froissement de feuille venait d'interrompre le silence.

Déjà M. Desmalions avait tourné l'interrupteur.

Il poussa un cri.

La lettre était là, non pas sur la table, mais à côté, par terre, sur le tapis.

Mazeroux fit le signe de la croix.

Les inspecteurs étaient livides.

M. Desmalions regarda don Luis, qui hocha la tête sans rien dire.

On vérifia l'état des serrures et des verrous. Rien n'avait bougé.

Ce jour-là encore, le contenu de la lettre compensa, en quelque manière, la façon vraiment inouïe dont elle émergeait des ténèbres. Elle achevait de dissiper tous les nuages qui enveloppaient le double assassinat du boulevard Suchet.

Toujours signée par l'ingénieur, écrite par lui à la date du huit février précédent, sans adresse visible, elle disait :

« *Mon cher ami,*

« *Eh bien! non, je ne me laisserai pas égorger comme un mouton qu'on mène à l'abattoir Je me défendrai, je lutterai jusqu'à la dernière minute. Ah! c'est que maintenant les choses ont changé de face. J'ai des preuves maintenant, des preuves irrécusables... Je possède des lettres qu'ils ont échangées! Et je sais qu'ils s'aiment toujours, comme au début, et qu'ils veulent s'épouser et que rien ne les arrêtera. C'est écrit, tu entends, écrit de la main même de Marie-Anne :*

« *"Patiente, mon Gaston bien-aimé, le courage grandit en moi. Tant pis pour celui qui nous sépare, il disparaîtra."*

« *Mon bon ami, si je succombe dans la lutte, tu trouveras ces lettres-là (et tout le dossier que je réunis contre la misérable créature) dans le coffre-fort qui est caché derrière la petite vitrine. Alors, venge-moi. Au revoir. Adieu, peut-être...* »

Telle fut la troisième missive. Du fond de sa tombe Hippolyte Fauville nommait et accusait l'épouse coupable. Du fond de sa tombe il donnait le mot de l'énigme en expliquant les raisons pour lesquelles le crime avait été commis : Marie-Anne et Gaston Sauverand s'aimaient.

Certes, ils connaissaient l'existence du testament de Cosmo Mornington, puisqu'ils avaient commencé par supprimer Cosmo Mornington, et la hâte de conquérir l'énorme fortune avait précipité le dénouement. Mais l'idée première du crime prenait racine dans un sentiment ancien : Marie-Anne et Gaston Sauverand s'aimaient.

Restait à résoudre un problème. Qu'était-ce donc que ce correspondant inconnu auquel Hippolyte Fauville avait confié le soin de sa vengeance, et qui, au lieu de remettre purement et simplement les lettres à la justice, s'ingéniait à les lui faire parvenir au moyen de combinaisons des plus machiavéliques ? Avait-il intérêt lui-même à rester dans l'ombre ?

À toutes ces questions Marie-Anne riposta de la façon la plus inattendue, et qui cependant était bien conforme à ses menaces. Huit jours après, à la suite d'un long interrogatoire où on la pressa de dire qui pouvait être cet ancien ami de son mari, et où l'on se heurta au mutisme le plus opiniâtre et à une sorte de torpeur hébétée, le soir, rentrée dans sa cellule, elle s'ouvrit les veines du poignet avec un morceau de verre qu'elle avait réussi à dissimuler.

Dès le lendemain matin, avant huit heures, don Luis en fut averti par Mazeroux qui vint le surprendre au saut du lit. Le brigadier tenait en main un sac de voyage.

La nouvelle qu'il apportait bouleversa don Luis.

« Elle est morte ? s'écria-t-il.

— Non... Il paraît qu'elle en réchappera encore. Mais à quoi bon !

— Comment, à quoi bon ?

— Parbleu ! elle recommencera. Elle a ça dans la tête. Et un jour ou l'autre...

— Et elle n'a pas fait d'aveux, cette fois non plus, avant sa tentative ?

— Non. Elle a écrit quelques mots sur un bout de papier, disant que, à bien réfléchir, il fallait chercher l'origine des lettres mystérieuses du côté d'un sieur Langernault. C'était le seul ami qu'elle eût connu autrefois à son mari, le seul en tout cas qu'il appelât : « Mon bon ami ». Ce monsieur Langernault ne pourrait que la disculper et montrer l'effroyable malentendu dont elle était la victime.

— Alors, fit don Luis, si quelqu'un peut la disculper, pourquoi commence-t-elle par s'ouvrir les veines ?

— Tout lui est égal, d'après ce qu'elle dit. Sa vie est perdue. Ce qu'elle veut, c'est le repos, la mort.

— Le repos, le repos, il n'y a pas que dans la mort qu'elle pourrait le trouver. Si la découverte de la vérité doit être le salut pour elle, la vérité n'est peut-être pas impossible à découvrir.

— Qu'est-ce que vous dites, patron? Vous avez deviné quelque chose? Vous commencez à comprendre?

— Oh! très vaguement, mais, tout de même, l'exactitude vraiment anormale de ces lettres me semble justement une indication...»

Il réfléchit et continua:

«On a examiné de nouveau l'adresse effacée des trois lettres?

— Oui, et l'on a réussi, en effet, à reconstruire le nom de Langernault.

— Et ce Langernault habite?...

— Selon Mme Fauville, au village de Formigny, dans l'Orne.

— On a déchiffré ce nom de Formigny sur une des missives?

— Non, mais celui de la ville auprès de laquelle il est situé.

— Cette ville?

— Alençon.

— Et c'est là que tu vas?

— Oui, le préfet de police m'y expédie en toute hâte. Je prends le train aux Invalides.

— Tu veux dire que tu montes avec moi dans mon auto?

— Hein?

— Nous partons tous deux, mon petit. J'ai besoin d'agir, l'air de cette maison est mortel pour moi.

— Mortel? Que chantez-vous, patron?

— Rien, je me comprends.»

Une demi-heure plus tard, ils filaient sur la route de Versailles. Perenna conduisait lui-même son auto découverte, et il la conduisait d'une telle façon que Mazeroux, un peu suffoqué, articulait de temps à autre :

« Bigre, nous marchons... Cré tonnerre ! ce que vous en mettez, patron !... Vous ne craignez pas la culbute ?... Rappelez-vous l'autre jour... »

Ils arrivèrent à Alençon pour déjeuner. Le repas fini, ils se rendirent au bureau de poste principal. On n'y connaissait pas le sieur Langernault, et, en outre, la commune de Formigny avait son bureau particulier.

Il fallait donc supposer, puisque les lettres portaient le cachet d'Alençon, que M. Langernault se faisait adresser sa correspondance dans cette ville, mais sous le couvert de la poste restante.

Don Luis et Mazeroux se rendirent au village de Formigny. Là non plus le receveur ne connaissait personne qui portât le nom de Langernault, quoiqu'il n'y eût à Formigny qu'un millier d'habitants.

« Allons voir le maire », dit Perenna.

À la mairie, Mazeroux exposa ses qualités et l'objet de sa visite.

Le maire hocha la tête.

« Le bonhomme Langernault.... je crois bien... un brave type... un ancien commerçant de la capitale.

— Ayant l'habitude, n'est-ce pas, de prendre sa correspondance à la poste d'Alençon ?

— C'est ça même... histoire de faire une promenade quotidienne.

— Et sa maison ?

— Au bout du village. Vous avez passé devant.

— On peut la voir ?

— Ma foi oui... seulement...

— Il n'est peut-être pas chez lui ?

— Pour sûr, qu'il n'y est pas. Il n'y est même plus rentré depuis quatre ans qu'il est sorti, ce pauvre cher homme.

— Comment ça ?

— Dame, voilà quatre ans qu'il est mort. »

Don Luis et Mazeroux se regardèrent avec stupéfaction.

« Ah ! il est mort... reprit don Luis.

— Oui, un coup de fusil.

— Qu'est-ce que vous dites ? s'écria Perenna. Il a été tué ?

— Non, non, on l'a cru d'abord quand on l'a ramassé sur le parquet de sa chambre, mais l'enquête a prouvé qu'il y avait accident. En nettoyant son fusil de chasse, il s'était envoyé une décharge dans le ventre. Seulement, tout de même, au village ça nous a semblé louche. Le père Langernault, vieux chasseur devant l'Éternel, n'était pas un homme à commettre une imprudence.

— Il avait de l'argent ?

— Oui, et c'est là justement ce qui corsait l'affaire, on n'a pas pu dénicher un sou de sa fortune. »

Don Luis resta pensif un long moment, puis il reprit :

« Il a laissé des enfants, des parents qui ont le même nom ?

— Personne, pas un cousin. À preuve que sa propriété — le Vieux-Château qu'on l'appelle à cause des ruines qui s'y trouvent — est demeurée dans l'état. L'administration du domaine public a fait mettre les scellés sur les portes de la maison et barricadé celles du parc. On attend les délais pour prendre possession.

— Et les curieux ne vont pas se promener dans le parc, malgré les murs ?

— Ma foi, non. D'abord les murs sont hauts. Et puis... et puis, le Vieux-Château a toujours eu mauvaise réputation dans le pays. On a toujours parlé de revenants... des tas d'histoires à dormir debout... Mais, tout de même... »

« Elle est raide celle-là, s'écria don Luis, lorsqu'ils eurent quitté la mairie. Voilà que l'ingénieur

Fauville écrivait ses lettres à un mort, et à un mort, entre parenthèses, qui m'a tout l'air d'avoir été assassiné.

— Quelqu'un les aura interceptées, ces lettres.

— Évidemment. N'empêche qu'il les écrivait à un mort auquel il faisait ses confidences et racontait les projets criminels de sa femme. »

Mazeroux se tut. Lui aussi, il semblait extrêmement troublé.

Une partie de l'après-midi, ils se renseignèrent sur les habitudes du bonhomme Langernault, espérant découvrir quelque indication utile auprès de ceux qui l'avaient connu. Mais leurs efforts n'aboutirent à aucun résultat.

Vers six heures, au moment de partir, don Luis, constatant que l'auto manquait d'essence, dut envoyer Mazeroux en carriole jusqu'aux faubourgs d'Alençon. Il profita de ce répit pour aller voir le Vieux-Château, à l'extrémité du village.

Il fallait suivre, entre deux haies, un chemin qui conduisait à un rond-point planté de tilleuls et où se dressait, au milieu d'un mur, une porte en bois massif. La porte étant fermée, don Luis longea le mur qui était, en effet, très élevé et n'offrait aucune brèche, mais pourtant qu'il réussit à franchir en s'aidant des branches d'un arbre voisin. Dans le parc, c'étaient des pelouses incultes, encombrées de grandes fleurs sauvages, et des avenues couvertes d'herbe qui s'en allaient à droite vers un monticule lointain, où se pressaient des constructions en ruine, et à gauche vers une petite maison délabrée aux volets mal joints.

Il se dirigeait de ce côté, lorsqu'il fut très étonné d'apercevoir sur la terre d'une plate-bande que les pluies récentes avait détrempée des traces de pas toutes fraîches. Et ces traces, il put s'en rendre compte, avaient été laissées par des bottines de femme, des bottines élégantes et fines.

«Qui diable vient se promener par là?» pensa-t-il.

Il retrouva les traces un peu plus loin, sur une autre plate-bande que la promeneuse avait traversée, et elles le conduisirent à l'opposé de la maison, vers une suite de bosquets où il les revit deux fois encore.

Puis il les perdit définitivement.

Il était alors auprès d'une vaste grange adossée à un talus très haut, à moitié ruinée, et dont les portes vermoulues ne semblaient tenir que par un hasard d'équilibre.

Il s'en approcha et appliqua son œil contre une fente du bois.

À l'intérieur. dans les demi-ténèbres de cette grange sans fenêtres et que les ouvertures bouchées avec de la paille éclairaient d'autant moins que le jour commençait à baisser, on distinguait un amoncellement de barriques, de pressoirs démolis, de vieilles charrues et de ferrailles de toutes sortes.

«Ce n'est certes pas là que ma promeneuse a dirigé ses pas, pensa don Luis. Cherchons ailleurs.»

Il ne bougea point pourtant. Il avait entendu du bruit dans la grange.

Il écouta et ne perçut rien. Mais, comme il voulait en avoir le cœur net, d'un choc de l'épaule il renversa une planche, et il entra.

La brèche qu'il avait ainsi pratiquée donnant un peu de lumière, il put se glisser, entre deux futailles, par-dessus des débris de châssis dont il cassa les verres, jusqu'à un espace vide situé de l'autre côté.

Il marcha. Ses yeux s'habituaient à l'ombre. Néanmoins, il heurta du front, sans l'avoir vu, quelque chose d'assez dur et qui, mis en mouvement, se balança avec un bruit étrange et sec.

Décidément l'obscurité était trop épaisse. Don Luis tira de sa poche une lanterne électrique dont il fit jouer le ressort.

«Crebleu de crebleu!» jura-t-il en reculant, effaré.

Au-dessus de lui il y avait un squelette pendu!

Et tout de suite Perenna poussa encore un juron.

À côté du premier, il y avait un deuxième squelette, pendu également!

De grosses cordes les accrochaient tous deux à des pitons fixés aux solives de la grange. La tête s'inclinait hors du nœud coulant. Celui que Perenna avait heurté bougeait encore un peu, et les os, en s'entrechoquant, faisaient un cliquetis sinistre.

Il avança une table boiteuse qu'il cala tant bien que mal, et sur laquelle il monta afin d'examiner de près les deux squelettes.

Des lambeaux de vêtements et des lambeaux de chair durcie et racornie reliaient et retenaient les os. Cependant l'un des deux n'avait plus qu'un bras, et l'autre plus qu'un bras et une jambe.

Alors même qu'aucun choc ne les agitait, le vent qui soufflait par les ouvertures de la grange les balançait légèrement, et les approchait et les éloignait l'un de l'autre en une sorte de danse très lente, d'un rythme égal.

Mais, ce qui lui fit peut-être l'impression la plus forte dans cette vision macabre, ce fut de voir que chacun de ces squelettes gardait un anneau d'or, trop large maintenant que la chair avait disparu, mais que retenaient, comme des crochets, les phalanges recourbées de chaque doigt.

Avec un frisson de dégoût il les prit, ces anneaux.

C'étaient des alliances.

Il les examina. À l'intérieur, chacune d'elles portait une date, la même date, 12 août 1892, et deux noms: Alfred, Victorine.

«Le mari et la femme, murmura-t-il. Est-ce un double suicide? un crime? Mais comment est-ce possible qu'on n'ait pas encore découvert ces deux squelettes? Faut-il donc admettre qu'ils soient là depuis la mort du bonhomme Langernault, depuis que l'administration a pris possession du domaine et que personne n'y peut entrer ? »

Il réfléchit :

« Personne n'y peut entrer ?... Personne ?... Si, puisque j'ai vu des traces de pas dans le jardin, et que, aujourd'hui même, une femme s'y est introduite. »

L'idée de cette visiteuse inconnue l'obsédant de nouveau, il redescendit. Malgré le bruit qu'il avait entendu, il n'était guère à supposer qu'elle eût pénétré dans la grange. Après quelques minutes d'investigations, il allait donc en sortir, quand il se produisit, vers la gauche, un fracas de choses qui dégringolaient, et des cercles de futaille s'abattirent non loin de lui.

Cela tombait d'en haut, d'une soupente également bourrée d'objets et d'instruments à laquelle s'appuyait une échelle. Devait-on croire que la visiteuse, surprise par son arrivée et s'étant réfugiée dans cette cachette, eût fait un mouvement qui eût déterminé la chute des cercles de futaille ?

Don Luis installa sa lanterne électrique sur un tonneau de façon que la lumière éclairât en plein la soupente. Ne voyant rien de suspect, rien qu'un arsenal de vieux râteaux, de pioches, de faux hors d'usage, il attribua les incidents à quelque bête, à quelque chat sauvage, et, pour s'en assurer, il s'avança vivement vers l'échelle et monta.

Soudain, et au moment même où il parvenait au niveau du plancher, il y eut un nouveau tumulte, une nouvelle dégringolade. Et une silhouette surgit de l'encombrement avec un geste effroyable.

Cela fut rapide comme l'éclair. Don Luis aperçut la grande lame d'une faux qui sabrait l'espace à la hauteur de sa tête. Une seconde d'hésitation, un dixième de seconde, et l'arme épouvantable le décapitait.

Il eut juste le temps de s'aplatir contre l'échelle.

La faux siffla tout près de lui, effleurant son veston. Il se laissa glisser jusqu'au bas.

Mais il avait vu.

Il avait vu le masque terrible de Gaston Sauverand, et, derrière l'homme à la canne d'ébène, bla-
farde sous le jet de la lumière électrique, la figure
convulsée de Florence Levasseur!

CHAPITRE VIII

LA COLÈRE DE LUPIN

Il demeura un moment immobile, interdit. En
haut il y avait tout un vacarme d'objets bousculés,
comme si les deux assiégés se fussent construit
une barricade.

Mais, à droite de la projection électrique, la
clarté confuse du jour pénétra par une ouverture
brusquement découverte, et il avisa devant cette
ouverture une silhouette, puis une autre, qui se
baissaient pour s'enfuir sur les toits.

Il braqua son revolver et tira, mais mal, car il
pensait à Florence et sa main tremblait. Trois
détonations encore retentirent. Les balles crépi-
taient sur la ferraille de la soupente.

Au cinquième coup, il y eut un cri de douleur.
Don Luis s'élança de nouveau sur l'échelle.

Retardé par l'enchevêtrement des ustensiles,
puis par des bottes de colza desséché qui formaient un véritable rempart, il réussit à la fin, en
se meurtrissant et en s'écorchant, à gagner l'ouverture, et fut très étonné, quand il l'eut franchie,
de se trouver sur un terre-plein. C'était le sommet
du talus contre lequel la grange était adossée.

Au hasard il descendit le talus à gauche de la
grange et repassa devant la façade du bâtiment,
sans voir personne. Alors il remonta par la droite,

et bien que le terre-plein fût de proportions exiguës, il le fouilla avec précaution, car, dans l'ombre naissante du crépuscule, il pouvait craindre un retour offensif de l'ennemi.

Et c'est ainsi qu'il se rendit compte d'une chose qu'il n'avait pas remarquée. Le talus bordait le faîte du mur, qui, a cet endroit, mesurait bien cinq mètres de hauteur. Sans aucun doute Gaston Sauverand et Florence s'étaient enfuis par là.

Perenna suivit le faîte, qui était assez large, jusqu'à une partie moins élevée du mur, et là, il sauta dans une bande de terres labourées, situées en lisière d'un petit bois vers lequel les fugitifs avaient dû se sauver. Il en commença l'exploration, mais, étant donné l'épaisseur des fourrés, il reconnut aussitôt que c'était perdre son temps que de s'attarder à une vaine poursuite.

Il rentra donc au village, tout en songeant aux péripéties de cette nouvelle bataille. Une fois de plus, Florence et son complice avaient tenté de se débarrasser de lui. Une fois de plus, Florence apparaissait au centre de ce réseau d'intrigues criminelles. À l'instant où le hasard apprenait à don Luis que le bonhomme Langernault avait été probablement assassiné, à l'instant où le hasard, en l'amenant dans la grange-aux-pendus, selon son expression, le mettait en face de deux squelettes, Florence surgissait, vision de meurtre, génie malfaisant que l'on voyait partout où la mort avait passé, partout où il y avait du sang, des cadavres...

«Ah! l'horrible créature! murmurait-il en frémissant... Est-ce possible qu'elle ait un visage si noble?... Et des yeux, des yeux dont on ne peut pas oublier la beauté grave, sincère, presque naïve...»

Sur la place de l'église, devant l'auberge, Mazeroux, de retour, emplissait le réservoir d'essence et allumait les phares. Don Luis avisa le maire de Formigny qui traversait la place. Il le prit à part.

«À propos, monsieur le maire, est-ce que vous

avez entendu parler dans la région, il y a peut-être deux ans, de la disparition d'un ménage âgé de quarante ou cinquante ans ? Le mari s'appelait Alfred...

— Et la femme, Victorine, n'est-ce pas ? interrompit le maire. Je crois bien. L'histoire a fait assez de bruit. C'étaient des petits rentiers d'Alençon qui ont disparu du jour au lendemain sans que jamais, depuis, on ait pu savoir ce qu'ils sont devenus — pas plus d'ailleurs que leur magot, une vingtaine de mille francs qu'ils avaient réalisés, la veille, sur la vente de leur maison... Si je me rappelle ! Les époux Dedessuslamare !...

— Je vous remercie, monsieur le maire », dit Perenna, à qui le renseignement suffisait.

L'automobile était prête. Une minute plus tard, il filait sur Alençon, avec Mazeroux.

« Où allons-nous, patron ? demanda le brigadier.

— À la gare. J'ai tout lieu de croire : 1° que Gaston Sauverand a eu connaissance dès ce matin — comment ? nous le saurons un jour ou l'autre — a eu connaissance des révélations faites cette nuit par Mme Fauville, relativement au bonhomme Langernault ; 2° qu'il est venu rôder aujourd'hui autour du domaine et dans le domaine du bonhomme Langernault, pour des motifs que nous saurons également un jour ou l'autre. Or, je suppose qu'il est venu par le train et que c'est par le train qu'il s'en retourne. »

La supposition de Perenna reçut une confirmation immédiate. À la gare, on lui dit qu'un monsieur et une dame étaient arrivés de Paris à deux heures, qu'ils avaient loué un cabriolet à l'hôtel voisin, et que, leurs affaires finies, ils venaient de reprendre l'express de 7 h 40. Le signalement de ce monsieur et de cette dame correspondait exactement a celui de Sauverand et de Florence.

« En route, dit Perenna après avoir consulté l'horaire. Nous avons une heure de retard. Il est possible que nous soyons au Mans avant le bandit.

— Nous y serons, patron, et nous lui mettrons la main au collet, je vous le jure... à lui et à sa dame, puisqu'ils sont deux.

— Ils sont deux en effet. Seulement...

— Seulement... »

Don Luis attendit pour répondre qu'ils eussent pris place, et que le moteur fût lancé, et il prononça :

« Seulement, mon petit, tu laisseras la dame tranquille.

— Et pourquoi ça ?

— Sais-tu qui c'est ? As-tu un mandat contre elle ?

— Non.

— Alors, fiche-nous la paix !

— Cependant...

— Une parole de plus, Alexandre, et je te dépose sur le bord du chemin. Tu opéreras alors toutes les arrestations qui te plairont. »

Mazeroux ne souffla plus mot. D'ailleurs, la vitesse à laquelle ils marchèrent tout de suite ne lui laissa guère de loisir pour protester. Assez inquiet, il ne songeait qu'à scruter l'horizon et annoncer les obstacles.

De chaque côté, les arbres s'évanouissaient à peine entrevus. Au-dessus, leur feuillage faisait un bruit rythmé de vagues qui mugissent. Des bêtes de nuit s'affolaient dans la lumière des phares.

Mazeroux risqua :

« Nous arriverons tout de même. Inutile d'en mettre davantage. »

L'allure augmenta. Il se tut.

Des villages, des plaines, des collines, et puis soudain, au milieu des ténèbres, la clarté d'une grande ville, Le Mans.

« Tu sais où est la gare, Alexandre ?

— Oui, patron, à droite, et puis tout droit devant nous. »

Bien entendu, c'était à gauche qu'il eût fallu tourner. Ils perdirent sept à huit minutes, à errer dans des rues où on leur donnait des renseignements contradictoires. Quand l'auto stoppa devant la station, le train sifflait.

Don Luis sauta de voiture, se rua dans les salles, trouva les portes closes, bouscula des employés qui voulaient le retenir, et parvint sur le quai.

Un train allait partir, deux voies plus loin. On fermait la dernière portière. Il courut le long des wagons en s'accrochant aux barres de cuivre.

« Votre billet, monsieur !... vous n'avez pas de billet !... » cria un employé d'un ton furieux...

Don Luis continuait sa voltige sur les marche-pieds, lançant un coup d'œil à travers les vitres, repoussant les personnes dont la présence aux fenêtres le pouvait gêner, tout prêt à envahir le compartiment où se tenaient les deux complices.

Il ne les vit pas dans les dernières voitures. Le train s'ébranlait. Et, soudain, il jeta un cri. Ils étaient là, tous deux, seuls ! Il les avait vus ! Ils étaient là ! Florence, étendue sur la banquette, sa tête appuyée contre l'épaule de Gaston Sauverand, et celui-ci penché sur elle, ses deux bras autour de la jeune fille !

Fou de rage, il leva le loquet de cuivre et saisit la poignée.

Au même instant, il perdit l'équilibre, tiré par l'employé furieux et par Mazeroux, qui s'égosillait :

« Mais c'est de la folie, patron, vous allez vous faire écraser.

— Imbéciles ! hurla don Luis... ce sont eux... lâchez-moi donc... »

Les wagons défilaient. Il voulut sauter sur un autre marchepied. Mais les deux hommes se cramponnaient à lui. Des facteurs s'interposaient. Le chef de gare accourait. Le train s'éloigna.

« Idiots ! proféra-t-il... Butors ! Tas de brutes ! Vous ne pouviez pas me laisser ? Ah ! je vous jure, Dieu !... »

D'un coup de son poing gauche il abattit l'employé. D'un coup de son poing droit il renversa Mazeroux. Et, se débarrassant des facteurs et du chef de gare, il s'élança sur le quai jusqu'à la salle des bagages, où, en quelques bonds, il franchit plusieurs groupes de malles, de caisses et de valises.

« Ah ! la triple buse, mâchonna-t-il, en constatant que Mazeroux avait eu le soin d'éteindre le moteur de l'automobile... Quand il y a une bêtise à faire, il ne la rate pas. »

Si don Luis avait conduit sa voiture à belle vitesse dans la journée, ce soir-là ce fut vertigineux. Une véritable trombe traversa les faubourgs du Mans et se précipita sur les grandes routes. Il n'avait qu'une idée, qu'un but, arriver à la prochaine station, qui était Chartres, avant les deux complices, et sauter à la gorge de Sauverand. Il ne voyait que cela, l'étreinte sauvage qui ferait râler entre ses deux mains l'amant de Florence Levasseur.

« Son amant !... son amant !... grinçait-il. Eh ! parbleu, Oui, comme ça, tout s'explique. Ils se sont ligués tous les deux contre leur complice, Marie-Anne Fauville, et c'est la malheureuse qui paiera seule l'effroyable série de crimes. Est-elle leur complice même ? Qui sait ! Qui sait si ce couple de démons n'est pas capable, après avoir tué l'ingénieur Fauville et son fils, d'avoir machiné la perte de Marie-Anne, dernier obstacle qui les séparait de l'héritage Mornington ? Pourquoi pas ? Est-ce que tout ne concorde pas avec cette hypothèse ? Est-ce que la liste des dates n'a pas été trouvée par moi dans un volume appartenant à Florence ? Est-ce que la réalité ne prouve pas que

les lettres ont été communiquées par Florence?...
Ces lettres accusent aussi Gaston Sauverand?
Qu'importe! Il n'aime plus Marie-Anne, mais Florence... Et Florence l'aime... Elle est sa complice,
sa conseillère, celle qui vivra près de lui et qui
jouira de sa fortune... Parfois, certes, elle affecte
de défendre Marie-Anne... Cabotinage! Ou peut-
être remords, effarement à l'idée de tout ce qu'elle
a fait contre sa rivale et du sort qui attend la malheureuse!... Mais elle aime Sauverand. Et elle
continue la lutte sans pitié, sans repos. Et c'est
pour cela qu'elle a voulut me tuer, moi, l'intrus,
moi dont elle craignait la clairvoyance... Et elle
m'exècre... et elle me hait...»

Dans le ronflement du moteur, dans le siffle-
ment des arbres qui s'abattaient à leur rencontre,
il murmurait des paroles incohérentes. Le souvenir des deux amants, tendrement enlacés, le faisait
crier de jalousie. Il voulait se venger. Pour la première fois, l'envie, la volonté du meurtre, bouillonnait en son cerveau tumultueux.

«Nom d'un chien, gronda-t-il tout à coup, le
moteur a des ratés. Mazeroux! Mazeroux!

— Hein! quoi! patron, vous saviez donc que
j'étais là, vociféra Mazeroux en jaillissant de
l'ombre où il se tenait enfoui.

— Crétin! t'imagines-tu que le premier imbécile
venu puisse s'accrocher au marchepied de ma voiture sans que je m'en aperçoive? Tu dois être à ton
aise là-dessus.

— À la torture, et je grelotte.

— Tant mieux, ça t'apprendra. Dis donc, où as-
tu acheté ton essence?

— Chez l'épicier.

— Un voleur. C'est de la saleté. Les bougies
s'encrassent.

— Vous êtes sûr?

— Et les ratés, tu ne les entends pas, idiot?»

L'auto semblait hésiter, en effet, par moments.

Puis tout redevint normal. Don Luis força l'allure. En descendant les côtes, ils avaient l'air de se jeter dans des abîmes. Un des phares s'éteignit. L'autre n'avait pas sa clarté coutumière. Mais rien ne diminuait l'ardeur de don Luis.

Il y eut encore des ratés, une nouvelle hésitation. puis des efforts, comme si le moteur s'acharnait courageusement à faire son devoir. Et puis ce fut, brusquement, l'impuissance définitive, l'arrêt le long de la route, la panne stupide.

«Nom de Dieu! hurla don Luis, nous y sommes. Ah! ça, c'est le comble!

— Voyons, patron. On va réparer. Et l'on cueillera le Sauverand à Paris au lieu de Chartres, voilà tout,

— Triple imbécile! Il y en a pour une heure! et puis après, ça recommencera. Ce n'est pas de l'essence qu'on t'a collé, c'est de la crasse.»

Autour d'eux la campagne s'étendait à l'infini, sans autre lumière que les étoiles qui criblaient les ténèbres du ciel.

Don Luis piétinait de rage. Il eût voulu casser l'auto a coups de pied. Il eût voulu...

C'est Mazeroux qui «encaissa», selon l'expression du malheureux brigadier. Don Luis l'empoigna aux épaules, le secoua, l'agonit d'injures et de sottises, et, finalement, le renversant contre le talus, lui dit, d'une voix entrecoupée, tour à tour haineuse et douloureuse:

«C'est elle, tu entends, Mazeroux, c'est la compagne de Sauverand qui a tout fait. Je te le dis tout de suite, parce que j'ai peur de faiblir... Oui, je suis lâche... Elle a un visage si grave... et des yeux d'enfant. Mais c'est elle, Mazeroux... Elle habite chez moi... Rappelle-toi son nom, Florence Levasseur... Tu l'arrêteras, n'est-ce pas? Moi, je ne pourrais pas... Je n'ai pas de courage quand je la regarde. C'est que jamais je n'ai aimé... Les autres femmes... les autres femmes... non, c'étaient des caprices... même pas... je ne me souviens même pas du passé !... Tandis que Florence... Il faut l'arrêter, Mazeroux... Il faut me délivrer de ses yeux... Ils me brûlent... C'est du poison. Si tu ne me délivres pas, je la tuerai comme Dolorès... ou bien on me tuera... ou bien... Oh ! je ne sais pas toutes les idées qui me déchirent... C'est qu'il y a un autre homme... il y a Sauverand qu'elle aime... Ah ! les misérables... Ils ont tué Fauville, et l'enfant, et le vieux Langernault, et les deux autres dans la grange... et d'autres, Cosmo Mornington, Vérot, et d'autres encore... Ce sont des monstres... Elle surtout... Et si tu voyais ses yeux... »

Il parlait si bas que Mazeroux l'entendait à peine. Son étreinte s'était desserrée, et il semblait terrassé par un désespoir, qui surprenait chez cet homme si prodigieux d'énergie et de maîtrise.

« Allons, patron, dit le brigadier en le relevant, tout ca c'est du chichi... Des histoires de femme... Je connais ça... J'y ai passé comme tout un chacun... Mme Mazeroux... Mon Dieu, oui, pendant votre absence, je me suis marié. Eh bien, Mme Mazeroux n'a pas été ce qu'elle aurait dû être. J'ai beaucoup souffert... Mme Mazeroux... Mais je vous raconterai cela, patron, et comment Mme Mazeroux m'a récompensé. »

Il l'amenait tout doucement vers la voiture et l'installait sur la banquette du fond.

« Reposez-vous, patron... La nuit n'est pas trop froide, et les fourrures ne manquent pas... Le premier paysan qui passe, au petit matin, je l'envoie chercher ce qu'il nous faut à la ville voisine... et des provisions aussi, car je meurs de faim. Et tout s'arrangera... Tout s'arrange avec les femmes... Il suffit de les ficher à la porte de sa vie... à moins qu'elles ne prennent les devants elles-mêmes... Ainsi Mme Mazeroux... »

Don Luis ne devait jamais savoir ce que Mme Mazeroux était devenue. Les crises les plus violentes n'avaient pas le moindre retentissement sur la paix de son sommeil. Il s'endormit presque aussitôt.

Il était tard le lendemain quand il se réveilla. À sept heures du matin seulement, Mazeroux avait pu héler un cycliste qui filait vers Chartres.

À neuf heures il partait.

Don Luis avait repris tout son sang-froid. Il dit au brigadier :

« J'ai lâché des tas de sottises cette nuit. Je ne les regrette pas. Non, mon devoir est de tout faire pour sauver Mme Fauville, et pour atteindre la vraie coupable. Seulement c'est à moi que cette tâche-là incombe, et je te jure que je n'y faillirai pas. Ce soir Florence Levasseur couchera au Dépôt.

— Je vous y aiderai, patron, répondit Mazeroux, d'une voix singulière.

— Je n'ai besoin de personne. Si tu touches à un seul cheveu de sa tête, je te démolis. C'est convenu ?

— Oui, patron.

— Donc, tiens-toi tranquille. »

Sa colère revenait peu à peu et se traduisait par une accélération de vitesse, qui semblait à Mazeroux une vengeance exercée contre lui. On brûla le pavé de Chartres. Rambouillet, Chevreuse, Versailles eurent la vision effrayante d'un bolide qui les traversait de part en part.

Saint-Cloud. Le bois de Boulogne...

Sur la place de la Concorde, comme l'auto se dirigeait vers les Tuileries, Mazeroux objecta :

« Vous ne rentrez pas chez vous, patron ?

— Non. D'abord, le plus pressé : il faut soustraire Marie-Anne Fauville à son obsession de suicide en lui faisant dire qu'on a découvert les coupables...

— Et alors ?

— Alors, je veux voir le préfet de police.

— M. Desmalions est absent et ne rentre que cet après-midi.

— En ce cas, le juge d'instruction.

— Il n'arrivera au Palais qu'à midi, et il est onze heures.

— Nous verrons bien. »

Mazeroux avait raison. Il n'y avait personne au Palais de justice.

Don Luis déjeuna aux environs et Mazeroux, après avoir passé à la Sûreté, vint le rechercher et le conduisit dans le couloir des juges. Son agitation, son inquiétude extraordinaire ne pouvaient échapper à Mazeroux qui lui demanda :

« Vous êtes toujours décidé, patron ?

— Plus que jamais. En déjeunant, j'ai lu les journaux. Marie-Anne Fauville, que l'on avait envoyée à l'infirmerie à la suite de sa seconde tentative, a encore essayé de se casser la tête contre les murs de la chambre. On lui a mis la camisole de force. Mais elle refuse toute nourriture. Mon devoir est de la sauver.

— Comment ?

— En livrant la vraie coupable. J'avertis le juge d'instruction, et, ce soir, je vous amène Florence Levasseur, morte ou vive.

— Et Sauverand ?

— Sauverand ! ça ne tardera pas. À moins...

— À moins ?

— À moins que je ne l'exécute moi-même, le forban.

— Patron !

— La barbe ! »

Il y avait près d'eux des journalistes qui venaient aux informations. On le reconnut. Il leur dit :

« Vous pouvez annoncer, messieurs, que, à partir d'aujourd'hui, je prends la défense de Marie-Anne Fauville et me consacre entièrement à sa cause. »

On se récria. N'était-ce pas lui qui avait fait

arrêter Mme Fauville? N'était-ce pas lui qui avait réuni contre elle un faisceau de preuves irrécusables?

«Ces preuves, dit-il, je les détruirai une à une. Marie-Anne Fauville est la victime de misérables qui ont ourdi contre elle la plus diabolique des machinations, et que je suis sur le point de livrer à la justice.

— Mais les dents? l'empreinte des dents?

— Coïncidence! Coïncidence inouïe, mais qui m'apparaît aujourd'hui comme la preuve d'innocence la plus forte. Je mets en fait que, si Marie-Anne Fauville avait été assez habile pour commettre tous ces crimes, elle l'eût été également pour ne pas laisser derrière elle un fruit marqué par la double marque de ses dents.

— Néanmoins...

— Elle est innocente! Et c'est cela que je vais dire au juge d'instruction. Il faut qu'on la prévienne des efforts tentés en sa faveur. Il faut qu'on lui donne tout de suite de l'espoir. Sinon, la malheureuse se tuera, et sa mort pèsera sur tous ceux qui auront accusé une innocente. Il faut...»

À ce moment, il s'interrompit. Ses yeux s'étaient fixés sur un des journalistes qui, un peu à l'écart, l'écoutait en prenant des notes...

Il dit tout bas à Mazeroux:

«Est-ce que tu pourrais savoir le nom de ce type-là? Je ne sais où diable je l'ai rencontré.»

Mais un huissier avait ouvert la porte du juge d'instruction, lequel, sur la présentation de la carte de Perenna, désirait le voir aussitôt.

Il s'avança donc, et il allait entrer dans le bureau ainsi que Mazeroux, lorsqu'il se retourna brusquement vers son compagnon avec un cri de fureur:

— C'est lui! c'est Sauverand qui était là, camouflé. Arrêtez-le! Il vient de se défiler. Mais courez donc!»

Lui-même il s'élança, suivi de Mazeroux, des gardes et des journalistes. Il ne tarda pas, du reste, à les distancer tous, de telle façon que, trois minutes après, il n'entendit plus personne derrière lui. Il avait dégringolé l'escalier de la Souricière et franchi le souterrain qui fait passer d'une cour à l'autre. Là, deux personnes lui affirmèrent avoir rencontré un homme qui marchait à vive allure.

La piste était fausse. Il s'en rendit compte, chercha, perdit du temps, et réussit à établir que Sauverand s'était enfui par le boulevard du Palais et qu'il avait rejoint, sur le quai de l'Horloge, une femme blonde, très jolie, Florence Levasseur, évidemment... Tous deux étaient montés dans l'autobus qui va de la place Saint-Michel à la gare Saint-Lazare.

Don Luis revint vers une petite rue isolée où il avait laissé son automobile, sous la surveillance d'un gamin. Il mit le moteur en mouvement, et, à toute vitesse, gagna la gare Saint-Lazare. Du bureau de l'autobus, il partit sur une nouvelle piste, qui se trouva mauvaise, perdit encore plus d'une heure, revint à la gare et finit par acquérir la certitude que Florence était montée seule dans un autobus qui l'emmenait vers la place du Palais-Bourbon. Ainsi donc, et contre toute attente, la jeune fille devait être rentrée.

L'idée de la revoir surexcita sa colère. Tout en suivant la rue Royale et en traversant la place de la Concorde, il bredouillait des paroles de vengeance et des menaces, qu'il avait hâte de mettre à exécution. Et il outrageait Florence. Et il la cinglait de ses injures. Et c'était un besoin, âpre et douloureux, de faire du mal à la vilaine créature.

Mais, arrivé à la place du Palais-Bourbon, il s'arrêta net. D'un coup, son œil exercé avait compté, de droite et de gauche, une demi-douzaine d'individus dont il était impossible de méconnaître les allures professionnelles. Et Mazeroux, qui l'avait aperçu. venait de pivoter sur lui-même et se dissimulait sous une porte cochère.

Il l'appela :

« Mazeroux ! »

Le brigadier partit très surpris d'entendre son nom et s'approcha de la voiture.

« Tiens, le patron ! »

Sa figure exprimait une telle gêne que don Luis sentit ses craintes se préciser.

« Dis donc, ce n'est pas pour moi que les hommes et toi faites le pied de grue devant mon hôtel ?

— En voilà une idée, patron ! répondit Mazeroux d'un air embarrassé. Vous savez bien que vous êtes en faveur, vous. »

Don Luis sursauta. Il comprenait. Mazeroux l'avait trahi. Autant pour obéir aux scrupules de sa conscience que pour soustraire le patron aux dangers d'une passion funeste, Mazeroux avait dénoncé Florence Levasseur.

Il crispa les poings. dans un effort de tout son être, pour étouffer la rage qui bouillonnait en lui. Le coup était terrible. Il avait l'intuition subite de toutes les fautes auxquelles la démence de la jalousie l'avait entraîné depuis la veille, et le pressentiment de ce qui pouvait en résulter d'irréparable. La direction des événements lui échappait.

« Tu as le mandat ? » dit-il.

Mazeroux balbutia :

« C'est bien par hasard... J'ai rencontré le préfet qui était de retour... On s'est expliqué sur cette affaire de la demoiselle. Et, voilà justement que l'on avait découvert que cette photographie.... vous savez la photographie de Florence Levasseur que le préfet vous avait confiée ?... Eh bien, on a découvert que vous l'aviez maquillée. Alors, quand j'ai dit le nom de Florence, le préfet s'est souvenu que c'était ce nom-là.

— Tu as le mandat? répéta don Luis d'un ton plus âpre.

— Dame... n'est-ce pas?... il a bien fallu... M. Desmalions... le juge...»

Si la place du Palais-Bourbon avait été déserte, don Luis se fût certainement soulagé sur le menton de Mazeroux d'un swing envoyé selon les règles de l'art. D'ailleurs, Mazeroux prévoyait cette éventualité, car il se tenait prudemment aussi loin que possible, et, pour apaiser le courroux du patron, débitait toute une kyrielle d'excuses.

«C'est pour votre bien, patron... Il le fallait... Pensez donc! Vous me l'aviez ordonné: "Débarrasse-moi de cette créature. Moi, je suis trop lâche... Tu l'arrêteras, n'est-ce pas? Ses yeux me brûlent... C'est du poison..." Alors, patron, pouvais-je faire autrement? Non, n'est-ce pas? D'autant plus que le sous-chef Weber...

— Ah! Weber est au courant?...

— Dame! oui. Le préfet se défie un peu de vous, maintenant que le maquillage du portrait est connu... Alors, Weber va rappliquer, dans une heure peut-être, avec du renfort. Je disais donc que le sous-chef venait d'apprendre que la femme qui allait chez Gaston Sauverand, à Neuilly, vous savez, dans la maison du boulevard Richard-Wallace, était blonde, très jolie, et qu'elle s'appelait Florence. Elle y restait même quelquefois la nuit.

— Tu mens! Tu mens!» grinça Perenna.

Toute sa haine remontait en lui. Il avait poursuivi Florence avec des intentions qu'il n'aurait pu formuler. Et voilà, tout à coup, qu'il voulait la perdre de nouveau, et consciemment, cette fois. En réalité, il ne savait plus ce qu'il faisait. Il agissait au hasard, tour à tour ballotté par les passions les plus diverses, en proie à cet amour désordonné qui nous pousse aussi bien à égorger l'être que nous aimons qu'à mourir pour son salut.

Un camelot passa, qui vendait une édition spéciale du journal de midi, où il put lire, en gros caractères :

Déclaration de don Luis Perenna. Mme Fauville serait innocente. — Arrestation imminente des coupables.

« Oui, oui, fit-il à haute voix. Le drame touche à sa fin. Florence va payer sa dette. Tant pis pour elle. »

Il remit sa voiture en marche et franchit le seuil de la grand'porte. Dans la cour, il dit à son chauffeur qui se présentait :

« Faites tourner l'auto et ne la remisez pas. Je peux repartir d'un montent à l'autre. »

Il sauta du siège et, interpellant le maître d'hôtel :

« Mlle Levasseur est ici ?

— Oui, monsieur, dans son appartement.

— Elle s'est absentée hier, n'est-ce pas ?

— Oui, monsieur, au reçu d'une dépêche qui la demandait en province, auprès d'un parent malade. Elle est revenue cette nuit.

— J'ai à lui parler. Envoyez-la-moi. Je l'attends.

— Dans le cabinet de travail de monsieur ?

— Non, en haut, dans le boudoir, auprès de ma chambre. »

C'était une petite pièce du deuxième étage, jadis boudoir de femme, et qu'il préférait à son cabinet de travail depuis les tentatives de meurtre dont il avait été l'objet. Il était plus tranquille, plus à l'écart, et il y cachait ses papiers importants. La clef ne le quittait pas, une clef spéciale, à triple rainure et à ressort intérieur.

Mazeroux l'avait suivi dans la cour et s'attachait à ses pas, sans que Perenna, jusqu'ici, parût s'en rendre compte. Il prit le brigadier par le bras et l'entraîna vers le perron.

« Tout va bien. Je redoutais que Florence, soupçonnant quelque chose, ne fût pas rentrée. Mais, sans doute, ne pense-t-elle point que je l'ai vue hier. Maintenant, elle ne peut nous échapper.»

Ils traversèrent le vestibule, puis montèrent au premier étage. Mazeroux se frotta les mains.

«Vous voilà donc raisonnable, patron?

— En tout cas, me voilà résolu. Je ne veux pas, tu entends, je ne veux pas que Mme Fauville se tue, et, puisqu'il n'y a qu'un seul moyen d'empêcher cette catastrophe, je sacrifie Florence.

— Sans chagrin?

— Sans remords.

— Donc, vous me pardonnez?

— Je te remercie.»

Nettement, puissamment, il lui appliqua son poing sous le menton.

Sans un gémissement, Mazeroux tomba, évanoui, sur les marches du second étage.

Il y avait, au milieu de l'escalier, un réduit obscur qui servait de débarras, et où les domestiques rangeaient les ustensiles de ménage et le linge sale. Don Luis y porta Mazeroux, l'ayant assis confortablement par terre, le dos appuyé à un coffre, il lui enfonça son mouchoir dans la bouche, le bâillonna avec une serviette, et lui lia les chevilles et les poignets avec deux nappes, dont les autres bouts furent fixés à des clous solides.

Comme Mazeroux sortait de son engourdissement, il lui dit:

«Je crois que tu as tout ce qu'il faut... nappes... serviettes..., une poire dans la bouche pour apaiser ta faim. Mange tranquillement. Par là-dessus, une petite sieste, et tu seras frais comme une rose.»

Il l'enferma, puis, consultant sa montre:

«J'ai une heure devant moi. C'est parfait.»

À cette minute, son intention était celle-ci: injurier Florence, lui cracher à la figure toutes ses infamies et tous ses crimes, et, par la même, obtenir d'elle des aveux écrits et signés. Après, le salut de Marie-Anne étant assuré, il verrait. Peut-être jetterait-il Florence au fond de son auto, et l'emporterait-il vers quelque refuge où, la jeune fille lui servant d'otage, il pèserait sur la justice. Peut-être... Mais, il ne cherchait pas à prévoir les événements. Ce qu'il voulait, c'était l'explication immédiate, violente.

Il avait couru jusqu'à sa chambre, au second étage. Il s'y plongea la figure dans l'eau froide. Jamais il n'avait éprouvé une pareille excitation de tout son être, un pareil déchaînement de ses instincts aveugles.

« C'est elle ! Je l'entends ! balbutia-t-il... Elle est au bas de l'escalier. Enfin ! quelle volupté de la tenir devant moi ! Face à face ! tous deux seuls ! »

Il était revenu sur le palier, devant le boudoir. Il tira la clef de sa poche. La porte s'ouvrit.

Il poussa un cri terrible.

Gaston Sauverand était là.

Dans la chambre close, debout, les bras croisés, Gaston Sauverand l'attendait.

CHAPITRE IX

SAUVERAND S'EXPLIQUE

Gaston Sauverand !

Instinctivement, don Luis recula et sortit son revolver, qu'il braqua sur le bandit.

« Haut les mains, ordonna-t-il... haut les mains, ou je fais feu ! »

Sauverand ne parut pas se troubler. D'un signe de tête, il montra deux revolvers qu'il avait déposés sur une table, hors de sa portée, et il dit :

« Voici mes armes. Je ne viens pas ici pour combattre, mais pour causer.

— Comment êtes-vous entré ? proféra don Luis,

que ce calme exaspérait. Une fausse clef, n'est-ce pas? Mais, cette fausse clef, comment avez-vous pu... et par quel moyen?»

L'autre ne répondait pas. Don Luis frappa du pied.

«Parlez donc! Partez! Sinon...»

Mais Florence accourait. Elle passa près de lui sans qu'il essayât de la retenir et se jeta sur Gaston Sauverand, à qui elle dit, indifférente à la présence de Perenna:

«Pourquoi êtes-vous venu? Vous m'aviez promis de ne pas venir... Vous me l'aviez juré... Allez-vous-en.»

Sauverand se dégagea et la contraignit à s'asseoir.

«Laisse-moi faire, Florence. Ma promesse n'avait d'autre but que de te rassurer. Laisse-moi faire.

— Mais non, mais non, protesta la jeune fille avec ardeur. Mais non! c'est de la folie. Je vous défends de dire un seul mot... Oh je vous en supplie, ne tentez pas cela!»

Lentement, il lui caressa le front, écartant les cheveux d'or, un peu incliné vers elle.

«Laisse-moi faire, Florence», répéta-t-il tout bas.

Elle se tut, comme désarmée par la douceur de cette voix. et il prononça d'autres paroles que don Luis ne put entendre et qui semblèrent la convaincre.

En face d'eux, Perenna n'avait pas bougé.

Le bras tendu, le doigt sur la détente, il visait l'ennemi.

Lorsque Sauverand tutoya Florence, des pieds à la tête, il tressaillit, et son doigt se crispa. Par quel prodige ne tira-t-il pas? Par quel effort suprême de volonté put-il étouffer la haine jalouse qui le brûla comme une flamme? Et voilà que Sauverand avait l'audace de caresser les cheveux de Florence!

Il baissa le bras. Plus tard, il les tuerait, plus tard, il ferait d'eux ce que bon lui semblerait, puisqu'ils étaient en son pouvoir, et que rien, désormais, ne pouvait les soustraire à sa vengeance.

Il saisit les deux revolvers de Sauverand et les plaça dans un tiroir. Puis il revint vers la porte, avec l'intention de la fermer. Mais, entendant du bruit au palier du premier étage, il approcha de la rampe. C'était le maître d'hôtel qui montait, un plateau à la main.

« Qu'y a-t-il encore ?

— Une lettre urgente, monsieur, qu'on vient d'apporter pour M. Mazeroux.

— M. Mazeroux est avec moi. Donnez. Et qu'on ne me dérange plus. »

Il déchira l'enveloppe. La lettre, écrite au crayon, hâtivement, et signée par un des inspecteurs qui cernaient l'hôtel, contenait ces mots :

« Attention, brigadier, Gaston Sauverand est dans la maison. D'après deux personnes qui demeurent en face, la jeune fille, que l'on connaît dans le quartier comme l'intendante de l'hôtel, est entrée, il y a une heure et demie, avant que nous ne prenions notre faction. On l'a vue, ensuite, à la fenêtre du pavillon qu'elle occupe. Et puis, quelques instants plus tard, une petite porte basse, qui doit être employée pour le service de la cave, et qui est située sous ce pavillon, a été entrouverte, par elle, évidemment. Presque aussitôt, un homme a débouché sur la place, a longé les murs, et s'est glissé dans la cave. Pas d'erreur. D'après le signalement, c'est Gaston Sauverand. Donc, attention brigadier. À la moindre alerte, au premier signal de vous, nous entrons. »

Don Luis réfléchit. Il comprenait, maintenant, comment le bandit avait accès chez lui et comment il pouvait impunément, caché dans la retraite la plus sûre, échapper à toutes les recherches. Lui,

Perenna, il habitait chez celui-là même qui s'était déclaré son plus terrible adversaire.

«Allons, se dit-il, le bonhomme est réglé... et sa demoiselle aussi. Les balles de mon revolver ou les menottes de la police, c'est à leur choix.»

Il ne songeait même plus à son auto, toute prête en bas. Il ne songeait plus à la fuite de Florence. S'il ne les tuait pas l'un et l'autre, la justice mettrait sur eux sa main qui ne relâche pas. Aussi bien, il valait mieux qu'il en fût ainsi, et que la société punît elle-même les deux coupables qu'il allait lui offrir.

Il referma la porte, poussa le verrou, se remit en face de ses deux captifs, et prenant une chaise, dit à Sauverand :

«Causons.»

La pièce où ils se trouvaient, étant de dimensions restreintes, les rapprochait les uns des autres, de telle sorte que don Luis avait la sensation de toucher presque à cet homme qu'il exécrait jusqu'au plus profond de son âme.

Un mètre à peine séparait leurs deux chaises. Une table longue, couverte de livres, se dressait entre eux et la fenêtre, dont l'embrasure, percée à travers le mur très épais, formait un recoin comme dans les vieilles demeures.

Florence avait un peu tourné son fauteuil, et don Luis discernait mal son visage, que la lumière n'éclairait pas. Mais il voyait en plein celui de Gaston Sauverand, et il l'observait avec une curiosité ardente et une colère qui s'avivait au spectacle des traits, jeunes encore, de la bouche expressive, des yeux intelligents et beaux malgré la dureté du regard.

«Eh bien, quoi, parlez! fit don Luis d'un ton impérieux. J'ai accepté une trêve entre nous, mais une trêve momentanée, le temps de dire les paroles nécessaires. Avez-vous peur, maintenant ? Regrettez-vous votre démarche ? »

L'homme eut un calme sourire et prononça :

« Je n'ai peur de rien, et je ne regrette pas d'être venu, car j'ai le pressentiment très net que nous pouvons, que nous devons nous entendre.

— Nous entendre ! protesta don Luis avec un haut-le-corps.

— Pourquoi pas ?

— Un pacte ! un pacte d'alliance entre vous et moi !

— Pourquoi pas, c'est une idée que j'ai eue déjà plusieurs fois, qui s'est précisée tout à l'heure dans le couloir de l'instruction, et qui m'a conquis définitivement lorsque j'ai lu la reproduction de votre note dans l'édition spéciale de ce journal :

Déclaration sensationnelle de don Luis Perenna, Madame Fauville serait innocente...

Gaston Sauverand se leva de sa chaise à moitié, et, martelant ses paroles, les scandant de gestes secs, il murmura :

« Tout est là, monsieur, dans ces quatre mots : *Madame Fauville est innocente.* Ces quatre mots, que vous avez écrits, que vous avez prononcés publiquement et solennellement, sont-ils l'expression même de votre pensée ? Croyez-vous, maintenant, et de toute votre foi, à l'innocence de Marie-Anne Fauville ? »

Don Luis haussa les épaules.

« Eh ! mon Dieu, l'innocence de Mme Fauville n'a rien à faire ici. Il ne s'agit pas d'elle, mais de vous, de vous deux et de moi. Donc droit au but, et le plus vite possible. C'est votre intérêt, plus encore que le mien.

— Notre intérêt ? »

Don Luis s'écria :

« Vous oubliez le troisième sous-titre de l'article... Je n'ai pas proclamé seulement l'innocence de Marie-Anne Fauville. J'ai aussi annoncé... lisez donc :

Arrestation imminente des coupables. »

Sauverand et Florence se levèrent ensemble, d'un même mouvement irréfléchi.

« Et pour vous... les coupables ? demanda Sauverand.

— Dame ! vous les connaissez comme moi. C'est l'homme à la canne d'ébène, qui, tout au moins, ne peut nier le meurtre de l'inspecteur principal Ancenis. Et c'est la complice de tous ses crimes. L'un et l'autre doivent se rappeler leurs tentatives d'assassinat contre moi, le coup de revolver sur le boulevard Suchet, le sabotage de mon automobile suivi de la mort de mon chauffeur... et, hier encore, dans la grange, là-bas, vous savez, la grange où il y a deux squelettes pendus... hier encore, rappelez-vous, la faux, la faux implacable qui fut sur le point de me décapiter.

— Et alors ?

— Alors, dame ! la partie est perdue. Il faut payer sa dette, et il le faut d'autant plus que vous vous êtes jetés stupidement dans la gueule du loup.

— Je ne comprends pas. Qu'est-ce que tout cela veut dire ?

— Cela veut dire simplement que l'on connaît Florence Levasseur, que l'on connaît votre présence ici, que l'hôtel est cerné, et que le sous-chef Weber va venir. »

Sauverand sembla déconcerté par cette menace imprévue. Près de lui, Florence était livide. Une angoisse folle la défigurait. Elle balbutia :

« Oh ! c'est terrible ! non, non, je ne veux pas ! »

Et, se précipitant sur don Luis :

« Lâche ! Lâche ! c'est vous qui nous livrez ! Lâche ! Ah je savais bien que vous étiez capable de toutes les trahisons! Vous êtes là, comme un bourreau... Ah! quelle infamie! Quelle lâcheté!»

Épuisée, elle tomba assise. Elle sanglotait, une de ses mains contre son visage.

Don Luis se détourna. Chose bizarre, il n'éprouvait aucune pitié, et les larmes de la jeune fille, de même que ses injures, ne le remuaient pas plus que s'il n'eût jamais aimé Florence. Il fut heureux de cette libération. L'horreur qu'elle lui inspirait avait tué tout amour.

Mais, étant revenu devant eux après avoir fait quelques pas à travers la pièce, il s'aperçut qu'ils se tenaient par la main, comme deux amis en détresse qui se soutiennent, et, repris d'un brusque mouvement de haine, subitement hors de lui, il empoigna le bras de l'homme.

«Je vous défends... De quel droit?... Est-ce votre femme? Votre maîtresse? Alors, n'est-ce pas?...»

Sa voix s'embarrassait. Lui-même sentait l'étrangeté de cet accès furieux, où se révélait soudain, dans toute sa force et dans tout son aveuglement, une passion qu'il croyait à jamais éteinte. Et il rougit, car Gaston Sauverand le regardait avec stupeur, et il ne douta pas que l'ennemi n'eût percé son secret.

Un long silence suivit, durant lequel il rencontra les yeux de Florence, des yeux hostiles, pleins de révolte et de dédain. Avait-elle deviné, elle aussi?

Il n'osa plus dire un seul mot. Il attendit l'explication de Sauverand.

Et, dans cette attente, ne songeant ni aux révélations qui allaient se produire, ni aux problèmes redoutables dont il allait enfin connaître la solution, ni aux événements tragiques qui se préparaient, il pensait uniquement, et avec quelle fièvre! avec quelle palpitation de tout son être! à ce qu'il était sur le point de savoir sur Florence, sur les sentiments de la jeune fille, sur son passé, sur son amour pour Sauverand. Cela seul l'intéressait.

«Soit, dit Sauverand. Je suis pris. Que le destin

s'accomplisse ! Cependant, puis-je vous parler ? Je n'ai plus maintenant d'autre désir que celui-là.

— Parlez, répondit-il. Cette porte est close. Je ne l'ouvrirai que quand il me plaira. Parlez.

— Je le ferai brièvement, dit Gaston Sauverand ; d'ailleurs, ce que je sais est peu de chose. Je ne vous demande pas de le croire, mais d'écouter comme s'il était possible que je pusse dire la vérité, l'entière vérité. »

Et il s'exprima en ces termes :

« Je n'avais jamais rencontré Hippolyte Fauville et Marie-Anne, avec qui, cependant, j'étais en correspondance — vous vous rappelez que nous sommes cousins — lorsque le hasard nous mit en présence. il y a quelques années, à Palerme, où ils passaient l'hiver pendant que l'on construisait leur nouvel hôtel du boulevard Suchet. Nous vécûmes cinq mois ensemble, nous voyant chaque jour. Hippolyte et Marie-Anne ne s'entendaient pas très bien. Un soir, à la suite de querelles plus violentes, je la surpris qui pleurait. Bouleversé par ses larmes, je ne pus retenir mon secret. Depuis le premier instant de notre rencontre, j'aimais Marie-Anne... Je devais l'aimer toujours, et de plus en plus.

— Vous mentez ! s'écria don Luis, incapable de se contenir. Hier, dans le train qui vous ramenait d'Alençon, Je vous ai vus tous les deux... »

Gaston Sauverand observa Florence. Elle se taisait, les poings à la figure, ses coudes sur les genoux. Sans répondre à l'exclamation de don Luis, il continua :

« Marie-Anne, elle aussi, m'aimait. Elle me l'avoua, mais en me faisant jurer que je n'essaierais jamais d'obtenir d'elle plus que ne doit accorder l'amitié la plus pure. Je tins mon serment. Nous eûmes alors quelques semaines de bonheur incomparable. Hippolyte Fauville, qui s'était amouraché d'une chanteuse de concert public, faisait de longues absences. Je m'occupais beaucoup de l'éducation physique du petit Edmond, dont la santé laissait à désirer. Et nous avions, en outre, auprès de nous, entre nous, la meilleure amie, la conseillère dévouée, affectueuse, qui pansait nos blessures, soutenait notre courage, ranimait notre joie, et qui prêtait à notre amour quelque chose de sa force et de sa noblesse : Florence était là. »

Don Luis sentit battre son cœur plus hâtivement. Non pas qu'il attachât le moindre crédit aux paroles que débitait Gaston Sauverand. Mais, à travers ces paroles, il espérait bien pénétrer au cœur même de la réalité. Peut-être aussi subissait-il, sans le savoir, l'influence de Gaston Sauverand, dont l'apparente franchise et l'intonation sincère lui causaient un certain étonnement.

Sauverand reprit :

« Quinze années plus tôt, mon frère, Raoul Sauverand, recueillait, à Buenos Aires, où il s'était établi, une orpheline, la petite fille d'un ménage de ses amis. À sa mort, il confia l'enfant — elle avait alors quatorze ans —, à une vieille bonne qui m'avait élevé, et qui avait suivi mon frère dans l'Amérique du Sud. La vieille bonne m'amena l'enfant et mourut elle-même d'un accident, quelques jours après son arrivée en France.

« Je conduisis la petite en Italie, chez des amis, où elle travailla et devint... ce qu'elle est. Voulant vivre par ses propres moyens, elle accepta une place d'institutrice dans une famille. Plus tard, je la recommandai à mes cousins Fauville, auprès de qui je la retrouvai à Palerme, gouvernante du petit Edmond, qui l'adorait, et surtout amie, amie dévouée et chérie de Marie-Anne Fauville.

« Elle fut la mienne aussi, à cette heureuse époque, si rayonnante et si courte, hélas ! Notre bonheur, en effet, notre bonheur à tous trois allait sombrer de la façon la plus brusque et la plus stupide. Chaque soir, j'écrivais sur un journal intime la vie quotidienne de mon amour, vie sans événements, sans espérance et sans avenir, mais combien ardente, et combien resplendissante! Marie-Anne y était exaltée comme une déesse. Agenouillé pour écrire, je traçais les litanies de sa beauté, et j'inventais aussi, pauvre revanche de mon imagination, des scènes illusoires où elle me disait les mots qu'elle aurait pu me dire, et me promettait toutes les joies auxquelles nous avions volontairement renoncé.

«Ce journal, Hippolyte Fauville le trouva. Par quel hasard prodigieux, par quelle méchanceté sournoise du destin, je ne sais, mais il le trouva.

«Sa colère fut terrible. Il voulait d'abord chasser Marie-Anne. Mais, devant l'attitude de sa femme, devant les preuves qu'elle lui donna de son innocence, devant la volonté inflexible qu'elle manifesta de ne pas divorcer et la promesse qu'elle lui fit de ne jamais me revoir, il se calma.

«Moi, je partis, la mort dans l'âme. Florence, renvoyée, partit également. Jamais plus, vous entendez, jamais plus depuis cette heure fatale, je n'échangeai une seule parole avec Marie-Anne. Mais un amour indestructible nous unissait. Ni la séparation, ni le temps n'en devait atténuer la puissance.»

Il s'arrêta un moment, comme pour lire sur le visage de don Luis l'effet que provoquait son récit. Don Luis ne cachait pas son attention anxieuse. Ce qui l'étonnait le plus, c'était le calme inouï de Gaston Sauverand, l'expression tranquille de ses yeux, l'aisance avec laquelle il exposait, sans hâte, presque lentement, et d'une manière si simple, l'histoire de ce drame intime.

«Quel comédien!» pensa-t-il.

Et, en même temps qu'il pensait cela, il se rappelait que Marie-Anne Fauville lui avait donné la même impression. Devait-il donc revenir à sa conviction première et croire Marie-Anne coupable, comédienne comme son complice, et comédienne comme Florence? Ou bien devait-il attribuer à cet homme une certaine loyauté?

« Et ensuite ? » dit-il.

Sauverand continua :

« Et ensuite, je fus mobilisé dans une ville du Centre.

— Et Mme Fauville?

— Elle habitait à Paris, dans sa nouvelle maison, il n'était plus question du passé entre elle et son mari.

— Comment le savez-vous? Elle vous écrivait?

— Non. Marie-Anne est une femme qui ne transige pas avec le devoir, et sa conception du devoir est rigide à l'excès. Jamais elle ne m'écrivit. Mais Florence, qui avait accepté ici, chez le baron Malonesco, votre prédécesseur, une place de secrétaire et de lectrice, Florence recevait souvent dans son pavillon la visite de Marie-Anne. Pas une fois elles ne parlèrent de moi, n'est-ce pas, Florence? Marie-Anne ne l'eût pas permis. Mais toute sa vie et toute son âme, n'est-ce, pas, Florence? n'étaient qu'amour et que souvenir passionné. À la fin, las d'être si loin d'elle, et démobilisé d'ailleurs, je revins à Paris. Ce fut notre perte.

« Il y a de cela un an environ. Je louai un appartement avenue du Roule, et j'y vécus de la façon la plus secrète afin que mon retour ne pût être connu d'Hippolyte Fauville, tellement je craignais que la paix de Marie-Anne ne fût troublée. Seule, Florence était au courant et venait me voir de temps à autre. Je sortais peu, uniquement à la fin du jour, et dans les allées les plus désertes du bois. Mais il arriva ceci — les résolutions les plus héroïques ont leurs défaillances —, il arriva qu'un soir, un mercredi soir, vers onze heures, ma promenade me rapprocha du boulevard Suchet, sans que je m'en rendisse compte, et je passai devant la demeure de Marie-Anne. Et le hasard fit qu'à cette même heure, comme la nuit était belle et chaude, Marie-Anne se trouvait à sa fenêtre. Elle me vit, j'en eus la certitude, et elle me reconnut, et mon bonheur fut tel que mes jambes tremblaient sous moi, tandis que je m'éloignais. Depuis, chaque soirée de mercredi, j'ai passé devant son hôtel, et presque chaque fois Marie-Anne, que sa vie mondaine, la recherche toute naturelle de distractions, et la position de son mari obligeaient pourtant à de fréquentes sorties, presque chaque fois Marie-Anne était là, m'accordant cette joie inespérée et toujours nouvelle.

— Plus vite! hâtez-vous donc! articula don Luis que soulevait le désir d'en savoir davantage. Hâtez-vous. Les faits, tout de suite... Parlez!»

Voilà que, soudain, il avait peur de ne pas entendre la suite de l'explication, et voilà soudain qu'il s'apercevait que les paroles de Gaston Sauverand s'infiltraient en lui comme des paroles qui n'étaient peut-être pas mensongères. Bien qu'il s'efforçât de les combattre, elles étaient plus fortes que ses préventions et victorieuses de ses arguments. La vérité, c'est que, au fond de son âme tourmentée d'amour et de jalousie, quelque chose l'inclinait à croire cet homme dans lequel il n'avait vu jusqu'ici qu'un rival détesté et qui proclamait si hautement, devant Florence elle-même, son amour pour Marie-Anne.

«Hâtez-vous, répéta-t-il, les minutes sont précieuses.»

Sauverand hocha la tête.

«Je ne me hâterai pas. Toutes mes paroles, avant que je me sois résolu à les prononcer, ont été pesées, une à une. Toutes sont indispensables. Aucune d'elles ne peut être omise. Car ce n'est pas dans des faits quelconques, détachés les uns des autres, que vous trouverez la solution du problème, mais dans l'enchaînement de tous ces faits et dans un récit aussi fidèle que possible.

— Pourquoi? Je ne comprends pas...

— Parce que la vérité se trouve cachée dans ce récit.

— Mais cette vérité, c'est votre innocence, n'est-ce pas?

— C'est l'innocence de Marie-Anne.

— Mais puisque je ne la discute pas!

— À quoi cela sert-il si vous ne pouvez pas la prouver?

— Eh! justement, c'est à vous de me donner des preuves!

— Je n'en ai pas.

— Hein?

— Je dis que je n'ai aucune preuve de ce que je vous demande de croire.

— Alors, je ne le croirai pas, s'écria don Luis d'un ton irrité. Non, non, mille fois non! Si vous ne me fournissez pas les preuves les plus convaincantes, je ne croirai pas un seul mot de ce que vous allez dire.

— Vous avez bien cru tout ce que j'ai dit jusqu'ici», répliqua Sauverand avec beaucoup de simplicité.

Don Luis ne protesta pas. Ayant tourné les yeux vers Florence Levasseur, il lui sembla qu'elle le regardait avec moins d'aversion, et comme si elle eût souhaité de toutes ses forces qu'il ne résistât point aux impressions qui l'envahissaient.

Il murmura:

«Continuez.»

Et ce fut vraiment une chose étrange que l'attitude de ces deux hommes, l'un s'expliquant en termes précis et de façon à donner à chaque mot toute sa valeur, l'autre écoutant et pesant chacun de ces mots; tous deux maîtrisant les soubresauts de leur émotion; tous deux aussi calmes en apparence que s'ils eussent cherché la solution philosophique d'un cas de conscience. Ce qui se passait en dehors ne signifiait rien. Ce qui allait survenir ne comptait pas. Avant tout, et quelles que fussent les conséquences de leur inaction, au moment où le cercle des forces policières se refermait autour d'eux, avant tout, il fallait que l'un parlât et que l'autre écoutât.

« Nous arrivons, d'ailleurs, dit Sauverand de sa voix grave, aux événements les plus importants, à ceux dont l'interprétation, nouvelle pour vous, mais strictement conforme à la vérité, vous démontrera notre bonne foi. La malchance m'ayant mis sur le chemin d'Hippolyte Fauville, au cours d'une de mes promenades au Bois, par prudence je changeai de domicile et m'installai dans la petite maison du boulevard Richard-Wallace, où Florence vint me voir plusieurs fois. J'eus même la précaution de supprimer ces visites, et, en outre, de ne plus correspondre avec elle que par l'intermédiaire de la poste restante. J'étais donc tout à fait tranquille. Je travaillais dans la solitude la plus complète et en pleine sécurité. Je ne m'attendais à rien. Aucun péril, aucune possibilité de péril ne nous menaçait. Et je puis dire, selon l'expression la plus banale et la plus juste, que c'est dans un ciel absolument pur que le coup de tonnerre éclata. J'appris à la fois, lorsque le préfet de police et ses agents firent irruption chez moi et procédèrent à mon arrestation, j'appris à la fois l'assassinat d'Hippolyte Fauville, l'assassinat d'Edmond, et l'arrestation de ma bien-aimée Marie-Anne.

— Impossible, s'écria don Luis, de nouveau agressif et courroucé. Impossible ! ces faits étaient déjà vieux de quinze jours. Je ne puis admettre que vous ne les ayez pas connus.

— Par qui ?

— Par les journaux ! et plus certainement encore, par mademoiselle », s'exclama don Luis en désignant la jeune fille.

Sauverand affirma :

« Par les journaux ? Je ne les lisais jamais. Quoi !

214

Est-ce donc inadmissible ? Est-ce une obligation, une nécessité inéluctable que de perdre chaque jour une demi-heure à parcourir les inepties de la politique et les ignominies des faits divers ? Et ne pouvons-nous imaginer un homme qui ne lise que des revues ou des brochures scientifiques ? Le fait est rare, soit, mais la rareté d'un fait ne prouve rien contre ce fait.

« D'un autre côté, le matin même du crime, j'avais averti Florence que je partais en voyage pour trois semaines, et je lui dis adieu. Au dernier moment, je changeai d'avis. Mais elle l'ignora, et me croyant parti, ne sachant où j'étais, elle ne put me prévenir ni du crime, ni de l'arrestation de Marie-Anne, ni plus tard, lorsque l'on accusa l'homme à la canne d'ébène, des recherches dirigées contre moi.

— Eh ! justement, déclara don Luis, Vous ne pouvez pas prétendre que l'homme à la canne d'ébène, que l'individu qui suivit l'inspecteur Vérot jusqu'au Café du Pont-Neuf et qui lui déroba la lettre...

— Je ne suis pas cet homme-là », interrompit Sauverand.

Et, comme don Luis haussait les épaules, il insista, sur un ton plus énergique :

« Je ne suis pas cet homme-là. Il y a dans tout ceci une erreur inexplicable, mais je n'ai jamais mis les pieds au Café du Pont-Neuf. Je vous le jure. Il faut que vous acceptiez cette déclaration comme rigoureusement vraie. Elle est, d'ailleurs, en concordance absolue avec la vie de retraite que je menais par nécessité et par goût. Et, je le répète, je ne savais rien. Le coup de tonnerre fut inattendu. Et c'est précisément pour cela, comprenez-le, que le choc produisit en moi une réaction inattendue, un état d'âme en opposition absolue avec ma nature véritable, un déchaînement de mes instincts les plus sauvages et les plus primitifs. Pensez donc, monsieur, on avait touché à ce que j'ai de plus sacré au monde : Marie-Anne était en prison ! Marie-Anne était accusée d'un double assassinat ! Je devins fou. Me dominant d'abord, jouant la comédie avec le préfet de police, puis renversant tous les obstacles, abattant l'inspecteur principal Ancenis, me débarrassant du brigadier Mazeroux, sautant par la fenêtre, je n'avais qu'une idée : m'enfuir. Une fois libre, je sauverais Marie-Anne. Des gens me barraient le chemin ? Tant pis pour eux. De quel droit ces gens avaient-ils osé s'attaquer à la plus pure des femmes ? Je n'ai tué qu'un homme, ce jour-là... j'en aurais tué dix ! j'en aurais tué vingt ! Que m'importait la vie de l'inspecteur principal Ancenis ? Que m'eût importé la vie de tous ces misérables ? Ils se dressaient entre Marie-Anne et moi. Et Marie-Anne était en prison ! »

Gaston Sauverand fit un effort qui contracta tous les muscles de son visage, pour recouvrer un sang-froid qui l'abandonnait peu à peu. Il y réussit, mais sa voix, malgré tout, resta plus frémissante, et la fièvre dont il était dévoré le secouait de tremblements qu'il ne parvenait pas à dissimuler.

Il continua :

« Au coin de la rue par où je venais de tourner après avoir distancé, sur le boulevard Richard-Wallace, les agents du préfet, et alors que je pouvais me croire perdu, Florence me sauva. Florence savait tout, elle, depuis quinze jours. Le lendemain même du double assassinat, elle l'apprenait par les journaux, par ces journaux qu'elle lisait à vos côtés, et que vous commentiez, que vous discutiez devant elle. Et c'est auprès de vous, c'est en vous écoutant, qu'elle acquit cette opinion, que les événements, d'ailleurs, contribuaient tous à lui donner : l'ennemi, le seul ennemi de Marie-Anne, c'était vous.

— Mais pourquoi ? pourquoi ?

— Parce qu'elle vous voyait agir, s'exclama

Sauverand avec force, parce que vous aviez intérêt plus que toute autre personne à ce que Marie-Anne d'abord, puis moi dans la suite, ne fussions pas entre vous et l'héritage Mornington, et enfin...

— Et enfin... »

Gaston Sauverand hésita, puis nettement :

« Et enfin, parce qu'elle connaissait, à n'en pas douter, votre vrai nom, et que, suivant elle, Arsène Lupin est capable de tout. »

Il y eut un silence, et combien poignant, le silence, en une pareille minute ! Florence demeurait impassible sous le regard de don Luis Perenna, et, sur ce visage hermétiquement clos, il ne pouvait discerner aucune des émotions qui la devaient agiter.

Gaston Sauverand reprit :

« C'est donc contre Arsène Lupin que Florence, l'amie épouvantée de Marie-Anne, engagea la lutte. C'est pour démasquer Lupin qu'elle écrivit, ou plutôt fit écrire cet article dont vous avez trouvé l'original sous une pelote de ficelle. C'est Lupin qu'elle entendit un matin téléphoner avec le brigadier Mazeroux et se réjouir de mon arrestation imminente. C'est pour me sauver de Lupin qu'elle abattit devant lui, au risque d'un accident, le rideau de fer, et qu'elle se fit conduire en auto à l'angle du boulevard Richard-Wallace, où elle devait arriver trop tard pour me prévenir, puisque les policiers avaient déjà envahi ma maison, mais à temps pour me soustraire à leur poursuite.

« Cette idée de défiance à votre égard, cette haine terrifiée, elle me la communiqua instantanément. Durant les vingt minutes que nous employâmes à dépister mes agresseurs. hâtivement, elle me traça les grandes ligues de l'affaire, me dit en quelques mots la part prédominante que vous y preniez, et, sur l'heure, nous préparâmes contre vous une contre-attaque, afin que l'on vous suspectât de complicité. Tandis que j'envoyais un message au préfet de police, Florence rentrait et cachait, sous les coussins de votre divan, le tronçon de canne que j'avais conservé à la main par mégarde. Riposte insuffisante et qui manqua son but. Mais le duel était commencé. Je m'y lançai à corps perdu.

« Monsieur, pour bien comprendre mes actes, il faut vous rappeler qui j'étais.... un homme d'étude, un solitaire, mais aussi un amant passionné. J'aurais vécu toute ma vie dans le travail, ne demandant rien au destin que d'apercevoir Marie-Anne à sa fenêtre, la nuit, de temps à autre. Mais, dès le moment où on la persécutait, un autre homme surgit en moi, un homme d'action, maladroit certes, inexpérimenté, mais décidé à tout, et qui, ne sachant comment sauver Marie-Anne, n'eut pas d'autre but que de supprimer cet ennemi de Marie-Anne, auquel il avait le droit d'attribuer tous les malheurs de celle qu'il aimait.

« Et ce fut la série de mes tentatives contre vous. Introduit dans votre hôtel, caché dans l'appartement même de Florence, j'essayai — à son insu, cela je vous le jure —, j'essayai de vous empoisonner. Les reproches, la révolte de Florence devant un pareil acte m'eussent peut-être fléchi, mais, je vous le répète, j'étais fou, oui, absolument fou, et votre mort me paraissait le salut même de Marie-Anne. Et, un matin, sur le boulevard Suchet, où je vous avais suivi, je vous envoyai un coup de revolver. Et le même soir, votre automobile vous emmenait à la mort, ainsi que le brigadier Mazeroux, votre complice.

« Cette fois encore, vous alliez échapper à ma vengeance. Mais un innocent, le chauffeur qui conduisait, payait pour vous, et le désespoir de Florence fut tel que je dus céder à ses prières et désarmer. Moi-même, d'ailleurs, terrifié de ce que j'avais fait, obsédé par le souvenir de mes deux victimes, je changeai de plan et ne pensai qu'à sauver Marie-Anne, en préparant son évasion.

« Je suis riche. Je versai de l'argent aux gardiens de sa prison, sans toutefois découvrir mes projets. Je nouai des intelligences avec les fournisseurs et avec le personnel de l'infirmerie. Et, chaque jour, m'étant procuré une carte de rédacteur judiciaire, j'allais au Palais de justice et dans le couloir des juges d'instruction où j'espérais rencontrer Marie-Anne et l'encourager d'un regard, d'un geste, peut-être lui glisser quelques mots de réconfort.

« Son martyre continuait, en effet. Par cette mystérieuse affaire des lettres d'Hippolyte Fauville, vous lui portiez le coup le plus terrible. Que signifiaient ces lettres ? D'où provenaient-elles ? N'avait-on pas le droit de vous attribuer toute cette machination, à vous qui les versiez dans l'effroyable débat ? Florence vous surveillait, nuit et jour, pouvait-on dire. Nous cherchions un indice, une lueur qui nous permît de voir un peu plus clair.

« Or, hier matin, Florence aperçut le brigadier Mazeroux. Elle ne put entendre ce qu'il vous confiait. Mais elle surprit le nom du sieur Langernault, et le nom de Formigny, le village où il habitait. Langernault ! Elle se souvint de cet ancien ami d'Hippolyte Fauville. N'était-ce pas à lui que les lettres avaient été écrites, et n'était-ce pas à sa recherche que vous partiez en auto avec le brigadier Mazeroux ?

« Une demi-heure plus tard, désireux nous aussi de faire notre enquête, nous prenions le train d'Alençon. De la gare, une voiture nous conduisit aux alentours de Formigny, où nous fîmes notre enquête avec le plus de circonspection possible. Après avoir appris ce que vous devez savoir également, la mort du sieur Langernault, nous résolûmes de visiter sa demeure, et nous avions réussi à y pénétrer, lorsque soudain Florence vous avisa dans le parc. Voulant à tout prix éviter une rencontre entre vous et moi, elle m'entraîna à travers la pelouse et derrière les massifs. Vous nous suiviez cependant, et comme une grange s'offrait, elle poussa une des portes, qui s'entrebâilla et nous livra passage. Rapidement, dans l'ombre, nous parvînmes à passer au milieu de fouillis et à monter, par une échelle que nous heurtâmes, à une soupente qui nous servit de refuge. Au même moment, vous entriez.

«Vous savez la suite, votre découverte des deux pendus, votre attention attirée vers nous par un geste imprudent de Florence, votre attaque, à laquelle je ripostai en brandissant la première arme que le hasard me fournît, et finalement, sous le feu de votre revolver, notre fuite par la lucarne. Nous étions libres. Mais le soir, dans le train, Florence eut un évanouissement. En la soignant, je constatai qu'une de vos balles l'avait blessée à l'épaule, blessure légère et dont elle ne souffrait pas, mais qui aggravait l'extrême tension de ses nerf. Quand vous nous avez vus — à la station du Mans, n'est-ce pas? —, elle dormait, la tête appuyée sur mon épaule.»

Pas une fois don Luis n'avait interrompu ce récit, fait d'une voix de plus en plus frémissante, et qu'animait un souffle de vérité profonde. Par un effort d'attention prodigieux, il enregistrait dans son esprit les moindres mots et les moindres gestes de Sauverand. Et, au fur et à mesure que ces mots étaient prononcés et ces gestes accomplis, il avait l'impression que, à côté de la vraie Florence, se levait parfois en lui une autre femme, délivrée de toute la fange et de toute l'ignominie dont il l'avait salie sur la foi des événements.

Et cependant, il ne s'abandonnait pas encore. Florence innocente, était-ce possible? Non, non, le témoignage de ses yeux qui avaient vu, le témoignage de sa raison qui avait jugé, s'accordaient contre une pareille assertion. Il n'admettait pas que Florence différât soudain de ce qu'elle était réellement pour lui: fourbe, sournoise, cruelle, sanguinaire, monstrueuse. Non, non, cet homme mentait avec une infernale habileté. Il présentait les choses avec un tel génie qu'on ne pouvait plus distinguer le faux du vrai, ni séparer la lumière des ténèbres.

Il mentait! Il mentait! mais néanmoins, quelle douceur dans ce mensonge! Comme elle était belle cette Florence imaginaire, cette Florence entraînée par le destin vers des actes qu'elle exécrait, mais pure de tout crime, sans remords, humaine, pitoyable, les yeux clairs et les mains toutes blanches. Et comme c'était bon de se laisser aller à ce rêve chimérique!

Gaston Sauverand épiait le visage de son ancien ennemi. Tout proche de don Luis, sa physionomie illuminée par l'expression de sentiments et de passions qu'il n'essayait plus de contenir, il murmura :

«Vous me croyez, n'est-ce pas?

— Non... non... fit Perenna qui se raidissait contre l'influence de cet homme...

— Il le faut, s'écria Sauverand avec une énergie farouche. Il faut que vous croyiez à la force de mon amour. Il est la cause de tout. Marie-Anne est ma vie. Elle morte, je n'ai plus qu'à mourir. Ah! ce matin, quand j'ai lu dans les journaux que la malheureuse s'était ouvert les veines! Et par votre faute, à la suite de ces lettres accusatrices d'Hippolyte! Ah! ce n'est plus vous égorger que j'aurais voulu, mais vous infliger le plus barbare des supplices. Ma pauvre Marie-Anne, quelle torture elle devait endurer! Comme vous n'étiez pas de retour, toute la matinée, Florence et moi nous avons erré pour avoir de ses nouvelles, autour de la prison d'abord, puis du côté de la Préfecture et du Palais de justice. Et c'est là, dans le couloir de l'instruction, que je vous rencontrai. À ce moment, vous prononciez le nom de Marie-Anne Fauville devant un groupe de journalistes. Et vous leur disiez que

Marie-Anne Fauville était innocente ! Et vous leur donniez communication de votre témoignage en faveur de Marie-Anne !

« Ah ! monsieur, du coup, ma haine tomba. En une seconde l'ennemi devint l'allié, le maître que l'on implore à genoux. Ainsi vous aviez l'audace admirable de répudier toute votre œuvre et de vous consacrer au salut de Marie-Anne ! Je m'enfuis, tout palpitant de joie et d'espoir, et je m'écriai, en rejoignant Florence :

« "Marie-Anne est sauvée. *Il* la proclame innocente. Je veux *le* voir. Je veux *lui* parler."

« Nous revînmes ici. Florence, qui ne désarmait pas, me supplia de ne pas mettre mon projet à exécution avant que votre nouvelle attitude dans l'affaire se fût affirmée par des actes décisifs. Je promis tout ce qu'elle exigea de moi. Mais j'étais résolu. Ma volonté se fortifia encore après la lecture du journal qui publia votre déposition. À tout prix, et sans perdre une heure, je mettrais entre vos mains le sort de Marie-Anne. J'attendis votre retour, et je suis venu. »

Ce n'était pas le même homme qui, au début de l'entretien, faisait montre d'un tel sang-froid. Épuisé par son effort et par une lutte qui durait depuis des semaines, et où il avait dépensé vainement tant d'énergie, il tremblait à présent, et, s'accrochant à don Luis, un de ses genoux sur le fauteuil auprès duquel don Luis se tenait debout, il balbutiait :

« Sauvez-la, je vous en supplie... vous en avez le pouvoir... Oui, vous avez tous les pouvoirs... J'ai appris à vous connaître en vous combattant... C'est plus que votre génie qui vous défendait contre moi, c'est une chance heureuse qui vous protège. Vous êtes différent des autres hommes. Mais tenez, tenez, le fait seul de ne pas m'avoir tué, dès le début, moi qui vous avais poursuivi si férocement, le fait de m'écouter et d'accueillir comme admissible cette vérité inconcevable de notre innocence à tous les trois, mais c'est un miracle inouï! Et pendant que je vous attendais et que je m'apprêtais à vous parler, j'ai eu l'intuition de tout cela! J'ai vu clairement que l'homme qui, sans autre guide que sa raison, criait l'innocence de Marie-Anne, que cet homme-là pouvait seul la sauver, et qu'il la sauverait. Ah! sauvez-la, je vous en conjure... Et sauvez-la dès maintenant. Sinon, dans quelques jours, Marie-Anne aura vécu. Il est impossible qu'elle vive en prison. Vous voyez, elle veut mourir... Aucun obstacle ne l'en empêchera. Est-ce qu'on peut empêcher quelqu'un de se tuer?... Et quelle horreur, si elle mourait!... Ah! s'il faut un coupable à la justice, j'avouerai tout ce qu'on voudra. J'accepterai toutes les charges et je me réjouirai de tous les châtiments, mais que Marie-Anne soit libre! Sauvez-la... Moi, je n'ai pas su... je ne sais pas ce qu'il faut faire... Sauvez-la de la prison et de la mort... Sauvez-la... je vous en prie... sauvez-la!»

Des larmes coulaient sur son visage que tordait l'angoisse. Florence pleurait aussi, courbée en deux. Et Perenna sentit brusquement sourdre en lui l'angoisse la plus terrible.

Bien que, depuis le début de l'entretien, une conviction nouvelle l'envahît peu à peu, ce fut pour ainsi dire subitement qu'il en prit conscience. Subitement il s'avisa que sa foi dans les paroles de Sauverand ne comportait aucune restriction, et que Florence n'était peut-être pas la créature abominable qu'il avait eu le droit d'imaginer, mais une femme dont les yeux ne mentaient pas et dont l'âme et la figure avaient une égale beauté. Subitement il apprit que ces deux êtres-là, ainsi que cette Marie-Anne pour l'amour de qui ils avaient lutté si maladroitement, étaient emprisonnés dans un cercle de fer que leurs efforts ne parviendraient pas à rompre. Et ce cercle tracé par une main inconnue, c'était lui, Perenna, qui l'avait resserré autour d'eux avec l'acharnement le plus implacable.

«Oh! dit-il, pourvu qu'il ne soit pas trop tard!»

Il chancelait sous le choc des sensations et des idées qui l'assaillaient. Tout se heurtait dans son cerveau avec une violence tragique: certitude, joie, épouvante, désespoir, fureur. Il se débattait sous les griffes du cauchemar le plus affreux, et il lui semblait déjà que la main lourde d'un policier se posait sur l'épaule de Florence.

«Allons-nous-en! allons-nous-en! s'écria-t-il en un sursaut d'effroi. C'est de la folie de rester!

— Mais puisque l'hôtel est cerné... objecta Sauverand.

— Et après? Alors vous supposez que je puisse admettre une seconde... Mais non, mais non, voyons. Il faut que nous combattions ensemble. Il y aura certes encore des doutes en moi... Vous les détruirez, et nous sauverons Mme Fauville.

— Mais les agents qui nous entourent?

— On leur passera dessus.

— Le sous-chef Weber?

— Il n'est pas là. Et tant qu'il n'est pas là, je me charge de tout. Allons, suivez-moi, mais d'assez loin. Quand je vous ferai signe, et seulement alors...»

Il tira le verrou et saisit la poignée de la porte. À ce moment quelqu'un frappa.

C'était le maître d'hôtel.

«Eh bien, dit-il, pourquoi me dérange-t-on?

— Le sous-chef de la Sûreté, M. Weber, vient d'arriver, monsieur.»

CHAPITRE X

LA DÉBÂCLE

Certes, don Luis s'attendait à cette éventualité redoutable.

Le coup cependant parut le prendre au dépourvu, et il répéta plusieurs fois :

« Ah ! Weber est là... Weber est là... »

Tout son élan se brisait contre cet obstacle, comme une armée en fuite et presque libérée qui se heurterait aux pentes abruptes d'une montagne.

Weber était là, c'est-à-dire le chef, le maître des ennemis, celui qui organiserait l'attaque et la résistance de telle façon qu'il n'y avait plus rien à espérer.

Weber à la tête de ses agents, c'eût été absurde que de tenter le passage de vive force.

« Vous lui avez ouvert ? demanda-t-il.

— Monsieur ne m'avait pas donné l'ordre de ne pas ouvrir.

— Il est seul ?

— Non, monsieur, le sous-chef est accompagné de six hommes qu'il a laissés dans la cour.

— Et lui ?

— Le sous-chef a voulu monter au premier étage. Il croyait trouver monsieur dans son cabinet de travail.

— Il croit maintenant que je suis avec M. Mazeroux et Mlle Levasseur ?

— Oui, monsieur. »

Perenna réfléchit un instant et reprit :

« Dites-lui que vous ne m'avez pas trouvé et que vous allez me chercher dans l'appartement de Mlle Levasseur. Peut-être vous accompagnera-t-il. Tant mieux. »

Il referma la porte.

La tempête qui venait de le secouer n'avait laissé aucune trace sur son visage, et, maintenant qu'il fallait agir et que tout était perdu, il recouvrait cet admirable sang-froid qui ne l'abandonnait jamais aux minutes décisives.

Il s'approcha de Florence. Elle était très pâle et elle pleurait silencieusement.

Il lui dit :

« Il ne faut pas avoir peur, mademoiselle. Si vous m'obéissez aveuglément, il n'y a rien à craindre. »

Comme elle ne répondait pas, il vit qu'elle se défiait toujours, et il pensa, presque avec joie, qu'il l'obligerait à croire en lui.

« Écoutez-moi, dit-il à Sauverand. Au cas, possible après tout, où je ne réussirais pas, il y a plusieurs points encore qu'il me faut éclaircir.

— Lesquels ? » fit Sauverand dont le calme ne s'était pas démenti.

Alors, contraignant à l'ordre et à la discipline les idées qui s'entrechoquaient dans son cerveau, posément, afin de ne rien oublier et de ne dire cependant que les mots essentiels, don Luis demanda :

« Le matin du crime, tandis qu'un homme porteur d'une canne d'ébène et répondant à votre signalement, pénétrait dans le Café du Pont-Neuf à la suite de l'inspecteur Vérot, où étiez-vous ?

— Chez moi.

— Vous êtes sûr de n'être pas sorti ?

— Absolument sûr, et sûr également de n'avoir jamais été au Café du Pont-Neuf, dont j'ignorais même l'existence.

— Bien. Autre chose. Pourquoi, lorsque vous avez eu connaissance de toute cette affaire, pourquoi ne vous êtes-vous pas rendu chez le préfet de police ou chez le juge d'instruction ? Il eût été plus simple de vous livrer et de dire l'exacte vérité, plutôt que d'engager cette lutte inégale.

— Je fus sur le point d'agir ainsi. Mais tout de suite je compris que la machination ourdie contre moi était si habile que le simple récit de la vérité ne suffirait pas à convaincre la justice. On ne m'eût pas cru. Quelle preuve pouvais-je fournir? Aucune... tandis que, au contraire, les preuves qui nous accablaient étaient de celles auxquelles on ne peut pas répondre... L'empreinte de ses dents ne démontrait-elle pas la culpabilité certaine de Marie-Anne? Et, d'autre part, mon silence, ma fuite, le meurtre de l'inspecteur principal Ancenis, n'étaient-ce pas autant de crimes? Non, pour secourir Marie-Anne, il fallait rester libre.

— Mais elle eût pu parler, elle?

— Raconter notre amour? Outre qu'une pudeur toute féminine a dû l'en empêcher, à quoi cela eût-il servi? C'était, au contraire, donner plus de force à l'accusation. Et c'est justement ce qui arriva le jour où les lettres d'Hippolyte Fauville, jetées dans le débat, une à une, révélèrent à la justice le motif encore inconnu des crimes que l'on nous imputait. *Nous nous aimions.*

— Ces lettres, comment les expliquez-vous?

— Je ne les explique pas. Nous ignorions la jalousie de Fauville. Il la tenait secrète. Et, d'autre part, pourquoi se défiait-il de nous? Qui a pu lui mettre dans la tête que nous voulions le tuer? D'où proviennent ses terreurs, ses cauchemars? Mystère. Il possédait des lettres de nous, a-t-il écrit. Quelles lettres?

— Et les empreintes des dents, ces empreintes qui furent incontestablement laissées par Mme Fauville?

— Je ne sais pas. Tout cela est incompréhensible.

— Vous ne savez pas non plus ce qu'elle a pu faire à la sortie de l'Opéra, entre minuit et deux heures du matin?

— Non. Il est évident qu'elle a été attirée dans

un piège. Mais comment ? Par qui ? Et pourquoi ne dit-elle pas ce qu'elle a fait ? Mystère.

— Ce soir-là, le soir du crime. vous avez été remarqué à la gare d'Auteuil. Qu'y faisiez-vous ?

— J'allais sur le boulevard Suchet, et je suis passé sous les fenêtres de Marie-Anne. Rappelez-vous que c'était un mercredi. J'y suis revenu le mercredi d'après, et, toujours ignorant du drame et de l'arrestation de Marie-Anne, j'y suis revenu le deuxième mercredi, le soir précisément où vous avez découvert mon domicile, et où vous m'avez dénoncé au brigadier Mazeroux.

— Autre chose. Connaissiez-vous l'héritage Mornington ?

— Non, et Florence non plus, et nous avons tout lieu de penser que Marie-Anne et que son mari ne le connaissaient pas davantage.

— Cette grange de Formigny, c'était la première fois que vous y entriez ?

— La première fois, et notre stupeur devant les deux squelettes accrochés à la poutre fut égale à la vôtre. »

Don Luis se tut. Il chercha quelques secondes encore s'il n'avait pas une autre question à poser. Puis il dit :

« C'est tout ce que je voulais savoir. De votre côté, êtes-vous sûr que toutes les paroles nécessaires aient été prononcées ?

— Oui.

— La minute est grave. Il est possible que nous ne puissions pas nous revoir. Or, vous ne m'avez donné aucune preuve de vos affirmations.

— Je vous ai donné la vérité. À un homme comme vous, la vérité suffit. Pour moi, je suis vaincu. J'abandonne la lutte, ou plutôt je me soumets à vos ordres. Sauvez Marie-Anne.

— Je vous sauverai tous les trois, fit Perenna. C'est demain soir que doit apparaître la quatrième des lettres mystérieuses, ce qui nous donne tout le temps nécessaire pour nous concerter et pour étudier l'affaire à fond. Et, demain soir, j'irai là-bas et, avec les nouveaux éléments de vérité que nous aurons réunis, je trouverai la preuve de votre innocence à tous trois. L'essentiel, c'est d'assister à cette réunion du 25 mai,

— Ne pensez qu'à Marie-Anne, je vous en supplie. Sacrifiez-moi, s'il le faut. Sacrifiez même Florence. Je parle en son nom comme au mien en vous disant qu'il vaut mieux nous abandonner que de compromettre la plus petite chance de réussite.

— Je vous sauverai tous les trois », répéta don Luis.

Il entrebâilla la porte et, après avoir écouté, il leur dit :

« Ne bougez pas. Et n'ouvrez à personne, sous aucun prétexte, avant que je ne vienne vous rechercher. D'ailleurs je ne tarderai pas. »

Il referma la porte a double tour et descendit au premier étage. Il n'éprouvait pas cette allégresse qui le soulevait d'ordinaire aux approches des grandes batailles. Car l'enjeu de celle-ci, c'était Florence, et les conséquences d'une défaite lui semblaient pires que la mort.

Par la fenêtre du palier, il avisa les agents qui gardaient la cour. Il en compta six. Et il avisa aussi, à l'une des fenêtres de son cabinet de travail, le sous-chef qui surveillait la cour et se tenait en communication avec ses agents.

« Bigre, pensa-t-il, il est resté au poste. Ce sera dur. Il se défie. Enfin, allons-y. »

Il traversa le premier salon et gagna son cabinet de travail. Weber l'aperçut. Les deux ennemis étaient l'un devant l'autre.

Il y eut quelques secondes de silence avant que le duel ne s'engageât, duel qui ne pouvait être que rapide, serré, sans la moindre défaillance et sans la moindre distraction. En trois minutes il fallait que ce fût terminé.

La figure du sous-chef exprimait une joie mêlée d'inquiétude. Pour la première fois il avait la permission, il avait l'ordre de combattre ce don Luis maudit, contre lequel sa rancune n'avait jamais pu s'assouvir. Et, cela, c'était une volupté d'autant plus grande qu'il avait tous les atouts en main et que don Luis, en défendant Florence Levasseur et en maquillant le portrait de la jeune fille, s'était mis dans son tort. Mais, d'autre part, Weber n'oubliait pas que don Luis n'était autre qu'Arsène Lupin, et cette considération lui inspirait un certain malaise. Visiblement il pensait :

« La plus petite gaffe, et je suis réglé. »

Il engagea le fer, en plaisantant.

« D'après ce que je vois, vous n'étiez pas dans le pavillon de Mlle Levasseur, comme le prétendait votre domestique.

— Mon domestique a parlé selon mes instructions. J'étais dans ma chambre, là au-dessus. Mais, avant de descendre, je voulais en finir.

— Et c'est fait ?

— C'est fait. Florence Levasseur et Gaston Sauverand sont chez moi, ficelés et bâillonnés. Vous n'avez qu'à en prendre livraison.

— Gaston Sauverand ! s'écria Weber. C'était donc bien lui qu'on a vu entrer ?

— Oui. Il habitait tout simplement chez Florence Levasseur, dont il est l'amant.

— Ah ! ah ! dit le sous-chef d'un ton goguenard, son amant !

— Oui, et quand le brigadier Mazeroux a fait venir Florence Levasseur dans sa chambre pour l'interroger loin des domestiques, Sauverand, prévoyant l'arrestation de sa maîtresse, a eu l'audace de nous rejoindre. Il voulait l'arracher à nos mains.

— Et vous l'avez maté ?

— Oui. »

Il était clair que le sous-chef ne croyait pas un

seul mot de l'histoire. Il savait, par M. Desmalions et par Mazeroux, que don Luis aimait Florence, et don Luis n'était pas homme à livrer, même par jalousie, une femme qu'il aimait. Il redoubla d'attention.

«Voilà de la bonne besogne, dit-il. Conduisez-moi dans votre chambre. La lutte a été dure?

— Pas trop. J'ai pu désarmer le bandit. Mazeroux cependant a été atteint au pouce d'un coup de poignard.

— Rien de sérieux?

— Oh! non, il est allé se faire soigner à la pharmacie voisine.»

Le sous-chef s'arrêta, très surpris.

«Comment! Mazeroux n'est pas avec les deux prisonniers dans votre chambre?

— Je ne vous ai jamais dit qu'il y fût.

— Non, mais votre domestique...

— Mon domestique a commis une erreur. Mazeroux est sorti quelques minutes avant votre arrivée.

— C'est bizarre, dit Weber en observant don Luis, tous mes agents le croient ici. Ils ne l'ont pas vu sortir.

— Ils ne l'ont pas vu sortir? répéta don Luis affectant l'inquiétude. Mais alors où serait-il? Il m'a pourtant bien dit qu'il voulait se faire panser.»

Le sous-chef se défiait de Plus en plus. Évidemment Perenna voulait se débarrasser de lui en l'envoyant à la recherche du brigadier.

«Je vais dépêcher un de mes agents, dit-il. La pharmacie est proche?

— À côté, rue de Bourgogne. D'ailleurs on peut téléphoner.

— Ah! on peut téléphoner», murmura le sous-chef.

Il n'y comprenait plus rien. Il avait l'air d'un homme qui ne sait pas ce qui va lui tomber sur la tête. Lentement, il se dirigea vers le téléphone, tout en barrant la route à don Luis de façon à ce qu'il ne pût s'échapper.

Don Luis recula donc jusqu'à l'appareil, comme si on l'y avait forcé, d'une main décrocha le récepteur, et tandis qu'il appelait:

« Allô... allô... Saxe 24-09... »

De l'autre main, appuyée contre le mur, il coupait un des fils à l'aide d'une petite pince qu'il avait eu soin de prendre sur la table.

« Allô... le 24-09... C'est le pharmacien? Allô... Le brigadier Mazeroux, de la Sûreté, est chez vous, n'est-ce pas? Hein? Quoi? Qu'est-ce que vous dites? Mais c'est horrible! Vous êtes certain? La blessure est empoisonnée? »

D'un mouvement irréfléchi, le sous-chef poussa don Luis, qui fut ainsi, comme il l'avait voulu, rejeté contre la boiserie, et au-dessous même du rideau de fer. Weber empoigna le récepteur. Cette idée de la blessure empoisonnée le bouleversait.

« Allô... allô... cria-t-il en surveillant don Luis et en lui ordonnant, d'un geste, de ne pas s'éloigner... allô... Eh bien quoi? Je suis le sous-chef Weber, de la Sûreté... Allô... Ainsi, le brigadier Mazeroux... Allô... mais parlez donc, crédieu!... »

Brusquement il lâcha l'appareil, regarda les fils, aperçut la coupure et, se retournant, montra un visage qui exprimait très nettement cette pensée:

« Ça y est. Je suis roulé. »

Perenna se tenait à trois pas en arrière de lui, nonchalamment appuyé contre la boiserie de la baie, et sa main gauche passée entre son dos et cette boiserie.

Il souriait. Il souriait avec gentillesse, avec une bonhomie cordiale.

« Bouge pas! » dit-il en lui faisant signe de la main droite.

Weber ne bougea pas, plus effrayé par ce sourire qu'il ne l'eût été par des menaces.

« Bouge pas, répéta don Luis d'une voix ineffable. Et surtout ne crains rien... Il n'y aura pas de bobo. Cinq minutes seulement de cachot noir pour le petit garçon qui n'a pas été sage. Tu es prêt? Une, deux, trois, crac!»

Il s'effaça un peu et pressa du doigt le bouton qui commandait le rideau de fer. La lourde plaque tomba. Le sous-chef était prisonnier.

«Deux cents millions qui tombent, ricana don Luis. Le coup est joli, mais un peu cher. Adieu l'héritage Mornington! Adieu! don Luis Perenna! Et maintenant, brave Lupin, si tu ne veux pas que Weber prenne sa revanche, fiche le camp, et en bon ordre. Une deusse, une deusse... paille, foin...»

Tout en parlant, il fermait à clef, de l'intérieur, la porte à deux battants qui donnait du premier salon sur l'antichambre du premier étage, puis, revenant dans son cabinet de travail, il fermait la porte qui donnait de cette pièce dans le salon.

À ce moment, le sous-chef frappait le rideau de fer à coups redoublés et appelait de telle façon que l'on devait l'entendre de dehors par la fenêtre ouverte.

«Vous ne faites pas encore assez de bruit, sous-chef», cria don Luis.

Il prit son revolver et tira trois balles dont une cassa l'un des carreaux. Puis, rapidement, il sortit de son cabinet de travail par une petite porte massive qu'il ferma soigneusement à clef. Il se trouvait dans un couloir de dégagement qui contournait les deux pièces et aboutissait à une autre porte donnant sur l'antichambre.

Il ouvrit cette autre porte toute grande et put ainsi se cacher derrière le battant.

Déjà, attirés par les détonations et par le bruit, les agents envahissaient le vestibule et l'escalier. Quand ils arrivèrent au premier étage et qu'ils eurent traversé l'antichambre, la porte du salon étant close, une seule issue s'offrait à eux, le couloir, le couloir au bout duquel retentissaient les appels du sous-chef. Ils s'y engouffrèrent tous les six.

Lorsque le dernier eut disparu après le tournant, don Luis rabattit doucement la porte qui le dissimulait et la ferma comme les autres. De même que le sous-chef, les six agents étaient prisonniers.

« Embouteillés, murmura don Luis. Il leur faudra bien cinq minutes pour se rendre compte de la situation, pour se cogner aux portes closes, et pour en démolir une. Dans cinq minutes, nous serons loin. »

Il rencontra deux de ses domestiques qui accouraient effarés, le chauffeur et le maître d'hôtel. Il leur jeta deux billets de mille francs, et il dit au chauffeur :

« Mets le moteur en marche, l'artiste. Et personne autour de la voiture pour me barrer le chemin. Deux mille francs de plus à chacun si je peux prendre le large en auto. Mais oui, c'est comme ça, ne faites pas cette tête d'abrutis. Deux mille francs. C'est à vous de les gagner. Au galop, messieurs. »

Lui-même, sans trop se presser, toujours maître de lui, escalada le second étage. Mais aux dernières marches, une telle joie le secouait qu'il s'exclama :

« Victoire ! la route est libre. »

La porte de la petite pièce se trouvait en face.

Il l'ouvrit en répétant :

« Victoire ! Mais pas une seconde à perdre. Suivez-moi. »

Il entra.

Un juron s'étrangla dans sa gorge.

La pièce était vide.

« Quoi ! balbutia-t-il... Qu'est-ce que cela signifie ?... Ils sont partis... Florence... »

Certes, si invraisemblable que fût l'hypothèse, il avait supposé jusqu'ici que Sauverand possédait une fausse clef de la serrure. Mais comment avaient-ils pu s'enfuir tous deux, au milieu des agents ? Il regarda autour de lui. Et, tout de suite, il comprit. Dans le renfoncement où se trouvait la fenêtre, la partie basse du mur, qui formait comme un coffre très large au-dessous de la croisée, avait sa boiserie supérieure soulevée et appuyée contre les carreaux, précisément comme le couvercle d'un coffre. Et, à l'intérieur du coffre ouvert, on apercevait les premiers échelons d'un escalier à claire-voie, très étroit, et qui descendait...

En une seconde, don Luis évoqua toute l'aventure d'autrefois, l'aïeule de son prédécesseur le comte Malonesco, cachée dans le vieil hôtel de la famille, échappant aux recherches des perquisiteurs et vivant ainsi durant la tourmente révolutionnaire. Tout s'expliquait. Un passage, pratiqué dans l'épaisseur même du mur, conduisait à quelque issue lointaine. Et c'est ainsi que Florence allait et venait à travers l'hôtel, et que Gaston Sauverand entrait et sortait en toute sécurité. Et c'est ainsi que l'un et l'autre pouvaient pénétrer dans sa chambre et surprendre ses secrets.

« Pourquoi ne m'avoir rien dit ? se demanda-t-il. Un reste de défiance, sans doute... »

Mais, sur la table, un papier attira ses yeux. D'une main fébrile, Gaston Sauverand avait tracé ces lignes :

Nous tentons de fuir pour ne pas vous compromettre. Si nous sommes pris, tant pis. L'essentiel, c'est que vous soyez libre. Tout notre espoir est en vous.

Sous ces lignes, il y avait deux mots, écrits par Florence :

Sauvez Marie-Anne.

« Ah ! murmura-t-il, déconcerté par ce dénouement, et ne sachant à quelle décision s'arrêter, pourquoi ne m'ont-ils pas obéi ? Nous voilà séparés, maintenant… »

En bas, les policiers démolissaient la porte du couloir où ils étaient emprisonnés. Avant qu'ils n'y eussent réussi, peut-être avait-il encore le temps de gagner son auto ? Néanmoins, il préféra suivre le même chemin que Florence et que Sauverand, ce qui lui donnait l'espoir de les retrouver et de les secourir en cas de péril.

Donc, enjambant le rebord du coffre, il mit le pied sur l'échelon supérieur et descendit.

Une vingtaine de barreaux le conduisirent au milieu du premier étage. Là, à la lueur de sa lanterne électrique, il s'engagea dans une sorte de tunnel en voûte, très bas, creusé, comme il le pensait, dans la muraille, et si peu large que l'on ne pouvait avancer qu'en tenant les épaules de biais.

Trente mètres plus loin, il y eut un coude à angle droit, puis, au bout d'un autre tunnel, aussi long, une trappe qui était ouverte et où apparaissaient les échelons d'un autre escalier. Il ne douta pas que les fugitifs n'eussent passé par là. En bas, une clarté l'accueillit. Il se trouvait dans un placard également ouvert, et que des rideaux, actuellement écartés, devaient recouvrir en temps ordinaire. Ce placard dominait un lit, qui remplissait presque l'espace d'une alcôve. Après avoir franchi l'alcôve et gagné la pièce dont elle n'était séparée que par une cloison, à son grand étonnement il reconnut le salon de Florence.

Cette fois, il savait. L'issue, non pas secrète, puisqu'elle aboutissait à la place du Palais-Bourbon, mais très sûre cependant, était celle dont Sauverand usait d'habitude lorsque Florence l'introduisait chez elle. Il traversa donc l'antichambre, descendit quelques marches et, un peu avant l'office, dégringola l'escalier qui menait aux caves de l'hôtel. Dans l'ombre, la porte basse, qui servait au passage des barricades, se reconnaissait à un petit judas grillagé par où filtrait le jour. À tâtons, il trouva la serrure. Tout heureux d'arriver enfin au terme de son expédition, il ouvrit.

«Cré nom d'un chien!» gronda-t-il en sautant en arrière et en se cramponnant à la serrure, qu'il réussit à refermer.

Deux agents de police en uniforme gardaient la sortie, deux agents qui, à son apparition, avaient voulu se jeter sur lui.

D'où venaient-ils, ces deux hommes-là? Avaient-ils empêché l'évasion de Sauverand et de Florence? Mais alors, en ce cas, don Luis eût rencontré les deux fugitifs, puisqu'ils avaient suivi exactement le même chemin.

«Non, pensa-t-il, la fuite a eu lieu avant que la sortie ne fût surveillée. Mais, fichtre! c'est à mon tour de déguerpir, et ce n'est pas commode. Vais-je me faire pincer au gîte comme un lapin?»

Il remonta l'escalier de la cave, avec l'intention de brusquer les choses, de se glisser dans la cour d'honneur par les couloirs des communs, de sauter dans son auto et de forcer le passage. Mais lorsqu'il fut sur le point d'arriver à la cour, près de la remise, il aperçut quatre agents de la Sûreté, de ceux qu'il avait emprisonnés et qui survenaient en gesticulant et en criant. Et il se rendit compte, en outre, que tout un tumulte s'élevait du côté de la grande porte et du pavillon des concierges. De nombreuses voix d'hommes s'entrechoquaient. On disputait violemment.

Peut-être y avait-il là une occasion dont il pouvait profiter pour se faufiler dehors à la faveur du désordre. Au risque d'être aperçu, il avança la tête.

Et le spectacle qui s'offrit à ses yeux le stupéfia.

Entouré d'agents de police et d'agents de la Sûreté, bloqué contre le mur, insulté, bousculé,

Gaston Sauverand était là, le cabriolet de fer aux poignets.

Gaston Sauverand prisonnier! Quel drame avait donc bien pu se jouer entre les deux fugitifs et la police? Le cœur étreint d'angoisse, il se pencha davantage. Mais il ne vit pas Florence. Sans doute, la jeune fille avait dû réussir à se sauver.

L'apparition de Weber sur le perron et les paroles du sous-chef confirmèrent son espoir. Weber était fou de rage. La captivité, l'humiliation de la défaite l'exaspéraient.

«Ah proféra-t-il, en apercevant le prisonnier, en voilà toujours un! Gaston Sauverand! du gibier de choix... Où l'avez-vous pigé, celui-là, les amis?

— Sur la place du Palais-Bourbon, dit l'un des inspecteurs. On l'a vu qui fichait le camp par la porte de la cave.

— Et sa complice, la fille Levasseur?

— On l'a ratée, chef. Elle était partie la première.

— Et don Luis? On ne l'a pas laissé sortir de l'hôtel, hein! J'avais donné la consigne.

— Il a voulu sortir aussi par la porte de la cave, cinq minutes après!

— Qui vous l'a dit?

— Un des agents de police placés devant cette porte.

— Eh bien?

— Le type est rentré dans la cave.»

Weber poussa un cri de joie.

«Nous le tenons! Et c'est une sale affaire pour lui! Rébellion contre la police... Complicité!... Enfin! On va pouvoir le démasquer. Taïaut! Taïaut! les enfants... Deux hommes pour garder Sauverand, quatre hommes sur la place du Palais-Bourbon, le revolver au poing. Deux hommes sur les toits. Les autres avec moi! Commençons par la chambre de la fille Levasseur. Et puis, sa chambre à lui. En chasse, les enfants!»

Don Luis n'attendit pas la ruée des agresseurs. Renseigné sur leurs intentions, il battit en retraite, sans avoir été aperçu, vers l'appartement de Florence. Là, comme Weber ne connaissait pas encore le chemin direct qui passait à travers les communs, il eut le temps de constater que le mécanisme de la trappe fonctionnait fort bien, et qu'il n'y avait aucune raison pour que l'on découvrit, au fond de l'alcôve et derrière les rideaux du lit, l'existence d'un placard secret.

Une fois entré dans le passage, il remonta le premier escalier, suivit le long corridor pratiqué à l'intérieur du mur, escalada l'échelle qui aboutissait à son boudoir, et, s'étant rendu compte que cette seconde trappe s'adaptait si exactement à la boiserie qu'on ne pouvait rien soupçonner, il la referma sur sa tête.

Quelques minutes plus tard, il entendit au-dessus de lui le tumulte des hommes qui perquisitionnaient.

Ainsi donc, le 24 mai, à cinq heures de l'après-midi, voici quelle était la situation. Florence Levasseur, sous le coup d'un mandat d'arrêt, Gaston Sauverand en prison, Marie-Anne Fauville en prison et refusant toute nourriture. Et don Luis, qui croyait à leur innocence et qui, seul, aurait pu les sauver, don Luis était bloqué dans son hôtel et traqué lui-même par vingt agents de police.

Quant à l'héritage Mornington, il n'en pouvait plus être question, puisque, à son tour, le légataire venait de se mettre en rébellion ouverte contre la société.

« À merveille, ricana don Luis, voilà la vie telle que je la comprends. La question est simple et s'énonce de diverses façons. Comment un pouilleux, qui n'a pas un sou dans sa poche, peut-il faire fortune en vingt-quatre heures, sans sortir de son bouge ? Comment un général, qui n'a plus de soldats ni munitions, peut-il gagner une bataille qu'il a perdue? Bref, comment, moi, Arsène Lupin, réussirai-je à assister demain soir à la réunion du boulevard Suchet et à m'y comporter de telle manière que je sauverai Marie-Anne Fauville, Florence Levasseur, Gaston Sauverand, et, par-dessus le marché, mon excellent ami, don Luis Perenna?»

Des coups sourds retentissaient quelque part. On devait chercher sur les toits. On devait interroger les murailles.

Don Luis s'étendit sur le sol, à plat ventre, cacha sa figure entre ses bras croisés, et, fermant les yeux, murmura:

«Réfléchissons.»

DEUXIÈME PARTIE

LE SECRET DE FLORENCE

CHAPITRE PREMIER

AU SECOURS!

Lorsque, par la suite, Arsène Lupin me raconta cet épisode de la tragique aventure, il me dit à ce propos, et non sans fatuité:

«Ce qui m'étonnait alors, et ce qui m'étonne encore aujourd'hui comme une des victoires les plus belles dont j'aie le droit de m'enorgueillir, c'est que j'ai pu admettre tout à coup, et ainsi qu'un problème irrévocablement résolu, l'innocence de Sauverand et de Marie-Anne Fauville. Cela, je vous le jure, est de premier ordre et dépasse, en valeur psychologique aussi bien qu'en mérite policier, les plus fameuses déductions des plus fameux détectives.

«Car enfin, tout bien pesé, il ne s'était pas produit l'ombre d'un fait nouveau qui me permît de reviser le procès. Les charges accumulées contre les deux captifs étaient les mêmes, et si graves qu'aucun juge d'instruction n'eût hésité une seule seconde à signer son ordonnance, et pas un jury à répondre oui sur toutes les questions. Je ne vous parlerai pas de Marie-Anne Fauville, il suffisait de songer aux empreintes de ses dents pour acquérir une conviction inébranlable. Mais Gaston Sauverand, le fils de Victor Sauverand, et, par conséquent l'héritier de Cosmo Mornington, Gaston Sauverand, l'homme à la canne d'ébène et le meurtrier de l'inspecteur principal Ancenis, Gaston Sauverand n'était-il pas coupable au même titre que Marie-Anne Fauville, comme elle accusé par les révélations mêmes du mari qu'ils avaient tué?

« Et cependant pourquoi ce revirement subit qui eut lieu en moi? Pourquoi ai-je marché contre l'évidence? Pourquoi ai-je cru à une vérité incroyable? Pourquoi ai-je admis l'inadmissible?

« Pourquoi? Ah! sans doute, c'est que la vérité a un accent qui sonne aux oreilles d'une façon particulière. D'un côté toutes les preuves, tous les faits, toutes les réalités, toutes les certitudes; de l'autre un récit, un récit présenté par un des trois coupables, donc, *a priori*, absurde et mensonger depuis la première syllabe jusqu'à la dernière... Mais un récit, présenté d'une voix loyale, un récit clair, sobre, d'une trame serrée, se déroulant, d'un bout à l'autre de l'aventure, sans complications ni invraisemblances, un récit qui n'apportait aucune solution positive, mais qui, par sa probité même, obligeait tout esprit impartial à reviser la solution acquise.

« J'ai cru le récit. »

Les explications de Lupin, telles qu'il me les donnait, n'étaient pas complètes. Je lui dis:

« Et Florence Levasseur?

— Florence Levasseur?

— Oui, vous ne concluez pas à son égard. Quelle opinion avez-vous eue d'elle? Tout l'accusait, et non seulement à vos yeux, puisque logiquement elle avait participé à toutes les tentatives d'assassinat dirigées contre vous, mais aussi aux yeux de la justice. Ne savait-on pas qu'elle allait rendre à Gaston Sauverand, boulevard Richard-Wallace, des visites clandestines ? N'avait-on pas trouvé sa photographie dans le carnet de l'inspecteur Vérot ? Et puis... et puis, tout enfin... vos accusations... vos certitudes... Est-ce que tout cela fut modifié par le récit de Sauverand ? Pour vous, Florence fut-elle innocente ou coupable ? »

Il hésita, fut sur le point de répondre directement et franchement à ma question, mais ne put s'y décider et prononça :

« Je voulais avoir confiance. Pour agir, il fallait que j'eusse pleine et entière confiance, quels que fussent les doutes qui pouvaient encore m'assaillir, et quelles que fussent les ténèbres qui pesaient encore sur telle ou telle partie de l'aventure. J'ai donc cru. Et, croyant, j'ai agi selon ma foi. »

Agir, pour don Luis Perenna, en ces heures d'immobilité forcée, cela consista uniquement à se répéter sans cesse la relation que Gaston Sauverand avait faite des événements. Il tâchait de la reconstituer dans tous ses détails, d'en retrouver les moindres phrases et les termes en apparence les plus insignifiants. Et ces phrases, il les examinait une à une, et ces termes il les scrutait un à un, afin d'en extraire la part de vérité qu'ils contenaient.

Car la vérité était là, Sauverand le lui avait dit, et don Luis n'en doutait pas. Toute l'histoire sinistre, tout ce qui constituait l'affaire de l'héritage Mornington et le drame du boulevard Suchet, tout ce qui pouvait mettre en lumière le complot ourdi contre Marie-Anne Fauville, tout ce qui pouvait expliquer la perte de Sauverand et de Florence, cela était dans le récit de Sauverand. Il suffisait de le comprendre. Et la vérité surgirait, comme la morale qui se tire de quelque symbole obscur.

Pas une fois don Luis ne dévia de sa méthode. Si telle objection s'insinuait dans son esprit, il y répondait aussitôt :

« Soit. Il se peut que je me trompe, et que le récit

de Sauverand ne m'apporte aucun élément capable de me guider. Il se peut que la vérité soit en dehors. Mais suis-je en mesure de l'atteindre autrement, cette vérité ? En tout et pour tout, comme instrument de recherche et sans tenir compte outre mesure de certaines lueurs que l'apparition régulière des lettres mystérieuses m'a données sur l'affaire, en tout et pour tout j'ai le récit de Gaston Sauverand. Ne dois-je pas m'en servir ? »

Et, de nouveau, comme un chemin que l'on parcourt sur les traces d'une autre personne, il recommençait à vivre l'aventure vécue par Sauverand. Il la comparait à celle qu'il avait imaginée jusqu'alors. Toutes deux s'opposaient l'une à l'autre, mais du choc même de leurs contrastes, ne pouvait-on faire jaillir une étincelle ?

« Voilà ce qu'il a dit, pensait-il, et voilà ce que je croyais. Que signifie cette différence ? Voilà ce qui fut, et voilà ce qui paraît être. Pourquoi le coupable a-t-il voulu que ce qui fut parût précisément sous cet aspect ? Pour éloigner de lui tous les soupçons ? Mais était-il nécessaire, en ce cas, qu'ils atteignissent justement ceux qu'ils ont atteint ? »

Et les questions se pressaient en lui. Il y répondait quelquefois au hasard, citant des noms et prononçant des mots à la suite les uns des autres, comme si le nom cité eût pu être précisément celui du coupable, et les mots prononcés ceux qui, contenaient l'invisible réalité.

Puis aussitôt il reprenait le récit, comme les écoliers font avec leurs devoirs, analyse logique et analyse grammaticale, où chaque expression est passée au crible, chaque période disloquée, chaque phrase réduite à sa valeur essentielle.

Des heures et des heures s'écoulèrent.

Et tout à coup, au milieu de la nuit, il eut un soubresaut. Il tira sa montre. À la clarté de sa lanterne électrique, il constata qu'elle marquait onze heures quarante trois.

244

« C'est donc à onze heures quarante-trois minutes du soir, dit-il à haute voix, que j'ai pénétré jusqu'au fond des ténèbres. »

Il cherchait à dominer son émotion, mais elle était immense, et il se mit à verser des larmes, tellement ses nerfs étaient ébranlés par l'épreuve.

Il venait, en effet, d'entrevoir brusquement, comme on devine un paysage nocturne à la lueur d'un éclair, la formidable vérité.

Il n'est pas de sensation plus violente que ces sortes d'illuminations qui éclatent soudain au milieu de l'ombre où l'on tâtonne et où l'on se débat. Épuisé déjà par l'effort physique et par le manque de nourriture dont il commençait à souffrir, il subit cette secousse si profondément que, sans vouloir réfléchir un instant de plus, il réussit à s'endormir, ou plutôt à s'enfoncer dans le sommeil, comme on s'enfonce dans l'eau d'un bain réparateur.

Quand il se réveilla, au petit matin, dispos malgré l'incommodité de sa couche, il eut un frisson en songeant à l'hypothèse qu'il avait acceptée et son instinct fut d'abord de la mettre en doute. Il n'en oui pour ainsi dire pas le temps. Toutes les preuves accouraient d'elles-mêmes au-devant de sa pensée et transformaient immédiatement l'hypothèse en une de ces certitudes qu'il serait fou de contrôler. C'était cela, et ce n'était pas autre chose. Comme il l'avait pressenti, la vérité se trouvait inscrite dans le récit de Sauverand. Et il ne s'était pas trompé non plus en disant à Mazeroux que la façon dont surgissaient les lettres mystérieuses l'avait mis sur le chemin de la vérité.

Et cette vérité était effroyable.

Il éprouvait, à l'évoquer, la même épouvante qui avait affolé l'inspecteur Vérot, alors que, déjà torturé par le poison, il balbutiait :

« Ah ! j'ai peur… j'ai peur… tout cela est combiné d'une façon si diabolique ! »

Si diabolique, en effet! Et don Luis demeurait confondu devant la révélation d'un forfait dont il ne semblait pas que la conception eût pu germer dans un cerveau d'homme.

Deux heures encore il consacra tout l'effort de sa pensée à examiner la situation sous toutes ses faces. Quant au dénouement, il ne s'en inquiétait pas beaucoup puisque, maître du secret terrible maintenant, il n'avait plus qu'à s'évader, et à se rendre ce soir-là à la réunion du boulevard Suchet, où il ferait devant tous la démonstration du crime.

Mais lorsque, voulant essayer ses chances d'évasion, il remonta le souterrain et se hissa au sommet de l'échelle supérieure, c'est-à-dire au niveau de son boudoir, il entendit à travers la trappe les voix d'hommes qui se trouvaient dans cette pièce.

«Bigre, se dit-il, l'affaire se complique. Afin d'échapper aux sbires de la police, il faut que je sorte de ma prison, et voilà tout au moins qu'une de ces deux issues est condamnée. Reste l'autre.»

Il redescendit vers l'appartement de Florence, et fit jouer le mécanisme qui consistait en un contre-poids.

Le panneau du placard glissa.

Poussé par la faim, espérant trouver quelques provisions qui lui permettraient de soutenir un siège sans être réduit par la famine, il était sur le point de contourner l'alcôve, derrière les rideaux, lorsqu'un bruit de pas l'arrêta net. Quelqu'un entrait dans l'appartement:

«Eh bien, Mazeroux, vous avez passé la nuit ici. Rien de nouveau?»

À la voix, don Luis reconnut le préfet de police, et la question posée lui apprit, d'abord que l'on avait sorti Mazeroux du cabinet noir où il était ligoté, et ensuite que le brigadier se trouvait dans la pièce voisine. Par bonheur, le mécanisme du plafond avait fonctionné sans le moindre grincement, et don Luis put surprendre la conversation des deux hommes.

« Rien de nouveau, monsieur le préfet, répondit Mazeroux.

— C'est curieux, il faut pourtant que ce damné personnage soit quelque part. Ou alors c'est qu'il a filé par les toits.

— Impossible, monsieur le préfet, fit une troisième voix que don Luis reconnut comme étant celle du sous-chef Weber. Impossible, nous avons constaté hier qu'à moins d'avoir des ailes…

— Donc, votre avis, Weber ?

— Mon avis, monsieur le préfet, c'est qu'il se cache dans l'hôtel. L'hôtel est vieux. Tout probablement il existe quelque retraite sûre…

— Évidemment… évidemment… fit M. Desmalions, que don Luis, par un interstice du rideau, voyait passer et repasser devant la baie de l'alcôve… Évidemment, vous avez raison, et nous le prendrons au gîte. Seulement est-ce bien nécessaire ?

— Monsieur le préfet !

— Eh oui, vous savez mon opinion à ce sujet, et l'opinion du président du Conseil. Exhumer Lupin, c'est une gaffe, et ça nous retombera sur le dos. Après tout, quoi, il est devenu un honnête homme, il nous est utile, et il ne fait rien de mal…

— Rien de mal, vous trouvez, monsieur le préfet ? » prononça Weber d'un ton pincé.

M. Desmalions éclata de rire.

« Ah ! oui, le coup d'hier, le coup du téléphone ! Avouez que c'est drôle. Le président du Conseil s'en tenait les côtes, quand je lui ai raconté…

— Ma foi, je ne vois pas qu'il y ait de quoi rire.

— Non, mais tout de même, le gredin, il n'est jamais pris de court. Drôle ou non, le truc est inouï d'audace. Démolir le fil du téléphone sous vos yeux et puis vous bloquer derrière un rideau de fer… À propos, Mazeroux, il faudra, dès ce matin, faire réparer ce téléphone pour que vous restiez ici en communication avec la Préfecture. Vous avez commencé vos perquisitions dans ces deux pièces ?

— Selon vos ordres, monsieur le préfet. Depuis une heure, le sous-chef et moi nous cherchons.

— Oui, fit M. Desmalions, cette Florence Levasseur me semble une créature inquiétante. Sa complicité est certaine. Mais quelles relations avait-elle avec Sauverand, et quelles relations avec don Luis Perenna ? Cela serait important à savoir. Vous n'avez rien découvert dans ses papiers ?

— Rien, monsieur le préfet, dit Mazeroux. Ce sont des factures, des lettres de fournisseurs.

— Et vous, Weber ?

— Moi, monsieur le préfet, j'ai trouvé quelque chose d'intéressant. »

Il dit ces mots d'un ton de triomphe, et, comme M. Desmalions l'interrogeait, il reprit :

« C'est un volume de Shakespeare, monsieur le préfet, le tome huit. Vous remarquerez que, contrairement aux autres volumes, il est vide à l'intérieur et que la reliure n'est que le cartonnage d'une boîte secrète servant à dissimuler des papiers.

— En effet. Et ces papiers ?

— Les voici... des feuilles... des feuilles blanches, sauf trois... L'une sur laquelle est inscrite la liste des dates où devaient surgir les lettres mystérieuses.

— Oh ! oh ! fit M. Desmalions, la charge est écrasante contre Florence Levasseur. En outre, nous sommes renseignés : c'est par là que don Luis a eu cette liste. »

Perenna écoutait avec surprise : il avait totalement oublié ce détail, et Gaston Sauverand, dans son récit, n'y avait pas fait la moindre allusion. C'était fort grave pourtant et fort étrange. De qui Florence tenait-elle cette liste de dates ?

« Et les deux autres feuilles ? » demanda M. Desmalions.

Don Luis redoubla d'attention. Ces deux autres feuilles lui avaient échappé le jour de son entretien avec Florence dans cette même pièce.

«Voici l'une des deux», répondit Weber.

M. Desmalions prit la feuille et lut:

«*Ne pas oublier que l'explosion est indépendante des lettres et qu'elle aura lieu à trois heures du matin.*»

«Ah! oui, fit-il en haussant les épaules, la fameuse explosion que don Luis a prédite et qui doit accompagner la cinquième lettre, comme l'annonce cette liste de dates. Bah! nous avons le temps, puisqu'il n'y a eu que trois lettres, et que, ce soir, il s'agit de la quatrième. Et puis, faire sauter l'hôtel du boulevard Suchet, bigre, l'entreprise ne serait pas commode. C'est tout?

— Monsieur le préfet, dit Weber, qui exhiba la dernière feuille, je vous prie d'examiner cet ensemble de lignes tracées au crayon et qui forment un grand carré qui en contient d'autres plus petits et des rectangles de toutes dimensions. Ne dirait-on pas le plan d'une maison?

— Oui, en effet…

— C'est le plan de l'hôtel où nous sommes, affirma Weber avec une certaine solennité. Voilà la cour d'honneur, les bâtiments du fond, le pavillon des concierges, et, là, le pavillon de Mlle Levasseur. De ce pavillon part, au crayon rouge, une ligne pointillée qui s'en va en zigzag vers les bâtiments du fond. Le début de cette ligne est marqué par une petite croix qui désigne la pièce où nous sommes… ou plus exactement l'alcôve. On a dessiné ici comme l'emplacement d'une cheminée… ou plutôt d'un placard… d'un placard creusé derrière le lit et qui serait dissimulé par les rideaux.

— Mais alors, Weber, murmura M. Desmalions, ce serait le tracé d'un passage conduisant de ce pavillon aux bâtiments du fond ? Tenez, à l'autre bout de la ligne, il y a également une petite croix au crayon rouge.

— Oui, monsieur le préfet, il y a une autre croix. Quel emplacement marque-t-elle ? Nous le déterminerons plus tard d'une façon certaine. Mais dès maintenant, et sur une simple hypothèse, j'ai posté des hommes dans une petite pièce située au second étage, où eut lieu hier le conciliabule suprême de don Luis, de Florence Levasseur et de Gaston Sauverand. Et, dès maintenant, en tout cas, nous connaissons la retraite de don Luis Perenna. »

Il y eut un silence, après quoi, le sous-chef reprit d'une voix de plus en plus solennelle :

« Monsieur le préfet, j'ai subi hier, de la part de cet homme, un affront sanglant. Mes subordonnés en ont été les témoins. Les domestiques ne peuvent l'ignorer. Avant peu, le public en sera instruit. Cet homme a fait évader Florence Levasseur. Il a voulu faire évader Gaston Sauverand. C'est un bandit de la plus dangereuse espèce. Monsieur le préfet, je suis sûr que vous ne me refuserez pas l'autorisation de le forcer dans sa tanière. Sinon... sinon, monsieur le préfet, je me verrai contraint de donner ma démission.

— Avec motif à l'appui, dit le préfet en riant. Décidément, vous ne pouvez pas digérer le coup du rideau de fer. Allez-y donc ! Aussi bien, tant pis pour don Luis. Il l'aura voulu... Mazeroux, dès que le téléphone sera réparé, vous me donnerez des nouvelles à la Préfecture. Et ce soir, rendez-vous, boulevard Suchet, à l'hôtel Fauville. N'oubliez pas qu'il s'agit de la quatrième lettre.

— Il n'y aura pas de quatrième lettre, monsieur le préfet, déclara Weber.

— Pourquoi ?

— Parce que d'ici là don Luis sera coffré.

— Ah! c'est don Luis aussi que vous accusez d'être l'auteur…»

Don Luis n'en écouta pas davantage. Doucement il recula vers le placard, saisit le panneau et le rabattit sans bruit.

Ainsi donc, sa retraite était connue!

«Saperlipopette, grogna-t-il, elle est raide celle-là! Me voici dans de beaux draps.»

Il avait couru jusqu'à la moitié du souterrain avec l'intention de gagner l'autre issue. Il s'arrêta.

«Pas la peine, puisque cette issue est gardée…. Alors, quoi, voyons, est-ce que je vais être pris au collet? Voyons… Voyons…»

D'en bas, de l'alcôve, parvenait déjà un bruit de coups, le bruit des coups que l'on frappait sur le panneau, dont la sonorité spéciale avait probablement attiré l'attention du sous-chef. Et comme Weber, n'étant pas astreint aux mêmes précautions que don Luis, semblait démolir le panneau sans s'attarder à la recherche du mécanisme, le péril était proche.

«Nom d'un chien de nom d'un chien, ronchonna don Luis. C'est trop bête! Que faire? Leur passer sur le corps?… Ah! si j'étais en pleine force!…»

Mais le manque de nourriture l'épuisait. Ses jambes tremblaient sous lui, et son cerveau commençait à n'avoir plus sa lucidité habituelle.

Un redoublement de coups dans l'alcôve le poussa malgré tout vers l'issue d'en haut, et, grimpant à l'échelle, il promena sa lanterne électrique sur les pierres du mur et sur la boiserie de la trappe. Il tenta même de soulever celle-ci par une pesée d'épaule. Mais de nouveau des bruits de pas résonnèrent au-dessus de lui. Les hommes étaient toujours là.

Alors, dévoré de rage, impuissant, il attendit la venue du sous-chef.

Un craquement se produisit en bas, dont l'écho

se propagea le long du souterrain, puis, il y eut un tumulte de voix.

«Ça y est, se dit-il, les menottes, le dépôt, la cellule... Bon Dieu de sort, quelle stupidité! Et puis Marie-Anne Fauville qui va mourir... Et puis Florence... Florence...»

Avant d'éteindre sa lanterne, il en projeta une dernière fois la lumière autour de lui.

À deux mètres de l'échelle, environ aux trois quarts de la hauteur, et un peu en retrait, une pierre, une grosse pierre de taille manquait dans le mur, du côté de l'intérieur de la maison et laissait un trou de dimensions assez grandes pour qu'on pût s'y blottir.

Bien que la cachette ne valût pas grand-chose, il se pouvait cependant que l'on négligeât d'inspecter ce renfoncement. D'ailleurs, don Luis n'avait pas le choix. À tout hasard, après avoir éteint, il se pencha vers le rebord du trou, l'atteignit et réussit à s'y installer en se courbant en deux.

Weber, Mazeroux et leurs hommes arrivaient. Don Luis s'arc-bouta contre le fond de sa cachette pour échapper le plus possible au rayonnement des lanternes dont il voyait les premières lueurs. Et il advint cette chose stupéfiante, que la pierre, contre laquelle il s'adossait, bascula doucement, comme si elle eût pivoté autour d'un axe, et qu'il tomba à la renverse dans une seconde cavité située en arrière. Vivement il ramena ses jambes dans cette cavité, et la pierre se referma avec la même lenteur, non toutefois sans qu'un éboulement de cailloux, détachés de la muraille, lui recouvrît à demi les jambes.

«Tiens, tiens, ricana-t-il, est-ce que la Providence se mettrait du côté de la vertu et du bon droit?»

Il entendit la voix de Mazeroux qui disait:

«Personne! et voilà l'extrémité du passage. À

moins qu'il n'ait fui à notre approche... Tenez, par la trappe qui est en haut de cette échelle. »

Et Weber répondit :

« Étant donné la pente que nous avons monté, il est certain que le niveau de cette trappe se trouve au second étage. Or, la deuxième petite croix du plan marquerait, au second étage, le boudoir contigu à la chambre de don Luis. C'est bien ce que j'ai supposé, et c'est pourquoi j'ai placé là trois de nos hommes. S'il a voulu fuir de ce côté, il est pris.

— Nous n'avons qu'à frapper, dit Mazeroux, nos hommes trouveront la trappe et nous ouvriront. Sinon, on la démolira. »

De nouveaux coups retentirent. Un bon quart d'heure plus tard, la trappe cédait, et d'autres voix se mêlèrent à celles de Weber et de Mazeroux.

Pendant ce temps don Luis examinait son domaine et en constatait l'extrême exiguïté. Tout au plus pouvait-il s'y tenir assis. C'était un couloir, ou plutôt une sorte de boyau d'un mètre cinquante de long, et qui se terminait par un orifice, plus étroit encore, où des briques étaient accumulées. Les parois, d'ailleurs, étaient formées de briques, dont quelques-unes manquaient, et les moellons de construction qu'elles auraient dû retenir s'éboulaient au moindre choc. Le sol en était jonché.

« Bigre ! pensa Lupin, il ne faudrait pas que je m'agitasse par trop ! Sans quoi, je risque d'être enterré vivant. Agréable perspective ! »

En outre, la crainte de faire du bruit l'immobilisait. Il se trouvait, en effet, près de deux pièces occupées par des agents, son boudoir d'abord, et ensuite son cabinet de travail, puisque son boudoir, il le savait, était situé sur la partie de son cabinet de travail réservée au téléphone.

Cette idée lui en suggéra une autre. À bien réfléchir, et en se rappelant qu'il s'était demandé parfois comment l'aïeule du comte Malonesco avait pu vivre, derrière le rideau de fer, aux heures où il lui fallait se cacher, il comprit qu'il y avait eu jadis communication entre le passage secret et ce qui était actuellement la cabine téléphonique, communication trop étroite pour qu'on y pût passer, mais qui devait servir comme conduit d'aération. Par précaution, au cas où le passage secret aurait été découvert, une pierre masquait l'entrée supérieure de ce conduit. Le comte Malonesco avait dû boucher l'extrémité inférieure en réinstallant les boiseries du cabinet de travail.

Donc, il était emprisonné là, dans l'épaisseur des murs, sans autre décision bien nette que celle d'échapper à l'étreinte de la police. Des heures passèrent encore.

Peu à peu, torturé par la faim et par la soif, il tomba dans un sommeil lourd, traversé de cauchemars, si angoissant qu'il eût voulu en sortir à tout prix, mais si profond qu'il ne put reprendre conscience avant huit heures du soir.

À son réveil, il se sentit très las, et il eut subitement une perception affreuse, et à la fois si juste de la situation que, par un revirement subit où il y avait de la peur, il résolut de quitter sa cachette et de se livrer. Tout valait mieux que le supplice qu'il endurait et que les dangers auxquels l'exposait une plus longue attente.

Mais, s'étant retourné sur lui-même pour atteindre l'entrée de sa tanière, il s'aperçut, d'abord que la pierre ne basculait pas sur une simple poussée, et ensuite, après plusieurs tentatives, qu'il n'arrivait pas à trouver le mécanisme qui sans doute la faisait basculer. Il s'acharna. Tous ses efforts furent vains. La pierre ne bougeait pas.

Seulement, à chacun de ses efforts, quelques moellons se détachaient de la paroi supérieure et diminuaient encore l'espace où il pouvait évoluer.

Il lui fallut un sursaut d'énergie pour dominer son émotion, et pour dire en plaisantant :

« Parfait ! Je vais en être réduit à appeler au

secours, moi, Arsène Lupin ! Oui, appeler au secours ces messieurs de la police... Sans quoi, mes chances d'ensevelissement augmentent minute par minute. Comme enterré vivant, je me prends à dix contre un... »

Il serra les poings.

« Cré tonnerre ! Je m'en tirerai seul. Appeler au secours ? Ah ! non, mille fois non ! »

De toute sa volonté il s'efforça de réfléchir, mais son cerveau exténué ne lui permettait plus que des idées confuses et sans lien les unes avec les autres. L'image de Florence le hantait, et celle de Marie-Anne également.

C'est cette nuit que je dois les sauver, se disait-il... Et certainement je les sauverai, puisqu'elles ne sont pas criminelles et que je connais le coupable. Mais par quel moyen réussirai-je ? »

Il songeait au préfet de police, à la réunion qui devait avoir lieu boulevard Suchet, dans l'hôtel de l'ingénieur Fauville. Cette réunion était commencée. La police gardait l'hôtel. Et cette idée lui rappela la feuille de papier trouvée par Weber dans le tome huit de Shakespeare, et la phrase inscrite, que le préfet avait lue.

Ne pas oublier que l'explosion est indépendante des lettres et qu'elle aura lieu à trois heures du matin.

« Oui, pensa don Luis qui s'en tenait au raisonnement de M. Desmalions, oui, dans dix jours, puisqu'il n'y a eu que trois lettres. La quatrième lettre doit surgir cette nuit, et l'explosion ne doit avoir lieu qu'avec la cinquième lettre, donc, dans dix jours. »

Il répéta :

« Dans dix jours... avec la cinquième lettre... oui, dans dix jours... »

Et soudain, il tressaillit d'effroi. Une vision atroce venait de lui traverser l'esprit, une vision qui avait toutes les apparences de la réalité. C'était cette nuit même que l'explosion allait se produire !

Et, tout de suite, sachant ce qu'il savait de la vérité, tout de suite, dans un retour de sa clairvoyance habituelle, Il admit cette hypothèse comme certaine. Évidemment, trois lettres seulement avaient surgi de l'ombre mystérieuse, mais quatre lettres auraient dû surgir, puisque l'une d'elles n'avait pas surgi à la date fixée, mais dix jours plus tard, et cela précisément pour une raison que don Luis connaissait. Et puis, et puis, il ne s'agissait pas de tout cela. Il ne s'agissait pas de chercher la vérité dans cette confusion de dates et de lettres, dans cet imbroglio inextricable où nul ne pouvait prétendre à la certitude. Non. Une seule chose dominait la situation, cette phrase : « *Ne pas oublier que l'explosion est indépendante des lettres*. » Or, comme l'explosion était marquée pour la nuit du vingt-cinq au vingt-six mai, l'explosion se produirait cette nuit même, à trois heures du matin !

« Au secours ! au secours ! » cria-t-il.

Cette fois, il n'hésitait plus. S'il avait eu le courage, jusqu'ici, de rester au fond de sa prison et d'y attendre l'événement miraculeux qui lui viendrait en aide, il aimait mieux affronter tous les périls et subir tous les châtiments, que d'abandonner au sort qui les menaçait le préfet de police, Weber, Mazeroux et leurs compagnons.

« Au secours ! Au secours ! »

Dans trois ou quatre heures, l'hôtel de l'ingénieur Fauville allait sauter. Cela, il le savait de la façon la plus sûre. Avec autant d'exactitude que les lettres mystérieuses étaient arrivées à leur destination malgré tous les obstacles qui s'y opposaient, l'explosion se produirait à l'heure indiquée. L'artisan infernal de l'œuvre maudite l'avait voulu ainsi. À trois heures du matin, il ne resterait rien de l'hôtel Fauville.

« Au secours ! Au secours ! »

Il retrouvait des forces pour crier désespérément, et pour que sa voix retentît au-delà des pierres et au-delà des boiseries.

Puis, comme il ne semblait pas que l'on répondît à son appel, il s'interrompit et longtemps écouta.

Aucun bruit à l'entour. Le silence absolu.

Alors, une angoisse terrible le couvrit de sueur. Si les agents, renonçant à la garde des étages supérieurs, s'étaient confinés, pour passer la nuit, dans les pièces du rez-de-chaussée ?

Comme un fou, il saisit une brique et frappa, à diverses reprises, sur la pierre d'entrée, espérant que le bruit se propagerait à travers l'hôtel. Mais aussitôt, une avalanche de moellons, détachés par le choc, s'abattit sur lui, le renversa de nouveau et l'immobilisa.

« Au secours ! Au secours ! Au secours ! »

Le silence. Le silence énorme, implacable.

« Au secours ! Au secours ! »

Il avait l'impression que ses cris ne dépassaient pas les parois qui l'étouffaient. D'ailleurs sa voix devenait de plus en plus faible, gémissement rauque, haletant, qui expirait en son gosier meurtri.

Il se tut, écoutant encore, de toute son attention anxieuse, le grand silence qui enveloppait comme avec des couches de plomb le cercueil de pierre où il gisait. Toujours rien. Aucun bruit. Personne ne viendrait et personne ne pouvait venir à son secours.

L'image et le nom de Florence continuaient à l'obséder. Et il pensait aussi à Marie-Anne qu'il avait promis de sauver. Mais Marie-Anne mourrait de faim. Et comme elle, et comme Gaston Sauverand, et comme tant d'autres, il était à son tour victime de cette monstrueuse affaire.

Un incident accrut son désarroi. Tout à coup, sa lampe électrique qu'il avait laissée allumée pour dissiper l'horreur des ténèbres s'éteignit. Il était onze heures du soir.

Des vertiges l'étourdissaient. Il respirait à peine, et un air insuffisant, déjà vicié. Son cerveau subissait, ainsi qu'un mal physique et très douloureux, le retour d'images qui lui semblaient s'y incruster, et c'était toujours la belle figure de Florence ou le visage livide de Marie-Anne. Et, dans son hallucination, tandis que Marie-Anne agonisait, il entendait l'explosion de l'hôtel Fauville, et il voyait le préfet de police et Mazeroux affreusement mutilés, morts.

Une torpeur l'engourdit. Il tomba dans une sorte d'évanouissement, où il continuait à balbutier des syllabes confuses :

«Florence… Marie-Anne… Marie-Anne…»

CHAPITRE II

L'EXPLOSION DU BOULEVARD SUCHET

La quatrième lettre mystérieuse! La quatrième de ces lettres que «le diable mettait à la poste et que le diable distribuait», selon l'expression d'un journal! Qu'on se rappelle la surexcitation vraiment extraordinaire du public à l'approche de la nuit du vingt-cinq au vingt-six mai…

Et quelque chose de nouveau portait au plus haut point ce bouillonnement de curiosité. Coup sur coup, on avait appris l'arrestation de Sauverand, la fuite de sa complice Florence Levasseur, secrétaire de don Luis Perenna, et la disparition inexplicable de ce Perenna que l'on s'obstinait, et pour de bonnes raisons, à confondre avec Arsène Lupin.

Sûre de la victoire désormais, tenant sous ses griffes presque tous les auteurs du drame, la police avait glissé peu à peu aux indiscrétions, et par les détails révélés à tel ou à tel journaliste, on connaissait les revirements de don Luis, on soupçonnait son amour pour Florence Levasseur et la cause réelle de sa rébellion, et l'on frémissait d'émotion au spectacle de cette lutte nouvelle engagée par ce stupéfiant personnage.

Qu'allait-il faire ? S'il voulait soustraire aux poursuites celle qu'il aimait, et libérer Marie-Anne et Sauverand, il fallait qu'il intervînt au cours de cette nuit même, qu'il participât, d'une manière ou d'une autre, à l'événement qui se préparait et que, en arrêtant le messager invisible de la quatrième lettre, ou en apportant des explications irrécusables, il démontrât l'innocence des trois complices. Bref, il fallait qu'il fût là. Quel élément d'intérêt !

Et puis les nouvelles n'étaient pas bonnes, concernant Marie-Anne. Avec un acharnement inlassable, elle s'obstinait dans ses projets de suicide. On devait l'alimenter par des moyens artificiels, et, à l'infirmerie de Saint-Lazare, les docteurs ne dissimulaient pas leur inquiétude. Don Luis Perenna arriverait-il à temps ?

Et enfin il y avait cette autre chose, la menace d'une explosion qui devait faire sauter l'hôtel de l'ingénieur Fauville dix jours après la quatrième lettre, menace vraiment impressionnante quand on songeait que l'ennemi n'avait jamais rien annoncé qui ne se produisît à l'heure dite. Et bien que l'on fût encore, du moins le croyait-on, à dix jours de la catastrophe, cela donnait à toute l'affaire une allure de plus en plus sinistre.

Aussi, ce soir-là, c'est une véritable multitude qui se porta, par la Muette et par Auteuil, vers le boulevard Suchet, et qui accourait non seulement de Paris, mais de la banlieue et de la province. Le spectacle passionnait. On voulait voir.

On ne vit que de loin, car la police avait organisé

des barrages à cent mètres à droite et à gauche de l'hôtel, et refoulait dans les fossés des fortifications ceux qui avaient réussi à monter sur le talus opposé.

Le ciel était orageux, couvert de nuages lourds que l'on apercevait par intervalles à la lueur d'une lune toute blanche. Il y avait des éclairs et des roulements lointains de tonnerre. On chantait. Des gamins poussaient des cris d'animaux. Sur les bancs et sur les trottoirs on s'était installé par groupes, et l'on mangeait et l'on buvait, tout en discutant.

Une partie de la nuit s'écoula ainsi, sans que rien semblât répondre à l'attente de la foule, et l'on se demandait avec une certaine lassitude si l'on ne ferait pas mieux de s'en aller, puisque, aussi bien, Sauverand étant emprisonné, il y avait beaucoup de chances pour que la quatrième lettre ne surgît pas comme les autres des ténèbres mystérieuses.

Et pourtant on ne s'en allait pas : don Luis Perenna allait venir !

Depuis dix heures du soir le préfet de police et le secrétaire général de la Préfecture, le chef de la Sûreté, le sous-chef Weber, le brigadier Mazeroux et deux agents se trouvaient réunis dans la grande salle où l'ingénieur Fauville avait été assassiné. Quinze autres agents occupaient les autres pièces, tandis qu'une vingtaine gardaient les toits, la façade et le jardin.

Une fois de plus, durant les heures de l'après-midi, on avait tout fouillé, sans plus de résultats, du reste, qu'auparavant. Mais il était décidé que tous les hommes veilleraient. Si la quatrième lettre était déposée quelque part, dans la grande salle, on voulait savoir, et l'on saurait qui l'apportait. Les miracles n'existent pas en matière de police.

Vers minuit, M. Desmalions fit servir du café à ses agents. Lui-même en prit deux tasses, et il ne cessait de marcher d'un bout à l'autre de la pièce, de monter l'escalier qui conduisait à la mansarde ou de parcourir l'antichambre et le vestibule. Préférant que la surveillance s'exerçât dans les conditions les plus favorables, il laissait toutes les portes ouvertes et toutes les lumières électriques allumées.

Et, comme Mazeroux objectait :

« Il faut de l'ombre pour que la lettre vienne. Rappelez-vous, monsieur le préfet, l'épreuve contraire a été déjà tentée, et la lettre n'est pas venue.

— Recommençons l'épreuve », répondit M. Desmalions qui, en réalité, et malgré tout, craignait l'intervention de don Luis et multipliait les mesures pour la rendre impossible.

Cependant, à mesure que la nuit avançait, l'impatience gagnait les esprits. Tous préparés à la lutte, les hommes souhaitaient l'occasion d'utiliser leur énergie exaspérée. Ils écoutaient et ils regardaient éperdument. Vers une heure, il y eut une alerte, qui montra à quel point de tension nerveuse ils étaient arrivés. Un coup de feu partit du premier étage, puis des clameurs. Renseignements pris, c'étaient deux agents, qui, se rencontrant au cours d'une ronde, ne se reconnurent pas et dont l'un tira en l'air pour avertir ses camarades.

Dehors, cependant, il y avait moins de monde, ainsi que put le constater M. Desmalions lorsqu'il entrouvrit la porte du jardin. La consigne, moins sévère, laissait approcher les curieux, tout en défendant les abords du trottoir.

Mazeroux lui dit :

« Heureusement que l'explosion n'est pas pour cette nuit, monsieur le préfet, sans quoi tous ces braves gens y passeraient tout comme nous.

— Il n'y aura pas d'explosion dans dix jours,

pas plus qu'il n'y a de lettre cette nuit», dit M. Desmalions en haussant les épaules.

Et il ajouta :

«Du reste, ce jour-là, les ordres seront inflexibles.»

Il était alors 2 heures 10.

À 2 heures 25, comme le préfet de police allumait un cigare, le chef de la Sûreté risqua, en riant :

«Voilà une chose dont il faudra vous priver, la prochaine fois, monsieur le préfet, ce serait trop dangereux.

— La prochaine fois, fit M. Desmalions, je ne perdrai pas mon temps à monter la garde. Car vraiment je commence à croire que toute cette histoire de lettres est finie.»

Mazeroux insinua :

«Est-ce qu'on sait ?... »

Quelques minutes encore... M. Desmalions s'était assis. Les autres avaient pris place également. Personne ne parlait plus.

Et soudain, ils bondirent tous, d'un même mouvement, et avec une même expression de surprise.

Une sonnerie avait retenti.

Une sonnerie... Était-ce possible ?

Tout de suite ils virent d'où cela provenait.

«Le téléphone», murmura M. Desmalions.

Et c'était là un phénomène qui l'étonnait infiniment, et qui étonna tous les assistants, car on n'avait jamais songé que le téléphone fonctionnât encore à l'hôtel de l'ingénieur Fauville.

Comme le préfet de police approchait de l'appareil, le timbre retentit de nouveau.

Il prononça :

«C'est peut-être de la Préfecture, un avis urgent.»

Troisième sonnerie...

Il décrocha le récepteur :

«Allô... qu'est-ce que vous demandez ?»

Une voix lui répondit, si lointaine et si faible

qu'il ne perçut que des sons incohérents, et qu'il s'écria :

«Parlez donc plus haut !... Quoi ? Qu'est-ce que c'est ? Qui est à l'appareil ?

La voix bredouilla quelques syllabes, qui parurent le stupéfier...

«Allô ! dit-il... je ne comprends pas... veuillez répéter... Allô... Qui est à l'appareil ?

— Don Luis Perenna, répliqua-t-on de manière plus distincte.

— Hein ? Quoi ? Don Luis... Perenna. »

Il fut sur le point de raccrocher le récepteur, et il maugréa :

«Une fumisterie... Quelque farceur qui se divertit. »

Pourtant, malgré lui, reprenant la communication, il dit d'un ton bourru :

«Enfin, qu'est-ce que c'est ? Vous êtes don Luis Perenna ?

— Oui.

— Que demandez-vous ?

— Quelle heure est-il ?

— Quelle heure est-il !

Le préfet eut un geste de colère, non pas tant à cause de cette question absurde, que parce qu'il avait reconnu, réellement, sans erreur possible, la voix même de don Luis Perenna.

«Et après ? fit-il en se dominant. Quelle est cette nouvelle histoire ? Où êtes-vous ?

— Dans mon hôtel, au-dessus du rideau de fer, dans le plafond de mon cabinet de travail. »

Le préfet répéta, confondu

«Dans le plafond ?

— Oui, et quelque peu esquinté, je l'avoue.

— On va vous secourir, dit M. Desmalions qui commençait à s'amuser.

— Plus tard, monsieur le préfet. Répondez-moi d'abord. Vite... Sinon, je ne sais si j'aurai la force... Quelle heure est-il ?

— Ah! çà mais...

— Je vous en prie...

— Trois heures moins vingt.

— Trois heures moins vingt!»

On eût dit que don Luis trouvait une force imprévue dans un accès brusque de frayeur. Sa voix défaillante prit de l'accent, et, tour à tour, impérieux, désespéré, suppliant, plein d'une conviction qu'il cherchait à imposer, il ordonna:

«Allez-vous-en, monsieur le préfet... Partez tous... Quittez l'hôtel... À trois heures l'hôtel sautera... Mais oui, je vous le jure... Dix jours après la quatrième lettre, c'est maintenant, puisque la remise des lettres a subi un retard de dix jours.... C'est maintenant à trois heures du matin. Rappelez-vous ce qu'il y avait d'inscrit sur la feuille que le sous-chef Weber a trouvée ce matin. «*L'explosion est indépendante des lettres. Elle aura lieu à trois heures du matin.*» À trois heures du matin, aujourd'hui, monsieur le préfet! Ah! partez, je vous en conjure... Que personne ne reste dans l'hôtel... Il faut me croire... Je connais toute la vérité sur l'affaire... Et rien n'empêchera que la menace ne s'exécute... Allez-vous-en... allez-vous-en... Ah! c'est horrible... je sens que vous ne croyez pas... et je n'ai plus de force... Allez-vous-en tous...»

Il dit encore plusieurs mots que M. Desmalions ne discerna point. Puis la communication s'interrompit, et bien que le préfet entendît des cris, il lui sembla que ces cris étaient lointains, comme si l'appareil n'eût plus été à la portée de la bouche qui les articulait.

Il raccrocha le récepteur.

«Messieurs, dit-il en souriant, il est trois heures moins dix-sept. Dans dix-sept minutes, nous allons sauter. Ainsi du moins l'affirme notre bon ami don Luis Perenna.»

Malgré les plaisanteries qui accueillirent cette

menace, il y eut comme un sentiment de gêne. Le sous-chef Weber demanda :

« C'est bien don Luis, monsieur le préfet ?

— En personne. Il s'est terré dans quelque trou de son hôtel, au-dessus de son cabinet de travail, et les privations, la fatigue semblent l'avoir un peu détraqué. Mazeroux, allez donc le prendre au gîte... si toutefois il n'y a pas là quelque nouveau tour de sa part. Vous avez le mandat ? »

Le brigadier Mazeroux s'approcha de M. Desmalions. Il était blême.

« Monsieur le préfet, *il* vous a dit que nous allions sauter ?

— Ma foi, oui. Il se base sur cette note que Weber a trouvée dans un volume de Shakespeare. L'explosion doit avoir lieu cette nuit.

— À trois heures du matin ?

— À trois heures du matin, c'est-à-dire dans un petit quart d'heure.

— Et vous restez, monsieur le préfet !

— Vous en avez de bonnes, brigadier. Croyez-vous que nous allons obéir aux lubies de ce monsieur ? »

Mazeroux chancela, hésita, mais, malgré toute sa déférence, incapable de se contenir, il s'écria :

« Monsieur le préfet, ce n'est pas une lubie. J'ai travaillé avec don Luis. Je connais l'homme. S'il annonce une chose, c'est qu'il a ses raisons.

— De mauvaises raisons.

— Mais non, monsieur le préfet, implora Mazeroux, qui s'animait de plus en plus... je vous jure qu'il faut l'écouter... À trois heures du matin, il l'a dit... l'hôtel sautera... Nous avons quelques minutes... Partons, je vous en prie, monsieur le préfet...

— C'est-à-dire, fuyons.

— Mais ce n'est pas fuir, monsieur le préfet. C'est une simple précaution... On ne peut pourtant pas risquer. Vous-même, monsieur le préfet...

— Assez...

— Mais, monsieur le préfet. puisque don Luis a dit...

— Assez! répéta M. Desmalions d'un ton sec. Si vous avez peur, profitez de l'ordre que je vous ai donné, et filez chez don Luis. »

Mazeroux réunit les talons, et, d'un geste d'ancien soldat, fit le salut militaire.

« Je reste ici, monsieur le préfet. »

Et, pivotant sur lui-même, il alla reprendre sa place à l'écart.

Il y eut un silence, M. Desmalions se mit à marcher dans la pièce, les mains au dos, puis, s'adressant au chef de la Sûreté et au secrétaire général :

« Enfin, vous êtes de mon avis, j'espère ?

— Mais oui, monsieur le préfet.

— N'est-ce pas ? D'abord cette hypothèse ne repose sur rien de sérieux. Et ensuite, quoi, nous sommes gardés ! Les bombes ne vous dégringolent pas comme ça sur la tête. Il faut quelqu'un qui les jette. Comment ? Par où ?

— Par le même chemin que les lettres, risqua le secrétaire général.

— Hein ? Alors vous admettez ?... »

Le secrétaire général ne répondit pas et M. Desmalions n'acheva pas sa phrase. Lui-même il éprouvait, comme les autres, cette impression de malaise qui, peu à peu, à mesure que les secondes s'écoulaient, devenait douloureuse, presque intolérable.

Trois heures du matin !... Ces quelques mots revenaient sans cesse à son esprit. Deux fois, il consulta sa montre. Il y avait encore douze minutes. Il y en avait dix. Est-ce que vraiment, par le simple effet d'une volonté infernale et toute-puissante, est-ce que l'hôtel allait sauter ?

« C'est idiot ! c'est idiot ! » s'écria-t-il en frappant du pied.

Mais, ayant regardé ses compagnons, il fut stupéfait de voir la contraction de leurs visages, et il sentit dans sa poitrine son cœur qui se serrait étrangement.

Il n'avait pas peur, certes non, et les autres pas plus que lui. Mais tous, depuis les chefs jusqu'aux simples agents, ils subissaient l'ascendant de ce don Luis Perenna qu'ils avaient vu accomplir des choses si extraordinaires et se diriger dans cette ténébreuse aventure avec une habileté si prodigieuse. Consciemment ou à leur insu, qu'ils le voulussent ou non, ils songeaient à lui comme à un être exceptionnel, doué de facultés spéciales, un être auquel il leur était impossible de songer sans évoquer par là même le stupéfiant Arsène Lupin, avec sa légende d'audace, de génie et de clairvoyance surhumaine.

Et c'était Lupin qui leur disait de fuir. Poursuivi, traqué, il se livrait lui-même pour les avertir du danger. Et ce danger était immédiat. Encore sept minutes, encore six, et l'hôtel sauterait.

Très simplement, Mazeroux se mit à genoux, fit le signe de la croix et récita des prières à voix basse. Le geste était si impressionnant que le secrétaire général et le chef de la Sûreté esquissèrent un mouvement vers le préfet de police.

Il détourna la tête et continua sa promenade de long en large. Mais l'angoisse montait en lui, et les paroles entendues au téléphone retentissaient à son oreille, et toute l'autorité de Perenna, sa prière ardente, sa conviction éperdue, tout cela le bouleversait. Il avait vu Perenna à l'œuvre. On n'avait pas le droit, dans une pareille circonstance, de négliger l'avertissement d'un tel individu.

«Allons-nous-en», dit-il.

Ces mots furent prononcés de la façon la plus calme, et l'on eût cru vraiment que ceux qui les entendirent ne les considéraient que comme la conclusion judicieuse d'un état de choses très ordinaire. Ils s'en allèrent sans hâte et sans désordre, non pas en fugitifs, mais en hommes qui obéissent volontairement à un devoir de prudence.

Au seuil de la porte, ils s'effacèrent devant le préfet de police.

«Non, dit-il, passez, je vous suis.»

Il quitta la pièce le dernier, laissant l'électricité allumée.

Dans le vestibule, il pria le chef de la Sûreté de donner un coup de sifflet. Lorsque tous les agents furent là, il les fit sortir de l'hôtel ainsi que le concierge et referma la porte sur lui.

Appelant alors les agents qui surveillaient le boulevard, il leur enjoignit:

«Que tout le monde s'éloigne, et repoussez la foule le plus loin possible... et rapidement, n'est-ce pas? D'ici un quart d'heure, nous rentrerons dans l'hôtel.

— Et vous, monsieur le préfet, murmura Mazeroux, j'espère que vous ne restez pas.

— Ma foi non, dit-il en riant; si tant est que j'écoute le conseil de notre ami Perenna, je dois marcher jusqu'au bout.

— C'est qu'il n'y a plus que deux minutes.

— Notre ami Perenna a parlé de trois heures et non de trois heures moins deux. Donc...»

Il traversa le boulevard, accompagné du chef de la Sûreté, de son secrétaire général et de Mazeroux, et il escalada le talus opposé.

«Il faudrait peut-être se baisser, insista Mazeroux.

— Baissons-nous, dit le préfet, toujours de bonne humeur. Mais, en vérité, s'il n'y a pas d'explosion, je me flanque une balle dans la tête. Je ne pourrais pas vivre après m'être ainsi couvert de ridicule.

— Il y aura une explosion, monsieur le préfet, affirma Mazeroux.

— Faut-il que vous ayez confiance dans notre ami don Luis.

— Vous avez la même confiance, monsieur le préfet. »

Ils se turent, crispés par l'attente et luttant contre l'anxiété qui les étreignait. Une à une, ils comptaient les secondes aux battements de leurs cœurs. C'était interminable.

Trois heures sonnèrent quelque part.

« Vous voyez, ricana M. Desmalions, dont la voix s'altérait, vous voyez, il n'y aura rien... Dieu merci ! »

Et il bougonna :

« C'est idiot ! c'est idiot ! Comme si pareille chose pouvait se concevoir !... »

Une autre horloge sonna, plus lointaine, puis, au sommet d'un hôtel voisin, l'heure tinta également.

Avant que le troisième coup eût retenti, ils entendirent comme un craquement, et aussitôt, ce fut l'explosion, formidable, totale, et si brève, qu'ils n'eurent pour ainsi dire que la vision d'une gerbe immense de flammes et de fumée, d'où jaillissaient d'énormes pierres et des débris de murs, quelque chose comme le bouquet gigantesque d'un feu d'artifice. Et c'était fini. Le volcan avait éclaté.

« En avant ! cria le préfet de police qui s'élança. Qu'on téléphone ! vite, les pompes en cas d'incendie. »

Il empoigna Mazeroux par le bras.

« Courez jusqu'à mon auto, à cent mètres de là. Faites-vous conduire chez don Luis, et si vous le trouvez, délivrez-le et amenez-le ici.

— Je le mets sous mandat, monsieur le préfet ?

— Sous mandat ? Vous êtes fou !

— Mais, si le sous-chef Weber...

— Weber nous fichera la paix. Je me charge de lui. Filez. »

Cette mission, Mazeroux l'accomplit, non pas avec plus de hâte que s'il se fût agi d'arrêter don

Luis, car c'était un homme de devoir, mais avec une joie singulière. Le combat qu'il avait été obligé de poursuivre contre celui qu'il appelait toujours le patron l'avait bien souvent désolé, jusqu'à lui tirer les larmes des yeux. Cette fois, il arrivait en auxiliaire, peut-être en sauveur.

L'après-midi, renonçant, sur les ordres de M. Desmalions, à fouiller davantage l'hôtel, puisque l'évasion de don Luis semblait certaine, le sous-chef n'avait laissé que trois hommes de faction. Mazeroux les trouva dans une pièce du rez-de-chaussée, où ils veillaient tour à tour. Interrogés, ils affirmèrent qu'ils n'avaient pas entendu le moindre bruit.

Il monta seul, pour que son entrevue avec le patron n'eût pas de témoins, traversa le salon, et pénétra dans le cabinet de travail.

Là, une inquiétude l'assaillit, car, au premier coup d'œil, après avoir allumé une lampe électrique, il ne vit rien.

« Patron ! appela-t-il à diverses reprises, patron, où donc êtes-vous ? »

Aucune réponse.

« Pourtant, se dit Mazeroux, s'il a téléphoné, ce ne peut être que d'ici. »

En effet, il constata, de loin, que le récepteur était décroché, et, s'étant avancé vers la cabine, il heurta des morceaux de briques et de plâtre qui jonchaient le tapis. Alors, il fit aussi la lumière dans cette cabine, et il aperçut au-dessus de lui un bras qui pendait du plafond. Tout autour de ce bras, le plafond était éventré. Cependant, l'épaule n'avait pu passer et on ne discernait pas la tête du captif.

Mazeroux sauta sur une chaise et atteignit la main qu'il palpa, et dont le tiède contact le rassura.

« C'est toi, Mazeroux ? articula une voix, qui parut très lointaine au brigadier.

— Oui, c'est moi-même. Vous n'êtes pas blessé, hein ? Rien de grave ?

— Non, étourdi seulement… et assez faiblard… Écoute…

— J'écoute…

— Ouvre le second tiroir de gauche de mon bureau. Tu trouveras…

— Quoi, patron ?

— Un vieux bout de chocolat.

— Mais…

— Va toujours, Alexandre, j'ai une sacrée faim. »

De fait, après un instant, don Luis reprit, d'un ton plus gaillard :

« Ça va mieux. Je puis attendre. Cours à la cuisine et rapporte-moi du pain et de l'eau.

— Je reviens, patron.

— Pas directement. Reviens par la chambre de Florence Levasseur et par le passage secret jusqu'à l'échelle qui mène à la trappe supérieure. »

Et il lui indiqua le moyen de faire basculer la pierre et de s'introduire dans la sorte de canal où il avait cru trouver une fin si tragique.

En dix minutes, ce fut chose exécutée. Mazeroux déblayait l'orifice, parvenait à saisir don Luis par les jambes et le tirait hors de sa tanière.

« Eh bien, vrai, patron, gémissait-il tout apitoyé, en voilà une position ! Comment avez-vous fait votre compte ? Oui, je vois ça d'ici, vous avez creusé devant vous, à plat ventre, et creusé encore… plus d'un mètre ! Il vous en a fallu du courage, avec un estomac vide ! »

Lorsque don Luis fut installé dans sa chambre et qu'il eut avalé deux ou trois morceaux de pain et bu en conséquence, il raconta :

« Un rude courage, mon vieux. Bigre ! quand les idées tournent et qu'on n'a pas son cerveau à soi, parole d'honneur, on ne demande qu'à se laisser aller. Et surtout l'air manquait. Impossible de respirer. Je creusais pourtant. ainsi que tu l'as vu, je creusais, à moitié endormi, comme dans un cauchemar. Tiens, regarde, j'ai les doigts en marmelade. Seulement, voilà, je pensais à cette sacrée histoire de l'explosion, et coûte que coûte, je voulais vous avertir, et je creusais mon tunnel! Quel métier! et puis, vlan, j'ai senti le vide, ma main passait, et puis le bras. Où étais-je? Parbleu, au-dessus du téléphone. Je m'en rendis compte aussitôt, en tâtant le mur et en rencontrant les fils. Alors, ce fut tout un manège, qui dura bien une demi-heure, pour atteindre l'appareil. Je n'avais pas le bras assez long. C'est avec une ficelle et un nœud coulant que je réussis à pêcher le récepteur et à le tenir près de ma bouche, ou du moins à trente centimètres de ma bouche. Et je criais pour qu'on entendît! Et je gueulais! Et je souffrais! Et puis, à la fin, ma ficelle a craqué… Et puis… et puis, j'étais à bout de forces… D'ailleurs, quoi, vous étiez prévenus, c'est à vous de vous débrouiller. »

Il leva la tête vers Mazeroux, et lui demanda, comme s'il n'eût pas douté de la réponse :

« L'explosion a eu lieu, n'est-ce pas ?

— Oui, patron.

— À trois heures précises ?

— Oui.

— Et, bien entendu, M. Desmalions avait fait évacuer l'hôtel ?

— Oui.

— À la dernière minute ?

— À la dernière minute. »

Don Luis dit en riant :

« Je pensais bien qu'il se débattrait, et qu'il ne céderait qu'au moment suprême. Tu as dû passer là un mauvais quart d'heure, mon pauvre Mazeroux, car, évidemment, tu m'as donné raison du premier coup, toi ? »

Il ne cessait pas de manger, tout en parlant, et

chaque bouchée semblait lui rendre un peu de son animation ordinaire.

«Drôle de chose que la faim, dit-il. Ce que ça vous fait déménager! Il faudra pourtant que je m'habitue à cette privation-là.

— En tout cas, patron, on ne dirait vraiment pas que vous avez jeûné pendant près de quarante-huit heures.

— Bah! le coffre est bon, et il y a des réserves. Dans une demi-heure, il n'y paraîtra plus. Le temps de prendre un bain et de me raser.»

Sa toilette achevée, il s'attabla devant des œufs et de la viande froide que lui avait préparés Mazeroux, puis, se levant:

«Et maintenant, en route!

— Mais rien ne nous presse, patron. Couchez-vous donc quelques heures. Le préfet attendra.

— Tu es fou! Et Marie-Anne Fauville?

— Mme Fauville?

— Parbleu, crois-tu que je vais la laisser en prison, ainsi que Sauverand? Pas une seconde à perdre, mon vieux.»

Tout en se disant que le patron n'avait pas encore bien sa tête à lui — délivrer Marie-Anne et Sauverand, comme ça, d'un coup de baguette! non, tout de même, il allait un peu loin! —, Mazeroux conduisait, jusqu'à l'automobile du préfet, un Perenna de nouveau joyeux, fringant, aussi reposé que s'il fût sorti de son lit.

«Très flatteur pour mon amour-propre, dit-il à Mazeroux, très flatteur, cette hésitation du préfet après mon avertissement téléphonique, et son obéissance à l'instant décisif. Faut-il que je les tienne en mains, tous ces messieurs-là, pour qu'ils se tirent des pattes sur un signe de bibi! "Attention, messieurs, qu'on leur téléphone du fond de l'enfer, attention! À trois heures, bombe. — Mais non! — Mais si! — Comment le savez-vous? — Parce que je le sais. — Mais la preuve? — La preuve, c'est que je

le dis. — Oh! alors, du moment que vous le dites…"
Et à trois heures moins cinq, on s'éloigne. Ah! si je
n'étais pas pétri de modestie!…»

Ils arrivèrent au boulevard Suchet, où la foule
était si pressée qu'ils durent descendre d'automobile. Mazeroux franchit le cordon d'agents qui
défendaient les abords de l'hôtel, et il conduisit
don Luis sur le talus opposé.

«Attendez-moi là, patron, je vais avertir le préfet
de police.»

En face, sous le ciel pâle du matin, où traînaient
encore des nuages noirs, don Luis vit les dégâts
causés par l'explosion. Ils étaient, en apparence,
bien moins considérables qu'il ne le croyait.
Malgré l'écroulement de quelques plafonds, dont
on apercevait les décombres à travers le trou
béant des fenêtres, l'hôtel restait debout. Même le
pavillon de l'ingénieur Fauville semblait avoir peu
souffert, et chose bizarre, l'électricité, que le préfet
de police avait laissée allumée avant son départ,
ne s'était pas éteinte. Dans le jardin ou sur la
chaussée gisait un amoncellement de meubles,
autour duquel veillaient des soldats et des agents.

«Suivez-moi, patron», dit Mazeroux, qui revint
chercher don Luis et le dirigea vers le bureau de
l'ingénieur.

Une partie du plancher avait été démolie. Les
murs extérieurs de gauche, du côté de l'antichambre, étaient crevés, et, pour soutenir le plafond, deux ouvriers dressaient des poutres appor-
tées d'un chantier voisin. Mais, somme toute,
l'explosion n'avait pas eu les résultats qu'avait dû
escompter celui qui l'avait préparée.

M. Desmalions se trouvait là, ainsi que tous ceux
qui avaient passé la nuit dans cette pièce et plusieurs personnages importants du parquet et de la
police. Seul, le sous-chef Weber venait de partir. Il
n'avait pas voulu se rencontrer avec son ennemi.

La présence de don Luis suscita une vive émotion. Le préfet s'avança aussitôt à sa rencontre, et lui dit :

« Tous nos remerciements, monsieur. Votre clairvoyance est au-dessus de tout éloge. Vous nous avez sauvé la vie, ces messieurs et moi nous tenons à le déclarer de la façon la plus formelle. Pour ma part, c'est la seconde fois.

— Il est un moyen très simple, de me remercier, monsieur le préfet, reprenait don Luis, c'est de me permettre d'aller jusqu'au bout de ma tâche.

— De votre tâche ?

— Oui, monsieur le préfet. Mon acte de cette nuit n'en est que le début. L'achèvement, c'est la libération de Marie-Anne Fauville et de Gaston Sauverand. »

M. Desmalions sourit :

« Oh ! Oh !

— Est-ce trop demander, monsieur le préfet ?

— On peut toujours demander, mais encore faut-il que la demande soit raisonnable. Or, il ne dépend pas de moi que ces personnes soient innocentes.

— Non, mais il dépend de vous, monsieur le préfet, que vous les préveniez, si je vous démontre leur innocence.

— Ma foi, oui, si vous me le démontrez d'une façon irréfutable.

— Irréfutable... »

Malgré tout, et plus encore que les autres fois, l'assurance de don Luis impressionnait M. Desmalions, qui insinua :

« Les résultats de l'enquête sommaire que nous avons faite vous aideront peut-être. Ainsi, nous avons acquis la certitude que la bombe a été placée à l'entrée de cette antichambre et tout probablement sous les lames mêmes du parquet.

— Inutile, monsieur le préfet. Ce ne sont là que des détails secondaires. L'essentiel, maintenant, c'est que vous connaissiez la vérité totale, et non point seulement par des mots. »

Le préfet s'était rapproché de lui. Les magistrats et les agents l'entouraient. On épiait ses paroles et ses gestes avec une impatience fiévreuse. Était-ce possible que cette vérité, si lointaine encore et si confuse malgré toute l'importance que l'on attachait aux arrestations déjà opérées, pût enfin être connue ?

L'heure était grave, les cœurs se serraient. L'annonce de l'explosion, faite par don Luis, donnait à ses prédictions une valeur de chose accomplie, et ceux qu'il avait sauvés de la terrible catastrophe n'étaient pas loin d'admettre comme des réalités les affirmations les plus invraisemblables qu'un pareil homme pouvait énoncer.

Il dit :

« Monsieur le préfet, vous avez attendu vainement cette nuit que la quatrième des lettres mystérieuses fût introduite ici. C'est la venue de cette quatrième lettre à laquelle, par un miracle imprévu du hasard, il va nous être permis d'assister. Vous saurez alors que c'est la même main qui a commis tous les crimes... et vous saurez qui les a commis. »

Et, s'adressant à Mazeroux :

« Brigadier, ayez l'obligeance de faire, autant que possible, l'obscurité dans cette pièce. À défaut des volets, tirez les rideaux sur les fenêtres et ramenez les battants de la porte. Monsieur le préfet, est-ce fortuitement que l'électricité est allumée ici ?

— Fortuitement. On va l'éteindre.

— Un instant... Quelqu'un de vous, messieurs, a-t-il une lanterne de poche ? Ou bien... non, c'est inutile. Voici qui fera l'affaire. »

Dans un candélabre, il y avait une bougie. Il la prit et l'alluma.

Puis il tourna l'interrupteur.

Ce fut alors une demi-obscurité, où la flamme de la bougie, secouée par les courants d'air, vacillait. Don Luis la garantit avec la paume de la main et s'avança vers la table.

« Je ne pense pas qu'il nous faille attendre, dit-il. Selon mes prévisions, il ne se passera que quelques secondes avant que les faits parlent d'eux-mêmes, et mieux que je ne pourrais le faire. »

Ces quelques secondes, pendant lesquelles personne ne rompit le silence, furent de celles que l'on n'oublie pas. M. Desmalions a raconté depuis, dans une interview où il se moque de lui-même avec beaucoup de finesse, que son cerveau surexcité par les fatigues de la nuit et par cette mise en scène, imaginait les événements les plus insolites, comme une invasion de l'hôtel et une attaque à main armée, ou comme l'apparition d'esprits et de fantômes.

Il eut cependant la curiosité, a-t-il dit, d'observer don Luis. Assis sur le rebord de la table, la tête un peu renversée, les yeux distraits, don Luis mangeait un morceau de pain, et croquait une tablette de chocolat. Il semblait affamé, mais fort tranquille.

Les autres gardaient cette attitude crispée que l'on a dans les moments de grand effort physique. Une sorte de grimace contractait leur visage. Autant que par l'approche de ce qui allait se produire, ils étaient obsédés par le souvenir de l'explosion. Sur les murs, la flamme dessinait des ombres.

Il s'écoula plus de secondes que ne l'avait dit don Luis Perenna, trente ou quarante peut-être, qui leur parurent interminables. Puis Perenna leva un peu la bougie qu'il tenait, et il murmura :

« Voici. »

Presque en même temps que lui, d'ailleurs, tous ils avaient vu... ils voyaient... Une lettre descendait du plafond. Elle tournoyait lentement comme la feuille qui tombe d'un arbre et que le vent ne secoue pas. Elle frôla don Luis et vint se poser sur le parquet, entre deux pieds de la table.

Don Luis répéta, en ramassant le papier et en le tendant à M. Desmalions :

« Voici, monsieur le préfet, voici la quatrième lettre qui avait été annoncée pour cette nuit. »

CHAPITRE III

LE HAÏSSEUR

M. Desmalions le regardait sans comprendre et regardait le plafond. Peronna lui dit :

« Il n'y a là aucune fantasmagorie, et bien que personne n'ait jeté cette lettre d'en haut, bien qu'il n'y ait pas le moindre trou au plafond, l'explication est fort simple.

— Oh ! fort simple ! prononça M. Desmalions.

— Oui, monsieur le préfet. Tout cela prend des airs d'expérience de prestidigitation, compliquée à l'excès et par plaisir presque. Or, je l'affirme, c'est fort simple… et à la fois épouvantablement tragique. Brigadier Mazeroux, avez l'obligeance d'ouvrir les rideaux et de nous faire toute la lumière possible. »

Tandis que Mazeroux exécutait ses ordres, tandis que M. Desmalions jetait un coup d'œil sur cette quatrième lettre, dont le contenu, d'ailleurs, avait peu d'importance et n'était qu'une confirmation des premières, don Luis saisit une échelle double que les ouvriers avaient laissée dans un coin, la dressa au milieu de la pièce, et monta.

Installé à califourchon sur le barreau supérieur, il se trouva à portée de l'appareil électrique.

C'était un plafonnier composé d'une grosse ceinture de cuivre doré, au-dessous de laquelle s'entrelaçaient des pendeloques de cristal. Trois ampoules occupaient l'intérieur, placées aux trois angles d'un triangle de cuivre qui cachait les fils.

Il dégagea ces fils et les coupa, puis il se mit à dévisser l'appareil. Mais, pour activer cette besogne, il dut, à l'aide d'un marteau qu'on lui passa, démolir le plâtre tout autour des crampons qui tenaient le lustre.

«Un coup de main, s'il vous plaît», dit-il à Mazeroux.

Mazeroux gravit l'échelle. À eux deux ils saisirent le lustre, qu'ils firent glisser le long des montants et qu'on posa sur la table avec une certaine difficulté, car il était beaucoup plus lourd qu'il n'eût dû l'être.

De fait, au premier examen, on s'aperçut qu'il était surmonté d'une espèce de boîte en métal ayant la forme d'un cube de vingt centimètres de côté, laquelle boîte, enfoncée dans le plafond, entre les crampons de fer, avait obligé don Luis à démolir le plâtre qui la dissimulait.

«Que diable cela veut-il dire! s'exclama M. Desmalions.

— Ouvrez vous-même, monsieur le préfet, il y a un couvercle», répondit Perenna.

M. Desmalions souleva le couvercle. À l'intérieur du coffret, il y avait des rouages, des ressorts, tout un mécanisme compliqué et minutieux qui ressemblait fort à un mouvement d'horlogerie.

«Vous permettez, monsieur le préfet?» fit don Luis.

Il ôta le mécanisme et en découvrit un autre en dessous, qui n'était réuni au premier que par l'engrenage de deux roues, et le second rappelait plutôt ces appareils automatiques qui déroulent des bandes imprimées.

Tout au fond de la boîte. une rainure en demi-cercle était pratiquée dans le métal, juste à l'endroit, par conséquent, où le dessous de la boîte effleurait le plafond. Au bord de la rainure, il y avait une lettre toute prête.

« La dernière des cinq lettres et, sans aucun doute, la suite des dénonciations, fit don Luis. Vous remarquerez, monsieur le préfet, que le lustre primitif comportait une quatrième ampoule centrale. Elle fut évidemment supprimée pour livrer passage aux lettres lorsqu'on aménagea le lustre pour cette destination. »

Et, continuant ses explications, il précisa :

« Donc, toute la série des lettres se trouvait placée là, dans le fond. Une à une, un mécanisme ingénieux, commandé par un mouvement d'horlogerie, les happait, à l'heure voulue, les poussait au bord de la rainure cachée entre les ampoules et les pendeloques du lustre, et les jetait dans le vide. »

On se taisait autour de don Luis, et peut-être eût-on pu noter un peu de désillusion chez les auditeurs. Tout cela, en effet, était très ingénieux, mais on s'attendait à mieux qu'à des trucs et à des déclenchements de mécanisme, si imprévus qu'ils fussent.

« Patientez, messieurs, je vous ai promis quelque chose dont l'horreur dépasse l'imagination. Vous ne serez pas déçus.

— Soit, dit le préfet de police, j'admets que voici le lieu de départ des lettres. Mais, outre que beaucoup de points demeurent obscurs, il y a un fait surtout qui me paraît incompréhensible. Comment les criminels ont-ils pu arranger ce lustre de telle manière ? Et, dans un hôtel gardé par la police, dans une pièce surveillée jour et nuit, comment ont-ils pu effectuer un tel travail sans être vus ni entendus ?

— La réponse est facile, monsieur le préfet, c'est que le travail a été effectué avant que l'hôtel fût gardé par la police.

— Donc, avant que le crime fût commis ?

— Donc avant que le crime fût commis.

— Et qui me prouve qu'il en fût de la sorte ?

— Vous l'avez dit vous-même, monsieur le préfet, parce qu'il est impossible qu'il en ait été autrement.

— Mais parlez donc, monsieur ! s'écria M. Desmalions avec un geste d'agacement. Si vous avez des révélations importantes à faire, pourquoi tardez-vous ?

— Il vaut mieux, monsieur le préfet. que vous alliez vers la vérité par le chemin que j'ai suivi. Quand on connaît le secret des lettres, elle est, cette vérité, beaucoup plus près qu'on ne pense, et vous auriez déjà nommé le criminel si l'abomination de son forfait n'eût écarté de lui tous les soupçons. »

M. Desmalions le regardait attentivement. Il sentait l'importance de chaque parole prononcée par Perenna et il éprouvait une anxiété réelle.

« Alors, selon vous, dit-il, ces lettres qui accusent Mme Fauville et Gaston Sauverand ont été placées là dans le but unique de les perdre tous deux ?

— Oui, monsieur le préfet.

— Et comme elles y ont été placées avant le crime, c'est que le complot avait été combiné avant le crime ?

— Oui, monsieur le préfet, avant le crime. Du moment que l'on admet l'innocence de Mme Fauville et de Gaston Sauverand, on est amené, puisque tout les accuse, à conclure que tout les accuse par suite d'une série de circonstances voulues. La sortie de Mme Fauville le soir du crime... machination ! L'impossibilité où elle se trouve de donner l'emploi de son temps pendant que le crime s'exécutait... machination ! Sa promenade inexplicable du côté de la Muette, et la promenade de son cousin Sauverand aux environs de l'hôtel... machination ! L'empreinte des dents autour de la pomme, des dents mêmes de Mme Fauville... machination, et la plus infernale de toutes ! Je vous le dis, tout est machiné d'avance, tout est préparé, dosé, étiqueté, numéroté. Chaque événement prend sa place à l'heure prescrite. Rien n'est laissé au hasard. C'est une œuvre d'ajustage méticuleux, digne du plus habile ouvrier, si solide que les choses extérieures n'ont pas pu la dérégler, et que toute la mécanique a fonctionné jusqu'à ce jour, exactement, précisément, imperturbablement... tenez, comme le mouvement d'horlogerie enfermé dans ce coffre, et qui est bien le symbole le plus parfait de l'aventure, en même temps que l'explication la plus juste, puisque, dès avant le crime, les lettres qui dénonçaient les auteurs du crime étaient mises à la poste et que, depuis, les levées s'effectuaient aux dates et aux heures prévues. »

M. Desmalions resta pensif assez longtemps. puis objecta :

« Cependant, dans ces lettres écrites par lui, M. Fauville accuse sa femme.

— Certes.

— Nous devons donc admettre, ou bien qu'il avait raison de l'accuser, ou bien que les lettres sont fausses ?

— Elles ne sont pas fausses, tous les experts ont reconnu l'écriture de M. Fauville.

— Alors ?

— Alors... »

Don Luis n'acheva pas sa réponse, et plus nettement encore, M. Desmalions sentit palpiter autour de lui le souffle de la vérité.

Les autres se taisaient, anxieux comme lui. Il murmura :

« Je ne comprends pas...

— Si, monsieur le préfet, vous comprenez, vous comprenez que si l'envoi de ces lettres fait partie intégrante de la machination ourdie contre Mme Fauville et contre Gaston Sauverand, c'est que leur texte a été préparé de manière à les perdre.

— Quoi! quoi! Qu'est-ce que vous dites?

— Je dis ce que j'ai déjà dit. Du moment qu'ils sont innocents, tout ce qui les accuse est un des actes de la machination. »

Un long silence encore. Le préfet de police ne cachait pas son trouble. Il prononça, très lentement, les yeux fixés aux yeux de don Luis :

« Quel que soit le coupable, je ne connais rien de plus effrayant que cette œuvre de haine.

— C'est une œuvre plus invraisemblable encore que vous ne pouvez vous l'imaginer, monsieur le préfet, dit Perenna qui peu à peu s'animait, et c'est une haine que vous ne pouvez pas encore, ignorant la confession de Sauverand, mesurer dans toute sa violence. Moi, je l'ai sentie pleinement en écoutant cet homme, et, depuis, c'est à l'idée dominante de cette haine que se sont asservies toutes mes réflexions. Qui donc pouvait haïr ainsi? À quelle exécration Marie-Anne et Sauverand avaient-ils été sacrifiés? Quel était le personnage inconcevable dont le génie pervers avait entouré ses deux victimes de chaînes si puissamment forgées?

« Et une autre idée dirigeait mon esprit, plus ancienne celle-là, et qui m'avait frappé à plusieurs reprises, et à laquelle j'ai fait allusion devant le brigadier Mazeroux, c'était le caractère vraiment mathématique de l'apparition des lettres. Je me disais que des pièces aussi graves ne pouvaient être versées au débat à époques fixes sans qu'une raison primordiale exigeât précisément la fixité de ces époques. Quelle raison? S'il y avait eu *intervention humaine*, il y aurait eu plutôt, n'est-ce pas, irrégularité volontaire, et surtout à partir du moment où la justice s'était saisie de l'affaire et assistait à la délivrance des lettres. Or, malgré tous les obstacles, les lettres continuaient à venir, *comme si elles n'eussent pas pu ne point venir* Et ainsi la raison de leur venue se fit jour en moi, petit à petit :

elles venaient mécaniquement, par un procédé invisible, réglé une fois pour toutes et qui fonctionnait avec la rigueur stupide d'une loi physique. Il n'y avait plus là intelligence et volonté consciente, mais tout bêtement nécessité matérielle.

« C'est le choc de ces deux idées, l'idée de la haine qui poursuivait les innocents et l'idée de force mécanique qui servait aux desseins du "haïsseur", c'est le choc de ces deux idées qui suscita la petite étincelle. Mises en contact l'une avec l'autre, elles se combinèrent dans mon esprit, et provoquèrent en moi ce souvenir que Hippolyte Fauville était ingénieur ! »

On l'écoutait avec une sorte d'oppression et de malaise. Ce qui se révélait peu à peu du drame, au lieu d'amoindrir l'anxiété, l'exaspérait jusqu'à la rendre douloureuse.

M. Desmalions objecta :

« Si les lettres arrivaient à la date indiquée, remarquez cependant que l'heure variait chaque fois.

— C'est-à-dire qu'elle variait selon que notre surveillance s'exerçait ou non dans les ténèbres, et voilà justement le détail qui me fournit le mot de l'énigme. Si les lettres, précaution indispensable, et dont nous pouvons nous rendre compte aujourd'hui, ne parvenaient qu'à la faveur de l'ombre, c'est qu'un dispositif quelconque leur interdisait le passage lorsque l'électricité était allumée, et c'est que, inévitablement, ce dispositif était commandé par un interrupteur qui existait dans la pièce. Aucune autre explication n'est possible. Nous avons affaire à un appareil de distribution automatique, qui, grâce à un mouvement d'horlogerie, ne délivre les lettres d'accusation dont il est chargé que de telle heure à telle heure de telle nuit fixée d'avance, et les délivre seulement aux minutes où le lustre électrique n'est pas allumé. Cet appareil, le voici devant vous. Nul doute que les experts n'en admirent l'ingéniosité et ne confirment mes assertions. Mais n'ai-je pas le droit, d'ores et déjà, étant donné qu'il fut trouvé dans le plafond de cette pièce, étant donné qu'il contenait des lettres écrites par M. Fauville, n'ai-je pas le droit de dire qu'il fut construit par M. Fauville, ingénieur électricien ? »

Une fois encore revenait, comme une obsession, le nom de M. Fauville, et, chaque fois, ce nom prenait un sens plus déterminé. C'était d'abord M. Fauville, puis M. Fauville, ingénieur, puis M. Fauville ingénieur électricien. Et ainsi voilà que l'image du « haïsseur », comme disait don Luis, apparaissait avec des contours exacts et donnait à ces hommes, habitués cependant aux plus étranges déformations criminelles, comme un frisson de peur. La vérité, maintenant, ne rôdait plus autour d'eux. Déjà on luttait contre elle, comme on lutte contre un adversaire que l'on ne voit pas, mais qui vous étreint à la gorge et qui vous terrasse.

Et le préfet de police, résumant les impressions, reprit d'une voix sourde :

« Ainsi, M. Fauville aurait écrit ces lettres pour perdre sa femme et l'homme qui aimait sa femme ?

— Oui.

— En ce cas...

— En ce cas ?

— Sachant, d'un autre côté, qu'il était menacé de mort, il a voulu, si jamais cette menace se réalisait, que sa femme et que son ami fussent accusés ?

— Oui.

— Et pour se venger de leur amour, pour assouvir sa haine, il a voulu que tout le faisceau des certitudes les désignât comme coupables de l'assassinat dont il allait être la victime ?

— Oui.

— De sorte que... de sorte que M. Fauville, dans une partie de son œuvre maudite, fut... comment dirais-je? le complice de son meurtrier. Il tremblait devant la mort... Il se débattait... Mais il s'arrangeait pour que sa mort profitât à sa haine. C'est bien cela, n'est-ce pas? C'est bien cela?

— C'est presque cela, monsieur le préfet, vous suivez les étapes mêmes que j'ai parcourues, et, comme moi, vous hésitez devant la dernière vérité, devant celle qui donne au drame tout son caractère sinistre et hors de toutes proportions humaines.»

Le préfet de police frappa la table des deux poings, en un sursaut de révolte soudaine.

«Absurdité s'écria-t-il. Hypothèse stupide! M. Fauville menacé de mort et combinant la perte de sa femme avec cette persévérance machiavélique... Allons donc! L'homme qui est venu dans mon cabinet, l'homme que vous avez vu, ne pensait qu'à une chose, à ne pas mourir! Une seule épouvante l'obsédait, celle de la mort. Ce n'est pas dans ces moments-là que l'on ajuste des mécanismes et que l'on tend des pièges... surtout lorsque ces pièges ne peuvent avoir d'effet que si on meurt assassiné. Voyez-vous M. Fauville travaillant à son horloge, plaçant lui-même des lettres qu'il aurait eu soin, trois mois auparavant, d'écrire à un ami et d'intercepter, arrangeant les événements de façon que sa femme parût coupable, et disant: "Voilà! au cas où je serais assassiné, je suis tranquille, c'est Marie-Anne qu'on arrêtera." Non, avouez-le, on n'a pas de ces précautions macabres. Ou alors... ou alors, c'est qu'on est sûr d'être assassiné. C'est qu'on accepte de l'être. C'est, pour ainsi dire, qu'on est d'accord avec le meurtrier et qu'on lui tend le cou. C'est enfin que...»

Il s'interrompit, comme si les phrases qu'il avait prononcées l'eussent surpris. Et les autres semblaient également déconcertés. Et de ces phrases, ils tiraient tous, sans le savoir, les conclusions qu'elles comportaient et qu'ils ignoraient encore.

Don Luis ne quittait pas le préfet des yeux et il attendait les inévitables paroles.

M. Desmalions murmura:

«Voyons, vous n'allez pas prétendre qu'il était d'accord...

— Je ne prétends rien, dit don Luis. C'est la pente logique et naturelle de vos réflexions, monsieur le préfet, qui vous amène au point où vous en êtes.

— Oui, oui, je le sais, mais je vous montre l'absurdité de votre hypothèse. Pour qu'elle soit exacte, et qu'on puisse croire à l'innocence de Marie-Anne Fauville, nous en arrivons à supposer cette chose inouïe que M. Fauville a participé au crime commis contre lui. C'est risible!»

Il riait, en effet, mais d'un rire gêné et qui sonnait faux.

«Car enfin, voilà, et vous ne pouvez nier que nous n'en soyons là.

— Je ne le nie pas.

— Donc?

— Donc, M. Fauville, comme vous le dites, monsieur le préfet, a participé au crime commis contre lui.»

Cela fut dit de la façon la plus paisible du monde, mais d'un air de telle certitude que l'on ne songea pas à protester. Après le travail de déductions et de suppositions auquel il avait contraint ses interlocuteurs, ou se trouvait au fond d'une impasse d'où il n'était plus possible de sortir sans se heurter à des objections irréductibles. La participation de M. Fauville ne faisait plus aucun doute. Mais en quoi consistait-elle? Quel rôle avait-il joué dans cette tragédie d'exécution et de meurtre? Ce rôle, qui aboutissait au sacrifice de sa vie, l'avait-il joué de plein gré ou tout simplement subi? Qui, en fin de compte, lui avait servi de complice ou de bourreau?

Toutes ces questions se pressaient dans l'esprit

de M. Desmalions et des assistants. On ne songeait plus qu'à les résoudre, et don Luis pouvait être sûr que la solution proposée par lui était acceptée d'avance. Il lui suffisait désormais, sans craindre un seul démenti, de dire ce qui s'était passé. Il le fit brièvement, à la façon d'un rapport où l'on n'envisage que les points essentiels.

« Trois mois avant le crime, M. Fauville écrivit une série de lettres à l'un de ses amis, M. Langernault, qui, le brigadier Mazeroux a dû vous le dire, monsieur le préfet, était mort depuis plusieurs années, circonstance que M. Fauville ne pouvait ignorer. Ces lettres furent mises à la poste, mais interceptées par un moyen qu'il nous importe peu de connaître pour l'instant. M. Fauville effaça les timbres, l'adresse, et introduisit les lettres dans un appareil spécialement construit, et dont il régla le mécanisme de manière que la première fût délivrée quinze jours après sa mort, et les autres de dix jours en dix jours. À ce moment, il est certain que son plan était combiné dans ses moindres détails. Connaissant l'amour de Sauverand pour sa femme, et surveillant les démarches de Sauverand, il avait dû, évidemment, remarquer que son rival abhorré passait tous les mercredis sous les fenêtres de l'hôtel, et que Marie-Anne Fauville se mettait à la fenêtre. C'est là un fait d'une importance capitale, dont la révélation me fut précieuse, et qui vous impressionnera à l'égal d'une preuve matérielle. Chaque mercredi soir, je le répète, Sauverand errait autour de l'hôtel. Or, notez-le : 1° c'est un mercredi soir que le crime préparé par M. Fauville fut commis, 2° c'est sur la demande formelle de son mari que Mme Fauville sortit ce soir-là et se rendit à l'Opéra et au bal de Mme d'Ersinger. »

Don Luis s'arrêta quelques secondes, puis reprit :

« Par conséquent, le matin de ce mercredi, tout

était prêt, l'horloge fatale était remontée, la méca-nique d'accusation allait à merveille, les preuves futures confirmeraient les preuves immédiates que M. Fauville tenait en réserve. Bien plus, vous aviez reçu de lui, monsieur le préfet, une lettre où il vous dénonçait le complot ourdi contre lui et où il implorait, pour le lendemain matin, c'est-à-dire *pour après sa mort*, votre assistance! Tout, enfin, laissait donc prévoir que les choses se déroule-raient selon la volonté du "haïsseur", lorsqu'un incident se produisit, qui faillit bouleverser ses projets : l'inspecteur Vérot entra en scène, l'ins-pecteur Vérot, désigné par vous, monsieur le pré-fet, pour prendre des renseignements sur les héritiers de Cosmo Mornington. Que se passa-t-il entre les deux hommes? Nul ne le saura probable-ment jamais. L'un et l'autre sont morts, et leur secret ne revivra pas. Mais nous pouvons tout au moins affirmer, d'abord que l'inspecteur Vérot est venu ici et qu'il en rapporta la tablette de chocolat où, pour la première fois, on vit, imprimées, les dents du tigre; ensuite que l'inspecteur Vérot réus-sit, par une série de circonstances que nous ne connaîtrons pas, à découvrir les projets de M. Fau-ville. Et cela, nous le savons, puisque l'inspecteur Vérot l'a dit en propres termes, et avec quelle angoisse! puisque c'est par lui que nous avons appris que le crime devait avoir lieu la nuit sui-vante, et puisqu'il avait consigné ses découvertes dans une lettre qui lui fut dérobée. Et cela, l'ingé-nieur Fauville le savait aussi, puisque, pour se débarrasser de l'ennemi redoutable qui contre-carrait ses desseins, il l'empoisonna; puisque, le poison tardant à agir, il eut l'audace, sous un déguisement qui lui donnait l'apparence de Gaston Sauverand et qui devait un jour ou l'autre porter les soupçons vers celui-ci, il eut l'audace et la pré-sence d'esprit de suivre l'inspecteur Vérot jusqu'au Café du Pont-Neuf, de lui dérober la lettre d'explications que l'inspecteur Vérot vous écrivait, de la remplacer par une feuille de papier blanc, et de demander ensuite à un passant, qui pouvait devenir un témoin contre Sauverand, le chemin du métro conduisant à Neuilly, à Neuilly où demeurait Sauverand! Voilà l'homme, monsieur le préfet. »

Don Luis parlait avec une force croissante, avec l'ardeur que donne la conviction, et son réquisitoire, logique et rigoureux, semblait évoquer la réalité elle-même.

Il répéta :

« Voilà l'homme, monsieur le préfet. voilà le bandit. Et telle était la situation où il se trouvait, telle était la peur que lui inspiraient les révélations possibles de l'inspecteur Vérot, que, avant de mettre à exécution l'acte effroyable qu'il avait projeté, il vint s'assurer à la préfecture de police que sa victime avait bien cessé de vivre et qu'elle n'avait pu le dénoncer. Vous vous rappelez la scène, monsieur le préfet, l'agitation, l'épouvante du personnage : "Protégez-moi, monsieur le préfet... Je suis menacé de mort... Demain, je serai frappé..." Demain, oui, c'est pour le lendemain qu'il implorait votre aide, parce qu'il savait que tout serait fini le soir même, et que le lendemain la police serait en face d'un crime, en face des deux coupables contre lesquels il avait lui-même accumulé les charges, en face de Marie-Anne Fauville, qu'il a, pour ainsi dire, accusée d'avance.

« Et c'est pourquoi la visite du brigadier Mazeroux et la mienne, à neuf heures du soir, dans son hôtel, l'ont si visiblement embarrassé. Quels étaient ces intrus ? N'arriveraient-ils pas à démolir son plan ? La réflexion le rassura, autant que notre insistance le contraignit à céder. Après tout, que lui importait ? Ses mesures étaient si bien prises qu'aucune surveillance ne pouvait les détruire ni même les percevoir. Ce qui devait se produire se produirait en notre présence et à notre insu. La mort, convoquée par lui, ferait son œuvre.

« Et la comédie, la tragédie plutôt, se déroula. Mme Fauville, qu'il envoyait à l'Opéra, vint lui dire adieu. Puis son domestique lui apporta des aliments, entre autres un compotier de pommes. Puis ce fut un accès de fureur, l'angoisse de l'homme qui va mourir et que la mort épouvante, et puis toute une scène de mensonge, où il nous montra son coffre-fort et le carnet de toile grise qui contenait soi-disant le récit du complot.

« Dès lors, tout était fini, Mazeroux et moi retirés dans l'antichambre, la porte fermée, Fauville demeurait seul et libre d'agir. Rien ne pouvait plus faire obstacle à sa volonté. À onze heures du soir, Mme Fauville — à qui sans doute, dans la journée, il avait expédié, en imitant l'écriture de Sauverand, une de ces lettres qu'on déchire aussitôt reçues, et par laquelle Sauverand suppliait la malheureuse de lui accorder un rendez-vous au Ranelagh —, Mme Fauville quitterait l'Opéra, et, avant d'aller à la soirée de Mme d'Ersinger, irait passer une heure aux environs de l'hôtel. D'autre part, à cinq cents mètres de là, et du côté opposé, Sauverand accomplirait son pèlerinage habituel du mercredi. Pendant ce temps, le crime serait exécuté. Se pouvait-il que l'un et l'autre, désignés à l'attention de la police, soit par les allusions de M. Fauville, soit par l'incident du Café du Pont-Neuf, et tous deux incapables, en outre, soit de fournir un alibi, soit d'expliquer leur présence dans les parages de l'hôtel, se pouvait-il qu'ils ne fussent pas accusés et convaincus, du crime ?

« Au cas inadmissible où un hasard les protégerait, une preuve irrécusable était là, à portée de la main, placée par M. Fauville, la pomme où se trouvaient incrustées les dents mêmes de Marie-Anne Fauville ! Et puis, quelques semaines plus tard, manœuvre suprême et décisive, l'arrivée mystérieuse, de dix jours en dix jours, des lettres de dénonciation.

«Ainsi tout est réglé. Les moindres détails sont prévus avec une lucidité infernale. Vous vous rappelez, monsieur le préfet, cette turquoise tombée de ma bague et retrouvée dans le coffre-fort? Quatre personnes seulement avaient pu la voir et la ramasser. Parmi elles, M. Fauville. Or, c'est lui précisément que nous mîmes tout de suite hors de cause, et c'est lui, cependant, qui, pour me rendre suspect et pour écarter par avance une intervention qu'il devinait dangereuse, a saisi l'occasion offerte et introduit la turquoise dans le coffre-fort!

«Cette fois, l'œuvre est achevée. Le destin va s'accomplir. Entre le "haïsseur" et ses proies, il n'y a plus que la distance d'un geste. Ce geste est exécuté. M. Fauville meurt.»

Don Luis se tut. Un assez long silence suivit ses paroles, et il eut la certitude que le récit extraordinaire qu'il venait de terminer recueillait auprès de ses auditeurs l'approbation la plus absolue. On ne discutait pas, on croyait. Et c'était pourtant la plus incroyable vérité qu'il leur demandait de croire.

M. Desmalions posa une dernière question:

«Vous étiez dans cette antichambre avec le brigadier Mazeroux. Dehors, il y avait des agents. En admettant que M. Fauville ait su qu'on devait le tuer cette nuit-là, et à cette heure même de la nuit, qui donc a pu le tuer, et qui donc a pu tuer son fils? Il n'y avait personne entre ces quatre murs.

— Il y avait M. Fauville.»

Ce fut subitement une clameur de protestations. D'un coup, le voile se déchirait, et le spectacle que montrait don Luis provoquait, en même temps que l'horreur, un sursaut inattendu d'incrédulité, et comme une révolte contre l'attention trop bienveillante que l'on avait accordée à de telles explications.

Le préfet de police résuma le sentiment de tous en s'écriant:

«Assez de mots! Assez d'hypothèses! Si logiques qu'elles paraissent, elles aboutissent à des conclusions absurdes.

— Absurdes en apparence, monsieur le préfet, mais qui nous dit que l'acte inouï de M. Fauville ne s'explique pas par des raisons toutes naturelles? Évidemment, on ne meurt pas de gaieté de cœur, pour le simple plaisir de se venger. Mais qui nous dit que M. Fauville, dont vous avez pu noter comme moi, l'extrême maigreur et la lividité, n'était pas atteint de quelque maladie mortelle, et que, se sachant déjà condamné...

— Assez de mots, je vous le répète, s'exclama le préfet, vous ne procédez que par suppositions. Or, ce que je vous demande, ce sont des preuves. C'est une preuve, une seule. Nous l'attendons encore.

— La voici, monsieur le préfet.

— Hein! Qu'est-ce que vous dites?

— Monsieur le préfet, lorsque j'ai dégagé le lustre du plâtre qui le soutenait, j'ai trouvé, sur le dessus et en dehors du coffret de métal, une enveloppe cachetée. Comme ce lustre était placé sous la mansarde occupée par le fils de M. Fauville, il est évident que M. Fauville pouvait, en soulevant les lames du plancher de cette mansarde, atteindre la partie supérieure du mécanisme agencé par lui. C'est ainsi que, au cours de la dernière nuit, il a placé là cette enveloppe cachetée, où, du reste, il a inscrit la date même du crime: "Trente et un mars, onze heures du soir", et sa signature: "Hippolyte Fauville."

Déjà, cette enveloppe, M. Desmalions l'avait ouverte d'une main hâtive. Au premier coup d'œil sur les pages écrites qu'elle contenait, il tressaillit.

«Ah! Le misérable, le misérable, dit-il. Est-ce possible qu'il existe de pareils monstres? Oh! quelle abomination!»

D'une voix saccadée, que la stupeur rendait plus sourde par moments, il lut :

« Le but est atteint, mon heure sonne. Endormi par moi, Edmond est mort sans que le feu du poison l'ait tiré de son inconscience. Maintenant, mon agonie commence. Je souffre toutes les tortures de l'enfer. À peine si ma main peut tracer ces dernières lignes. Je souffre, je souffre. Et pourtant. mon bonheur est immense !

« Il date, ce bonheur, du voyage que j'ai fait à Londres, avec Edmond, il y a quatre mois. Jusquelà, je traînais l'existence la plus affreuse, dissimulant ma haine contre celle qui me détestait et qui en aimait un autre, atteint dans ma santé, me sentant déjà rongé par un mal implacable, et voyant mon fils débile et languissant. L'après-midi, je consultais un grand docteur, et je ne pouvais plus garder le moindre doute : un cancer me rongeait. Et je savais, en outre, que mon fils Edmond était, comme moi, sur la route du tombeau, irrémédiablement perdu, tuberculeux.

« Le soir même, l'idée magnifique de la vengeance naissait en moi.

« Et quelle vengeance ! Une accusation, la plus redoutable des accusations, portée contre un homme et une femme qui s'aiment. La prison ! la cour d'assises ! le bagne ! l'échafaud ! Et pas de secours possible, pas de lutte, pas d'espoirs ! Les preuves accumulées, de ces preuves si formidables que l'innocent lui-même doute de son innocence et se tait, accablé, impuissant. Quelle vengeance !... Et quel châtiment ! Être innocent et se débattre vainement contre les faits eux-mêmes qui vous accusent, contre la réalité elle-même qui crie que vous êtes coupable !

« Et c'est dans la joie que j'ai tout préparé. Chaque trouvaille, chaque invention soulevait en moi des éclats de rire. Dieu ! que j'étais heureux ! Un cancer, vous croyez que cela fait du mal ? Mais non, mais non. Est-ce que l'on souffre dans son corps, lorsque l'âme frissonne de joie ? À cette heure, est-ce que je sens la brûlure atroce du poison ?

« Je suis heureux. La mort que je me donne, c'est le commencement de leur supplice. Alors, à quoi bon vivre et attendre une mort naturelle qui serait pour eux le commencement du bonheur ? Et puisque Edmond devait mourir, pourquoi ne pas lui épargner une lente agonie et pourquoi ne pas lui donner une mort qui doublera le forfait de Marie-Anne et de Sauverand ?

« C'est la fin ! J'ai dû m'interrompre, vaincu par la douleur. Un peu de calme, maintenant… Comme tout est silencieux ! Hors de l'hôtel et dans l'hôtel, des envoyés de la police veillent sur mon crime. Non loin d'ici, Marie-Anne, appelée par ma lettre, accourt au rendez-vous où son bien-aimé ne viendra pas. Et le bien-aimé rôde sous les fenêtres où sa belle n'apparaîtra pas. Ah ! les petites marionnettes dont je tiens les fils. Dansez ! Sautez ! Dieu, qu'elles sont amusantes ! La corde au cou, monsieur et madame, oui, la corde au cou. N'est-ce pas vous, monsieur, qui, le matin, avez empoisonné l'inspecteur Vérot, et qui l'avez suivi au Café du Pont-Neuf avec votre jolie canne d'ébène ? Mais oui, c'est vous ! Et le soir, c'est la jolie dame qui m'empoisonne, et qui empoisonne son beau-fils. La preuve ? Eh bien, et cette pomme, madame, cette pomme où vous n'avez *pas mordu* et au creux de laquelle, cependant, on *trouvera les marques de vos dents* ! Quelle comédie ! Sautez ! Dansez !

« Et les lettres ! Le coup des lettres à feu Langernault ! Cela, c'est ma plus admirable prouesse. Ah ! ce que j'y ai goûté de joie, à l'invention et à la construction de ma petite mécanique ! Est-ce assez bien combiné ? N'est-ce pas une merveille d'agencement et de précision ? À jour fixe, pan, la première lettre ! Et puis, dix jours après, pan, la seconde lettre ! Allons, il n'y a rien à faire, mes pauvres amis, vous êtes bien fichus. Dansez ! sautez !

« Et ce qui m'amuse — car je ris en ce moment —, c'est de penser qu'on n'y verra que du feu. Marie-Anne et Sauverand coupables, là-dessus, pas le moindre doute. Mais, en dehors de cela, le mystère absolu. On ne saura rien, et on ne saura jamais rien. Dans quelques semaines, lorsque la perte des deux coupables sera irrévocablement consommée, lorsque les lettres seront entre les mains de la justice, le 25, ou plutôt le 26 mai, à trois heures du matin, une explosion anéantira toutes les traces de mon œuvre. La bombe est placée. Un mouvement, tout à fait indépendant du lustre, la fera éclater à l'heure dite. À côté, je viens d'enfouir le carnet de toile grise où j'ai soi-disant écrit mon journal, les flacons qui contiennent le poison, les aiguilles qui m'ont servi, une canne d'ébène, deux lettres de l'inspecteur Vérot, enfin, tout ce qui pourrait sauver les coupables. Alors, comment serait-il possible de savoir ? Non, on ne saura rien, et on ne saura jamais rien.

« À moins que... À moins que quelque miracle ne se produise... À moins que la bombe ne laisse les murs debout et le plafond intact... À moins que, par un prodige d'intelligence et d'intuition, un homme de génie, débrouillant les fils que j'ai entremêlés, ne pénètre au cœur même de l'énigme, et ne réussisse, après des mois et des mois de recherches, à découvrir cette lettre suprême.

« C'est pour cet homme que j'écris, sachant bien qu'il ne peut pas exister. Mais, après tout, qu'importe ! Marie-Anne et Sauverand seront déjà au fond de l'abîme, morts sans doute, en tout cas séparés à jamais. Et je ne risque rien de laisser aux soins du hasard ce témoignage de ma haine.

« Voilà, c'est fini. Je n'ai plus qu'à signer. Ma main tremble de plus en plus. La sueur coule à grosses gouttes de mon front. Je souffre comme un damné. Et je suis divinement heureux! Ah! mes amis, vous attendiez ma mort! Ah! toi, Marie-Anne, imprudente! tu laissais deviner dans tes yeux, qui m'épiaient à la dérobée, toute ta joie de me voir malade! et vous étiez tellement sûrs, tous deux, de l'avenir, que vous aviez le courage de rester vertueux! La voici, ma mort. La voici, et vous voilà réunis au-dessus de ma tombe, liés avec les anneaux du cabriolet de fer. Marie-Anne, sois l'épouse de mon ami Sauverand. Sauverand, je te donne ma femme. Unissez-vous. C'est le juge d'instruction qui rédigera le contrat, et c'est le bourreau qui dira la messe. Ah! quelle volupté! Je souffre… Quelle volupté!… La bonne haine, qui rend la mort adorable… Je suis heureux de mourir… Marie-Anne est en prison… Sauverand pleure dans sa cellule de condamné… On ouvre sa porte… Oh! l'horreur!… Des hommes en noir… Ils s'approchent du lit… "Gaston Sauverand, votre pourvoi est rejeté. Ayez du courage." Ah! le matin froid…, l'échafaud!… À ton tour, Marie-Anne, à ton tour! Est-ce que tu survivrais à ton amant? Sauverand est mort. À ton tour! Tiens, voici une corde. Aimes-tu mieux le poison? Mais meurs donc, coquine… Meurs dans les flammes… comme moi, qui te hais… qui te hais… qui te hais… »

M. Desmalions se tut, au milieu de la stupeur de tous. Il avait lu les dernières lignes avec beaucoup de difficulté, tellement, vers la fin, l'écriture devenait informe et illisible.

Il dit à voix basse, les yeux fixés sur le papier:

«Hippolyte Fauville… La signature y est bien… Le misérable a retrouvé un peu de force pour signer clairement. Il a craint qu'on pût mettre en doute son ignominie. De fait, comment aurait-on supposé?… »

Et il ajouta, en regardant don Luis:

«Il fallait, pour arriver au but, une clairvoyance

vraiment exceptionnelle, et des dons auxquels nous devons rendre hommage, auxquels je rends hommage. Toutes les explications données par ce fou ont été prévues de la façon la plus juste et la plus déconcertante. »

Don Luis s'inclina, et, sans répondre à l'éloge, il dit :

« Vous avez raison, monsieur le préfet, c'était un fou, et de la plus dangereuse espèce, le fou lucide et qui poursuit une idée dont rien ne le détourne. Il a poursuivi la sienne avec une ténacité prodigieuse et selon les ressources mêmes de son esprit méticuleux, asservi aux lois de la mécanique. Un autre eût tué franchement et brutalement. Lui, il s'est ingénié à tuer à longue échéance, comme un expérimentateur qui s'en remet au temps du soin de prouver l'excellence de son invention. Et il n'a que trop bien réussi, puisque la justice est tombée dans le piège et que Mme Fauville va peut-être mourir. »

M. Desmalions eut un geste de décision. Toute l'histoire, en effet, n'était plus que du passé, sur lequel l'enquête projetterait la lumière nécessaire. Un seul fait importait pour le présent, le salut de Marie-Anne Fauville.

« C'est vrai, dit-il, nous n'avons pas une minute à perdre. Mme Fauville doit être prévenue sans retard. En même temps, je convoquerai le juge d'instruction, et il est certain que le non-lieu sera rendu incessamment. »

Rapidement, il donna des ordres afin que l'on continuât les investigations et que l'on vérifiât toutes les hypothèses de don Luis. Puis, s'adressant à celui-ci :

« Venez, monsieur, il est juste que Mme Fauville remercie son sauveur. Mazeroux, venez donc aussi. »

La réunion était terminée, cette réunion au cours de laquelle don Luis donna, de la plus éclatante manière, la mesure de son génie. En lutte, pourrait-on dire, avec des puissances d'outre-tombe, il força la mort à révéler son secret. Il dévoila, comme s'il y eût assisté, l'exécrable vengeance conçue dans les ténèbres et réalisée dans le tombeau.

Par son silence et par certains signes de tête, M. Desmalions laissait percer toute son admiration. Et Perenna goûtait vivement ce qu'il y avait d'étrange pour lui, que la police traquait une demi-journée plus tôt, à se trouver dans une automobile, à côté même du chef de cette police. Rien ne mettait mieux en relief la maîtrise avec laquelle il avait mené l'affaire et l'importance que l'on attachait aux résultats obtenus. Le prix de sa collaboration était tel que l'on voulait oublier les incidents des deux derniers jours. Les rancunes du sous-chef Weber ne pouvaient plus rien contre don Luis Perenna.

M. Desmalions, cependant, se mit à passer brièvement en revue les solutions nouvelles, et il conclut, discutant encore certains points :

« Oui, c'est cela... Il n'y a pas la moindre espèce de doute... nous sommes d'accord... C'est cela, et ce ne peut pas être autre chose. Néanmoins, quelques obscurités subsistent. Avant tout, l'empreinte des dents. Il y a là, contre Mme Fauville et malgré les aveux de son mari, un fait que nous ne pouvons négliger.

— Je crois que l'explication en est très simple, monsieur le préfet. Je vous la donnerai quand il me sera possible de l'accompagner des preuves nécessaires.

— Soit. Mais, autre chose. Comment se peut-il que Weber ait trouvé, hier matin, dans la chambre de Mlle Levasseur, cette feuille de papier relative à l'explosion ?

— Et comment se peut-il, ajouta don Luis en riant, que j'y aie trouvé, moi, la liste des cinq dates correspondant à la délivrance des lettres ?

— Donc, fit M. Desmalions, vous êtes de mon avis ? Le rôle de Mlle Levasseur est tout au moins suspect.

— J'estime que tout s'éclaircira, monsieur le préfet, et qu'il vous suffira maintenant d'interroger Mme Fauville et Gaston Sauverand pour que la lumière dissipe ces dernières obscurités, et pour que Mlle Levasseur soit à l'abri de tout soupçon.

— Et puis, insista M. Desmalions, il y a encore un fait qui me semble bizarre. Dans sa confession, Hippolyte Fauville ne parle même pas de l'héritage Mornington. Pourquoi ? L'ignorait-il ? Devons-nous supposer qu'il n'existe aucun rapport entre la série des crimes et cet héritage, et que la coïncidence soit toute fortuite ?

— Là, je suis entièrement de votre avis, monsieur le préfet. Le silence d'Hippolyte Fauville relativement à cet héritage me déconcerte un peu, je l'avoue. Mais, tout de même, je n'y attache qu'une importance relative. L'essentiel, c'est la culpabilité de l'ingénieur Fauville et l'innocence des détenus. »

La joie de don Luis était sans mélange et n'admettait pas de restriction. À son point de vue, l'aventure sinistre prenait fin avec la découverte de la confession écrite par l'ingénieur Fauville. Ce qui ne trouvait pas son explication dans ces lignes la trouverait dans les éclaircissements que donneraient Mme Fauville, Florence Levasseur et Gaston Sauverand. Pour lui, cela n'offrait plus d'intérêt.

Saint-Lazare... La vieille prison lamentable et sordide à laquelle la pioche n'a pas encore touché.

Le préfet sauta de voiture.

La porte lui fut aussitôt ouverte.

« Le directeur est là ? dit-il au concierge. Vite, qu'on l'appelle. C'est urgent. »

Mais, tout de suite, incapable d'attendre, il se hâta vers les couloirs qui conduisaient à l'infirmerie, et il arrivait au palier du premier étage lorsqu'il se heurta au directeur lui-même.

« Mme Fauville ?... dit-il sans préambule. Je voudrais la voir. »

Il s'arrêta net, tellement le directeur avait un air de désarroi.

« Eh bien, quoi ? qu'est-ce que vous avez ?

— Comment, monsieur le préfet, balbutia le fonctionnaire, vous ne savez pas ? J'ai pourtant téléphoné à la Préfecture...

— Parlez donc ? Quoi ? Qu'y a-t-il ?

— Il y a, monsieur le préfet, que Mme Fauville est morte ce matin. Elle a réussi à s'empoisonner. »

M. Desmalions saisit le bras du directeur et courut jusqu'à l'infirmerie, suivi de Perenna et de Mazeroux. Dans une des chambres, il vit la jeune femme étendue.

Des taches brunes marquaient son pâle visage et ses épaules, des taches semblables à celles qu'on avait observées sur les cadavres de l'inspecteur Vérot, d'Hippolyte Fauville et de son fils Edmond.

Bouleversé, le préfet murmura :

« Mais le poison... d'où vient-il ?

— On a trouvé sous son oreiller cette petite fiole et cette seringue, monsieur le préfet.

— Sous son oreiller ? Mais comment sont-elles là ? Comment les a-t-elle eues ? Qui donc les lui a passées ?

— Nous ne savons pas encore, monsieur le préfet. »

M. Desmalions regarda don Luis. Ainsi, le suicide d'Hippolyte Fauville n'arrêtait pas la série des crimes. Son action n'avait pas suscité seulement la perte de Marie-Anne, voilà qu'elle déterminait l'empoisonnement de l'infortunée jeune femme ! Était-ce possible ? Devait-on admettre que la vengeance du mort se poursuivait de la même manière automatique et anonyme ? Ou plutôt... ou plutôt n'y avait-il pas quelque autre volonté mystérieuse qui continuait, dans l'ombre, avec la même audace, l'œuvre diabolique de l'ingénieur Fauville?

Le surlendemain, nouveau coup de théâtre. On trouva dans sa cellule Gaston Sauverand qui agonisait. Il avait eu le courage de s'étrangler à l'aide de son drap. On essaya vainement de le rappeler à la vie.

Près de lui, sur la table, on recueillit une demi-douzaine d'extraits de journaux qu'une main inconnue lui avait communiqués.

Tous, ils relataient la mort de Marie-Anne Fauville.

CHAPITRE IV

L'HÉRITIER DES DEUX CENTS MILLIONS

Le quatrième soir qui suivit ces tragiques événements, un vieux cocher de fiacre, enfoui sous une vaste houppelande, vint sonner à la porte de l'hôtel Perenna et fit passer une lettre à don Luis. On le conduisit aussitôt dans le cabinet de travail du premier étage. Arrivé là, et prenant à peine le temps de se débarrasser de sa houppelande, il se précipita sur don Luis:

«Cette fois, ça y est, patron. Il ne s'agit plus de rigoler, mais de faire votre paquet et de ficher le camp, et presto.»

Don Luis, qui fumait tranquillement, installé au creux d'un large fauteuil, répondit:

«Qu'est-ce que tu préfères, Mazeroux, un cigare ou une cigarette?»

Mazeroux s'indigna:

«Mais enfin, patron, vous ne lisez donc pas les journaux?

— Hélas!

— En ce cas, la situation doit vous apparaître clairement, comme à moi, comme à tout le monde! Depuis trois jours, depuis le double suicide, ou plutôt depuis le double assassinat de Marie-Anne Fauville et de son cousin Gaston Sauverand, il n'y a pas un seul journal où vous ne lisiez pas cette phrase ou quelque chose d'approchant: «*Et maintenant que M. Fauville, son fils, sa femme et son cousin, Gaston Sauverand, sont morts, plus rien ne sépare don Luis Perenna de 1'héritage Cosmo Mornington.*» Comprenez-vous ce que parler veut dire, patron? Certes, l'explosion du boulevard Suchet et les révélations posthumes de l'ingénieur Fauville, on en parle, et l'on se révolte contre l'abominable Fauville, et l'on ne sait comment louer votre habileté. Mais il y a un fait qui domine toutes les conversations et toutes les discussions. Les trois branches de la famille Roussel étant supprimées, qui est-ce qui reste? Don Luis Perenna. À défaut des héritiers naturels, qui est-ce qui hérite? Don Luis Perenna.

— Sacré veinard!

— Voilà ce qu'on se dit, patron. On se dit que cette série de crimes et d'atrocités ne peut pas être l'effet de coïncidences fortuites, mais indique, au contraire, l'existence d'une volonté directrice commençant son action par l'assassinat de Cosmo Mornington et la terminant par la capture des deux cents millions. Et, pour donner un nom à cette volonté, on prend ce qu'on a sous la main, c'est-à-dire le personnage extraordinaire, glorieux et mal famé, équivoque et mystérieux, omnipotent et omniprésent, qui, ami intime de Cosmo Mornington, depuis le début gouverne les événements, combine, accuse, absout, fait arrêter, fait évader, en un mot tripatouille toute cette affaire d'héritage, au bout de laquelle, en dernier ressort, s'il la conduit comme son intérêt lui conseille de le faire, il a deux cents millions à palper. Et le personnage, c'est don Luis Perenna, autant dire le peu recommandable

Arsène Lupin, à qui il serait fou de ne pas songer quand on se trouve en face d'une aussi colossale affaire.

— Merci !

— Voilà ce qui se dit, patron, je vous le répète. Tant que Mme Fauville et Gaston Sauverand vivaient, on ne pensait pas beaucoup à vos titres de légataire universel et d'héritier en réserve. Mais voilà que l'un et l'autre ils meurent. Alors, n'est-ce pas ? on ne peut s'empêcher de remarquer l'obstination vraiment surprenante avec laquelle le hasard soigne les intérêts de don Luis Perenna. Vous vous rappelez l'axiome en matière juridique : *is fecit cui prodest*. À qui profite la disparition de tous les héritiers Roussel ? À don Luis Perenna.

— Le bandit !

— Le bandit, c'est le mot que Weber hurle dans les couloirs de la Préfecture et de la Sûreté. Vous êtes le bandit, et Florence Levasseur est votre complice. Et c'est à peine si l'on ose protester. Le préfet de police ? Il aura beau se souvenir qu'il vous doit la vie par deux fois, et que vous avez rendu à la justice des services inappréciables qu'il sera le premier à faire valoir. Il aura beau s'adresser au président du Conseil, Valenglay, lequel vous protège, c'est connu… Il n'y a pas que le préfet de police ! Il n'y a pas que le président du Conseil ! Il y a la Sûreté, le Parquet, le juge d'instruction, les journaux, et surtout l'opinion publique, l'opinion publique, à qui il faut donner satisfaction, et qui attend, qui réclame un coupable. Ce coupable, c'est vous ou bien Florence Levasseur. Ou plutôt, c'est vous *et* Florence Levasseur. »

Don Luis ne sourcilla pas. Mazeroux patienta encore une minute. Puis, ne recevant pas de réponse, il eut un geste désespéré :

« Patron, savez-vous à quoi vous m'obligez ? À trahir mon devoir. Eh bien, apprenez ceci. Demain matin, vous recevrez une convocation du juge d'instruction. À l'issue de l'interrogatoire, et quel que soit cet interrogatoire, on vous conduira directement au Dépôt. Le mandat est signé. Voilà ce que vos ennemis ont obtenu.

— Diable!

— Ce n'est pas tout. Weber, qui brûle de prendre sa revanche, a demandé l'autorisation de surveiller votre hôtel dès maintenant pour que vous ne puissiez pas vous défiler comme Florence Levasseur. Dans une heure, il sera sur la place avec ses hommes. Qu'en dites-vous, patron?»

Sans quitter sa posture nonchalante, don Luis fit signe à Mazeroux.

«Brigadier, regarde ce qu'il y a sous le canapé, entre les deux fenêtres.»

Don Luis était sérieux. Instinctivement, Mazeroux obéit. Sous le canapé, il y avait une valise.

«Brigadier, dans dix minutes, quand j'aurai donné l'ordre à mes domestiques de se coucher, tu porteras cette valise au 143 *bis* de la rue de Rivoli, où j'ai retenu un petit appartement sous le nom de M. Lecocq.

— Qu'est-ce que ça veut dire, patron?

— Ça veut dire que, depuis trois jours, n'ayant personne de sûr à qui confier cette valise, j'attendais ta visite.

— Ah ça! mais, balbutia Mazeroux, confondu.

— Ah ça! mais, quoi?

— Vous aviez donc l'intention de vous esquiver?

— Parbleu! Seulement, pourquoi me presser? Du moment que je t'ai placé dans les services de la Sûreté, c'est pour savoir ce qui se trame contre moi. Puisqu'il y a danger, je me trotte.»

Et, frappant l'épaule de Mazeroux qui le regardait de plus en plus ahuri. il lui dit sévèrement:

«Tu vois, brigadier, que ce n'était pas la peine de te déguiser en cocher de fiacre et de trahir ton devoir. Il ne faut jamais trahir son devoir, brigadier. Interroge ta conscience, je suis certain qu'elle te juge comme tu le mérites. »

Don Luis avait dit la vérité. Reconnaissant combien la mort de Marie-Anne et de Sauverand modifiait la situation, il estimait prudent de se mettre à l'abri. S'il ne l'avait pas fait plus tôt, c'est qu'il espérait recevoir des nouvelles de Florence Levasseur, soit par lettre, soit par téléphone. La jeune fille s'obstinant à garder le silence, il n'y avait pas de raison pour que don Luis risquât une arrestation que la marche des événements rendait infiniment probable.

Et, de fait, ses prévisions étaient justes. Le lendemain, Mazeroux arriva tout guilleret dans le petit appartement de la rue de Rivoli.

« Vous l'avez échappé belle, patron. Dès ce matin, Weber a su que l'oiseau s'était envolé. Il ne dérage pas. Avouons du reste que la situation est de plus eu plus embrouillée. À la préfecture, on n'y comprend rien. Ils ne savent même plus s'il faut poursuivre Florence Levasseur. Eh ! oui, vous avez dû lire ça dans les journaux. Le juge d'instruction prétend que Fauville s'étant suicidé et ayant tué son fils Edmond, Florence Levasseur n'a rien à voir là-dedans. Pour lui, l'affaire est donc close de ce côté. Hein ! il en a de bonnes, le juge d'instruction ! Et l'assassinat de Gaston Sauverand, est-ce qu'il n'est pas clair comme le jour que Florence y a participé, comme à tout le reste ? N'est-ce pas chez elle, dans un volume de Shakespeare, qu'on a découvert des documents qui se rapportaient aux dispositions prises par M. Fauville, relativement aux lettres et à l'explosion ? Et puis... »

Mazeroux s'interrompit, intimidé par le regard de don Luis, et comprenant que le patron tenait plus que jamais à la jeune fille. Coupable ou non, elle lui inspirait la même passion.

« Entendu, dit-il, n'en parlons plus. L'avenir me donnera raison, vous verrez cela. »

Et les jours s'écoulèrent. Mazeroux venait aussi souvent que possible, ou bien téléphonait à don Luis tous les détails de la double enquête poursuivie à Saint-Lazare et à la Santé.

Enquête vaine, comme on sait. Si les affirmations de don Luis, relatives au plafonnier électrique et à la distribution automatique des lettres mystérieuses furent reconnues exactes, on échoua dans les recherches qui concernaient le double suicide. Tout au plus fut-il établi que, avant son arrestation, Sauverand avait essayé, par l'intermédiaire d'un fournisseur de l'infirmerie, d'entrer en correspondance avec Marie-Anne. Fallait-il supposer que la fiole de poison et que la seringue avaient suivi cette même voie ? Impossible de le prouver, et, d'autre part, impossible également de découvrir comment les extraits des journaux qui relataient le suicide de Marie-Anne avaient été introduits dans la cellule de Gaston Sauverand.

Et puis le mystère initial subsistait toujours, l'insondable mystère des dents imprimées dans le fruit ! Les aveux posthumes de M. Fauville innocentaient Marie-Anne. Et pourtant, c'était bien les dents de Marie-Anne qui avaient marqué la pomme ! Ce qu'on avait appelé les dents du tigre, c'étaient bien les siennes ! Alors ?...

Bref, comme disait Mazeroux, tout le monde pataugeait, à tel point que le préfet, qui avait mission, de par le testament, de réunir les héritiers Mornington trois mois au moins après le décès du testateur, et quatre mois au plus, décida tout à coup que cette réunion aurait lieu au cours de la semaine suivante, c'est-à-dire le 9 juin. Il espérait ainsi en finir avec une affaire exaspérante, où la justice ne montrait qu'incertitude et désarroi. Selon les circonstances, on prendrait une décision relative à l'héritage. Puis, on bouclerait l'instruction. Et ce

serait peu à peu le silence sur la monstrueuse héca-
tombe des héritiers Mornington. Et le mystère des
dents du tigre s'oublierait peu à peu...

Chose étrange, ces derniers jours, agités et fiévreux comme tous ceux qui précèdent les grandes
batailles — car on prévoyait que cette réunion
suprême serait une grande bataille —, don Luis les
passa tranquillement dans un fauteuil, installé sur
son balcon de la rue de Rivoli, à fumer des cigarettes ou à faire des bulles de savon que le vent
emportait vers le jardin des Tuileries.

Mazeroux n'en revenait pas.

« Patron, vous m'ahurissez. Ce que vous avez
l'air tranquille et insouciant !

— Je le suis, Alexandre.

— Alors, quoi ! l'affaire ne vous intéresse plus ?
Vous renoncez à venger Mme Fauville et Sauverand ? On vous accuse ouvertement, et vous faites
des bulles de savon ?

— Rien de plus passionnant, Alexandre.

— Voulez-vous que je vous dise, patron ? Eh
bien, on croirait que vous connaissez le mot de
l'énigme...

— Qui sait, Alexandre ? »

Rien ne semblait émouvoir don Luis. Des heures
encore passèrent, et d'autres heures, et il ne bougeait toujours pas de son balcon. Les moineaux,
maintenant, venaient manger le pain qu'il leur
jetait. Vraiment, on eût dit que, pour lui aussi, l'affaire touchait à son terme et que les choses allaient
le mieux du monde.

Mais le jour de la réunion, Mazeroux entra, une
lettre à la main, et l'air effaré :

« C'est pour vous, patron. Elle m'était adressée,
mais avec enveloppe intérieure à votre nom...
Comment expliquez-vous cela ?

— Facilement, Alexandre. L'ennemi connaît nos
relations cordiales, et, ignorant mon adresse...

— Quel ennemi ?

— Je te le dirai ce soir.»

Don Luis ouvrit l'enveloppe et lut ces mots, écrits à l'encre rouge :

«*Il est encore temps, Lupin. Retire-toi de la bataille. Sinon, c'est la mort pour toi aussi. Quand tu te croiras au but, quand ta main se lèvera sur moi et que tu crieras des mots de victoire, c'est alors que l'abîme s'ouvrira sous tes pas. Le lieu de ta mort est déjà choisi. Le piège est prêt. Prends garde, Lupin.*»

Don Luis sourit
«À la bonne heure, ça se dessine.

— Vous trouvez, patron?

— Mais oui, mais oui... Et qui t'a remis cette lettre?

— Ah! là, nous avons de la veine, patron, pour une fois! L'agent de la Préfecture à qui elle a été remise habite justement aux Ternes, dans une maison voisine de celle qu'habite le porteur de la lettre. Il connaît très bien ce type-là. C'est de la chance, avouez-le.»

Don Luis bondit. Il rayonnait de joie.

«Qu'est-ce que tu chantes? Dégoise! Tu as des renseignements?

— L'individu est un valet de chambre, employé dans une clinique de l'avenue des Ternes.

— Allons-y. Pas une minute à perdre.

— À la bonne heure, patron. On vous retrouve.

— Eh! parbleu. Tant qu'il n'y avait rien à faire, j'attendais ce soir, et je me reposais. car je prévois que la lutte sera terrible. Mais, puisque l'ennemi commet enfin une gaffe, puisqu'il y a une piste, ah! alors, plus besoin d'attendre. Je prends les devants. Sus au tigre, Mazeroux!»

Il était une heure de l'après-midi quand don Luis et Mazeroux arrivèrent à la clinique des Ternes. Un valet de chambre les reçut. Mazeroux poussa don Luis du coude. C'était, sans nul doute, le porteur de la lettre. Sur les questions du brigadier, cet homme ne fit, en effet, aucune difficulté pour reconnaître qu'il avait été le matin à la préfecture.

« Sur l'ordre de qui ? demanda Mazeroux.

— Sur l'ordre de Mme la supérieure.

— La supérieure ?

— Oui, la clinique comprend aussi une maison de santé, laquelle est dirigée par des religieuses.

— Est-il possible de parler à la supérieure ?

— Certes, mais pas maintenant, elle est sortie.

— Et elle rentrera ?

— Oh ! d'un instant à l'autre. »

Le domestique les introduisit dans l'antichambre, où ils restèrent plus d'une heure. Ils étaient fort intrigués. Que signifiait l'intervention de cette religieuse ? Quel rôle tenait-elle dans l'affaire ?

Des gens entraient, que l'on conduisait auprès des malades en traitement. D'autres sortaient. Il vint aussi des sœurs qui allaient et qui venaient en silence, et des infirmières couvertes de leur longue blouse blanche serrée à la taille.

« Nous n'allons pas moisir ici, patron, murmura Mazeroux.

— Qu'est-ce qui te presse ? Ta bien-aimée ?

— Nous perdons notre temps.

— Je ne perds pas le mien. Le rendez-vous chez le préfet n'est qu'à cinq heures.

— Hein ! Qu'est-ce que vous dites, patron ? Ce n'est pas sérieux ! Vous n'avez pourtant pas l'intention d'assister...

— Pourquoi pas ?

— Comment ! Mais le mandat...

— Le mandat ? Un chiffon de papier...

— Un chiffon qui deviendra une réalité si vous forcez la justice à agir. Votre présence sera considérée comme une provocation...

— Et mon absence comme un aveu. Un monsieur qui hérite de deux cents millions ne se cache pas le jour de l'aubaine. Or, sous peine d'être déchu de mes droits, il faut que j'assiste à cette réunion. J'y assisterai.

— Patron...»

Un cri étouffé jaillit devant eux, et aussitôt une femme, une infirmière qui traversait la salle, se mit à courir, souleva une tenture et disparut.

Don Luis s'était levé, hésitant, déconcerté, puis tout a coup, après quatre ou cinq secondes d'indécision, il se rua vers, la tenture, suivit un couloir et se heurta à une grosse porte matelassée de cuir, qui venait de se refermer, et autour de laquelle, stupidement, avec des mains qui tremblaient, il perdit encore quelques secondes.

Quand il l'eut ouverte, il se trouva en bas d'un escalier de service. Monterait-il ? À droite, le même escalier descendait au sous-sol. Il descendit, pénétra dans une cuisine et, empoignant la cuisinière, lui dit d'un ton furieux :

«Il y a une infirmière qui vient de sortir par là ?

— Mlle Gertrude ? La nouvelle...

— Oui... oui... vite.... on la cherche là-haut...

— Qui ?

— Ah! sacré nom, dites-moi quel chemin elle a pris ?

— Ici... cette porte...»

Don Luis s'élança, franchit un petit vestibule, et se précipita dehors, sur l'avenue des Ternes.

«Eh bien, en voilà une course», cria Mazeroux qui le rejoignait.

Don Luis observait l'avenue. Sur une petite place voisine, la place Saint-Ferdinand, un autobus démarrait.

«Elle y est, affirma-t-il, cette fois, je ne la lâche plus.»

Il héla un taxi.

«Chauffeur, suivez l'autobus à cinquante mètres de distance.»

Mazeroux lui dit :

«C'est Florence Levasseur ?

— Oui.

— Elle est raide, celle-là!» ronchonna le brigadier.

Et, avec une violence soudaine:

«Mais enfin, patron, vous ne voyez donc rien du tout? Vrai, on n'est pas aveugle à ce point!»

Don Luis ne répliqua pas.

«Mais patron, la présence de Florence Levasseur dans cette clinique démontre, par $a + b$, que c'est elle qui a donné l'ordre au domestique de m'apporter cette lettre de menaces contre vous, et, alors, plus de doutes! Florence Levasseur dirige toute l'affaire! Et, vous le savez comme moi, avouez-le! Depuis dix jours, vous êtes peut-être arrivé, par amour pour cette femme, à la considérer comme innocente malgré toutes les preuves qui l'accablent. Mais aujourd'hui, la vérité vous crève les yeux. Je le sens, j'en suis sûr. N'est-ce pas, patron, je ne me trompe pas? Vous y voyez clair?»

Cette fois, don Luis ne protesta pas. Le visage contracté, les yeux durs, il surveillait l'autobus qui, à ce moment, stoppait au coin du boulevard Haussmann.

«Halte!» cria-t-il à son chauffeur.

Le jeune fille descendait. Sous son costume d'infirmière, il fut facile de reconnaître Florence Levasseur. Elle examina les alentours, comme une personne qui s'assure qu'elle n'est pas suivie, puis monta dans une voiture et se fit conduire, par le boulevard et la rue de la Pépinière, jusqu'à la gare Saint-Lazare.

De loin, don Luis la vit monter les escaliers qui débouchent sur la cour de Rome, et il put encore l'apercevoir au bout de la salle des Pas-Perdus, devant un guichet.

«Vite, Mazeroux, dit-il, sors ta carte de la Sûreté, et demande à la receveuse quel billet elle vient de délivrer. Dépêche-toi, avant qu'un autre voyageur ne se présente. »

Mazeroux se hâta, interrogea la buraliste, et, se retournant

« Une seconde classe pour Rouen.

— Prends-en une aussi. »

Le brigadier obéit. S'étant informés, ils surent qu'un rapide partait à l'instant même. Quand ils arrivèrent sur les quais, Florence pénétrait dans un des compartiments du milieu.

Le train sifflait.

« Monte, fit don Luis, qui se dissimulait de son mieux. Tu me télégraphieras de Rouen, et je te rejoindrai ce soir. Surtout, ouvre l'œil. Qu'elle ne te glisse pas entre les doigts. Elle est très forte, tu sais.

— Mais vous, patron, pourquoi ne venez-vous pas ? Il serait bien préférable…

— Impossible. On ne s'arrête pas avant Rouen, et je ne pourrais être de retour que ce soir. Or, la réunion à la Préfecture a lieu à cinq heures.

— Et vous tenez à y être ?

— Plus que jamais. Va, embarque. »

Il le poussa dans une voiture de queue. Le train s'ébranlait et bientôt disparaissait sous le tunnel.

Alors, don Luis se jeta sur une banquette, dans une des salles d'attente, et il y resta deux heures, affectant de lire des journaux, mais les yeux vagues, et l'esprit obsédé par cette question angoissante qui se posait à lui une fois de plus, et avec quelle précision : « Florence est-elle coupable ? »

Il était cinq heures exactement lorsque le cabinet de M. Desmalions s'ouvrit devant le commandant comte d'Astrignac, maître Lepertuis et le secrétaire d'ambassade américain. À ce même moment, quelqu'un entra dans l'antichambre des huissiers et remit sa carte.

L'huissier de service jeta un coup d'œil sur le

bristol, se tourna vivement vers un groupe de personnes qui parlaient à l'écart, puis demanda au nouveau venu :

« Monsieur n'a pas de convocation ?

— Inutile. Faites annoncer don Luis Perenna. »

Il y eut comme une secousse électrique parmi les personnes du groupe, et l'une d'elles s'avança. C'était le sous-chef Weber.

Les deux hommes se regardèrent un instant jusqu'au plus profond des yeux. Don Luis souriait aimablement. Weber était livide, un tremblement agitait ses lèvres, et l'on voyait tous les efforts qu'il faisait pour se contenir.

Auprès de lui, il y avait, outre deux journalistes, quatre agents de la Sûreté.

« Bigre ! ces messieurs sont là pour moi, pensa don Luis. Mais leur ahurissement prouve bien qu'on ne croyait pas que j'aurais le culot de venir. Vont-ils m'arrêter ? »

Weber ne bougea pas, mais à la fin, son visage exprimait un certain contentement, comme s'il se fût dit : « Toi, mon bonhomme, je te tiens. Tu n'y couperas pas. »

L'huissier revint et, sans un mot, montra le chemin à don Luis.

Don Luis passa devant Weber avec le salut le plus affable, fit également un petit signe amical aux agents, et entra.

Aussitôt, le commandant comte d'Astrignac se hâta vers lui, la main tendue, montrant ainsi que tous les racontars n'atteignaient en rien l'estime qu'il gardait au légionnaire Perenna. Mais l'attitude réservée du préfet de police fut significative. Il continua de feuilleter le dossier qu'il examinait et de causer à mi-voix avec le secrétaire d'ambassade et le notaire.

Don Luis songea :

« Mon bon Lupin, il y a quelqu'un qui sortira d'ici le cabriolet de fer aux poignets. Si ce n'est pas le vrai coupable, ce sera toi, mon pauvre vieux. À bon entendeur… »

Et il se rappela le début de l'aventure, lorsqu'il se trouvait dans le bureau de l'hôtel Fauville, devant les magistrats, et qu'il lui fallait, sous peine d'arrestation immédiate, livrer le criminel à la justice. Ainsi, du commencement à la fin de la lutte, il avait dû, tout en combattant l'invisible ennemi, s'offrir aux coups de la justice, sans qu'il lui fût possible de se défendre autrement que par d'indispensables victoires. Successivement, harcelé d'attaques, toujours en danger, il avait jeté dans le gouffre Marie-Anne et Sauverand, innocents sacrifiés aux lois cruelles des batailles. Allait-il enfin prendre corps à corps le véritable ennemi ou succomber lui-même à la minute définitive ?

Il se frotta les mains d'un mouvement si heureux que M. Desmalions ne put s'empêcher de le regarder. Don Luis avait cet air épanoui d'un homme qui éprouve une joie sans mélange et qui se prépare à en goûter d'autres beaucoup plus vives encore.

Le préfet de police demeura silencieux un moment, comme s'il se fût demandé ce qui pouvait réjouir ce diable d'homme, puis il feuilleta de nouveau son dossier, et, à la fin, il prononça :

« Nous nous retrouvons ici, messieurs, comme il y a deux mois, pour prendre des résolutions définitives au sujet du testament de Cosmo Mornington. M. Cacérès, attaché à la légation du Pérou, ne viendra pas. M. Cacérès en effet, d'après un télégramme que je viens de recevoir d'Italie, est assez gravement malade. Sa présence, d'ailleurs, n'était pas indispensable. Il ne manque donc personne, ici… personne que ceux-là mêmes, hélas ! dont cette réunion aurait consacré les droits, c'est-à-dire les héritiers de Cosmo Mornington.

— Il manque une autre personne, monsieur le préfet. »

M. Desmalions leva la tête. C'était don Luis qui venait de parler. Le préfet hésita, puis, se décidant à l'interroger, il dit :

« Qui ? Quelle est cette personne ?

— L'assassin des héritiers Mornington. »

Cette fois encore, don Luis forçait l'attention, et malgré la résistance qu'on lui opposait, contraignait les assistants à tenir compte de sa présence et à subir son ascendant. Coûte que coûte, il fallait qu'on discutât avec lui comme un homme qui exprime des choses inconcevables, mais possibles puisqu'il les exprimait.

« Monsieur le préfet, dit-il, me permettez-vous d'exposer les faits tels qu'ils ressortent de la situation actuelle ? Ce sera la suite et la conclusion naturelle de l'entretien que nous avons eu après l'explosion du boulevard Suchet. »

Le silence de M. Desmalions laissa comprendre à don Luis qu'il pouvait parler. Il reprit aussitôt :

« Ce sera bref, monsieur le préfet. Ce sera bref pour deux motifs : d'abord, parce que les aveux de l'ingénieur Fauville demeurent acquis, et que nous connaissons définitivement le rôle monstrueux qu'il a joué dans l'affaire ; et ensuite, parce que, pour le surplus, la vérité, si compliquée qu'elle paraisse, est, au fond, très simple. Elle tient tout entière dans cette objection que vous m'avez faite, monsieur le préfet, en sortant de l'hôtel en ruine du boulevard Suchet :

« Comment expliquer que la confession d'Hippolyte Fauville ne mentionne pas une seule fois l'héritage de Cosmo Mornington ? »

« Tout est là, monsieur le préfet. Hippolyte Fauville n'a pas dit un mot de l'héritage. Et s'il n'en a pas dit un mot, c'est, évidemment, qu'il l'ignorait. Et si Gaston Sauverand a pu me raconter toute sa tragique histoire sans faire la moindre allusion à cet héritage, c'est que cet héritage n'a tenu dans l'histoire de Gaston Sauverand aucune espèce de place. Lui aussi, avant ces événements, l'ignorait, comme l'ignorait Marie-Anne Fauville et comme l'ignorait Florence Levasseur.

«Fait indéniable, la vengeance, la vengeance seule a guidé Hippolyte Fauville. Sinon, pourquoi eût-il agi, puisque les millions de Cosmo Mornington lui revenaient de plein droit? Et, d'ailleurs, s'il avait voulu jouir de ces millions, il n'eût tout de même pas commencé par se tuer.

«Donc une certitude: l'héritage n'est pour rien dans les décisions et dans les actes d'Hippolyte Fauville.

«Et cependant, tour à tour, avec une inflexible régularité, et comme s'ils étaient frappés dans l'ordre même où il fallait qu'ils fussent frappés pour que l'héritage Mornington fût disponible, meurent Cosmo Mornington, puis Hippolyte Fauville, puis Edmond Fauville, puis Marie-Anne Fauville, puis Gaston Sauverand! D'abord le détenteur de la fortune, ensuite tous ceux qu'il a institués ses légataires, et, je le répète, *dans l'ordre même où le testament leur permettait de prétendre à la fortune*!

«N'est-ce pas étrange? Et comment ne pas supposer qu'il y ait, en tout cela, une pensée directrice? Comment ne pas admettre que le formidable débat soit dominé par cet héritage, et que, au-dessus des haines et des jalousies de l'immonde Fauville, il y ait un être doué d'une énergie plus formidable encore, poursuivant un but tangible, et conduisant à la mort, comme des victimes numérotées, tous les acteurs inconscients du drame dont il a noué et dont il dénoue les fils?

«Monsieur le préfet, l'instinct populaire est tellement d'accord avec moi, une partie de la police, le sous-chef Weber en tête, raisonne d'une façon tellement identique à la mienne, que l'existence de cet être s'affirma aussitôt dans toutes les imaginations. Il fallait quelqu'un qui fût la pensée directrice, qui fût la volonté et l'énergie. Ce fut moi.

Pourquoi pas, après tout? N'étais-je point, condition indispensable pour avoir intérêt aux crimes, héritier de Cosmo Mornington?

«Je ne me défendrai pas. Il se peut que des interventions étrangères, il se peut que les circonstances vous obligent, monsieur le préfet, à prendre contre moi des mesures injustifiées, mais je ne vous ferai pas l'injure de croire, une seconde, que vous supposiez capable de tels forfaits l'homme dont vous avez pu juger les actes depuis deux mois.

«Et cependant, l'instinct populaire a raison de m'accuser, monsieur le préfet. En dehors de l'ingénieur Fauville, il y a fatalement un coupable, et fatalement ce coupable hérite de Cosmo Mornington. Puisque ce n'est pas moi, c'est qu'il existe un autre héritier de Cosmo Mornington. C'est celui-là que j'accuse, monsieur le préfet.

«Il n'y a pas, dans l'aventure sinistre qui se déroule devant nous, il n'y a pas, comme nous avons pu le croire un moment, que la volonté d'un mort. Ce n'est pas tout le temps, contre un mort que j'ai lutté, et plus d'une fois, j'ai senti le souffle même de la vie qui me heurtait au visage. Et plus d'une fois, j'ai senti les dents du tigre qui cherchaient à me déchirer. Le mort a fait beaucoup, mais il n'a pas tout fait. Et, même ce qu'il a fait, fut-il seul à le faire. L'être dont je parle fut-il uniquement l'exécuteur de ses ordres, ou bien aussi le complice qui l'aida dans son entreprise? Je ne sais. Mais il fut certainement le continuateur d'une œuvre qu'il avait peut-être inspirée, et que, en tout cas, il détourna à son profit, acheva résolument et poussa jusqu'aux dernières limites. *Et cela parce qu'il connaissait le testament de Cosmo Mornington.*

«Et c'est lui que j'accuse, monsieur le préfet.

«Je l'accuse tout au moins de la part de forfaits

et de crimes qu'on ne saurait attribuer à Hippolyte Fauville.

«Je l'accuse d'avoir fracturé le tiroir de la table où maître Lepertuis, le notaire de Cosmo Mornington, avait déposé le testament de son client.

«Je l'accuse de s'être introduit dans l'appartement de Cosmo Mornington et d'avoir substitué à l'une des ampoules de cacodylate de soude qui devaient servir à Cosmo Mornington pour ses piqûres une ampoule remplie de liqueur toxique.

«Je l'accuse d'avoir tenu le rôle du docteur qui vint constater le décès de Cosmo Mornington et qui délivra un faux certificat.

«Je l'accuse d'avoir fourni à Hippolyte Fauville le poison qui, successivement, tua l'inspecteur Vérot, puis Edmond Fauville, puis Hippolyte Fauville lui-même.

«Je l'accuse d'avoir armé et dirigé contre moi la main de Gaston Sauverand qui, sur son conseil et d'après ses indications, attenta par trois fois à mon existence et, finalement, provoqua la mort de mon chauffeur.

«Je l'accuse d'avoir, profitant des intelligences que Gaston Sauverand s'était créées dans l'infirmerie pour communiquer avec Marie-Anne Fauville, d'avoir fait passer à Marie-Anne Fauville la fiole de poison et la seringue qui devaient servir à la malheureuse pour mettre à exécution ses projets de suicide.

«Je l'accuse d'avoir, par un procédé que j'ignore, et prévoyant le résultat inéluctable de son acte, communiqué à Gaston Sauverand les extraits des journaux qui relataient la mort de Marie-Anne.

«Je l'accuse donc, en résumé, et sans tenir compte de sa participation aux autres crimes — assassinat de l'inspecteur Vérot, assassinat de mon chauffeur —, je l'accuse d'avoir tué Cosmo Mornington, d'avoir tué Edmond Fauville, d'avoir tué Hippolyte Fauville, d'avoir tué Marie-Anne Fauville, d'avoir tué Gaston Sauverand, d'avoir tué, en définitive, tous ceux qui se trouvaient entre les millions et *lui*.

« Et ces derniers mots, monsieur le préfet, vous confirment clairement ma pensée. Si un homme supprime cinq de ses semblables pour toucher un certain nombre de millions, c'est qu'il est convaincu que cette suppression lui assurera finalement et mathématiquement la possession de ces millions. Bref, si un homme supprime un millionnaire et ses quatre héritiers successifs, c'est qu'il est, lui, le cinquième héritier de ce millionnaire. Dans un instant, cet homme sera ici.

— Quoi ! »

L'exclamation du préfet de police fut spontanée. Il oubliait toute l'argumentation, si puissante et si serrée, de don Luis Perenna, pour ne songer qu'à l'apparition stupéfiante que don Luis annonçait. Et celui-ci répliqua :

« Monsieur le préfet, cette visite est la conclusion rigoureuse des accusations que je porte. Rappelez-vous que le testament de Cosmo Mornington est formel : les droits d'un héritier ne seront valables que si cet héritier assiste à la réunion d'aujourd'hui.

— Et s'il ne vient pas ? s'écria le préfet, prouvant ainsi que la conviction de don Luis avait peu à peu raison de ses doutes.

— Il viendra, monsieur le préfet. Sinon, toute cette affaire n'aurait plus aucune espèce de sens. Réduite aux crimes et aux actes de l'ingénieur Fauville, elle pouvait être considérée comme l'œuvre absurde d'un fou. Poussée jusqu'à la mort de Marie-Anne Fauville et de Gaston Sauverand, elle exige comme dénouement inévitable l'apparition d'un personnage qui, dernier descendant de la famille Roussel, de Saint-Étienne, et, par conséquent, héritier dans toute la force du terme, et avant moi, de Cosmo Mornington, viendra réclamer les deux cents millions qu'il a conquis par tant d'épouvantable audace.

— Et s'il ne vient pas? s'exclama de nouveau, avec plus de véhémence, M. Desmalions.

— Alors, monsieur le préfet, c'est que je suis le coupable, et vous n'aurez plus qu'à m'arrêter. Entre cinq heures et six heures, aujourd'hui, vous devez voir dans cette pièce, en face de vous, l'être qui a tué les héritiers Mornington. Il est humainement impossible que cela ne soit pas... Par conséquent en tout état de cause, la justice aura satisfaction. *Lui* ou moi, le dilemme est simple.»

M. Desmalions se taisait. Il mâchonnait sa moustache d'un air soucieux, et tournait autour de la table, dans le cercle étroit que formaient les assistants. Visiblement des objections se précisaient en son esprit contre une telle supposition. À la fin, il murmura, comme s'il se fût parlé à lui-même:

«Non... non... car enfin, comment expliquer que cet homme aurait attendu jusqu'à maintenant pour réclamer ses droits?

— Un hasard peut-être, monsieur le préfet... un obstacle quelconque... ou bien, sait-on jamais? le besoin pervers d'une émotion plus forte. Et puis, rappelez-vous, monsieur le préfet, avec quelle minutie, avec quelle subtilité mécanique toute cette affaire fut montée. Chaque événement se déclencha à la minute même fixée par l'ingénieur Fauville. Ne pouvons-nous admettre que son complice subisse jusqu'au bout l'influence de cette méthode, et qu'il ne se découvre qu'à la minute suprême?»

Avec une sorte de colère, M. Desmalions s'exclama:

«Non, non, mille fois non, ce n'est pas possible. S'il existe un être assez monstrueux pour commettre une pareille série d'assassinats, cet être n'aura pas la bêtise de se livrer.

— En venant ici, monsieur le préfet, il ignore le danger qui le menace, puisque personne même n'a envisagé l'hypothèse de son existence. Et d'ailleurs, que risque-t-il?

— Ce qu'il risque? Mais s'il a commis réellement cette série d'assassinats...

— Il ne les a pas commis, monsieur le préfet, *il les a fait commettre*, ce qui est différent. Et vous comprendrez maintenant en quoi consiste la force imprévue de cet homme : *il n'agit pas lui-même!* Depuis le jour où la vérité m'est apparue, j'ai réussi à découvrir peu à peu ses moyens d'action, à mettre à nu les rouages qu'il commande et les ruses qu'il emploie. *Il n'agit pas lui-même!* Voilà son procédé. Vous le retrouverez identique dans toute la série des assassinats. En apparence, Cosmo Mornington est mort des suites d'une piqûre mal faite ; mais, en réalité, c'est *l'autre* qui avait rendu la piqûre mortelle. En apparence, l'inspecteur Vérot a été tué par Hippolyte Fauville, mais, en réalité, c'est *l'autre* qui a dû combiner le crime, en montrer la nécessité à Fauville et, pour ainsi dire, lui diriger la main. Et de même, en apparence, Fauville a tué son fils et s'est suicidé, et Marie-Anne s'est suicidée et Gaston Sauverand s'est suicidé ; mais, en réalité, c'est *l'autre* qui voulut leur mort, qui les accula au suicide, et qui leur fournit les moyens de mourir. Voilà le procédé, monsieur le préfet, et voilà l'homme. »

Et, d'une voix basse, où il y avait comme une appréhension, il ajouta :

« J'avoue que jamais encore, au cours d'une vie qui fut cependant fertile en rencontres, je ne me suis heurté à un plus effroyable personnage, agissant avec une virtuosité plus diabolique et une psychologie plus clairvoyante. »

Ses paroles éveillaient chez ceux qui l'écoutaient une émotion croissante. On voyait réellement l'être invisible. Il prenait corps dans les imaginations. On l'attendait. Par deux fois, don Luis s'était tourné vers la porte et avait prêté l'oreille. Et plus que tout, ce geste évoquait celui qui allait venir.

« Qu'il ait agi par lui-même ou qu'il ait fait agir, dès que la justice le tiendra, elle arrivera bien...

— La justice aura du mal, monsieur le préfet! Un homme de ce calibre-là a dû tout prévoir, même son arrestation, même l'accusation dont il serait l'objet; et l'on ne pourra guère relever contre lui que des charges morales et point de preuves.

— Alors?

— Alors, monsieur le préfet, j'estime que l'on doit accepter ses explications comme toutes naturelles et ne pas le mettre en défiance. L'essentiel est de le connaître. Plus tard — et ce ne sera pas long — vous saurez bien le démasquer. »

Le préfet de police continuait a marcher autour de la table. Le commandant d'Astrignac examinait Perenna, dont le sang-froid l'émerveillait. Le notaire et le secrétaire d'ambassade semblaient fort agités. Et, de fait, rien n'était plus bouleversant que la pensée qui les dominait tous. L'abominable assassin allait-il se présenter devant eux?

« Silence », dit le préfet de police en s'arrêtant.

On avait traversé l'antichambre.

Quelqu'un frappa.

« Entrez ! »

L'huissier entra. Il tenait un plateau à la main.

Dans ce plateau, il y avait une lettre, et il y avait aussi une de ces feuilles imprimées sur lesquelles on inscrit son nom et l'objet de sa visite.

M. Desmalions se précipita.

Au moment de saisir la feuille, il eut une courte hésitation. Il était très pâle, puis, vivement, il se décida :

« Oh ! » fit-il avec un haut-le-corps.

Il tourna les yeux vers don Luis, réfléchit, puis, prenant la lettre, il dit à l'huissier :

« Cette personne est ici ?

— Dans l'antichambre, monsieur le préfet.

— Dès que je sonnerai, introduisez-la. »

L'huissier sortit.

Debout devant son bureau, M. Desmalions ne bougeait plus. Une seconde fois don Luis rencontra son regard, et un trouble l'envahit. Que se passait-il ?

D'un mouvement sec le préfet de police décacheta l'enveloppe qu'il avait en main, puis il déplia la lettre et se mit à lire.

On épiait chacun de ses gestes, on épiait les moindres expressions de son visage. Les prédictions de Perenna allaient-elles se réaliser ? Un cinquième héritier réclamait-il ses droits ?

Dès les premières lignes, M. Desmalions leva la tête, et, s'adressant à don Luis, murmura :

« Vous aviez raison, monsieur, nous sommes en présence d'une réclamation.

— De qui, monsieur le préfet ? » ne put s'empêcher de dire don Luis.

M. Desmalions ne répondit pas. Il acheva sa lecture. Puis il recommença lentement avec l'attention d'un homme qui pèse tous les mots. Enfin, il lut à haute voix :

« Monsieur le préfet,

« Les hasards d'une correspondance m'ont révélé l'existence d'un héritier inconnu de la famille Roussel. C'est aujourd'hui seulement que j'ai pu me procurer les pièces nécessaires à son identification, et c'est au dernier moment, à la suite d'obstacles inattendus, qu'il m'est possible de vous les envoyer par la *personne même qu'elles concernent*. Respectueuse d'un secret qui ne m'appartient pas, et désireuse de rester en dehors d'une affaire à laquelle je n'ai été mêlée que par accident, je vous prie, monsieur le préfet, de m'excuser si je ne crois pas devoir apposer ma signature au bas de cette lettre. »

Ainsi donc Perenna avait vu clair et les événements justifiaient sa prophétie. Au terme indiqué, quelqu'un se présentait. La réclamation était faite en temps utile. Et la façon même dont les choses se passaient, à la minute précise, rappelait étrangement l'exactitude mécanique qui dominait toute l'aventure.

Restait maintenant la question suprême : qui était cet inconnu, héritier possible, et, par conséquent, cinq ou six fois assassin ? Il attendait dans la pièce voisine. Un mur seul le cachait aux regards. Il allait venir. On allait le voir. On allait le connaître.

Brusquement, le préfet sonna.

Quelques secondes d'angoisse s'écoulèrent. Chose bizarre, M. Desmalions ne quittait pas Perenna des yeux. Celui-ci demeurait tout à fait maître de lui, mais, au fond, inquiet, mal à l'aise.

La porte fut poussée.

L'huissier livra passage à quelqu'un.

C'était Florence Levasseur.

CHAPITRE V

WEBER PREND SA REVANCHE

Don Luis eut un moment de stupéfaction. Florence ici, Florence qu'il avait laissée dans le train sous la surveillance de Mazeroux, et à qui, matériellement, il était impossible de revenir à Paris avant huit heures du soir !

Aussitôt d'ailleurs, et malgré la déroute de son cerveau, il comprit. Florence, se sachant poursuivie, les avait entraînés jusqu'à la gare Saint-

Lazare, et elle descendait à contre-voie tandis que l'excellent Mazeroux, emmené par le train, surveillait la voyageuse absente.

Mais soudain la situation lui apparut dans toute son horreur. Florence était là, pour réclamer l'héritage, et cette réclamation, il l'avait dit lui-même, constituait la preuve de culpabilité la plus effroyable.

D'un bond, sous l'impulsion d'un sentiment irrésistible, don Luis fut auprès de la jeune fille, la saisit par le bras, et lui dit avec une violence presque haineuse :

« Qu'est-ce que vous venez faire ici ? Qu'est-ce que vous venez faire ? Pourquoi ne m'avoir pas averti ?... »

M. Desmalions s'interposa. Mais don Luis, sans lâcher prise, s'écria :

« Eh ! monsieur le préfet, vous ne voyez donc pas que tout cela n'est qu'une erreur ? La personne que nous attendons, que je vous ai annoncée, n'est pas celle-ci. L'autre se cache, comme toujours. Mais il est impossible que Florence Levasseur...

— Je n'ai aucune prévention contre mademoiselle, dit le préfet de police d'une voix impérieuse. Mais mon devoir est de l'interroger sur les circonstances qui déterminent sa visite. Je n'y manquerai pas... »

Il dégagea la jeune fille et la fit asseoir. Lui-même prit place devant son bureau, et il était facile de voir combien la présence de la jeune fille l'impressionnait. Par cette présence l'argumentation de don Luis se trouvait pour ainsi dire illustrée. L'entrée en scène d'une personne nouvelle, ayant des droits à l'héritage, c'était incontestablement, pour tout esprit logique, l'entrée en scène d'une criminelle apportant elle-même les preuves de ses crimes. Don Luis le sentit nettement, et, dès lors, il ne quitta plus des yeux le préfet de police.

Florence les regardait tour à tour comme si tout

cela eût été pour elle la plus insoluble des énigmes. Ses beaux yeux noirs conservaient leur habituelle expression de sérénité. Elle n'avait plus son vêtement d'infirmière, et sa robe grise, très simple, sans ornements, montrait sa taille harmonieuse. Elle était grave et tranquille ainsi que de coutume.

M. Desmalions lui dit :

« Expliquez-vous, mademoiselle. »

Elle répliqua :

« Je n'ai rien à expliquer, monsieur le préfet. Je viens à vous chargée d'une mission que je remplis sans en connaître la signification exacte.

— Que voulez-vous dire ?... sans en connaître la signification ?

— Voici, monsieur le préfet. Quelqu'un en qui j'ai toute confiance, et pour qui j'éprouve le plus profond respect, m'a priée de vous remettre certains papiers. Ils concernent, paraît-il, la question qui fait l'objet de votre réunion d'aujourd'hui.

— La question d'attribution de l'héritage Cosmo Mornington ?

— Oui, monsieur le préfet.

— Vous savez que, si cette réclamation ne s'était pas produite au cours de cette séance, elle eût été sans effet ?

— Je suis venue dès que les papiers m'ont été remis.

— Pourquoi ne vous les a-t-on pas remis une heure ou deux plus tôt ?

— Je n'étais pas là. J'avais dû quitter en toute hâte la maison que j'habite actuellement. »

Perenna ne douta pas que ce fût lui qui, par son intervention, avait, en provoquant la fuite de Florence, dérangé les plans de l'ennemi.

Le préfet continua :

« Donc vous ignorez les raisons pour lesquelles on vous a confié ces papiers ?

— Oui, monsieur le préfet.

— Et vous ignorez aussi, évidemment, ce en quoi ils vous concernent?

— Ils ne me concernent pas, monsieur le préfet. »

M. Desmalions sourit, et prononça nettement, les yeux attachés à ceux de Florence :

« D'après la lettre qui les accompagne, ils vous concernent directement. Ils établissent, en effet, de la manière la plus certaine, paraît-il, que vous descendez de la famille Roussel et que vous avez, par conséquent, tous les droits à l'héritage Cosmo Mornington.

— Moi! »

Le cri fut spontané, cri d'étonnement et de protestation.

Et, tout de suite, insistant :

« Moi, des droits à cet héritage! Aucun, monsieur le préfet, aucun. Je n'ai jamais connu M. Mornington. Quelle est cette histoire? Il y a là un malentendu. »

Elle parlait avec beaucoup d'animation et avec une franchise apparente qui eût impressionné un autre homme que le préfet de police. Mais pouvait-il oublier les arguments de don Luis et l'accusation portée d'avance contre la personne qui se présenterait à cette réunion?

« Donnez-moi ces papiers », fit-il.

Elle sortit d'un petit sac une enveloppe bleue qui n'était point cachetée, et à l'intérieur de laquelle il trouva plusieurs feuilles jaunies, usées à l'endroit des plis, déchirées çà et là.

Au milieu d'un grand silence, il les examina, les parcourut, les étudia dans tous les sens, déchiffra à l'aide d'une loupe les signatures et les cachets dont ils étaient revêtus, et dit :

« Ils offrent tous les signes de l'authenticité, les cachets sont officiels.

— Alors, monsieur le préfet? articula Florence d'une voix qui tremblait...

— Alors, mademoiselle, je vous dirai que votre ignorance me semble bien incroyable.»

Et, se tournant vers le notaire, il prononça :

«Voici, en résumé, ce que contiennent et ce que prouvent ces documents. Gaston Sauverand, héritier en quatrième ligne de Cosmo Mornington, avait, comme vous le savez, un frère plus âgé que lui, du nom de Raoul, et qui habitait la république Argentine. Ce frère, avant de mourir, envoya en Europe, sous la garde d'une vieille nourrice, une enfant de cinq ans qui n'était autre que sa fille, fille naturelle, mais reconnue, qu'il avait eue de Mlle Levasseur, institutrice française établie à Buenos Aires. Voici l'acte de naissance. Voici la déclaration, écrite tout entière et signée par le père. Voici l'attestation libellée par la vieille nourrice. Voici le témoignage de trois amis, commerçants notoires de Buenos Aires. Et voici les actes de décès du père et de la mère. Tous ces documents furent légalisés et portent les cachets du consulat de France. Je n'ai, jusqu'à nouvel ordre, aucun motif de les suspecter, et je dois considérer Florence Levasseur comme la fille de Raoul Sauverand et comme la nièce de Gaston Sauverand.

— La nièce de Gaston Sauverand... sa nièce...» balbutia Florence.

L'évocation d'un père qu'elle n'avait pour ainsi dire pas connu ne l'émouvait pas. Mais elle se mit à pleurer au souvenir de Gaston Sauverand qu'elle chérissait si tendrement et à qui elle se trouvait unie par des liens de parenté si étroits.

Larmes sincères ? ou bien larmes de comédienne qui sait jouer son rôle jusqu'en ses moindres nuances ? Ces faits lui étaient-ils vraiment révélés ou bien simulait-elle les sentiments que la révélation de ces faits devait produire en elle ?

Plus encore qu'il ne surveillait la jeune fille, don Luis observait M. Desmalions, et tâchait de lire la pensée secrète de celui qui allait décider. Et soudain il vit avec une telle certitude que l'arrestation de Florence était chose résolue, comme peut l'être l'arrestation du plus monstrueux criminel, qu'il s'approcha de la jeune fille et lui dit :

« Florence. »

Elle leva sur lui ses yeux brouillés de pleurs et ne répliqua point.

Alors il s'exprima lentement :

« Pour vous défendre, Florence, car vous êtes, à votre insu, je n'en doute pas, dans l'obligation de vous défendre, il faut que vous compreniez la situation terrible où vous placent les événements. Florence, M. le préfet de police a été conduit, par la logique même de ces événements, à cette conviction définitive que la personne qui entrera dans cette pièce et dont les droits à l'héritage seront évidents est la personne même qui a tué les héritiers Mornington. Vous êtes entrée, Florence, et vous êtes l'héritière certaine de Cosmo Mornington. »

Il la vit qui frémissait des pieds à la tête, et qui devenait pâle comme une morte. Pourtant elle n'eut pas un mot de protestation et pas un geste.

Il reprit :

« L'accusation est précise, vous n'y répondez pas ? »

Elle resta longtemps sans parler, puis déclara :

« Je n'ai rien à répondre. Tout cela est incompréhensible. Que voulez-vous que je réponde ? Ce sont des choses si obscures !... »

En face d'elle don Luis frissonnait d'angoisse. Il balbutia :

« C'est tout ?... Vous acceptez ?... »

Au bout d'un instant, elle dit à mi-voix :

« Expliquez-vous, je vous en supplie. Vous voulez dire, n'est-ce pas, qu'en ne répondant pas j'accepte l'accusation ?...

— Oui.

— Et alors ?

— C'est l'arrestation... la prison...

— La prison!»

Elle parut souffrir atrocement. La peur décomposait son beau visage. La prison, pour elle, cela devait représenter les tortures subies par Marie-Anne et par Sauverand. Cela devait signifier le désespoir, la honte, la mort, toutes ces horribles choses que Marie-Anne et Sauverand n'avaient pu éviter et dont elle serait victime à son tour...

Un accablement immense la terrassa, et elle gémit :

«Comme je suis lasse!... Je sens si bien qu'il n'y a rien à faire!... Les ténèbres m'étouffent... Ah! si je pouvais voir et comprendre!...»

Un long silence encore. Penché sur elle, M. Desmalions l'étudiait aussi de toute son attention concentrée. À la fin. comme elle se taisait, il tendit la main vers le timbre, et sonna, à trois reprises.

Don Luis ne bougea pas, les yeux éperdument attachés à Florence. Au fond de lui, c'était la bataille suprême entre tous ses instincts d'amour et de générosité qui le portaient à croire la jeune fille, et sa raison qui l'obligeait à la défiance. Innocente? Coupable? Il ne savait pas. Tout était contre elle. Et cependant pourquoi n'avait-il pas cessé de l'aimer?

Weber entra, suivi de ses hommes. M. Desmalions s'entretint avec lui en désignant Florence. Weber s'approcha d'elle.

«Florence», appela don Luis.

Elle le regarda, et elle regarda Weber et ses hommes, et, soudain, comprenant ce qui allait se passer, elle recula, vacilla un moment sur elle-même, étourdie, défaillante, et s'abattit dans les bras de don Luis :

«Ah! sauvez-moi! Sauvez-moi! je vous en supplie.»

Et il y avait dans ce geste un tel abandon, et il y avait dans ce cri une détresse où l'on sentait si bien l'effarement de l'innocence, que don Luis fut brusquement éclairé. Une foi ardente le souleva. Ses doutes, ses réserves, ses hésitations, ses tourments, tout cela fut englouti sous l'assaut d'une certitude qui déferlait en lui comme une vague indomptable. Et il s'exclama :

« Non, non, cela ne sera pas ! Monsieur le préfet, il y a des choses qui ne sont pas admissibles... »

Il s'inclina sur Florence, qu'il tenait dans ses bras si fortement que personne n'aurait pu la détacher de lui. Leurs yeux se rencontrèrent. Son visage était tout contre celui de la jeune fille. Il tressaillit d'émotion à la sentir toute palpitante, si faible et si désemparée, et il lui dit passionnément, d'une voix si basse qu'elle seule put l'entendre :

« Je vous aime... je vous aime... Ah ! Florence... si vous saviez ce qui se passe en moi... ce que je souffre, et combien je suis heureux... Ah ! Florence, Florence, je vous aime... »

Sur un signe du préfet, Weber s'était éloigné. M. Desmalions voulait assister au choc imprévu de ces deux êtres si mystérieux, don Luis Perenna et Florence Levasseur.

Don Luis délia ses bras et assit la jeune fille sur un fauteuil. Puis, posant ses deux mains sur les épaules, face à face, il prononça :

« Si vous ne comprenez pas, Florence, moi je commence à comprendre bien des choses, et déjà j'y vois presque dans les ténèbres qui vous effraient. Florence, écoutez-moi... Ce n'est pas vous qui agissez, n'est-ce pas ?... Il y a un autre être derrière vous, au-dessus de vous. Et c'est lui qui vous dirige... n'est-ce pas ? Et vous ignorez même où il vous conduit ?

— Personne ne me dirige... Quoi ?... Expliquez-vous.

— Oui, vous n'êtes pas seule dans la vie. Il y a bien des actes que vous accomplissez parce qu'on vous dit de les accomplir et que vous les croyez

justes, et que vous ignorez leurs conséquences...
Répondez... Êtes-vous entièrement libre? Ne
subissez-vous aucune influence?»

La jeune fille semblait s'être reprise, et son
visage recouvrait un peu de ce calme qui lui était
habituel. On eût dit, cependant, que la question de
don Luis l'impressionnait.

«Mais non, dit-elle, aucune influence... Non, je
suis sûre.»

Il insista, avec une ardeur croissante:

«Non, vous n'êtes pas sûre, ne dites pas cela.
Quelqu'un vous domine, et sans que vous le sachiez.
Réfléchissez... Vous voici héritière de Cosmo Mornington... héritière d'une fortune qui vous est indifférente, je le sais, je l'affirme. Eh bien, cette
fortune, si ce n'est pas vous qui la désirez, qui donc
en sera le maître? Répondez... Y a-t-il quelqu'un
qui ait intérêt ou qui croie avoir intérêt à ce que
vous soyez riche? Tout est là. Votre existence est-
elle attachée à celle d'un autre? Êtes-vous son
amie? sa fiancée?»

Elle eut un sursaut de révolte.

«Oh! jamais! Celui dont vous parlez est incapable...

— Ah s'écria-t-il, secoué de jalousie, vous
l'avouez... Il existe donc bien, celui dont je parle!
Ah! je vous jure que le misérable...»

Il se retourna vers M. Desmalions, la figure
convulsée de haine, sans plus essayer de se contenir.

«Monsieur le préfet, nous arrivons au but. Je
connais le chemin qui nous y mènera. La bête fauve
sera traquée cette nuit... demain au plus tard...
Monsieur le préfet, la lettre qui accompagne ces
documents, la lettre non signée que mademoiselle
vous a remise, cette lettre fut écrite par la mère
supérieure qui dirige une clinique située avenue
des Ternes. En faisant une enquête immédiate dans
cette clinique, en interrogeant la supérieure, en la
confrontant avec mademoiselle, on remontera jus-

qu'au coupable lui-même. Mais il ne faut pas perdre une minute... sinon, ce sera trop tard, la bête fauve aura pris la fuite. »

Son emportement était irrésistible. Sa conviction s'imposait avec une force contre laquelle on ne pouvait lutter.

M. Desmalions objecta :

« Mademoiselle pourrait nous renseigner...

— Elle ne parlera pas, oui du moins elle ne parlera qu'après, quand cet homme aura été démasqué devant elle. Ah ! monsieur le préfet, je vous supplie d'avoir confiance en moi comme les autres fois. Toutes mes promesses n'ont-elles pas été exécutées ? Ayez confiance, monsieur le préfet, ne doutez plus. Rappelez-vous que toutes les charges, et les plus lourdes, accablaient Marie-Anne Fauville et Gaston Sauverand et qu'ils ont succombé malgré leur innocence. La justice voudra-t-elle que Florence Levasseur soit sacrifiée comme les deux autres ? Et puis, ce que je demande, ce n'est pas sa libération, mais le moyen de la défendre... C'est-à-dire une heure ou deux de répit. Que le sous-chef Weber soit responsable d'elle. Que vos agents nous accompagnent. Ceux-là, et d'autres aussi, car ce n'est pas trop pour prendre au gîte l'abominable assassin. »

M. Desmalions ne répondit pas. Au bout d'un instant il emmena Weber à part, et il eut avec le sous-chef une conversation qui dura quelques minutes. En réalité, M. Desmalions ne semblait pas très favorable à la demande de don Luis. Mais on entendit Weber qui disait :

« N'ayez aucune crainte, monsieur le préfet, nous ne risquons rien. »

Et M. Desmalions céda.

Quelques moments plus tard, don Luis Perenna et Florence montaient dans une automobile avec Weber et deux inspecteurs. Une autre auto, chargée d'agents, suivait.

La maison de santé fut littéralement investie par les forces policières, et Weber accumula les précautions d'un siège en règle.

Le préfet de police, qui s'en vint de son côté, fut introduit par le domestique dans l'antichambre, puis dans le salon d'attente. La supérieure, mandée aussitôt, le rejoignit. En présence de don Luis, de Weber et de Florence, tout de suite, sans préambule, il l'interrogea.

« Ma sœur, dit-il, voici une lettre que l'on m'a apportée à la Préfecture et qui m'annonçait l'existence de certains documents concernant un héritage. D'après mes informations, cette lettre, non signée, et dont l'écriture est déguisée, aurait été écrite par vous. En est-il ainsi ? »

De figure énergique, d'aspect résolu, la supérieure répliqua sans embarras :

« Il en est ainsi, monsieur le préfet. Comme j'ai eu l'honneur de vous l'écrire, j'aurais préféré, pour des raisons faciles à comprendre, que mon nom ne fût pas prononcé. D'ailleurs l'envoi seul des documents importait. Mais, puisque l'on a pu remonter jusqu'à moi, je suis prête à répondre. »

M. Desmalions reprit, en dévisageant Florence :

« Je vous demanderai d'abord, ma sœur, si vous connaissez mademoiselle ?

— Oui, monsieur le préfet. Florence a passé six mois chez nous comme infirmière, il y a quelques années. J'étais si contente d'elle que j'ai été heureuse de la reprendre il y a huit jours. Sachant son histoire par les journaux, je l'ai simplement priée de changer de nom. Le personnel de la maison était nouveau. C'était donc ici, pour elle, un refuge assuré.

— Mais vous n'ignorez pas, puisque vous avez suivi les journaux, les accusations dont elle est l'objet ?

— Ces accusations ne comptent pas, monsieur le préfet, pour quiconque connaît Florence. C'est une des âmes les plus hautes et une des consciences les plus nobles que j'aie rencontrées. »

Le préfet continua :

« Parlons des documents, ma sœur. D'où viennent-ils ?

— Hier, monsieur le préfet, j'ai trouvé dans ma chambre un avis par lequel on s'offrait à me remettre des papiers intéressant Mlle Florence Levasseur...

— Comment pouvait-on savoir, interrompit M. Desmalions, qu'elle était dans cette maison ?

— Je l'ignore. On m'annonçait simplement que les papiers seraient tel jour — c'est-à-dire ce matin — à Versailles, poste restante, à mon nom. On me priait de n'en parler à personne et de les remettre à Florence Levasseur cet après-midi à trois heures, avec mission de les porter sur-le-champ au préfet de police. On me chargeait en outre de faire parvenir une lettre au brigadier Mazeroux.

— Au brigadier Mazeroux ! C'est bizarre.

— L'envoi de cette lettre, paraît-il, concernait toujours la même affaire. J'aime beaucoup Florence. J'ai donc envoyé la lettre, et ce matin j'ai été à Versailles. On ne m'avait pas trompée : les papiers étaient là. Quand je suis revenue, Florence était absente. Je n'ai pu les lui remettre qu'à son retour, vers quatre heures.

— Ils avaient été expédiés de quelle ville ?

— De Paris. L'enveloppe portait le timbre de l'avenue Niel, qui est précisément le bureau le plus proche d'ici.

— Et le fait de trouver tout cela dans votre chambre ne vous semblait pas étrange ?

— Certes, monsieur le préfet, mais pas plus étrange que tous les épisodes de l'affaire elle-même.

— Cependant... cependant... reprit M. Desmalions, qui examinait la pâle figure de Florence, cependant, en constatant que les instructions que l'on vous donnait provenaient d'ici, de cette maison, et qu'elles concernaient justement une personne qui résidait dans cette maison, n'avez-vous pas eu l'idée que cette personne…

— L'idée que Florence avait pénétré dans ma chambre à mon insu, pour y faire une pareille besogne? s'écria la supérieure. Ah! monsieur le préfet. Florence en est incapable. »

La jeune fille se taisait, mais sa figure contractée laissait voir les sentiments d'effroi qui la bouleversaient.

Don Luis s'approcha et lui dit:

«Les ténèbres se dissipent, n'est-ce pas, Florence? et cela vous fait mal. Qui a donc déposé la lettre dans la chambre de la mère supérieure? Vous le savez, n'est-ce pas? et vous savez qui mène toute cette intrigue? »

Elle ne répondit pas. Alors, s'adressant au sous-chef, le préfet prononça:

«Weber, veuillez visiter la chambre que mademoiselle occupa. »

Et comme la religieuse protestait.

«Il est indispensable, déclara-t-il, que nous soyons éclairés sur les raisons pour lesquelles mademoiselle garde un silence aussi obstiné. »

Elle-même, Florence indiqua le chemin. Mais, au moment où Weber sortait, don Luis s'écria:

«Attention, sous-chef.

— Attention, et pourquoi?

— Je ne sais pas, fit don Luis, qui, en effet, n'aurait pu dire pourquoi la conduite de Florence l'inquiétait, je ne sais pas… Cependant, je vous préviens. »

Weber haussa les épaules, et, accompagné de la supérieure, s'en alla. Dans l'antichambre, il prit deux hommes avec lui. Florence marchait en avant. Elle monta un étage et suivit un long corridor bordé de chambres, lequel, après un tournant, aboutissait à un petit couloir extrêmement étroit et terminé par une porte.

C'était là qu'elle habitait.

La porte ouvrait, non pas à l'intérieur de la chambre, mais à l'extérieur. Florence la tira donc vers elle tout en reculant, ce qui obligea Weber à reculer également. Elle en profita pour entrer d'un bond, et pour refermer la porte sur elle, avec une telle promptitude que le sous-chef, en voulant saisir le battant, ne rencontra que le vide.

Il eut un mouvement de colère.

« La coquine ! elle va brûler des papiers. »

Et, s'adressant à la sœur :

« Cette chambre n'a pas d'autre issue ?

— Aucune, monsieur. »

Il essaya d'ouvrir, mais elle avait fermé à clef et au verrou. Alors il livra passage à un des hommes, un colosse, qui, d'un coup de poing, démolit un des panneaux.

Weber repassa au premier rang, glissa le bras par la brèche, tira le verrou, fit manœuvrer la clef, et entra.

Florence n'était plus dans la chambre.

En face, une petite fenêtre ouverte montrait le chemin suivi.

« Crebleu de bon sort ! cria-t-il, elle a fichu le camp. »

Et, retournant vers l'escalier, il ordonna d'une voix tonnante :

« Qu'on surveille toutes les sorties ! Qu'on lui mette la main au collet ! »

M. Desmalions accourut. Croisant le sous-chef, il se fit donner des explications, puis gagna la chambre de Florence. La fenêtre ouverte donnait sur une petite courette intérieure, sorte de puits par où s'aéraient certaines pièces de l'immeuble. Des tuyaux descendaient jusqu'en bas. Florence avait dû s'y accrocher. Mais quel sang-froid et quelle volonté indomptable dénonçait une telle évasion !

Déjà les agents s'étaient répandus de tous côtés pour barrer la route à la fugitive. On ne tardait pas à savoir que Florence, dont on cherchait les traces au rez-de-chaussée et au sous-sol, était rentrée de la courette dans la chambre située au-dessous de la sienne, et qui était précisément celle de la supérieure, qu'elle avait revêtu une robe de religieuse et que, à l'abri de ce déguisement, elle avait passé inaperçue au milieu même des gens qui la poursuivaient !

On s'élança dehors. Mais la nuit était venue. Comment les recherches ne seraient-elles pas vaines en ce quartier populeux ?

Le préfet de police ne cachait pas son mécontentement. Don Luis, très déçu également par cette fuite qui contrariait ses plans, ne se fit pas faute de souligner la maladresse de Weber :

« Je vous l'avais bien dit, sous-chef, il fallait prendre vos précautions ! L'attitude de Mlle Levasseur laissait tout prévoir. Il est évident qu'elle connaît le coupable, et qu'elle a voulu le rejoindre, lui demander des explications et, qui sait ? le sauver, s'il arrivait à la convaincre. Et que se passera-t-il entre eux ? Se sentant découvert, le bandit est capable de tout. »

M. Desmalions questionna de nouveau la supérieure, et il ne tardait pas à apprendre que Florence Levasseur, huit jours plus tôt, et avant de se réfugier à la clinique, avait habité durant quarante-huit heures un petit hôtel meublé de l'île Saint-Louis.

Si peu que valût l'indication, on ne pouvait la négliger. Le préfet de police, qui conservait tous ses doutes à l'égard de Florence et qui attachait une importance extrême à la capture de la jeune fille, enjoignit à Weber et à ses hommes de suivre cette piste sans plus tarder. Don Luis accompagna le sous-chef.

Tout de suite l'événement donna raison au préfet de police. Florence s'était réfugiée dans l'hôtel meublé de l'île Saint-Louis, où elle avait retenu une chambre sous un nom d'emprunt. Mais elle n'était pas arrivée qu'un petit gamin se présentait au bureau de l'hôtel, la faisait demander et l'emmenait avec lui.

On monta dans la chambre et l'on trouva un paquet enveloppé d'un journal et qui contenait une robe de religieuse. Donc aucune erreur possible.

Plus tard, dans la soirée, Weber réussit à découvrir le petit gamin. C'était le fils d'une concierge habitant le quartier. Où avait-il pu conduire Florence ? Interrogé, il répondit que pour rien au monde il ne trahirait la dame qui s'était confiée à lui et l'avait embrassé en pleurant. La mère le supplia. Son père le gifla. Il fut inflexible.

En tout cas, on pouvait conclure de l'incident que Florence n'avait pas quitté l'île Saint-Louis ou les environs immédiats de l'île Saint-Louis.

Toute la soirée on s'obstina. Weber avait établi son quartier général dans un cabaret où les renseignements étaient centralisés et où les agents revenaient de temps à autre prendre ses ordres. En outre, il demeurait en communication permanente avec la Préfecture.

À dix heures et demie, un peloton d'agents envoyé par le préfet vint se mettre à la disposition du sous-chef. Mazeroux, qui arrivait de Rouen, furieux contre Florence, s'était joint à ce peloton.

Les recherches continuèrent. Peu à peu, don Luis en avait pris la direction, et c'était pour ainsi dire sur ses inspirations que Weber sonnait à telle porte ou interrogeait telle personne.

À onze heures, la chasse demeurait toujours

sans résultat. Une inquiétude violente crispait don Luis.

Mais un peu après minuit un coup de sifflet strident rallia tous les hommes à l'extrémité orientale de l'île, au bout du quai d'Anjou. Là, deux agents les attendaient, entourés d'un groupe de passants. Ils venaient d'apprendre que, plus loin, sur le quai Henri-IV, en dehors de l'île par conséquent, une automobile de louage avait stationné devant une maison, qu'on avait entendu le bruit d'une discussion, puis que l'automobile avait disparu du côté de Vincennes.

On courut au quai Henri-IV. La maison fut aussitôt désignée. Au rez-de-chaussée, une porte donnait directement sur le trottoir. Le taxi avait stationné quelques minutes devant cette porte. Deux personnes étaient sorties du rez-de-chaussée, dont une femme que l'autre personne entraînait. Lorsque la portière de l'auto eut été refermée, une voix d'homme, à l'intérieur, avait crié:

«Chauffeur, boulevard Saint-Germain. Les quais... et puis la route de Versailles.»

Mais les renseignements de la concierge furent plus précis. Intriguée par le locataire de ce rez-de-chaussée, locataire qu'elle n'avait vu qu'une fois, le soir, qui payait son terme au moyen de mandats signés du nom de Charles et qui ne venait chez lui qu'à de longs intervalles, elle avait profité de ce que sa loge était contiguë à l'appartement pour écouter le bruit des voix. L'homme et la femme se disputaient. À un moment, l'homme cria plus fort:

«Venez avec moi, Florence, je le veux. Dès demain matin je vous donnerai toutes les preuves de mon innocence. Et, si vous refusez quand même de devenir ma femme, je m'embarquerai. Toutes mes mesures sont prises.»

Et, un peu après, il se mit à rire et dit encore, d'une voix très haute:

«Peur de quoi, Florence? que je vous tue, peut-être? Non, non, soyez tranquille...»

La concierge n'avait plus rien entendu. Mais n'était-ce pas suffisant pour justifier toutes les craintes?

Don Luis empoigna le sous-chef par le bras:

«En route! Je le savais, cet homme est capable de tout. C'est le tigre! Il va la tuer!»

Il s'élança, emmenant le sous-chef vers les deux autos de la préfecture, qui stationnaient à cinq cents mètres de là. Mazeroux, cependant, essaya de protester:

«Il vaudrait mieux fouiller la maison, recueillir des indices...

— Eh! s'exclama don Luis en redoublant de vitesse, la maison, les indices, on les retrouvera... tandis que lui, il gagne du terrain... et il emmène Florence... et il va la tuer... C'est un guet-apens... j'en suis sûr...»

Il criait dans la nuit, et entraînait les deux hommes avec une force irrésistible.

Ils approchaient.

«En marche! commanda-t-il, dès qu'ils furent en vue des autos. Je vais conduire moi-même.»

Il voulut monter sur le siège, mais Weber le poussa à l'intérieur en objectant:

«Inutile... ce chauffeur-là connaît son affaire. Nous irons plus vite.»

Don Luis, le sous-chef et deux policiers s'engouffrèrent dans la voiture, Mazeroux prit place auprès du chauffeur.

«Route de Versailles!» proféra don Luis.

L'auto s'ébranla, et il continuait:

«Nous le tenons!... Vous comprenez bien que l'occasion est unique. Il doit aller à bonne allure, mais sans trop forcer puisqu'il ne se croit pas poursuivi... Ah! le bandit, ce que ça va ronfler... Plus vite, chauffeur! Mais pourquoi diable sommes-nous chargés a ce point? À nous deux, sous-chef, cela eût suffi... Eh! Mazeroux, vous allez descendre et monter dans l'autre auto... Mais oui, n'est-ce pas, sous-chef, c'est absurde... »

Il s'interrompit, et, comme il était placé à l'arrière entre le sous-chef et un agent, il se souleva vers la portière et murmura :

« Ah çà! mais, par où prend-il, cet imbécile-là ? Ce n'est pas le chemin... Voyons, voyons, qu'est-ce que ça veut dire ? »

Un éclat de rire lui répondit. C'était Weber qui trépignait de joie. Don Luis étouffa un juron, et, faisant un effort terrible, voulut sauter de voiture. Six mains s'abattirent sur lui et l'immobilisèrent. Le sous-chef le tenait à la gorge. Les agents paralysaient ses bras. La voiture, très exiguë, ne lui permettait pas de se débattre, et il sentit, sur sa tempe, le froid d'un revolver.

« Pas de chichi! gronda Weber, ou je te brûle, mon bonhomme. Ah! ah! tu ne t'y attendais pas, à celle-là... Hein! la revanche de Weber!... »

Et, comme Perenna se débattait, il ajouta, d'une voix menaçante :

« Tant pis pour toi... Je compte jusqu'à trois... un... deux...

— Mais enfin, quoi ? qu'y a-t-il ? hurla don Luis.

— Ordre du préfet, reçu tout à l'heure.

— Quel ordre ?

— T'emmener au Dépôt si la nommée Florence nous échappait encore.

— Tu as le mandat ?

— J'ai le mandat.

— Et après!

— Après rien... La Santé... l'instruction...

— Mais, bougre de sort, le tigre file pendant ce temps... Non, non, mais faut-il en avoir une couche!... Quelles gourdes que ces gens-là! Ah! cré tonnerre! »

Il écumait de rage, et lorsqu'il s'aperçut que l'on entrait dans la cour du Dépôt, il se raidit, désarma le sous-chef, étourdit d'un coup de poing l'un des agents.

Mais dix hommes se pressaient aux portières. Toute résistance était inutile. Il le comprit et sa fureur redoubla.

«Tas d'idiots! proféra-t-il, tandis qu'on l'entourait et qu'on le fouillait à la porte du greffe. Tas de ratés! Saboteurs! Est-ce qu'on cochonne une affaire comme ça! Ils ont le bandit à portée de la main et c'est l'honnête homme qu'ils coffrent... Et le bandit s'esbigne... Et le bandit va faire un massacre... Florence... Florence...»

À la lueur des lampes, au milieu des policiers qui le maintenaient, il était magnifique d'impuissance et d'énergie.

On l'entraîna. Avec une force inouïe il se dressa, secoua les hommes accrochés à lui comme une meute pendue à la chair de quelque bête agonisante et indomptable, se débarrassa de Weber, et, apostrophant Mazeroux, le tutoyant, superbe d'autorité, presque calme tellement il semblait dominer la rage qui bouillonnait en lui, il ordonna, en petites phrases haletantes, brèves comme des commandements militaires:

«Mazeroux, saute chez le préfet!... Qu'il téléphone à Valenglay... Oui, le ministre, président du Conseil... Je veux le voir... Qu'on le prévienne. Qu'on lui dise que c'est moi... moi, l'homme qui a fait marcher le Kaiser[1]... Mon nom? Il le connaît. Et s'il ne s'en souvient pas, qu'on le lui rappelle. Le voici, mon nom.»

Il fit une pause de quelques secondes, puis, plus calme encore, déclara:

«Arsène Lupin! Qu'on lui téléphone ces deux mots, et cette simple phrase: Arsène Lupin désire entretenir le président du Conseil de choses très graves.» Qu'on lui téléphone cela immédiatement.

1. Voir *813*.

Le président du Conseil serait fort mécontent s'il apprenait plus tard qu'on a négligé de lui transmettre ma demande. Va, Mazeroux, et ensuite retrouve les traces du bandit. »

Le directeur du Dépôt avait ouvert le registre d'écrou.

« Inscrivez mon nom, monsieur le directeur, fit don Luis. Inscrivez : Arsène Lupin. »

Le directeur sourit et répliqua :

« Je serais bien embarrassé s'il me fallait en inscrire un autre. C'est celui-là que porte le mandat qui vous concerne : *Arsène Lupin, dit don Luis Perenna.* »

Don Luis eut un petit frisson en entendant ces mots. Arrêté en tant qu'Arsène Lupin, il se trouvait dans une situation singulièrement plus dangereuse.

« Ah ! dit-il, on a donc résolu...

— Mon Dieu, oui, dit Weber qui triomphait. On a résolu d'attaquer le taureau par les cornes et de frapper Lupin en pleine figure. C'est de l'audace, ça, hein ? Bah ! tu en verras bien d'autres. »

Don Luis ne broncha pas. Se retournant vers Mazeroux, il répéta :

« N'oublie pas mes instructions, Mazeroux. »

Mais un autre coup lui était réservé. À son appel le brigadier ne répondit pas.

Don Luis l'observa avec plus d'attention, et, de nouveau, tressaillit. Il venait de s'apercevoir que Mazeroux, lui aussi, était entouré d'hommes et maintenu solidement. Et le malheureux brigadier, immobile, silencieux, pleurait.

Weber redoubla de gaieté.

« Tu voudras bien l'excuser, Lupin. Le brigadier Mazeroux est ton compagnon, sinon de cellule, du moins de Dépôt.

— Ah ! fit don Luis en se raidissant. Mazeroux est écroué ?

— Ordre du préfet. Mandat en règle.

— Et à quel titre ?

— Complice d'Arsène Lupin.

— Lui, mon complice. Allons donc ! Lui ! le plus honnête homme du monde !

— Le plus honnête homme du monde, évidemment. N'empêche qu'on s'adressait à lui pour t'écrire et qu'il te portait tes lettres. Preuve qu'il connaissait ta retraite. Et puis, bien d'autres choses qu'on t'expliquera, Lupin. Tu auras de quoi t'amuser. »

Don Luis murmura :

« Mon pauvre Mazeroux ! »

Et à haute voix :

« Pleure pas, mon vieux. C'est l'affaire d'une petite nuit. Mais oui, je te prends dans mon jeu, et nous abattrons le roi d'ici quelques heures. Pleure pas, je te réserve une situation autrement belle, plus honorable, et surtout plus lucrative. J'ai ton affaire. Si tu crois que je n'ai pas tout prévu, moi aussi ! Tu me connais pourtant bien ! Donc, demain, je serai libre, et le gouvernement, après t'avoir élargi, te bombardera quelque chose comme colonel, avec des émoluments de maréchal. Pleure pas, Mazeroux. »

Puis, s'adressant à Weber, il lui dit, du ton d'un chef qui donne la consigne et qui sait que cette consigne ne sera pas même discutée :

« Monsieur, je vous prie de remplir la mission de confiance que j'avais confiée à Mazeroux : d'abord prévenir M. le préfet de police que j'ai une communication de la plus haute importance à faire à M. le président du Conseil, ensuite retrouver à Versailles, et dès cette nuit, les traces du tigre. Je connais vos mérites, monsieur, et je m'en rapporte entièrement à votre zèle et à votre diligence. Rendez-vous demain à midi. »

Et, toujours comme un chef qui a communiqué ses ordres, il se laissa conduire dans sa cellule.

Il était une heure moins dix. Depuis cinquante

minutes, l'ennemi roulait sur la grande route, emportant Florence ainsi qu'une proie qu'il semblait désormais impossible de lui ravir.

La porte fut fermée, verrouillée.

Don Luis pensa :

« En admettant que M. le préfet accepte de téléphoner à Valenglay, il ne s'y décidera que ce matin. Donc, jusqu'à ce que je sois libre, c'est huit heures d'avance que l'on donne au bandit. Huit heures... Malédiction ! »

Il réfléchit encore, puis haussa les épaules de l'air de quelqu'un qui pour l'instant n'a pas mieux à faire que d'attendre, et il se jeta sur sa couchette en murmurant :

« Dodo, Lupin. »

CHAPITRE VI

SÉSAME, OUVRE-TOI !

Malgré tout son pouvoir de sommeil, don Luis ne dormit que trois heures. Trop d'inquiétudes le torturaient, et, quoique son plan de conduite fût établi avec une rigueur mathématique, il ne pouvait s'empêcher de prévoir tous les obstacles susceptibles de s'opposer à la réalisation de ce plan. Évidemment, Weber parlerait à M. Desmalions. Mais M. Desmalions téléphonerait-il à Valenglay ?

« Il téléphonera, affirma-t-il en frappant du pied. Cela ne l'engage à rien. Et tout de même, il risquerait gros en ne le faisant pas. D'autant et surtout que Valenglay a dû être consulté sur mon arrestation et qu'on le tient nécessairement au courant de tout ce qui se passe... Alors... alors... »

Alors il se demandait à quoi Valenglay, une fois prévenu, pourrait bien se résoudre. Car enfin était-il permis de supposer que le chef du gouvernement, que le président du Conseil des ministres se dérangerait pour obtempérer aux injonctions et pour servir les projets de M. Arsène Lupin?

« Il viendra! s'écria-t-il avec la même foi obstinée. Valenglay se fiche pas mal du protocole et de toutes ces balivernes. Il viendra! Quand ce ne serait que par curiosité... pour savoir ce que je peux bien lui dire. Et puis, quoi, il me connaît! Je ne suis pas un de ces types qui dérangent le monde sans raison. On tire toujours quelque profil d'une entrevue avec moi. Il viendra! »

Mais aussitôt une autre question se présentait. La venue de Valenglay n'impliquait nullement un consentement au marché que voulait lui proposer Perenna. Et si, là également, don Luis arrivait à le convaincre, que de périls encore! Que de points douteux! Que de déceptions possibles! Weber poursuivrait-il l'automobile du fugitif avec assez de promptitude et d'audace? Retrouverait-il la piste? et, l'ayant retrouvée, ne la perdrait-il pas?

Et puis, et puis, en supposant que toutes les chances fussent favorables, ne serait-il pas trop tard? On traquait la bête fauve. On la forçait. Soit. Mais n'aurait-elle pas égorgé sa proie? Se sentant vaincu, est-ce qu'un être de cette sorte hésiterait à ajouter un crime de plus à la liste de ses forfaits?

Et cela, pour don Luis, c'était l'épouvante suprême. Après toute la série d'obstacles que, en son imagination opiniâtrement confiante, il parvenait à surmonter, il aboutissait à cette vision horrible: Florence immolée, Florence morte!

« Oh! quel supplice! balbutia-t-il. Moi seul pouvais réussir, et l'on me supprime. »

À peine s'il cherchait les motifs pour lesquels M. Desmalions, changeant soudain d'avis, avait consenti à le faire arrêter, et à ressusciter ainsi cet encombrant Arsène Lupin dont la justice n'avait pas voulu s'embarrasser jusqu'alors. Non, cela ne l'intéressait point. Florence seule comptait. Et les minutes passaient, et chaque minute perdue rapprochait Florence du précipice effroyable.

Il se rappelait l'heure analogue où, quelques années auparavant, il attendait de même que la porte de son cachot s'ouvrît et que l'empereur allemand apparût. Mais combien l'heure présente était plus solennelle! Jadis il s'agissait de sa liberté tout au plus. Maintenant c'était la vie de Florence que le destin allait lui offrir ou lui refuser.

« Florence ! Florence ! » répétait-il avec désespoir.

Il ne doutait plus qu'elle fût innocente. Et il ne doutait pas non plus que l'autre l'aimât et l'eût enlevée, non pas tant comme le gage d'une fortune convoitée que comme un butin d'amour que l'on détruit si on ne peut le garder.

« Florence ! Florence ! »

Il traversa une crise d'abattement extraordinaire. Sa défaite lui semblait irrémédiable. Courir après Florence? Rattraper le meurtrier? Il n'était pas question de cela. Il était en prison, sous son nom d'Arsène Lupin et tout le problème consistait à savoir combien de temps il y demeurerait, des mois ou des années !

Alors il eut la notion exacte de ce qu'était son amour pour Florence. Il s'aperçut qu'elle tenait dans sa vie toute la place que n'y tenaient plus ses passions d'autrefois, ses appétits de luxe, ses besoins d'autorité, ses joies de lutteur, ses ambitions, ses rancunes. Depuis deux mois il ne combattait que pour la conquérir. La recherche de la vérité, comme le châtiment du coupable, ce n'était que des moyens de sauver Florence des périls qui la menaçaient. Si Florence devait mourir, s'il était trop tard pour l'arracher à l'ennemi, en ce cas autant rester en prison. Arsène Lupin au bagne jusqu'à la fin de ses jours, n'était-ce pas le dénouement qui convenait à l'existence manquée d'un homme qui n'avait même pas su se faire aimer de la seule femme qu'il eût réellement aimée?

Crise passagère. En contraste trop violent avec le caractère de don Luis, elle se termina subitement, et par un état de confiance absolue où il n'entrait plus la plus petite part d'inquiétude ou de doute. Le soleil s'était levé. La cellule s'emplissait d'une lumière croissante. Et don Luis se rappela que Valenglay arrivait à son ministère de la place Beauvau à huit heures du matin.

Dès lors, il se sentit absolument calme. Les événements prochains se présentèrent à lui sous un aspect tout à fait différent, comme s'ils se fussent, pour ainsi dire, retournés. La lutte lui sembla facile, la réalité sans complications. Il comprit, aussi clairement que si les actes étaient exécutés, que sa volonté ne pouvait pas n'être pas obéie. Fatalement, le sous-chef avait dû faire un rapport fidèle au préfet de police. Fatalement, le préfet de police avait dû transmettre dès le matin à Valenglay la demande d'Arsène Lupin. Fatalement, Valenglay s'offrirait le plaisir d'une entrevue avec Arsène Lupin. Fatalement, Arsène Lupin obtiendrait, au cours de cette entrevue, l'assentiment de Valenglay. Ce n'étaient pas là des hypothèses, mais des certitudes, non pas des problèmes à résoudre, mais des problèmes résolus. Étant donné le point de départ A, si l'on passe sur les points B et C, on arrive, qu'on le veuille ou non, au point D.

Don Luis se mit à rire.

«Voyons, mon vieil Arsène, réfléchis que tu as fait venir M. Hohenzollern du fond de ses Marches de Brandebourg. Valenglay n'habite pas si loin, que diable! Et au besoin tu peux te déranger. C'est ça, je consens à faire le premier pas. C'est moi qui rendrai visite à M. de Beauvau. Monsieur le président, mes hommages respectueux.»

Joyeusement, il s'avança vers la porte, affectant

de croire qu'elle était ouverte, et qu'il n'avait qu'à passer pour prendre son tour d'audience.

Trois fois il répéta cet enfantillage, saluant très bas et longuement, comme s'il eût tenu à la main un feutre à panache, et murmurant :

« Sésame, ouvre-toi. »

La quatrième fois, la porte s'ouvrit.

Un gardien apparut.

Il lui dit, d'un ton cérémonieux :

« Je n'ai pas trop fait attendre M. le président du Conseil ? »

Il y avait quatre inspecteurs dans le couloir.

« Ces messieurs sont d'escorte ? dit-il. Allons-y. Vous annoncerez Arsène Lupin, grand d'Espagne, cousin de Sa Majesté Très Catholique. Messeigneurs, je vous suis. Guichetier, vingt écus pour tes bons soins, mon ami. »

Il s'arrêta dans le couloir.

« *Per Cristo*, pas même une paire de gants, et ma barbe est d'hier. »

Les inspecteurs l'avaient encadré et le poussaient avec une certaine brusquerie. Il en saisit deux par le bras. Ils eurent un gémissement.

« À bon entendeur, salut, dit-il. Vous n'avez pas l'ordre de me passer à tabac, n'est-ce pas ? ni même de me mettre les menottes ? En ce cas, soyons sages, jeunes gens. »

Le directeur se tenait dans le vestibule. Il lui dit :

« Excellente nuit, mon cher directeur. Vos chambres "Touring Club" sont tout à fait recommandables. Un bon point pour l'hôtel du Dépôt. Voulez-vous mon attestation sur votre livre d'écrou ? Non ? Vous espérez peut-être que je vais revenir ? Hélas mon cher directeur, n'y comptez pas. D'importantes occupations... »

Dans la cour, une automobile stationnait. Ils y montèrent, les quatre agents et lui.

« Place Beauvau, dit-il au chauffeur.

— Rue Vineuse, rectifia l'un des agents.

— Oh! oh! fit-il, au domicile particulier de Son Excellence. Son Excellence préfère que ma visite soit secrète. C'est bon signe. À propos, chers amis, quelle heure avons-nous? »

Sa question demeura sans réponse. Et, comme les agents avaient fermé les rideaux, il ne put consulter les horloges publiques.

Ce fut seulement chez Valenglay, dans le petit rez-de-chaussée que le président du Conseil habitait auprès du Trocadéro, qu'il vit une pendule.

« Sept heures et demie, s'écria-t-il. Parfait. Il n'y a pas trop de temps perdu. La situation s'éclaircit. »

Le bureau de Valenglay ouvrait sur un perron qui dominait un jardin rempli de volières. La pièce était encombrée de livres et de tableaux,

Sur un coup de timbre les agents sortirent, conduits par la vieille bonne qui les avait fait entrer.

Don Luis resta seul.

Toujours calme, il éprouvait cependant une certaine inquiétude, un besoin physique d'agir et de lutter, et ses yeux revenaient invinciblement au cadran de la pendule. La grande aiguille lui semblait animée d'une vie extraordinaire.

Enfin quelqu'un entra, qui précédait une autre personne.

Il reconnut Valenglay et le préfet de police.

« Ça y est, pensa-t-il, je le tiens. »

Il voyait cela à l'espèce de sympathie confuse que l'on pouvait discerner sur le visage osseux et maigre du vieux président. Aucune trace de morgue. Rien qui élevât une barrière entre le ministre et l'équivoque personnage reçu par lui. De l'enjouement, une curiosité manifeste et de la sympathie. Oui, une sympathie que Valenglay n'avait jamais cachée, et dont même il se targuait lorsque, après la mort simulée d'Arsène Lupin, il parlait de l'aventurier et des rapports étranges qu'ils avaient eus ensemble.

« Vous n'avez pas changé, dit-il après l'avoir considéré longuement. Plus noir de peau, les tempes un peu plus grisonnantes, voilà tout. »

Et il demanda, d'un ton de brusquerie, en homme qui va droit au but :

« Et alors, qu'est-ce qu'il vous faut ?

— Une réponse d'abord, monsieur le président du Conseil. Le sous-chef Weber, qui m'a conduit au Dépôt cette nuit, a-t-il retrouvé la piste de l'automobile qui emporta Florence Levasseur ?

— Oui, cette automobile s'est arrêtée à Versailles. Les personnes qui l'occupaient ont loué une autre voiture qui doit les conduire à Nantes. En plus de cette réponse, que demandez-vous ?

— La clef des champs, monsieur le président.

— Tout de suite, bien entendu ? fit Valenglay, qui se mit à rire.

— Dans quarante ou cinquante minutes au plus.

— À huit heures et demie, n'est-ce pas ?

— Dernière limite, monsieur le président.

— Et pourquoi la clef des champs ?

— Pour rejoindre l'assassin de Cosmo Mornington, de l'inspecteur Vérot et de la famille Roussel.

— Vous seul pouvez donc le rejoindre ?

— Oui.

— Cependant la police est sur pied. Le télégraphe marche. L'assassin ne sortira pas de France. Il ne nous échappera certainement pas.

— Vous ne pourrez pas le découvrir.

— Nous le pourrons.

— En ce cas, il tuera Florence Levasseur. Ce sera la septième victime du bandit. Vous l'aurez voulu. »

Valenglay fit une petite pause, puis reprit :

« Selon vous, contrairement à toutes les apparences, et contrairement aux soupçons très motivés de M. le préfet de police, Florence Levasseur est innocente?

— Oh! absolument innocente, monsieur le président.

— Et vous la croyez en danger de mort?

— Elle est en danger de mort.

— Vous aimez Florence Levasseur?

— Je l'aime.»

Valenglay eut un petit frisson de joie. Lupin amoureux!

Lupin agissant par amour, et avouant son amour! Quelle aventure passionnante!

Il dit:

«J'ai suivi l'affaire Mornington jour par jour, et nul détail ne m'en est inconnu. Vous avez accompli des prodiges, monsieur. Il est évident que sans vous cette affaire ne serait jamais sortie des ténèbres du début. Mais cependant. je dois noter qu'il y a eu quelques fautes. Et ces fautes, qui m'étonnaient de votre part, s'expliquent plus facilement quand on sait que l'amour était le principe et le but de vos actes. D'autre part, et malgré votre affirmation, la conduite de Florence Levasseur, son titre d'héritière, son évasion imprévue de la maison de santé, nous laissent peu de doute sur le rôle qu'elle joue.»

Don Luis désigna la pendule.

«Monsieur le président, l'heure avance.»

Valenglay éclata de rire:

«Quel original! Don Luis Perenna, je regrette de n'être pas quelque souverain omnipotent. Vous seriez le chef de ma police secrète.

— C'est un poste que l'ex-empereur d'Allemagne m'a déjà offert.

— Ah bah!

— Et que j'ai refusé.»

Valenglay rit de plus belle, mais la pendule marquait sept heures trois quarts. Don Luis s'inquiétait. Valenglay s'assit et, entrant sans plus tarder au cœur même du sujet, il dit, d'une voix sérieuse :

« Don Luis Perenna, du premier jour où vous avez reparu, c'est-à-dire au moment même des crimes du boulevard Suchet, M. le préfet de police et moi, nous étions fixés sur votre identité. Perenna, c'était Lupin. Je ne doute pas que vous n'ayez compris les raisons pour lesquelles nous n'avons pas voulu ressusciter le mort que vous étiez, et pour lesquelles nous vous avons accordé une sorte de protection. M. le préfet de police était absolument de mon avis. L'œuvre que vous poursuiviez était une œuvre de salubrité et de justice, et votre collaboration nous était trop précieuse pour que nous ne cherchions pas à vous épargner tout ennui. Donc, puisque don Perenna menait le bon combat, nous avons laissé dans l'ombre Arsène Lupin. Malheureusement... »

Valenglay fit une nouvelle pause et déclara :

« Malheureusement, M. le préfet de police a reçu hier, dans la soirée, une dénonciation très détaillée, avec preuves à l'appui, vous accusant d'être Arsène Lupin.

— Impossible ! s'écria don Luis, c'est là un fait que personne au monde ne peut matériellement prouver. Arsène Lupin est mort.

— Soit, accorda Valenglay, mais cela ne démontre pas que don Luis Perenna soit vivant.

— Don Luis Perenna existe, d'une vie très légale. monsieur le président.

— Peut-être. Mais on le conteste.

— Qui ? Un seul être aurait ce droit, mais en m'accusant il se perdrait lui-même. Je ne le suppose pas assez stupide.

Assez stupide, non, mais assez fourbe, oui.

— Il s'agit du sieur Cacérès, attaché à la légation du Pérou ?

— Oui.

— Mais il est en voyage !

— Il est même en fuite, après avoir fait main basse sur la caisse de la légation. Mais, avant de s'enfuir à l'étranger, il a signé une déclaration qui nous est parvenue hier soir, et par laquelle il affirme vous avoir confectionné tout un état civil au nom de don Luis Perenna. Voici votre correspondance avec lui, et voici tous les papiers qui établissent la véracité de ses allégations. Il suffit de les examiner pour être convaincu : 1° que vous n'êtes pas don Luis Perenna ; 2° que vous êtes Arsène Lupin. »

Don Luis eut un geste de colère.

« Ce gredin de Cacérès n'est qu'un instrument, grinça-t-il. C'est *l'autre* qui est derrière lui, qui l'a payé et qui l'a fait agir. C'est le bandit lui-même. Je reconnais sa main. Une fois de plus, et au moment décisif, il a voulu se débarrasser de moi.

— Je le crois volontiers, fit le président du Conseil. Mais comme tous ces documents, selon la lettre qui les accompagne, ne sont que des photographies, et que si vous n'êtes pas arrêté ce matin, les originaux seront remis ce soir à un grand journal de Paris, nous devons faire état de la dénonciation.

— Mais, monsieur le président, s'écria don Luis, puisque Cacérès est à l'étranger, et que le bandit qui lui a acheté les documents a dû s'enfuir également avant d'avoir pu mettre sa menace à exécution, il n'y a pas à craindre maintenant que les documents soient livrés aux journaux

— Qu'en savons-nous ? L'ennemi a dû prendre ses précautions. Il peut avoir des complices.

— Il n'en a pas.

— Qu'en savons-nous ? »

Don Luis regarda Valenglay, et lui dit :

« Où donc voulez-vous en venir, monsieur le président ?

— À ceci. Bien que nous fussions pressés par les menaces du sieur Cacérès, M. le préfet de police, désireux de faire toute la lumière possible sur le rôle de Florence Levasseur, n'a pas interrompu votre expédition d'hier soir. Cette expédition n'ayant pas abouti, il a voulu tout au moins profiter de ce que don Luis s'était mis à notre disposition pour arrêter Arsène Lupin. Si nous le relâchons, les documents seront sans doute publiés, et vous voyez la situation absurde et ridicule où cela nous mettra devant le public. Or, c'est précisément à ce moment-là que vous demandez la mise en liberté d'Arsène Lupin, mise en liberté illégale, arbitraire, inadmissible. Je suis donc contraint de vous la refuser. Et je la refuse. »

Il se tut, puis, au bout de quelques secondes, ajouta :

« À moins que...

— À moins que ?... demanda don Luis.

— À moins que, et c'est à quoi je voulais arriver, à moins que vous ne me proposiez, en échange, quelque chose de si extraordinaire et de si formidable que je consente à risquer les ennuis que peut m'attirer la mise en liberté absurde d'Arsène Lupin.

— Mais monsieur le président. il me semble que si je vous apporte le vrai coupable, l'assassin de...

— Je n'ai pas besoin de vous pour cela...

— Et si je vous donne ma parole d'honneur, monsieur le président, de revenir aussitôt mon œuvre accomplie, et de me constituer prisonnier ? »

Valenglay haussa les épaules.

« Et après ? »

Il y eut un silence. La partie devenait serrée entre les deux adversaires. Il était évident qu'un homme comme Valenglay ne se contenterait pas de mots et de promesses. Il lui fallait des avantages précis, en quelque sorte palpables.

Don Luis reprit :

« Peut-être, monsieur le président, me permettrez-vous de faire entrer en ligne de compte certains services que j'ai rendus à mon pays?...

— Expliquez-vous. »

Don Luis, après quelques pas à travers la pièce, revint en face de Valenglay et lui dit :

« Monsieur le président, au mois de mai 1915, vers la fin de la journée, trois hommes se trouvaient sur la berge de la Seine, au quai de Passy, à côté d'un tas de sable. La police cherchait, depuis des mois, un certain nombre de sacs contenant trois cents millions en or, patiemment recueillis en France par l'ennemi et sur le point d'être expédiés[1]. Deux de ces hommes s'appelaient, l'un Valenglay, l'autre Desmalions. Le troisième, qui les avait conviés à ce rendez-vous, pria le ministre Valenglay d'enfoncer sa canne dans le tas de sable. L'or était là. Quelques jours après, l'Italie, qui avait décidé de lier partie avec la France, recevait une avance de quatre cents millions en or. »

Valenglay sembla très étonné.

« Personne n'a su cette histoire. Qui vous l'a racontée ?

— Le troisième personnage.

— Et ce troisième personnage s'appelait ?

— Don Luis Perenna.

— Vous ! Vous ! s'écria Valenglay. C'est vous qui avez découvert la cachette ? C'est vous qui étiez là ?

— C'est moi, monsieur le président. Vous m'avez demandé alors comment vous pouviez me récompenser. C'est aujourd'hui que je réclame ma récompense. »

La réponse ne tarda pas. Elle fut précédée d'un petit éclat de rire plein d'ironie.

« Aujourd'hui ? c'est-à-dire quatre ans après ? C'est bien tard, monsieur. Tout cela est réglé. La guerre est finie. Ne déterrons pas les vieilles histoires. »

1. Voir *Le Triangle d'or*.

Don Luis parut un peu déconcerté. Cependant il continua :

« En 1917, une épouvantable aventure se déroula dans l'île de Sarek[1]. Vous la connaissez, monsieur le président. Mais vous ignorez certainement l'intervention de don Luis Perenna, et les projets que celui-ci... »

Valenglay frappa du poing sur la table, et, enflant la voix, apostrophant son interlocuteur avec une familiarité qui ne manquait pas d'allure :

« Allons, Arsène Lupin, jouez franc jeu. Si vous tenez vraiment à gagner la partie, payez ce qu'il faut ! Vous me parlez de services passés ou futurs. Est-ce ainsi qu'on achète la conscience de Valenglay, quand on s'appelle Arsène Lupin ? Que diable ! Songez qu'après toutes vos histoires, et surtout après les incidents de cette nuit, Florence Levasseur et vous, vous allez être pour le public, et vous êtes déjà les auteurs responsables du drame, que dis-je ? les vrais et les seuls coupables. Et c'est lorsque Florence a pris la poudre d'escampette que vous me demandez, vous, la clef des champs ! Soit, mais, sacrebleu ! Mettez-y le prix, et sans barguigner. »

Don Luis se remit à marcher. Un dernier combat se livrait en lui. Au moment de découvrir son jeu, une hésitation suprême le retenait. Enfin, il s'arrêta de nouveau. La décision était prise. Il fallait payer : il paierait.

« Je ne marchande pas, monsieur le président, affirma don Luis avec une grande loyauté d'attitude et de visage. Ce que j'ai à vous offrir est certes beaucoup plus extraordinaire et plus formidable que vous ne l'imaginez. Mais cela serait-il plus extraordinaire encore et plus formidable que cela ne compterait pas, puisque la vie de Florence Levasseur est en danger. Cependant mon droit

---

1. Voir *L'Île aux trente cercueils*.

était de chercher une transaction moins désavantageuse. Vos paroles m'en interdisent l'espoir. J'abattrai donc toutes mes cartes sur la table, comme vous l'exigez, et comme j'y étais résolu. »

Le vieux président exultait. Quelque chose de formidable et d'extraordinaire! En vérité, qu'est-ce que cela pouvait bien être? Quelles propositions pouvaient mériter de telles épithètes?

« Parlez, monsieur. »

Don Luis Perenna s'assit en face de Valenglay, ainsi qu'un homme qui traite avec un autre d'égal à égal.

« Ce sera bref. Une seule phrase, monsieur le président, résumera le marché que je propose au chef du gouvernement de mon pays.

— Une seule phrase?

— Une seule phrase », affirma don Luis.

Et, plongeant ses yeux dans les yeux de Valenglay, lentement, syllabe par syllabe, il lui dit :

« Contre vingt-quatre heures de liberté, pas davantage, contre l'engagement d'honneur de revenir ici demain matin, et d'y revenir avec Florence, pour vous donner toutes les preuves de mon innocence, soit sans elle pour me constituer prisonnier, je vous offre... »

Il prit un temps et acheva d'une voix grave :

« Je vous offre un royaume, monsieur le président du Conseil. »

La phrase était énorme, burlesque, bête à faire hausser les épaules, une de ces phrases que seul peut émettre un imbécile ou un fou.

Pourtant Valenglay demeura impassible. Il savait qu'en de pareilles circonstances cet homme-là ne plaisantait pas.

Et il le savait tellement que, par instinct, habitué qu'il était aux grosses questions politiques où le secret est si important, il jeta un coup d'œil sur le préfet de police, comme si la présence de M. Desmalions l'eût gêné.

« J'insiste vivement, fit don Luis, pour que M. le préfet de police veuille bien écouter ma communication. Mieux que personne il en appréciera la valeur, et, pour certaines parties, il en attestera l'exactitude. D'ailleurs, je suis certain que M. Desmalions ne voudrait pas me désobliger par une indiscrétion. »

Valenglay ne put s'empêcher de rire.

« À lui aussi vous avez rendu service, peut-être ?

— Justement, monsieur le président.

— Je serais curieux de savoir ?... fit M. Desmalions.

— Si vous y tenez... Donc, le soir de notre conciliabule sur la berge du quai de Passy, il y a quatre ans. je vous ai promis, monsieur Desmalions, alors que vous n'étiez que fonctionnaire subalterne, de vous faire nommer préfet de police. J'ai tenu parole. Votre nomination fut demandée par trois ministres sur qui j'avais barre : dois-je les désigner ?...

— Inutile ! s'exclama Valenglay en riant de plus belle. Inutile ! Je vous crois. Je crois à votre toute-puissance. Quant à vous, Desmalions, ne faites pas cette tête. Il n'y a pas de déshonneur à être l'obligé d'un tel homme. Parlez, Lupin. »

Sa curiosité n'avait plus de bornes. Que la proposition de don Luis pût avoir des conséquences pratiques, il s'en souciait peu. Même, au fond, il n'y croyait pas. Ce qu'il voulait, c'était savoir jusqu'où ce diable d'individu avait poussé l'audace, et sur quelle aventure prodigieuse et nouvelle s'appuyaient des prétentions qu'il exprimait avec tant de sérénité et de candeur.

« Vous permettez ? » fit don Luis.

Se levant et s'avançant vers la cheminée, il décrocha une petite carte murale qui représentait le nord-ouest de l'Afrique. Puis, tout en étalant cette carte sur la table à l'aide d'objets un peu lourds posés aux quatre coins, il reprit :

« Il est une chose, monsieur le président, une chose qui intrigua M. le préfet de police, et à propos de laquelle j'ai su qu'il avait exécuté des recherches : c'est l'emploi de mon temps — disons plutôt du temps d'Arsène Lupin — durant ces trois dernières années, et en particulier pendant qu'il était à la Légion étrangère.

— Ces recherches furent exécutées sur mon ordre, interrompit Valenglay.

— Et elles aboutirent ?

— À rien.

— De sorte que, en définitive, vous ignorez ma conduite au cours de la guerre ?

— Je l'ignore.

— Je vais vous la dire, monsieur le préfet. D'autant qu'il est de toute justice que la France sache ce qu'a fait pour elle un de ses fils les plus dévoués... sans quoi... sans quoi on pourrait m'accuser un jour ou l'autre de m'être embusqué, ce qui serait fort injuste. Vous vous souvenez peut-être, monsieur le président, que je m'étais engagé dans la Légion étrangère à la suite de désastres intimes vraiment effroyables, et après une vaine tentative de suicide. Je voulais mourir, et je pensais qu'une balle marocaine me donnerait le repos auquel j'aspirais. Le hasard ne le permit pas. Ma destinée n'était pas achevée, paraît-il. Alors il arriva ce qui devait arriver. Peu à peu, à mon insu, la mort se dérobant, je repris goût à la vie. Quelques faits d'armes assez glorieux m'avaient rendu toute ma confiance en moi et tout mon appétit d'action. De nouveaux rêves m'envahirent. Un nouvel idéal me conquit. Il me fallut de jour en jour plus d'espace, plus d'indépendance, des horizons plus larges, des sensations plus imprévues et plus personnelles. La Légion, si grande que fût ma tendresse pour cette famille héroïque et cordiale qui m'avait accueilli, ne suffisait plus à mes besoins d'activité. Et déjà je me dirigeais vers un but grandiose, que je ne discernais pas très bien encore mais qui m'attirait mystérieusement, lorsque j'appris, en novembre 1914, que l'Europe était en guerre. J'avais alors des amis très puissants à la cour d'Espagne. À la suite de négociations entre Madrid et Paris, je fus réclamé à Madrid, puis envoyé en mission secrète à Paris. C'était mon but. Je voulais voir sur place comment m'employer au mieux des intérêts français.

«Je réussis trois ou quatre affaires importantes. comme celle des trois cents millions d'or, et participai ainsi à l'entrée en guerre de l'Italie. Mais tout cela me semblait, je l'avoue, plutôt secondaire. J'avais mieux à tenter, et maintenant je savais quoi. J'avais discerné le point faible par où la France pouvait être mise en infériorité. Le but que je cherchais se dévoilait à mes yeux. Ma mission finie, je retournai au Maroc. Un mois après mon arrivée, expédié dans le Sud, je me jetai dans une embuscade de Berbères, et, volontairement, bien qu'il m'eût été facile de lutter, je me laissai prendre.

«Toute mon histoire est là, monsieur le président. Prisonnier, j'étais libre. Une autre vie, la vie que j'avais désirée, s'ouvrait devant moi.

«L'aventure, cependant, faillit tourner mal. Mes quatre douzaines de Berbères, groupe détaché d'une importante tribu nomade qui pillait et rançonnait les pays situés sur les chaînes moyennes de l'Atlas, rejoignirent tout d'abord les quelques tentes où campaient, sous la garde d'une dizaine d'hommes, les femmes de leurs chefs. On plia bagage et l'on partit. Après huit jours de marche, qui me furent assez pénibles, car je suivais, les bras liés au dos, des gens à cheval, on s'arrêta sur un plateau étroit que dominaient des escarpements rocheux et où je remarquai, parmi les pierres, beaucoup d'ossements humains et des débris de sabres et d'armes françaises.

«Là on planta un poteau en terre et on m'y attacha. Aux allures de mes ravisseurs, et d'après quelques mots entendus, je compris que ma mort était décidée. On devait me couper les oreilles, le nez, la langue, puis, sans doute, la tête.

« Pourtant ils commencèrent par préparer leur repas. Ils allèrent au puits voisin. Ils mangèrent, et ils ne s'occupaient plus de moi que pour me décrire en riant les gentillesses qu'ils me réservaient.

« Il se passa une nuit encore. La torture était remise au matin, heure plus propice à leur gré.

« De fait, au petit jour ils m'entourèrent en poussant des cris et des rugissements auxquels se mêlait la clameur aiguë des femmes. Lorsque mon ombre cacha une ligne qu'ils avaient tracée la veille sur le sable, ils se turent, et l'un d'eux, chargé des opérations chirurgicales à mon endroit, s'avança et m'enjoignit de tirer la langue. J'obéis. Il la saisit alors avec un coin de son burnous et de l'autre main il sortit son poignard du fourreau.

« Je n'oublierai jamais la férocité et, en même temps, la joie ingénue de son regard, un regard d'enfant mauvais qui s'amuse à casser les ailes et les pattes d'un oiseau. Et je n'oublierai jamais non plus la stupeur de cet homme quand il s'aperçut que son poignard ne se composait plus que d'un pommeau et d'un tronçon de lame, inoffensif et de dimensions ridicules... tout juste assez long pour tenir dans le fourreau.

« Sa rage s'exprima par une crise de vociférations, et aussitôt il se jeta sur un camarade et lui arracha son poignard. Stupeur identique. Ce deuxième poignard était également brisé presque au ras de la poignée.

« Alors, ce fut un tumulte, général et chacun brandit son couteau. Un hurlement de fureur s'éleva. Il y avait là quarante-cinq hommes, les quarante-cinq couteaux étaient cassés.

« Le chef sauta sur moi, comme s'il m'eût rendu

responsable d'un phénomène aussi incompréhensible. C'était un grand vieillard, sec, un peu bossu, borgne, hideux à voir. Il braquait à bout portant un énorme pistolet, et il me parut si vilain que j'éclatai de rire.

«Il appuya sur la détente. Le coup rata.

«Il appuya une seconde fois. Le second coup rata.

«Tous aussitôt, gesticulant, se bousculant et tonitruant, ils bondirent autour du poteau auquel j'étais attaché et me visèrent de leurs armes diverses, fusils, pistolets, carabines, vieux tromblons espagnols. Les chiens claquèrent. Mais les fusils, pistolets, carabines et tromblons d'Espagne ne partirent pas.

«Quel miracle! Il fallait voir leurs têtes! Je vous jure que jamais je n'ai tant ri, ce qui achevait de les déconcerter. Les uns coururent aux tentes renouveler leur provision de poudre. Les autres rechargèrent leurs armes en toute hâte. Nouvel échec! J'étais invulnérable. Et je riais! Je riais!

«Cela ne pouvait pas se prolonger. Vingt autres moyens de m'exterminer s'offraient à eux. Ils avaient leurs mains pour m'étrangler, la crosse de leurs fusils pour m'assommer, des cailloux pour me lapider. Et ils étaient plus de quarante!

«Le vieux chef saisit une pierre massive et s'approcha, le visage effroyable de haine. Il se dressa, leva, avec l'aide de deux de ses hommes l'énorme bloc au-dessus de ma tête, et le laissa retomber... devant moi, sur le poteau. Spectacle ahurissant pour le malheureux vieillard, j'avais, en une seconde, détaché mes liens et bondi en arrière, et j'étais debout, planté à trois pas de lui, les poings tendus, et tenant dans ces poings crispés les deux revolvers qu'on m'avait confisqués le jour de ma capture!

«Ce qui se passa fut l'affaire de quelques secondes. Le chef à son tour se mit à rire comme j'avais ri, d'un rire sarcastique. Pour lui, dans le désordre de sa cervelle, ces deux revolvers, dont je le menaçais, ne devaient pas et ne pouvaient pas avoir plus d'effet que les armes inutiles qui m'avaient épargné. Il ramassa un gros caillou, et leva la main, prêt à me le jeter à la figure. Et ses deux acolytes en firent autant. Et tous l'eussent également imité...

« "Bas les pattes, ou je tire !" criai-je.

« Le chef lança son caillou.

« Je baissai la tête. En même temps trois détonations retentirent. Le chef et ses deux acolytes tombèrent foudroyés.

« "Le premier de ces messieurs ?" demandai-je en regardant le reste du troupeau.

« Il restait quarante-deux Marocains. J'avais encore onze balles. Comme ils ne bougeaient pas, je passai un de mes revolvers sous le bras, et je sortis de ma poche deux petites boîtes de cartouches, c'est-à-dire cinquante autres balles.

« Et de ma ceinture j'extirpai trois beaux coutelas effilés et pointus.

« La moitié de la troupe fit le signe de la soumission et se rangea derrière moi.

« La seconde moitié capitula aussitôt.

« La bataille était finie. Elle n'avait pas duré quatre minutes. »

CHAPITRE VII

ARSÈNE Ier, EMPEREUR

Don Luis se tut. Un sourire amusé plissa ses lèvres. L'évocation de ces quatre minutes semblait le divertir infiniment.

Valenglay et le préfet de police, deux hommes pourtant que le courage et le sang-froid n'étonnaient guère, l'avaient écouté et le considéraient maintenant dans un silence confondu. Était-il possible qu'un être humain poussât l'héroïsme jusqu'à ces limites invraisemblables ?

Il s'avança cependant vers l'autre côté de la cheminée et, désignant une autre carte murale qui représentait la route de France :

« Vous m'avez bien dit, monsieur le président, que l'automobile du bandit avait quitté Versailles et roulait dans la direction de Nantes ?

— Oui, et toutes les dispositions sont prises pour l'arrêter, soit en cours de route, soit à Nantes, soit à Saint-Nazaire où il se peut qu'il veuille s'embarquer. »

De son mieux don Luis Perenna suivit la route à travers la France, faisant des haltes et marquant des étapes. Et rien n'était plus impressionnant que cette mimique. Un pareil homme, tranquille dans un tel bouleversement des choses qui lui tenaient le plus au cœur, semblait, par son calme, le maître des événements et le maître de l'heure. On eût dit que l'assassin fuyait au bout d'un fil incassable dont l'extrémité se trouvait dans la main de don Luis, et que don Luis pouvait interrompre sa fuite par un simple petit geste de sa main. Penché sur la carte, le Maître ne dominait pas seulement une feuille de carton, mais la grande route où glissait sous ses yeux une automobile soumise à sa volonté despotique.

Il retourna vers le bureau et reprit :

« La bataille était finie. Et il était impossible qu'elle recommençât. Plus qu'un vainqueur, contre qui une revanche est toujours possible, soit par la force, soit par la ruse, mes quarante-deux bons-hommes avaient en face d'eux un être qui les avait domptés grâce à des moyens surnaturels. Il n'y avait pas d'autre explication susceptible de s'appliquer aux faits inexplicables dont ils avaient été les témoins. J'étais un sorcier, quelque chose comme un marabout, une émanation du Prophète. »

Valenglay dit en riant :

« Leur interprétation n'était pas si déraisonnable. Car enfin il y a là un tour de passe-passe qui me paraît, à moi aussi, tenir du merveilleux.

— Monsieur le président, vous avez lu l'étrange nouvelle de Balzac, intitulée *Une passion dans le désert* ?

— Oui.

— Eh bien, le mot de l'énigme est là.

— Hein ? je ne saisis pas. Vous n'étiez pas sous les griffes d'une tigresse ? Il n'y avait point, dans l'affaire, de tigresse à dompter.

— Non, mais il y avait des femmes.

— Quoi ! Qu'est-ce que vous dites ?

— Mon Dieu, fit don Luis gaiement, je ne voudrais pas vous effaroucher, monsieur le président. Mais je répète qu'il y avait, dans la troupe qui m'emportait depuis huit jours, des femmes... et les femmes sont un peu comme la tigresse de Balzac, des êtres qu'il n'est pas impossible d'apprivoiser... de séduire... d'assouplir au point de s'en faire des alliées.

— Oui... oui, murmura le président follement intrigué, mais pour cela il faut du temps...

— J'ai eu huit jours.

— Et il faut une liberté d'action complète.

— Non, non, monsieur le président... Les yeux suffisent d'abord. Les yeux provoquent la sympathie, l'intérêt, l'attachement, la curiosité, le désir de se connaître autrement que par le regard. Après cela, il suffit d'un hasard...

— Et le hasard s'est offert ?

— Oui... Une nuit, j'étais attaché, ou du moins on me croyait attaché... Près de moi, je savais que la favorite du chef était seule sous sa tente. J'y allai. Je la quittai une heure plus tard.

— Et la tigresse était apprivoisée ?

— Oui, comme celle de Balzac, soumise, aveuglément soumise.

— Mais elles étaient cinq ?...

— Je sais, monsieur le président, et c'était là le difficile. Je craignais des rivalités. Mais tout se passa bien, la favorite n'étant pas jalouse... au contraire... Et puis, je vous l'ai dit, sa soumission était absolue. Bref, j'eus cinq alliées, invisibles, résolues à tout, dont personne ne se méfiait. Avant même la dernière halte, mon plan était en voie d'exécution. Durant la nuit, mes cinq émissaires réunirent toutes les armes. On ficha les poignards en terre et on les cassa. On ôta les balles des pistolets. On mouilla les poudres. Le rideau pouvait se lever. »

Valenglay s'inclina :

« Mes compliments ! Vous êtes un homme de ressource. Sans compter que le procédé ne manque pas de charme. Car je suppose qu'elles étaient jolies, vos cinq dames ? »

Don Luis eut une expression gouailleuse. Il ferma les yeux avec un air de satisfaction, et il laissa tomber ce simple mot :

« Immondes. »

L'épithète provoqua une explosion de gaieté. Mais tout de suite, comme s'il avait hâte d'en finir, don Luis reprit :

« Quoi qu'il en soit, elles me sauvèrent, les coquines, et leur aide ne m'abandonna plus. Mes quarante-deux Berbères, privés d'armes, tremblants d'effroi dans ces solitudes où tout est piège et où la mort vous guette à chaque minute, se groupèrent autour de moi comme autour de leur véritable protecteur. Quand nous rejoignîmes l'importante tribu à laquelle ils appartenaient, j'étais vraiment leur chef. Et il ne me fallut pas trois mois de périls affrontés en commun, d'embuscades déjouées par mes conseils, de pillages et de razzias opérés sous ma direction, pour que je fusse aussi le chef de la tribu entière. Je parlais leur langue, je pratiquais leur religion, je portais leur costume. je me confondais à leurs mœurs, — hélas! n'avais-je pas cinq femmes? Dès lors mon rêve devint possible. J'envoyai en France un de mes plus fidèles partisans avec soixante lettres qu'il devait remettre à soixante destinataires dont il appris par cœur les noms et les adresses... Ces soixante destinataires étaient soixante camarades qu'Arsène Lupin avait licenciés avant de se jeter du haut des falaises de Capri. Tous s'étaient retirés des affaires, avec une somme liquide de cent mille francs, un petit fonds de commerce ou une ferme à exploiter. J'avais doté les uns d'un bureau de tabac, les autres d'une place de gardien de square public, d'autres d'une sinécure dans un ministère. Bref, c'étaient d'honnêtes bourgeois. À tous, fonctionnaires, fermiers, conseillers municipaux, épiciers, notables, sacristains d'église, à tous j'écrivis la même lettre, fis la même offre, et donnai, en cas d'acceptation, les mêmes instructions.

«Monsieur le président, je pensais que sur les soixante, dix ou quinze au plus me rejoindraient; il en vint soixante, monsieur le président! Soixante, pas un de moins. Soixante furent exacts au rendez-vous que j'avais donné. Au jour fixé, à l'heure dite, mon ancien croiseur de guerre, le *Quo-non-descendam*? racheté par eux, mouillait à l'embouchure du Wady Draa, sur la côte de l'Atlantique, entre le cap Noun et le cap Juby. Deux chaloupes firent la navette pour débarquer mes amis et le matériel de guerre qu'ils avaient apporté, munitions, fournitures de campement, mitrailleuses, canots automobiles, vivres, conserves, marchandises, verroterie, caisses d'or aussi! Car mes soixante fidèles avaient tenu à réaliser leur part des anciens bénéfices et à jeter dans l'aventure nouvelle les six millions jadis reçus de leur patron.

«Ai-je besoin d'en dire davantage, monsieur le

président? Dois-je vous raconter ce qu'un chef comme Arsène Lupin, secondé par soixante pillards de cette espèce, appuyé sur une armée de dix mille Marocains fanatiques, bien armés et bien disciplinés, ce qu'un chef comme Arsène Lupin pouvait tenter? Il le tenta, et ce fut inouï. Je ne crois pas qu'il y ait d'épopée semblable à celle que nous vécûmes durant ces quinze mois, sur les cimes de l'Atlas d'abord, puis dans les plaines infernales du Sahara, épopée d'héroïsmes, de privations, de tortures, de joies surhumaines, épopée de la faim et de la soif, de la défaite irrémédiable et de la victoire éblouissante.

« Mes soixante fidèles s'en donnèrent à cœur joie. Ah! les braves gens! Vous les connaissez, monsieur le président. Vous les avez combattus, monsieur le préfet de police. Ah! les bougres! Mes yeux se mouillent à certains souvenirs. Il y avait là Charolais et ses fils, qu'illustra jadis l'affaire du diadème de la princesse de Lamballe[1]. Il y avait là Marco, qui dut sa renommée à l'affaire Kesselbach, et Auguste, qui fut le chef de vos huissiers[2], monsieur le président du Conseil. Il y avait là Grognard et le Ballu, que la poursuite du Bouchon de Cristal a couverts de gloire. Il y avait là les frères Beuzeville, que je nommais les deux Ajax. Il y avait là Philippe d'Antrac, plus noble qu'un Bourbon, et Pierre le Grand, et Jean le Borgne, et Tristan le Roux, et Joseph le Jeune.

— Et il y avait là Arsène Lupin, interrompit Valenglay, que passionnait cette énumération homérique.

— Et il y avait Arsène Lupin », répéta don Luis d'une voix convaincue.

Il hocha la tête, sourit légèrement, et continua très bas :

1. Voir *Arsène Lupin*, pièce en quatre actes.
2. Voir *813*.

«Je ne vous parlerai point de lui, monsieur le président. Je ne vous parlerai point de lui pour cette raison que vous n'ajouteriez pas foi à mes récits. Ce qu'on a dit à propos de son passage dans la Légion étrangère n'est qu'un jeu d'enfant à côté de ce qui devait être plus tard. À la Légion, Lupin n'était qu'un soldat. Au sud du Maroc il fut général. Là seulement Arsène Lupin donna sa mesure. Et, je le dis sans orgueil, cela fut imprévu pour moi-même. Comme exploits, l'Achille de la légende n'a pas fait plus. Comme résultats, Annibal et César n'ont pas obtenu davantage. Qu'il vous suffise de savoir qu'en quinze mois Arsène Lupin conquit un royaume deux fois grand comme la France. Sur les Berbères du Maroc, sur les Touareg indomptables, sur les Arabes de l'Extrême-Sud algérien, sur les nègres qui débordent le Sénégal, sur les Maures qui habitent les côtes de l'Atlantique, sur le feu du soleil, sur l'enfer, il a conquis la moitié du Sahara et ce qu'on peut appeler l'ancienne Mauritanie. Royaume de sable et de marais? En partie, mais royaume tout de même, avec des oasis, des sources, des fleuves, des forêts, des richesses incalculables, royaume avec dix millions d'hommes et deux cent mille guerriers.

«C'est ce royaume que j'offre à la France, monsieur le président du Conseil.»

Valenglay ne cacha pas sa stupeur. Ému, troublé même par ce qu'il apprenait, penché sur son extraordinaire interlocuteur, les mains crispées à la carte d'Afrique, il chuchota:

«Expliquez-vous... précisez...»

Don Luis repartit:

«Monsieur le président du Conseil, je ne vous rappellerai pas les événements de ces dernières années. Vous les connaissez mieux que moi. Vous savez quels dangers la France a courus, pendant la guerre, du fait des soulèvements marocains. Vous savez que la guerre sainte a été prêchée là-bas, et qu'il eût suffi d'une étincelle pour que le feu gagnât toute la côte d'Afrique, toute l'Algérie, toute l'immense foule musulmane, protégée par la France. protégée par l'Angleterre. Ce danger que les hommes d'État des Alliés ont redouté avec tant d'angoisse, et que l'ennemi s'est efforcé de faire naître avec tant d'astuce et de persévérance, ce danger, moi, Arsène Lupin, je l'ai conjuré. Pendant que l'on combattait en France, pendant que l'on combattait au nord du Maroc, moi j'étais au sud, j'attirais contre moi les tribus rebelles, je les soumettais, je les réduisais à l'impuissance, je les enrôlais et les poussais vers d'autres régions et vers d'autres conquêtes. Bref, je les faisais travailler pour cette France qu'elles avaient voulu combattre.

« Et, ainsi, du rêve magnifique et lointain qui s'était peu à peu dressé dans mon esprit, j'ai fait la réalité d'aujourd'hui. La France sauvait le monde, moi je sauvais la France.

« Elle rachetait, à force d'héroïsme, ses anciennes provinces perdues : moi je reliais d'un seul coup le Maroc au Sénégal. La plus grande France africaine existe maintenant. Grâce à moi, c'est un bloc solide et compact. Des millions de kilomètres carrés, et de Tunis au Congo, sauf quelques enclaves insignifiantes, une ligne de côtes ininterrompues de plusieurs milliers de kilomètres. Voilà mon œuvre, monsieur le président ; le reste, les autres aventures, l'aventure du Triangle d'or ou celle de l'île aux trente cercueils, balivernes ! Mon œuvre de guerre, la voilà. Ai-je perdu mon temps, durant ces cinq années, monsieur le président ?

— C'est une utopie, une chimère, protesta Valenglay.

— Une vérité.

— Allons donc ! Il faut vingt ans d'efforts pour arriver à cela.

— Il vous faut cinq minutes, s'écria don Luis

avec un élan irrésistible. Ce n'est pas la conquête d'un empire que je vous offre, c'est un empire conquis, pacifié, administré, en plein travail et en pleine vie. Ce n'est pas de l'avenir, c'est du présent, mon présent à moi, Arsène Lupin. Moi aussi, je vous le répète, monsieur le président du Conseil, j'avais fait un rêve magnifique. Avant trimé toute mon existence, ayant roulé dans tous les précipices et rebondi sur tous les sommets, plus riche que Crésus, puisque toutes les richesses du monde m'appartenaient, et plus pauvre que Job, puisque j'avais distribué tous mes trésors, rassasié de tout, las d'être malheureux, plus las encore d'être heureux, à bout de plaisirs, à bout de passions, à bout d'émotions, j'avais voulu une chose incroyable à notre époque : régner ! Et, phénomène plus incroyable encore, cette chose s'étant accomplie, Arsène Lupin mort ayant ressuscité sous les espèces d'un sultan des *Mille et une Nuits*, Arsène Lupin régnant, gouvernant, légiférant, pontifiant, je voulais, dans quelques années, je voulais, d'un coup de pouce, déchirer le rideau de tribus rebelles contre lesquelles vous vous exténuez au nord du Maroc, et derrière lesquelles, paisiblement et silencieusement, j'ai bâti mon royaume... Et alors face à face, aussi puissant qu'elle, voisin qui traite de pair à pair, je criais à la France : "C'est moi, Arsène Lupin ! L'ancien escroc, le gentleman cambrioleur, le voilà ! Le sultan de l'Adrar, le sultan d'Iguidi, le sultan d'El-Djouf, le sultan des Touareg, le sultan de l'Aouabuta, le sultan de Braknas et de Frerzon, c'est moi, sultan des sultans, petits-fils de Mahomet, fils d'Allah, moi, moi, moi, Arsène Lupin !" Et j'aurais, sur le traité de paix, sur l'acte de donation où je livrais un royaume à la France, j'aurais, au-dessous du paraphe de mes grands dignitaires, caïds, pachas et marabouts, signé de ma signature légitime, de celle à laquelle j'ai pleinement droit, que j'ai conquise à la pointe de mon épée et par ma volonté toute-puissante : *Arsène Ier, empereur de Mauritanie !* »

Toutes ces paroles, don Luis les prononça d'une voix énergique, mais sans emphase, avec l'émotion et l'orgueil très simple d'un homme qui a beaucoup fait et qui sait la valeur de ce qu'il a fait. On ne pouvait lui répondre que par un haussement d'épaules, comme on répond à un fou, ou par le silence qui réfléchit et qui approuve.

Le président du Conseil et le préfet de police se turent, mais leur regard exprima leur pensée secrète. Ils avaient la sensation profonde de se trouver en présence d'un exemplaire d'humanité absolument exceptionnel, créé pour des actions démesurées, et façonné par lui-même en vue d'une destinée surnaturelle.

Don Luis reprit :

« Le dénouement était beau, n'est-ce pas, monsieur le président du Conseil ? Et la fin couronnait dignement l'œuvre. J'aurais été heureux qu'il en fût ainsi. Arsène Lupin sur un trône, sceptre à la main, cela ne manquait pas d'allure. Arsène Ier, empereur de Mauritanie et bienfaiteur de la France. Quelle apothéose ! Les dieux ne l'ont pas voulu. Jaloux sans doute, ils me rabaissent au niveau de mes cousins du vieux monde, et font de moi cette chose absurde, un roi exilé. Que leur volonté soit faite ! Paix à feu l'empereur de Mauritanie. Il a vécu ce que vivent les roses. Arsène Ier est mort, vive la France ! Monsieur le président du Conseil, je vous renouvelle mon offre. Florence Levasseur est en danger. Moi seul je puis la soustraire au monstre qui l'emporte. Pour cela il me faut vingt-quatre heures. Contre ces vingt-quatre heures de liberté, je vous donne l'empire de Mauritanie. Acceptez-vous, monsieur le président du Conseil ?

— Ma foi oui, dit Valenglay en riant, j'accepte. N'est-ce pas, mon cher Desmalions ? Tout cela

375

n'est peut-être pas très catholique. Mais bah! Paris vaut bien une messe, et le royaume de Mauritanie est un beau morceau. Tentons l'aventure.»

Le visage de don Luis exprima une joie si franche que l'on eût cru qu'il venait de remporter le plus éclatant des triomphes et non point de sacrifier une couronne et de jeter au gouffre le rêve le plus fantastique qu'un homme eût jamais conçu et réalisé.

Il demanda:

«Quelle garantie voulez-vous, monsieur le président?

— Aucune.

— Je puis vous montrer des traités, des documents qui prouvent...

— Pas besoin. On reparlera de tout cela demain. Aujourd'hui, allez de l'avant. Vous êtes libre.»

La parole essentielle, la parole invraisemblable était prononcée.

Don Luis fit quelques pas vers la porte.

«Un mot encore, monsieur le président, dit-il en s'arrêtant. Parmi mes anciens compagnons, il en est un à qui j'avais procuré une place en rapport avec ses goûts et avec ses mérites. Celui-là, pensant qu'un jour ou l'autre il pourrait, de par sa fonction, m'être utile, je ne l'ai pas fait venir en Afrique. Il s'agit de Mazeroux, brigadier de la Sûreté.

— Le brigadier Mazeroux, que le sieur Cacérès a dénoncé, avec preuves à l'appui, comme complice d'Arsène Lupin, est en prison.

— Le brigadier Mazeroux est un modèle d'honneur professionnel, monsieur le président. Je n'ai dû son aide qu'à ma qualité d'auxiliaire de la police, accepté et en quelque sorte patronné par M. le préfet. Il m'a contrecarré dans tout ce que j'ai tenté d'illégal. Et il eût été le premier à me mettre la main au collet s'il en avait reçu l'ordre. Je demande son élargissement.

— Oh! oh!

— Monsieur le président, votre assentiment sera un acte de justice et je vous supplie de me l'accorder. Le brigadier Mazeroux quittera la France. Il sera chargé par le gouvernement d'une mission secrète dans le sud du Maroc et portera le titre d'inspecteur colonial.

— Adjugé », dit Valenglay en riant de plus belle. Et il ajouta :

« Mon cher préfet, quand on sort des voies légales, ou ne sait plus où l'on va. Mais qui veut la fin veut les moyens, et la fin, c'est d'en terminer avec cette abominable histoire Mornington.

— Ce soir tout sera réglé, fit don Luis.

— Je l'espère. Nos hommes sont sur la piste.

— Ils sont sur la piste, mais à chaque ville, à chaque village, auprès de chaque paysan rencontré, ils doivent contrôler cette piste, s'informer si l'auto n'a pas bifurqué et ils perdent du temps. Moi, j'irai droit sur le bandit.

— Par quel miracle ?

— C'est encore mon secret, monsieur le président. Je vous demanderai seulement de vouloir bien donner à M. le préfet pleins pouvoirs pour lever toutes les petites difficultés et toutes les petites consignes qui pourraient entraver l'exécution de mon plan.

— Soit. En dehors de cela avez-vous besoin de...

— De cette carte de France.

— Prenez.

— Et de deux brownings.

— M. le préfet aura l'obligeance de demander deux revolvers à ses inspecteurs, et de vous les remettre. C'est tout ? De l'argent ?

— Merci, monsieur le président. J'ai toujours, en cas d'urgence, les cinquante mille francs indispensables. »

Le préfet de police interrompit :

« Alors, il est nécessaire que je vous fasse accompagner jusqu'au Dépôt. Je suppose que votre portefeuille est parmi les objets qui ont été saisis sur vous. »

Don Luis sourit.

« Monsieur le préfet, les objets que l'on peut saisir sur moi n'ont jamais la moindre espèce d'importance. Mon portefeuille est en effet au Dépôt. Mais l'argent… »

Il leva la jambe gauche, prit son pied entre ses mains, et imprima à son talon un petit mouvement de rotation. Un léger bruit de déclenchement se produisit, et une sorte de tiroir, caché dans l'épaisseur de la double semelle, émergea de la chaussure, par devant. Deux liasses de billets de banque étaient là, ainsi que différents objets de dimensions exiguës, une vrille, un ressort de montre, quelques pilules.

« De quoi m'échapper, dit-il, de quoi vivre… et de quoi mourir. Monsieur le président, je vous salue. »

Dans le vestibule M. Desmalions enjoignit aux inspecteurs de laisser le passage libre à leur prisonnier.

Don Luis demanda :

« Monsieur le préfet, le sous-chef Weber vous a-t-il communiqué des renseignements sur l'automobile du bandit ?

— Il a téléphoné de Versailles. C'est une voiture jaune-orange, de la Compagnie des Comètes. Le conducteur est placé à gauche. Il porte une casquette de toile grise à visière de cuir noir.

— Je vous remercie, monsieur le préfet. »

Ils sortirent de la maison.

Ainsi donc cette chose inconcevable venait de se produire : don Luis était libre. En une heure de conversation à peine il avait regagné le pouvoir d'agir et de livrer la bataille suprême.

Dehors l'automobile de la Préfecture attendait. Don Luis et M. Desmalions y prirent place.

« À Issy-les-Moulineaux, cria don Luis. Dixième vitesse ! »

On brûla Passy. On traversa la Seine. En dix minutes on arrivait à l'aérodrome d'Issy-les-Moulineaux.

Aucun appareil n'était sorti, car il soufflait une brise assez forte.

Don Luis se précipita vers les hangars. Au-dessus des portes étaient inscrits des noms.

« Davanne ! murmura-t-il. Voilà mon affaire. »

Justement la porte du hangar était ouverte. Un petit homme assez gros, la figure longue et rouge, fumait une cigarette, tandis que des mécaniciens travaillaient autour d'un monoplan. Ce petit homme n'était autre que Davanne, le célèbre aviateur.

Don Luis le prit à part, et, connaissant l'individu d'après tout ce que les journaux disaient de lui, il attaqua la conversation de manière à le surprendre dès le début.

« Monsieur, fit-il en dépliant la carte de France, je veux rattraper quelqu'un qui a enlevé en automobile la femme que j'aime, et qui roule dans la direction de Nantes. L'enlèvement a eu lieu à minuit. Il est neuf heures du matin. Supposons que l'auto, qui est un simple taxi de location, et dont le conducteur n'a aucune raison de s'esquinter, fasse en moyenne, arrêts compris, trente kilomètres à l'heure… au bout de douze heures, c'est-à-dire à midi, notre individu atteindra le trois cent soixantième kilomètre, c'est-à-dire un point situé entre Angers et Nantes… à cet endroit exact….

— Les Ponts-de-Drive, approuva Davanne qui écoutait tranquillement.

— Bien. Supposons d'autre part qu'un aéroplane s'envole d'Issy-les-Moulineaux à neuf heures du matin, et qu'il marche à raison de cent vingt kilomètres à l'heure, sans escale… au bout de trois heures, c'est-à-dire à midi, il atteindra précisément Les Ponts-de-Drive, au moment où l'automobile y passera, n'est-ce pas?

— Tout à fait de votre avis.

— En ce cas, si nous sommes du même avis, tout va bien. Votre appareil peut prendre un passager?

— À l'occasion.

— Nous allons partir.

— Impossible. Je n'ai pas d'autorisation.

— Vous l'avez. M. le préfet de police, que voici, et qui est d'accord avec le président du Conseil, prend sur lui de vous laisser partir. Donc, nous partons. Quelles sont vos conditions?

— Ça dépend. Qui êtes-vous?

— Arsène Lupin!

— Fichtre! s'exclama Davanne quelque peu estomaqué.

— Arsène Lupin. Vous devez connaître, par les journaux, la plupart des événements actuels. Eh bien, Florence Levasseur a été enlevée cette nuit. Je veux la sauver. Combien demandez-vous?

— Rien.

— C'est trop.

— Peut-être, mais l'aventure m'amuse. Ça me fera de la réclame.

— Soit. Mais votre silence est nécessaire jusqu'à demain. Je l'achète. Voici vingt mille francs. »

Dix minutes après, don Luis avait revêtu un costume spécial, s'était coiffé d'une casquette d'aviateur et muni de lunettes, et l'aéroplane s'élevait à 800 mètres pour éviter les courants, évoluait au-dessus de la Seine, et piquait droit vers l'ouest de la France.

Versailles, Maintenon, Chartres…

Don Luis n'était jamais monté en aéroplane. La France avait conquis l'air, tandis qu'il guerroyait à la Légion et dans les sables du Sahara. Pourtant, si sensible qu'il fût à toutes les impressions nouvelles — et quelle impression plus que celle-là pouvait l'émouvoir! —, il n'éprouva pas la volupté divine de l'homme qui pour la première fois s'affranchit de la terre. Ce qui accaparait sa pensée, tendait ses nerfs et provoquait en son être une excitation magnifique, c'était la vision encore impossible, mais inévitable, de l'auto poursuivie.

Dans tout le formidable fourmillement des choses dominées, dans le tumulte inattendu des ailes et du moteur, dans l'immensité du ciel, dans l'infini de l'horizon, ses yeux ne cherchaient que cela, et ses oreilles ne supposaient pas d'autre bruit que le ronflement de la voiture invisible. Sensations brutales et puissantes du chasseur qui force son gibier à la course! Il était l'oiseau de proie auquel ne peut échapper la petite bête éperdue.

Nogent-le-Rotrou... La Ferté-Bernard... Le Mans...

Les deux compagnons n'échangeaient pas un seul mot. Devant lui Perenna voyait le dos large et l'encolure robuste de Davanne. Mais, en penchant un peu la tête, il voyait au-dessous de lui l'espace illimité, et nul autre spectacle ne l'intéressait que le ruban de route blanche qui se déroulait de ville en ville et de village en village, tout droit à certains moments, comme s'il eût été tendu, et à d'autres amolli, flexible, cassé par des tournants de rivière ou par l'obstacle d'une église.

Sur ce ruban, il y avait, à tel endroit de plus en plus proche, Florence et son ravisseur!

Il n'en doutait pas! L'auto couleur orange continuait son petit effort courageux et patient. Les kilomètres s'ajoutaient aux kilomètres, les plaines aux vallées, les champs aux forêts, et ce serait Angers, et ce serait Les Ponts-de-Drive, et tout au bout du ruban, but inaccessible, Nantes, Saint-Nazaire, le bateau en partance, la victoire pour le bandit...

Il riait à cette idée. Comme s'il était permis d'envisager d'autre victoire que la sienne, la victoire du faucon sur sa proie, de ce qui vole sur ce qui marche ! Pas une seconde il n'eut la pensée que l'ennemi avait pu se dérober en prenant une autre route. Il y a de ces certitudes qui équivalent à des faits. Et celle-là était si forte qu'il lui semblait que ses adversaires étaient contraints d'y obéir. L'auto suivait la route de Nantes. Elle ferait une moyenne de trente kilomètres à l'heure. Et comme il allait lui-même à raison de cent vingt kilomètres le choc aurait lieu au point indiqué, Les Ponts-de-Drive, et à l'heure indiquée, midi.

Un amoncellement de maisons, la masse d'un château, des tours, des flèches, c'est Angers.

Don Luis demande l'heure à Davanne. Il est midi moins dix.

Angers n'est déjà plus qu'une vision disparue. De nouveau, la campagne rayée de champs multicolores. À travers tout cela, une route.

Et sur cette route, une auto jaune.

L'auto jaune ! L'auto du bandit ! L'auto qui emportait Florence Levasseur !

La joie de don Luis ne fut mêlée d'aucune surprise. Il savait tellement bien que cet événement allait se produire !

Davanne, se retournant, cria :

« Nous y sommes, n'est-ce pas ?

— Oui. Piquez dessus. »

L'avion fonça dans le vide et se rapprocha de la voiture. Presque aussitôt, il la rattrapa.

Alors Davanne ralentit et se tint à deux cents mètres au-dessus et un peu en arrière.

De là ils distinguèrent tous les détails. Le chauffeur était assis à gauche du siège. Il portait une casquette de toile grise, à visière de cuir noir. C'était bien une voiture de la Compagnie des Comètes. C'était bien la voiture poursuivie. Et Florence s'y trouvait avec son ravisseur.

«Enfin, pensa don Luis, je les tiens!»

Ils volèrent assez longtemps, en gardant la même distance.

Davanne attendait un signal que don Luis ne se pressait pas de donner, tellement il goûtait, avec une violence faite d'orgueil, de haine et de cruauté, la sensation de son pouvoir. Vraiment il était bien l'aigle qui plane et dont les serres palpitent avant d'étreindre la chair pantelante. Évadé de la cage où on l'avait emprisonné, affranchi des liens qui le garrottaient, à tire-d'aile il était venu de tout là-bas, et le voilà qui dominait la proie impuissante!

Il se souleva sur son siège et donna les indications nécessaires à Davanne.

«Et surtout, dit-il, ne les frôlez pas de trop près. D'une balle on pourrait nous démolir.»

Une minute encore s'écoula.

Soudain, ils virent que la route, un kilomètre plus loin, se divisait en trois et formait ainsi un carrefour très large que prolongeaient deux triangles d'herbe aux croisements des trois chemins.

«Faut-il?» dit Davanne en se retournant.

La campagne était déserte aux environs.

«Allez-y», cria don Luis.

On eût dit que l'aéroplane se détendait soudain comme lancé par une force irrésistible, et que cette force l'envoyait ainsi qu'un projectile vers le but visé. Il passa à cent mètres au-dessus de la voiture, puis, tout à coup, se maîtrisant, choisissant l'endroit où il allait atteindre la cible, calme, silencieux comme un oiseau de nuit, évitant les arbres et les poteaux, il vint se poser sur l'herbe du carrefour.

Don Luis sauta et courut au-devant de l'auto.

Elle arrivait à belle allure.

Il se planta sur la route, et braqua ses deux revolvers en proférant:

«Halte! ou je fais feu.»

Épouvanté, le conducteur serra les freins. La voiture stoppa.

Don Luis bondit vers l'une des portières.

«Tonnerre!» hurla-t-il, en lâchant sans raison un coup de revolver qui démolit la vitre.

Il n'y avait personne dans l'automobile.

CHAPITRE VIII

«LE PIÈGE EST PRÊT.
PRENDS GARDE, LUPIN.»

L'élan qui emportait don Luis vers la bataille et vers la victoire était si fougueux qu'il ne subit pour ainsi dire pas d'arrêt. La déception, la rage, l'humiliation, l'angoisse, tout cela se fondit en un grand besoin d'agir, de savoir, et de ne pas interrompre la poursuite. Quant au reste, il n'y avait là qu'un incident sans importance qui allait se dénouer de la façon la plus simple du monde.

Le chauffeur, immobile d'effroi, regardait d'un œil éperdu les paysans qui venaient des fermes lointaines, attirés par le bruit de l'aéroplane.

Don Luis le saisit à la gorge et lui appliqua le canon de son revolver sur la tempe.

«Raconte ce que tu sais... sinon tu meurs.»

Et, comme le malheureux bégayait des supplications :

«Pas la peine de gémir... Pas la peine non plus d'espérer du secours... Les gens arriveront trop tard. Donc, un seul moyen de te sauver : parle. Cette nuit, à Versailles, un monsieur venant de Paris en auto a laissé sa voiture et a loué la tienne, n'est-ce pas ?

— Oui.

— Ce monsieur était accompagné d'une dame ?

— Oui.

— Et il t'a engagé pour le conduire à Nantes?

— Oui.

— Seulement, en route il a changé d'idée, et il s'est fait descendre?

— Oui.

— Dans quelle ville?

— Avant d'arriver au Mans. Une petite route à droite, où il y a, deux cents pas plus loin, comme un hangar, une sorte de remise. Ils ont descendu là tous les deux.

— Et toi, tu as continué?

— Il m'a payé pour cela.

— Combien?

— Deux mille francs. Et je devais retrouver à Nantes un autre voyageur que j'aurais ramené à Paris, pour trois mille francs.

— Tu y crois, à ce voyageur?

— Non. Je crois qu'il a voulu dépister des gens en les lançant sur moi jusqu'à Nantes, tandis que, lui, il bifurquait. Mais, n'est-ce pas, j'étais payé.

— Et quand tu les as quittés, tu n'as pas eu la curiosité de voir ce qui se passait?

— Non.

— Gare à toi. Un petit coup de mon index, et ta cervelle saute. Parle.

— Eh bien, oui. Je suis revenu à pied derrière un talus bordé d'arbres. L'homme avait ouvert la remise, et il mettait en marche une petite limousine. La dame ne voulait pas monter. Ils ont discuté assez fort. Lui, il la menaçait et il la suppliait aussi. Mais je n'ai pas entendu. Elle semblait très fatiguée. Il lui a donné à boire de l'eau qu'il a fait couler dans un verre, au robinet d'une fontaine, contre la remise. Alors elle s'est décidée. Il a refermé la portière sur elle, et il s'est établi sur le siège.

— Un verre d'eau, s'écria don Luis. Es-tu sûr qu'il n'a rien versé dans ce verre?»

Le chauffeur parut surpris de la question, puis répondit :

« En effet, je crois… quelque chose qu'il a tiré de sa poche.

— Sans que la dame s'en aperçoive ?

— Oui, elle ne pouvait pas le voir. »

Don Luis domina sa frayeur. Après tout, il n'était pas possible que le bandit eût empoisonné Florence de la sorte, à cet endroit, et sans rien qui motivât une telle précipitation. Non, il fallait plutôt supposer l'emploi d'un narcotique, d'une drogue quelconque destinée à étourdir Florence et à la rendre incapable de discerner par quelles routes nouvelles et par quelles villes on allait la conduire.

« Et alors, dit-il, elle s'est décidée à monter ?

— Oui, et il a refermé la portière, et il s'est établi sur le siège. Moi, je suis parti.

— Avant de savoir la direction qu'ils prenaient ?

— Oui, avant.

— Pendant le voyage, tu n'as pas eu l'impression qu'ils se croyaient suivis ?

— Certes. À tout moment il se penchait hors de la voiture.

— La dame ne criait pas ?

— Non.

— Pourrais-tu le reconnaître, lui ?

— Non, sûrement non. À Versailles, c'était la nuit. Et, ce matin, je me trouvais trop loin. Et puis, c'est drôle, la première fois, il m'a paru très grand, et ce matin, au contraire, tout petit, comme cassé en deux. Je n'y comprends goutte, à tout cela. »

Don Luis réfléchit. Il lui semblait bien qu'il avait posé toutes les questions nécessaires. D'ailleurs une carriole s'en venait vers le carrefour, au trot d'un cheval. Deux autres la suivaient. Et les groupes de paysans étaient proches. Il fallait en finir.

Il dit au chauffeur :

«Je vois à ta tête que tu vas bavarder contre moi. Fais pas ça, camarade. Ce serait une bêtise. Tiens, voilà, un billet de mille. Seulement, si tu causes, je ne te rate pas. À bon entendeur...»

Il retourna vers Davanne, dont l'appareil commençait à entraver la circulation, et lui dit:

«Nous pouvons repartir?

— À votre disposition. Où allons-nous?»

Indifférent aux allées et venues des gens qui affluaient de tous côtés, don Luis déplia sa carte de France et l'étala sous ses yeux. Il eut quelques secondes d'anxiété devant la complication des routes enchevêtrées, et en imaginant la multitude infinie des retraites où le bandit pouvait emporter Florence. Mais il se raidit. Il ne voulait pas hésiter. Il ne voulait pas même réfléchir. Il voulait savoir, et savoir du premier coup, sans indices, sans vaines méditations, par la grâce seule de cette merveilleuse intuition qui le guidait aux heures graves de la vie.

Et son amour-propre exigeait aussi qu'il répondît sans retard à Davanne et que la disparition de ceux qu'il cherchait n'eût pas l'air de l'embarrasser.

Les yeux accrochés à la carte, il mit un doigt sur Paris, un autre doigt sur Le Mans, et, avant même qu'il se fût demandé nettement pourquoi le bandit avait choisi cette direction Paris-Le Mans-Angers, il savait... Un nom de ville lui était apparu qui avait fait jaillir en lui la vérité comme la flamme d'un éclair. Alençon! Et tout de suite, illuminé de souvenirs, il avait plongé jusqu'au fond des ténèbres.

Il reprit:

«Où allons-nous? En arrière.

— Point de direction?

— Alençon.

— Entendu, fit Davanne. Qu'on me donne un

coup de main. Il y a là un champ d'où le départ ne sera pas trop difficile. »

Don Luis et quelques personnes l'aidèrent et les préparatifs furent faits rapidement. Davanne vérifia son moteur. Tout marchait à merveille.

À ce moment. une puissante torpédo, dont la sirène grognait comme une bête hargneuse, déboucha de la route d'Angers et, brusquement, s'arrêta.

Trois hommes en descendirent qui se précipitèrent sur le chauffeur de l'automobile jaune. Don Luis les reconnut. C'était le sous-chef Weber, et c'étaient les hommes qui l'avaient mené au Dépôt durant la nuit et que le préfet de police avait lancés sur les traces du bandit.

Ils eurent avec le chauffeur de l'auto jaune une brève explication qui sembla les déconcerter, et, tout en gesticulant et en le pressant de questions nouvelles, ils regardaient leurs montres et consultaient les cartes routières.

Don Luis s'approcha. La tête encapuchonnée, le visage masqué de lunettes, il était méconnaissable. Et, changeant sa voix:

«Envolés les oiseaux, dit-il, monsieur le sous-chef Weber.»

Celui-ci l'observa d'un air effaré.

Don Luis ricana:

«Oui, envolés. Le type de l'île Saint-Louis est un lascar qui ne manque pas d'adresse, hein? Troisième auto de monsieur. Après l'auto jaune dont vous avez trouvé le signalement cette nuit à Versailles il en a pris une autre au Mans… destination inconnue.»

Le sous-chef écarquillait les yeux. Quel était ce personnage qui lui citait des faits téléphonés seulement à la Préfecture de police, et à deux heures du matin? Il articula:

«Mais enfin, qui êtes-vous, monsieur?

— Comment! vous ne me reconnaissez pas?

Bien la peine d'avoir rendez-vous avec les gens...
On fait des pieds et des mains pour être exact. Et
puis ils vous demandent qui vous êtes. Voyons,
Weber, avoue qu't'y mets de la mauvaise volonté.
Faut-il donc que tu m'contemples en plein soleil?
Allons-y. »

Il leva son masque.

« Arsène Lupin! balbutia le policier.

— Pour te servir, jeune homme, à pied, à cheval
et dans les airs. J'y retourne. Adieu. »

Et l'ahurissement de Weber fut tel en voyant
devant lui, libre, à quatre cents kilomètres de Paris,
cet Arsène Lupin qu'il avait conduit au Dépôt
douze heures auparavant, que don Luis, tout en
rejoignant Davanne, se disait:

« Quel swing! En quatre phrases bien appli-
quées, suivies d'un hook à l'estomac, je vous l'ai
knock-outé. Ne nous pressons pas. Trois fois dix
secondes au moins s'écouleront avant qu'il puisse
crier: "Maman". »

Davanne était prêt, don Luis escalada l'aéro. Les
paysans poussaient aux roues. L'appareil décolla.

« Nord-nord-est, commanda don Luis. Cent cinquante kilomètres à l'heure. Dix mille francs.

— Nous avons le vent debout, fit Davanne.

— Cinq mille francs pour le vent », proféra don
Luis.

Il n'admettait pas d'obstacle, tellement sa hâte
était grande de parvenir à Formigny. Il comprenait
maintenant toute l'affaire et, en considérant jusqu'à son origine, il s'étonnait que le rapprochement ne se fût jamais opéré dans son esprit entre
les deux pendus de la grange et la série des crimes
suscités par l'héritage Mornington. Bien plus, comment n'avait-il pas tiré de l'assassinat probable du
père Langernault, ancien ami de l'ingénieur Fauville, tous les enseignements que comportait cet
assassinat? Le nœud de l'intrigue sinistre se trouvait là. Qui donc avait pu intercepter, pour le

compte de l'ingénieur Fauville, les lettres d'accusation que l'ingénieur Fauville écrivait soi-disant à son ancien ami Langernault ? Qui, sinon quelqu'un du village ou du moins ayant habité le village ?

Et alors tout s'expliquait. C'était le bandit qui, jadis, débutant dans le crime, avait tué le père Langernault, puis les deux époux Dedessuslamare. Même procédé que plus tard : non point le meurtre direct mais le meurtre anonyme. Comme l'Américain Mornington, comme l'ingénieur Fauville, comme Marie-Anne, comme Gaston Sauverand, le père Langernault avait été supprimé sournoisement, et les deux époux Dedessuslamare acculés au suicide et conduits dans la grange.

Et c'est de là que le tigre était venu à Paris où, plus tard, il devait trouver l'ingénieur Fauville et Cosmo Mornington et combiner la tragique affaire de l'héritage.

Et c'est là qu'il retournait !

Sur le retour, aucun doute. D'abord le fait qu'il avait administré à Florence un narcotique constituait une preuve indiscutable. Ne fallait-il pas endormir Florence pour qu'elle ne reconnût pas les paysages d'Alençon et de Formigny, et ce vieux château qu'elle avait exploré avec Gaston Sauverand ! D'autre part, la direction Le Mans-Angers-Nantes, destinée à lancer la police sur une mauvaise voie, n'oblige celui qui va vers Alençon en automobile qu'à un crochet d'une heure ou deux tout au plus, s'il bifurque au Mans. Et enfin cette remise située près d'une grande ville, cette limousine toujours prête, chargée d'essence, tout cela ne démontrait-il pas que le bandit, quand il voulait aller à son repaire, prenait la précaution de s'arrêter au Mans pour se rendre ensuite, dans sa limousine, au domaine abandonné du sieur Langernault ? Ainsi donc, ce jour-là, à dix heures du matin, il arrivait dans sa tanière. *Et il y arrivait avec Florence Levasseur, endormie, inanimée.*

Et la question se posait, obsédante et terrible: Que voulait-il faire de Florence Levasseur?

«Plus vite! Plus vite!» criait don Luis.

Depuis que la retraite du bandit lui était connue, les desseins de cet homme lui apparaissaient avec une effrayante clarté. Se sentant traqué, perdu, objet de haine et d'épouvante pour Florence maintenant que les yeux de la jeune fille s'étaient ouverts à la réalité, quel plan pouvait-il se proposer, sinon, comme toujours, un plan d'assassinat?

«Plus vite! criait don Luis. Nous n'avançons pas. Plus vite donc!»

Florence assassinée! Peut-être le forfait n'était-il pas encore accompli. Non, il ne devait pas l'être encore. Il faut du temps pour tuer. Cela est précédé de paroles, d'un marché qu'on offre, de menaces, de prières, de toute une mise en scène innommable. Mais la chose se préparait. Florence allait mourir!

Florence allait mourir de la main du bandit qui l'aimait. Car il l'aimait, don Luis avait l'intuition de cet amour monstrueux, et comment alors croire qu'un pareil amour pût se terminer autrement que dans la torture et dans le sang?

Sablé... Sillé-le-Guillaume...

La terre fuyait sous eux. Les villes et les maisons glissaient comme des ombres.

Et ce fut Alençon.

Il n'était guère plus d'une heure et demie lorsqu'ils atterrirent dans une prairie située entre la ville et Formigny. Don Luis s'informa. Plusieurs automobiles avaient passé sur la route de Formigny, entre autres une petite limousine conduite par un monsieur, et qui s'était engagée dans un chemin de traverse.

Or ce chemin de traverse conduisait aux bois situés derrière le Vieux-Château du père Langernault.

La conviction de don Luis fut telle que, après

avoir pris congé de Davanne, il l'aida à reprendre son vol. Il n'avait plus besoin de lui. Il n'avait besoin de personne. Le duel final commençait.

Et, tout en courant, guidé par l'empreinte des pneumatiques dans la poussière, il suivit le chemin de traverse. À sa grande surprise, ce chemin ne s'approchait pas des murs situés derrière la Grange-aux-Pendus, et du haut desquels il avait sauté quelques semaines auparavant. Après avoir franchi les bois, don Luis déboucha dans un vaste terrain inculte où le chemin tourna pour revenir vers le domaine et aboutir devant une vieille porte à deux battants, renforcée de plaques et de barres en fer.

La limousine avait passé par là.

« Et il faut que j'y passe, se dit don Luis, coûte que coûte, et tout de suite encore, sans perdre mon temps à découvrir une brèche ou un arbre propice. »

Or, le mur avait, en cette partie, quatre mètres de haut.

Don Luis passa. Comment ? Par quel effort prodigieux ? Lui-même n'aurait su le dire après avoir accompli son exploit. Toujours est-il que, en s'accrochant à d'invisibles aspérités, en plantant au creux des pierres un couteau que Davanne lui avait prêté, il passa.

Et, quand il fut de l'autre côté, il retrouva les traces des pneumatiques qui s'en allaient vers la gauche, vers une région du parc qu'il ignorait, plus accidentée, hérissée de monticules et de constructions en ruine sur lesquelles retombaient d'amples manteaux de lierre.

Et, si abandonné que fût le reste du parc, cette région semblait beaucoup plus barbare, bien que, au milieu des orties et des ronces, parmi la végétation luxuriante des grandes fleurs sauvages, où foisonnaient la valériane, le bouillon-blanc, la ciguë, la digitale, l'angélique, il y eût, par tronçons et poussant à l'aventure, des haies de lauriers et des murailles de buis.

Et soudain, au détour d'une ancienne charmille, don Luis Perenna aperçut la limousine qu'on avait laissée, ou plutôt cachée là, dans un renfoncement. La portière était ouverte. Le désordre de l'intérieur, le tapis qui pendait sur le marchepied, une des vitres brisée, un des coussins déplacé, tout attestait qu'il y avait eut lutte entre Florence et le bandit. Celui-ci sans doute avait profité de ce que la jeune fille dormait pour l'envelopper de liens, et c'est à l'arrivée, quand il avait voulu la sortir de la limousine, que Florence s'était accrochée aux objets.

Don Luis vérifia aussitôt la justesse de son hypothèse. En suivant le sentier très étroit, envahi d'herbe, qui s'engageait sur la pente des monticules, il vit que l'herbe était froissée sans interruption.

«Ah! le misérable! pensa-t-il, le misérable, il ne porte pas sa victime, il la traîne. »

S'il n'avait écouté que son instinct, il se fût élancé au secours de Florence. Mais le sentiment profond de ce qu'il fallait faire et de ce qu'il fallait éviter l'empêcha de commettre une imprudence pareille. À la moindre alerte, au moindre bruit, le tigre eût égorgé sa proie. Pour éviter l'horrible chose, don Luis devait le surprendre et le mettre du premier coup hors d'état d'agir.

Il se maîtrisa donc, et, doucement, avec les précautions nécessaires, il monta.

Le sentier s'élevait entre les amas de pierres et de constructions écroulées, et parmi des massifs d'arbustes que dominaient des hêtres et des chênes. C'était là en toute évidence l'emplacement de l'ancien château féodal qui avait donné son nom au domaine, et c'était là, vers le sommet, que le bandit avait choisi une de ses retraites. La piste continuait en effet dans l'herbe couchée. Et don Luis avisa même quelque chose qui brillait à terre, au-dessus d'une touffe. C'était une bague, une toute petite bague, très simple, formée d'un anneau d'or et de deux perles, menues, qu'il avait souvent remarquée au doigt de Florence. Et ce qui frappa son attention, c'est qu'un brin d'herbe passait, repassait et passait une troisième fois à l'intérieur de l'anneau, comme un ruban que l'on y eût volontairement enroulé.

« Le signal est clair, se dit Perenna. Tout probablement le bandit a fait halte ici pour se reposer, et Florence, attachée, mais ayant tout de même les doigts libres, a pu laisser cette preuve de son passage. »

Donc la jeune fille espérait encore. Elle attendait du secours. Et don Luis songea avec émotion que c'était à lui peut-être qu'elle adressait cet appel suprême.

Cinquante pas plus loin, — et ce détail témoignait de la fatigue assez étrange éprouvée par le bandit, autre halte, et, second indice, une fleur, une sauge des prés, que la pauvre main avait cueillie et dont elle avait déchiqueté les pétales. Puis ce fut l'empreinte des cinq doigts enfoncés dans la terre, puis une croix tracée à l'aide d'un caillou. Et ainsi pouvait-on suivre, minute par minute, toutes les étapes de l'affreux calvaire.

La dernière station approchait. L'escarpement devenait plus rude. Les pierres éboulées opposaient des obstacles plus fréquents. À droite, deux arcades gothiques, vestiges d'une chapelle, se profilèrent sur le ciel bleu. À gauche, un pan de mur portait le manteau d'une cheminée.

Vingt pas encore. Don Luis s'arrêta. Il lui semblait entendre du bruit.

Il écouta. Il ne s'était pas trompé. Le bruit recommença, et c'était un bruit de rire, mais de quel rire épouvantable ! un rire strident, mauvais comme le rire d'un démon, et si aigu ! Un rire de femme plutôt, un rire de folle...

Le silence de nouveau. Puis un autre bruit, le bruit du sol que l'on frappe avec un instrument. Puis le silence encore...

Et cela se passait à une distance que don Luis pouvait supposer d'une centaine de mètres.

Le sentier se terminait par trois marches, taillées dans la terre. Au-dessus c'était un plateau très vaste, également encombré de débris et de ruines, et où se dressait, en face et au centre, un rideau de lauriers énormes, plantés en demi-cercle, et vers lesquels se dirigeaient les marques d'herbe foulée.

Assez étonné, car le rideau se présentait avec des contours impénétrables, don Luis s'avança, et il put constater qu'autrefois il y avait une coupure et que les branches avaient fini par se rejoindre.

Il était facile de les écarter. C'est ainsi que le bandit avait passé, et, selon toute apparence, il se trouvait là, au terme de sa course, à une distance très petite, et occupé à quelque sinistre besogne.

De fait, un ricanement déchira l'air, si proche que don Luis tressaillit d'effroi, et qu'il lui sembla que le bandit se moquait par avance de son intervention. Il se rappela la lettre et les mots écrits à l'encre rouge :

« *Il est encore temps, Lupin. Retire-toi de la bataille. Sinon, c'est la mort pour toi aussi. Quand tu te croiras au but, quand ta main se lèvera sur moi et que tu crieras des mots de victoire, c'est alors que l'abîme s'ouvrira sous tes pas. Le lieu de ta mort est déjà choisi. Le piège est prêt. Prends garde, Lupin.* »

La lettre entière défila dans son cerveau, menaçante, redoutable. Et il sentit le frisson de la peur.

Mais est-ce que la peur pouvait retenir un pareil homme ? De ses deux mains, il avait saisi des branches, et doucement tout son corps se frayait un passage.

Il s'arrêta. Un dernier rempart de feuilles le cachait. Il en écarta quelques-unes à hauteur de ses yeux.

Et il vit.

Tout d'abord, ce qu'il vit, ce fut Florence, seule en ce moment, étendue, attachée à trente mètres devant lui, et, comme il se rendit compte aussitôt, à certains mouvements de la tête, qu'elle vivait encore, il éprouva une joie immense. Il arrivait à temps. Florence n'était pas morte. Florence ne mourrait pas. Cela c'était un fait définitif, contre quoi rien ne pouvait prévaloir. Florence ne mourrait pas.

Alors, il examina les choses.

À droite et à gauche de lui, le rideau de lauriers s'incurvait et embrassait comme une sorte d'arène où, parmi des ifs autrefois taillés en cônes, gisaient des chapiteaux, des colonnes, des tronçons d'arcs et de voûtes, visiblement placés là pour orner l'espèce de jardin aux lignes régulières que l'on avait aménagé sur les ruines de l'ancien donjon. Au milieu un petit rond-point auquel on accédait par deux chemins étroits, l'un qui offrait les mêmes traces de piétinement sur l'herbe et qui continuait celui que don Luis avait pris, l'autre qui coupait à angle droit et rejoignait les deux extrémités du rideau d'arbustes.

En face un chaos de pierres écroulées et de rochers naturels, cimentés par de l'argile, reliés par les racines d'arbres tortueux, tout cela formant au fond du tableau une petite grotte sans profondeur, pleine de fissures par lesquelles le jour pénétrait, et dont le sol, que don Luis apercevait aisément, était recouvert de trois ou quatre dalles.

Sous cette grotte, Florence Levasseur, étendue, ligotée.

On eût dit vraiment la victime vouée au sacrifice et préparée pour une cérémonie mystérieuse qui allait s'accomplir sur l'autel de la grotte, dans l'amphithéâtre de ce vieux jardin que fermait l'enceinte des grands lauriers et que dominait un monceau de ruines séculaires.

Malgré la distance où elle se trouvait, don Luis put discerner, en ses moindres détails, sa pâle figure. Quoique convulsée par l'angoisse, elle gardait encore de la sérénité, une expression d'attente, d'espoir même, comme si Florence n'eût pas encore renoncé à la vie et qu'elle eût cru, jusqu'au dernier instant, à la possibilité d'un miracle. Pourtant, bien qu'elle ne fût pas bâillonnée, elle n'appelait pas au secours. Se disait-elle que c'eût été inutile, et que des cris, que le bandit eût vite étouffés d'ailleurs, ne valaient pas, pour mener jusqu'à elle, le chemin où elle avait semé les marques de son passage ? Chose étrange, il sembla à don Luis que les yeux de la jeune fille se fixaient obstinément sur le point même où il se cachait. Peut-être avait-elle deviné sa présence. Peut-être avait-elle prévu son intervention.

Tout à coup don Luis empoigna l'un de ses revolvers et leva le bras à demi, prêt à viser. Non loin de l'autel où gisait la victime, venait de surgir le sacrificateur, le bourreau.

Il sortait d'entre deux rochers dont un buisson de ronces masquait l'intervalle et qui n'offraient sans doute qu'une issue très basse, car il marchait encore comme ployé sur lui-même, la tête courbée, et ses deux bras, très longs, atteignaient le sol.

Il s'approcha de la grotte et jeta son abominable ricanement.

« Tu es toujours là, dit-il. Le sauveur n'est pas venu ? Un peu en retard, le Messie... Qu'il se dépêche ! »

Le timbre de sa voix était si aigu, que don Luis entendit toutes les paroles, et si bizarre, si peu humain, qu'il en éprouva un véritable malaise. Il serra fortement son revolver. Au moindre geste équivoque, il eût tiré.

«Qu'il se dépêche! répéta le bandit en riant. Sinon, dans cinq minutes, tout sera réglé. Tu vois que je suis un homme méthodique, n'est-ce pas, ma Florence adorée?»

Il ramassa quelque chose à terre. C'était un bâton en forme de béquille. Il le dressa sous son bras gauche, s'y appuya et, ployé en deux, il se remit à marcher comme quelqu'un qui n'a pas la force de se tenir debout. Puis, subitement, et sans cause apparente qui expliquât ce changement d'attitude, il se releva et se servit de sa béquille ainsi que d'une canne. Il fit alors le tour extérieur de la grotte en poursuivant avec attention un examen dont la signification échappait à don Luis.

Il était de haute taille ainsi, et don Luis comprit aisément que le chauffeur de l'automobile jaune, l'ayant vu sous deux aspects aussi différents, n'eût pas pu dire de façon certaine s'il était très grand ou très petit.

Mais ses jambes, molles et flexibles, vacillaient sous lui, comme si un effort prolongé ne lui eût pas été permis. Il retomba.

C'était un infirme, atteint de quelque maladie de la locomotion, un rachitique, maigre à l'excès. D'ailleurs don Luis apercevait son visage blême, ses joues osseuses, le creux de ses tempes, sa peau couleur de parchemin — un visage de phtisique, où le sang ne circulait pas.

Quand il eut fini son examen, il vint près de Florence et lui dit:

«Quoique tu sois bien sage, petite, et que tu n'aies pas encore crié, il vaut mieux prendre nos précautions et prévenir toute surprise grâce à la pose d'un confortable bâillon, n'est-ce pas?»

Il se pencha sur la jeune fille et lui entoura le bas de la figure d'un large foulard, puis, s'inclinant davantage, il se mit à lui parler tout bas, presque à l'oreille. Mais des éclats de rire confus rompaient ce chuchotement. Et c'était terrible à entendre.

Don Luis, sentant l'imminence du danger, redoutant quelque geste du misérable, un meurtre brusque, le choc soudain d'une piqûre empoisonnée, avait braqué son revolver et, confiant en son adresse, attendait.

Que se passait-il là-bas ? Quelles paroles étaient prononcées ? Quel marché infâme le bandit proposait-il à Florence Levasseur ? À quel prix honteux pouvait-elle se libérer ?

Violemment l'infirme recula, en criant dans un accent de rage :

« Mais tu ne comprends donc pas que tu es perdue ? Maintenant que je n'ai plus rien à craindre, maintenant que tu as été assez bête pour m'accompagner et pour te mettre à ma discrétion, qu'est-ce que tu espères ? Voyons, quoi, me fléchir, peut-être ? Parce que la passion me brûle, tu t'imagines... Ah ! Ah ! comme tu te trompes, ma petite ! Ta mort, mais je m'en soucie comme d'une pomme... Une fois morte, tu ne compteras plus pour moi. Alors, quoi ?... Peut-être te figures-tu qu'étant infirme je n'aurai pas la force de te tuer ? Te tuer, mais il ne s'agit pas de cela, Florence ! Est-ce que je tue, moi ? Jamais de la vie ! Je suis bien trop lâche pour tuer, j'aurais peur, je tremblerais... Non, non, je ne te toucherai pas, Florence, et cependant... Tiens, regarde de quoi il retourne... tu vas te rendre compte... Ah ! c'est que la chose est combinée comme je sais le faire... Et surtout n'aie pas peur, Florence. Ce n'est qu'un premier avertissement... »

Il s'était éloigné, et il avait, en s'aidant de ses mains et en s'accrochant aux branches d'un arbre, escaladé à droite les premières assises de la grotte. Là, il s'agenouilla. Il y avait près de lui une petite pioche. Il la souleva et frappa à trois reprises un premier amas de pierres. Un éboulement se produisit.

Don Luis bondit hors de sa cachette avec un hurlement de frayeur. D'un coup, il s'était rendu compte. La grotte, les chaos de moellons, les masses de granit, tout cela se trouvait dans une position telle que l'équilibre pouvait en être subitement rompu et que Florence risquait d'être écrasée sous les décombres. Ce n'était donc pas le bandit qu'il fallait abattre, mais Florence qu'il fallait sauver instantanément.

En deux ou trois secondes, il atteignit la moitié du parcours. Mais là, dans cet éclair de l'esprit qui est plus rapide encore que la course la plus folle, il eut la vision que les traces d'herbe foulée ne traversaient pas le petit rond-point central, et que le bandit avait contourné ce rond-point. Pourquoi ? Ce sont de ces questions que pose l'instinct défiant, mais que la raison n'a pas le temps de résoudre. Don Luis continua. Il n'avait pas mis le pied en cet endroit que la catastrophe eut lieu.

Ce fut d'une brutalité inouïe, comme s'il avait voulu marcher sur le vide et qu'il s'y fût précipité. Le sol s'abîma sous lui. Les mottes d'herbes se disjoignirent, et il tomba.

Il tomba dans un trou qui n'était autre chose que l'orifice d'un puits large tout au plus d'un mètre cinquante et dont la margelle avait été rasée au niveau même du sol. Seulement il arriva ceci : comme il courait à très vive allure, son élan même le projeta contre la paroi opposée de telle sorte que ses avant-bras reposèrent sur le bord extérieur et que ses mains s'agrippèrent à des racines de plantes.

Peut-être eût-il pu, si grande était sa vigueur, se rétablir à la force des poignets. Mais tout de suite, répondant à l'attaque, le bandit s'était hâté de venir à l'encontre de l'assaillant et, maintenant, posté à dix pas de don Luis, il le menaçait de son revolver.

«Bouge pas, cria-t-il, ou je te fracasse.»

Don Luis se trouvait ainsi réduit à l'impuissance sous peine d'essuyer le feu de l'ennemi.

Quelques secondes leurs yeux se rencontrèrent. Ceux de l'infirme étaient brûlants de fièvre, des yeux de malade.

Tout en rampant, attentif aux moindres mouvements de don Luis, il vint s'accroupir à côté du puits. Son bras tendu braquait le revolver. Et son rire infernal jaillit de nouveau :

«Lupin! Lupin! Lupin! Ça y est! le plongeon de Lupin! Ah faut-il que tu en aies une couche! Je t'avais prévenu cependant, prévenu à l'encre de sang. Rappelle-toi... *L'emplacement de ta mort est déjà choisi. Le piège est prêt. Prends garde, Lupin.* Et te voilà! Tu n'es donc pas en prison? Tu as encore paré ce coup-là? Coquin, va... Heureusement que j'avais prévu l'aventure et pris mes précautions. Hein? Ça y est-il, comme combinaison? Je me suis dit: "Toute la police va galoper sur mes trousses. Mais il n'y en a qu'un qui soit de taille à me rattraper, un seul, Lupin. Donc, montrons-lui la route, conduisons-le comme à la laisse tout du long d'un petit chemin ratissé par le corps de la victime..." Et alors, des points de repère, semés habilement çà et là... Ici la bague de la donzelle entortillée d'un brin d'herbe, plus loin une fleur déchiquetée, plus loin l'empreinte de cinq doigts enfoncés, ensuite le signe de la croix... Pas moyen de se tromper, hein? Du moment que tu me jugeais assez stupide pour laisser à Florence le loisir de jouer au Petit Poucet, ça te menait tout droit dans la gueule du puits, sur les mottes de gazon que j'ai plaquées dessus, le mois dernier, en prévision de l'aubaine... Rappelle-toi... *le piège est prêt...* Et un piège à ma façon, Lupin, du meilleur cru. Ah! c'est que mon plaisir est de me débarrasser des gens avec leur concours et leur bonne volonté. On collabore comme de bons camarades. Tu as déjà saisi la chose, hein ? Je n'opère pas moi-même. C'est eux qui s'opèrent, qui se pendent ou se fichent de mauvaises piqûres... à moins qu'ils ne préfèrent la gueule d'un puits, comme toi, Arsène Lupin ! Ah ! mon pauvre vieux, dans quelle mélasse t'es-tu fourré ? Non, mais ce que tu en fais une tête ! Florence, regarde donc la binette de ton amoureux ! »

Il s'interrompit, secoué par un accès d'hilarité qui agitait son bras tendu, donnait à sa figure l'expression la plus barbare, et faisait danser ses jambes sous son torse comme des jambes de pantin désarticulé. En face de lui, l'adversaire faiblissait. L'effort devenait de plus en plus désespéré et de plus en plus inutile. Les doigts, cramponnés d'abord aux racines des herbes, se crispaient vainement aux pierres de la paroi. Et les épaules s'enfonçaient peu à peu.

« Nous y sommes, bégaya le bandit avec des contorsions de gaieté. Dieu ! que c'est bon de rire ! Surtout quand on ne rit jamais... Mais non, je suis un sinistre, moi, un homme pour funérailles ! N'est-ce pas, ma Florence, tu ne m'as jamais vu rire ?... Mais aussi cette fois, c'est trop rigolo... Lupin dans son trou, et Florence dans sa grotte, l'un gigotant au-dessus de l'abîme, et l'autre râlant déjà sous sa montagne. Quel spectacle ! Allons, Lupin, ne t'esquinte pas... Pourquoi tant de simagrées ?... Tu as donc peur de l'éternité ? Un honnête homme comme toi ! le don Quichotte des temps modernes ! Allons, laisse-toi descendre... Il n'y a même plus d'eau dans le puits, où tu pourrais barboter... Non, c'est la bonne petite glissade dans l'inconnu... On n'entend seulement pas la chute des cailloux qu'on y jette, et tout à l'heure j'y ai lancé du papier en flamme, ça s'est perdu dans les ténèbres. Brr !... J'en ai eu froid dans le dos... Allons, du courage. Ce n'est qu'un moment à passer, et tu en as vu bien d'autres! Bravo! ça y est presque. Tu en prends ton parti. Eh! Lupin, Lupin! Comment! tu ne me dis pas adieu? Pas un sourire… pas un remerciement? Au revoir, Lupin, au revoir…»

Il se tut. Il attendait l'épouvantable dénouement qu'il avait préparé avec tant de génie, et dont toutes les phases se déroulaient selon son inflexible volonté.

Ce ne fut pas long d'ailleurs. Les épaules s'étaient enfoncées. Le menton, et puis la bouche convulsée par un rictus d'agonie, et puis les yeux, ivres de terreur, et puis le front, et les cheveux, et toute la tête, enfin, toute la tête avait disparu.

L'infirme regardait éperdument, comme en extase, immobile, avec une expression de volupté sauvage, et sans un mot qui pût troubler le silence et suspendre sa haine.

Au bord du gouffre, il ne restait plus que les mains, les mains tenaces, opiniâtres, acharnées, héroïques, les pauvres mains impuissantes qui seules vivaient encore et qui, peu à peu, battant en retraite avec la mort, cédaient, reculaient, et lâchaient prise.

Et les mains glissèrent. Un instant les doigts s'accrochèrent comme des griffes. Il sembla même, tellement leur effort était surnaturel, qu'ils ne désespéraient pas, à eux seuls, de ramener au jour et de ressusciter le cadavre enseveli déjà dans l'ombre. Et puis, à leur tour, ils s'épuisèrent. Et puis, et puis, tout à coup on ne vit plus rien, et l'on n'entendit plus rien…

L'infirme sursauta, comme détendu, et, hurlant de joie:

«Pouf! Ça y est! Lupin au fond de l'enfer… C'est une aventure finie… Pif! Paf! Pouf!»

Se retournant du côté de Florence, il dansa de nouveau sa danse macabre. Il se levait tout droit, et s'accroupissait d'un coup, en jouant avec ses jambes comme avec les chiffes grotesques d'un épouvantail. Et il chantait, et il sifflait, et il vomissait des injures, et il blasphémait abominablement.

Puis il revint au trou béant, et, de loin, comme s'il eût peur encore de s'approcher, il y cracha à trois reprises.

Cela ne suffit pas à sa haine. Il y avait à terre des débris de statues. Il saisit une tête, la roula sur l'herbe, et la précipita dans le vide. Et il y avait à quelque distance des masses de fer, d'anciens boulets couleur de rouille. Eux aussi, il les roula jusqu'au bord et les poussa. Cinq, dix, quinze boulets dégringolèrent, à la suite les uns des autres, et se cognèrent aux parois avec un vacarme sinistre que l'écho multipliait comme les grondements furieux du tonnerre qui s'éloigne.

«Tiens, attrape ça, Lupin! Ah! tu m'as assez embêté, sale canaille! Tu m'en as mis des bâtons dans les roues, pour cet héritage de malheur!... Tiens, encore celui-là... et puis celui-là... Si tu as faim, voilà de quoi boulotter... En veux-tu encore? Tiens, bouffe, mon vieux.»

Il vacilla sur lui-même, pris d'une sorte de vertige, et il dut s'accroupir. Il était à bout de forces. Cependant, soulevé par une convulsion suprême, il eut encore l'énergie de s'agenouiller devant le gouffre et, se penchant vers les ténèbres, il bégaya d'une voix haletante:

«Eh! dis donc, le cadavre, ne frappe pas tout de suite à la porte de l'enfer... La petite va t'y rejoindre dans vingt minutes... C'est ça, à quatre heures... Tu sais que je suis l'homme de l'exactitude... et de la minute précise... À quatre heures elle sera au rendez-vous... Ah! j'oubliais... L'héritage, tu sais... les deux cents millions de Mornington, eh bien je les empoche. Mais oui... tu penses bien que j'avais pris toutes mes précautions?... Florence t'expliquera ça tout à l'heure... C'est très bien machiné... tu verras... tu verras...»

Il ne pouvait plus parler. Les dernières syllabes semblaient plutôt des hoquets. La sueur lui dégouttait des cheveux et du front, et il s'affaissa en gémissant, comme un moribond que torturent les affres de l'agonie.

Il resta ainsi quelques minutes, la tête entre les mains et tout grelottant. Il avait l'air de souffrir jusqu'au plus profond de lui-même, en chacun de ses muscles tordus par la maladie, en chacun de ses nerfs de déséquilibré. Puis, sous l'influence d'une pensée qui paraissait le faire agir inconsciemment, une de ses mains glissa par saccades le long de son corps, et, à tâtons, avec des râles de douleur, il réussit à tirer de sa poche et à porter vers sa bouche une fiole dont il but avidement deux ou trois gorgées.

Aussitôt il se ranima, comme s'il eût absorbé de la chaleur et de la force. Ses yeux s'apaisèrent, sa bouche esquissa un sourire affreux. Il dit en se tournant vers Florence :

«Ne te réjouis pas, petite, ce n'est pas encore pour cette fois, et j'ai sûrement le temps de m'occuper de toi. Et puis, après, plus d'embêtements, plus de ces combinaisons et de ces batailles qui m'esquintent. Le calme plat! La vie facile!... Que diable, avec deux cents millions, on a de quoi se dorloter, n'est-ce pas, petite fille?... Allons, allons, ça va beaucoup mieux. »

CHAPITRE IX

LE SECRET DE FLORENCE

L'heure était venue où la seconde partie du drame devait se jouer. Après le supplice de don Luis Perenna, c'était le supplice de Florence. Bourreau monstrueux, l'infirme passait de l'un à l'autre, sans plus de pitié que s'il se fût agi de bête qu'on égorge à l'abattoir.

Encore défaillant, il se traîna vers la jeune fille, et, après avoir pris dans un étui de métal bruni une cigarette qu'il alluma, il lui dit avec un raffinement de cruauté :

«Lorsque cette cigarette sera entièrement consumée, Florence, ce sera ton tour. Ne la quitte pas des yeux. Ce sont les dernières minutes de ta vie qui s'en vont en cendres. Ne la quitte pas des yeux, et réfléchis. Florence, il faut que tu comprennes bien ceci. L'amoncellement de pierres et de rocs qui surplombent ta tête a toujours été considéré par tous les propriétaires du domaine, et notamment par le vieux Langernault, comme devant s'écrouler un jour ou l'autre… Et moi, moi, depuis des années, avec une patience inlassable et dans l'hypothèse d'une occasion propice, je me suis amusé à l'effriter davantage encore, à le ruiner par les eaux de la pluie, bref à le travailler de telle sorte que, aujourd'hui, en toute franchise, je ne comprends pas moi-même comment tout cela peut se maintenir en équilibre. Ou plutôt si, je le comprends. Le coup de pioche que j'ai donné tout à l'heure n'était qu'un avertissement. Mais il suffit que j'en donne un autre, au bon endroit, et que je chasse une petite brique qui se trouve coincée entre deux blocs, pour que l'échafaudage s'écroule comme un château de cartes. Une petite brique, Florence, tu entends, une petite brique de rien du tout, que le hasard a fait glisser là, entre deux blocs, et qui les a retenus jusqu'ici. La brique saute, les deux blocs dégringolent, et vlan, c'est la catastrophe. »

Il reprit haleine et continua :

«Après ? Après, voici ce qui a lieu, Florence. Ou bien l'écroulement s'est effectué de telle sorte qu'on ne puisse même pas apercevoir ton cadavre — si jamais on avait l'idée de venir te chercher ici

—, ou bien de telle sorte que ce cadavre soit en partie visible — auquel cas je m'empresserais de couper et de faire disparaître les liens qui l'attachent. Et alors que suppose l'enquête ? C'est que Florence Levasseur, poursuivie par la justice, s'est cachée dans une grotte qui s'est écroulée sur elle. Un point, c'est tout. Quelques *de profundis* pour l'imprudente, et il n'est plus question d'elle.

«Quant à moi... Quant à moi, mon œuvre achevée, ma bien-aimée morte, je plie bagage, j'efface soigneusement toutes les traces de mon passage ici, je relève toutes les herbes froissées, je reprends mon automobile, je fais le mort pendant quelque temps, et puis, vlan, coup de théâtre, je réclame les deux cents millions.»

Il eut un petit ricanement, tira deux ou trois bouffées de sa cigarette, et ajouta paisiblement :

«Je réclame les deux cents millions et je les obtiens. Voilà ce qui est le plus chic. Je les réclame parce que j'y ai droit et je t'ai expliqué tout à l'heure, avant l'intrusion du sieur Lupin, comment, à partir de la seconde même de ta mort, j'y avais le droit le plus légal et le plus irréfutable. Et je les obtiens parce qu'il est humainement impossible de relever contre moi la moindre espèce de preuve. Pas une charge qui m'atteigne. Des soupçons, oui, des présomptions morales, des indices, tout ce que tu voudras, mais pas une preuve matérielle. Personne ne me connaît. L'un m'a vu grand, l'autre petit. Mon nom même est ignoré. Tous mes crimes sont anonymes. Tous mes crimes sont plutôt des suicides ou peuvent s'expliquer par des suicides. Je te le dis, la justice est impuissante. Lupin mort, Florence Levasseur morte, personne au monde ne peut témoigner contre moi. Au cas même où l'on m'arrêterait, il faudrait me relâcher avec le non-lieu définitif. Je serai flétri, exécré, haï, infâme, maudit à l'égal des plus grands malfaiteurs. Mais j'aurai les deux cents millions, et avec ça, ma petite, l'amitié de bien des honnêtes gens! Je te le répète, Lupin et toi disparus, c'est fini. Il n'y a plus rien, plus rien que quelques papiers et quelques menus objets que j'ai eu la faiblesse de garder jusqu'ici dans ce portefeuille et qui suffiraient, et au-delà, à me faire couper le cou, si je ne devais dans quelques minutes les brûler un à un et en jeter les cendres au fin fond du puits. Ainsi donc, tu le vois, Florence, toutes mes précautions sont prises. Tu n'as à espérer ni compassion d'une part, puisque ta mort représente pour moi deux cents millions, ni secours d'autre part, puisque l'on ignore où je t'ai menée, et qu'Arsène Lupin n'existe plus. Dans ces conditions, choisis, Florence. Le dénouement du drame t'appartient: ou bien ta mort, qui est certaine, inévitable — ou bien... ou bien l'acceptation de mon amour. Réponds oui ou non. Un signe de ta tête décidera de ton sort. Si c'est non, tu meurs. Si c'est oui, je te délivre, nous partons, et, plus tard, lorsque ton innocence sera reconnue, — et je m'en charge! — tu deviens ma femme. Est-ce oui, Florence?»

Il l'interrogeait avec une anxiété réelle et une fureur contenue qui rendaient sa voix frémissante. Ses genoux se traînaient sur la dalle. Il suppliait et il menaçait, avide d'être exaucé, et presque désireux d'un refus, tellement sa nature le poussait au crime.

«Est-ce oui, Florence? Un signe de tête, si léger qu'il soit, et je te croirai aveuglément, car tu es celle qui ne ment jamais, et ta promesse est sacrée. Est-ce oui, Florence? Ah! Florence, réponds donc... C'est de la folie d'hésiter!... Ta vie dépend d'un soubresaut de ma colère... Réponds!... Tiens, regarde, ma cigarette est éteinte... Je la jette, Florence... Un signe de tête... Est-ce oui? Est-ce non?»

Il se pencha sur elle et la secoua par les épaules,

comme s'il eût voulu la contraindre au signe qu'il exigeait d'elle, mais, soudain, pris d'une sorte de frénésie, il se leva en criant :

« Elle pleure ! Elle pleure ! Elle ose pleurer ! Mais, malheureuse, crois-tu que je ne sache pas pourquoi tu pleures ? Ton secret, je le connais, ma petite, et je sais que tes larmes ne viennent pas de ta peur de mourir. Toi ? Mais tu n'as peur de rien ! Non, c'est autre chose... Veux-tu que je te le dise, ton secret ? Mais non, je ne peux pas... je ne peux pas... les mots me brûlent les lèvres. Oh ! la maudite femme ! Ah ! tu l'auras voulu, Florence, c'est toi-même qui veux mourir puisque tu pleures !... c'est toi-même qui veux mourir... »

Tout en parlant, il se hâtait d'agir et de préparer l'horrible chose. Le portefeuille en cuir marron qui contenait les papiers, et qu'il avait montré à Florence, était par terre, il l'empocha. Puis, toujours tremblant, il ôta sa veste qu'il jeta sur un arbuste voisin, puis il saisit la pioche et escalada les pierres inférieures. Et il trépignait de rage. Et il vociférait :

« C'est toi qui as voulu mourir, Florence. Rien ne peut faire maintenant que tu ne meures pas... Je ne peux même plus voir le signe de ta tête... Trop tard !... Tu l'as voulu... Tant pis pour toi... Ah ! tu pleures !... Tu oses pleurer ! Quelle folie ! »

Il était presque au-dessus de la grotte à droite. Sa haine le dressa. Épouvantable, hideux, atroce, les yeux rouges de sang, il introduisit le fer de la pioche entre les deux blocs où la brique se trouvait coincée. Ensuite, s'étant mis de côté, bien à l'abri, il donna un coup sur la brique, puis un second. Au troisième, la brique sauta.

Ce qui se produisit fut si brusque, la pyramide de débris et de pierres s'effondra avec une telle violence dans le creux de la grotte et devant la grotte que l'infirme lui-même, malgré ses précautions, fut entraîné par l'avalanche et projeté sur l'herbe. Chute sans gravité d'ailleurs et dont il se releva aussitôt en balbutiant :

« Florence ! Florence ! »

La catastrophe, qu'il avait pourtant préparée d'une façon si minutieuse, et provoquée si férocement, semblait soudain le bouleverser par ses résultats. D'un œil effaré, il cherchait la jeune fille. Il se baissa, il rampa autour du chaos, qu'enveloppait une poussière épaisse. Il regarda dans les interstices. Il ne vit rien.

Florence était ensevelie sous les décombres, invisible comme il l'avait prévu, morte.

« Morte ! dit-il, les yeux fixes et l'air hébété !... Morte ! Florence est morte ! »

De nouveau il tomba dans une prostration absolue, qui peu à peu lui ploya les jambes, l'accroupit et le paralysa. Ses deux efforts, si proches l'un de l'autre, et aboutissant à des cataclysmes dont il avait été le témoin immédiat, paraissaient l'avoir vidé de tout ce qui lui restait d'énergie. Sans haine puisque Arsène Lupin ne vivait plus, sans amour puisque Florence n'existait plus, il avait l'aspect d'un homme qui a perdu la raison même de sa vie.

Deux fois ses lèvres articulèrent le nom de Florence. Regrettait-il son amie ? Arrivé au terme de cette effrayante série de forfaits, évoquait-il les étapes parcourues, toutes marquées d'un cadavre ? Est-ce que quelque chose comme l'éveil d'une conscience palpitait au fond de cette brute ? Ou plutôt n'était-ce pas cette sorte de torpeur physique qui engourdit la bête fauve assouvie, repue de chair, ivre de sang, torpeur qui est presque de la volupté ?

Pourtant il répéta une fois encore le nom de Florence, et des larmes roulèrent sur ses joues.

Il demeura longtemps ainsi, immobile et morne, et lorsque, après avoir avalé de nouveau quelques gorgées de sa drogue, il se remit à l'œuvre, ce fut machinalement, sans cette allégresse qui le faisait sautiller sur ses jambes molles et le menait au crime comme on se rend à une partie de plaisir.

Il commença par retourner vers le buisson d'où Lupin l'avait vu émerger. Derrière ce buisson il y avait, entre deux arbres, un abri sous lequel se trouvaient des instruments et des armes, pelles, râteaux, fusils, rouleaux de cordes et de fils de fer.

En plusieurs voyages, il les porta près du puits pour les y précipiter en s'en allant. Il examina ensuite chaque parcelle du monticule sur lequel il avait grimpé, afin d'être certain qu'il n'y laissait pas la moindre trace de son passage. Même examen aux endroits de la pelouse où il avait évolué, sauf sur le chemin du puits qu'il se réservait d'explorer en dernier lieu. Les herbes furent redressées, la terre foulée fut soigneusement aplatie.

Il semblait soucieux et, tout en pensant à autre chose, il agissait plutôt par habitude de malfaiteur qui sait ce qu'il doit faire.

Un petit incident parut le réveiller. Une hirondelle blessée tomba près de lui. D'un geste il la saisit et l'écrasa entre ses mains, la pétrissant comme un chiffon de papier que l'on roule. Et ses yeux brillaient d'une joie barbare, tandis qu'il contemplait le sang qui giclait de la pauvre bête en lui rougissant les mains.

Mais comme il jetait le petit cadavre informe dans un fourré, il aperçut aux épines de ce fourré un cheveu blond, et toute sa détresse revint, au souvenir de Florence.

Il s'agenouilla devant la grotte écroulée. Puis, cassant deux bouts de bois, il les plaça en forme de croix sous une des pierres.

Comme il était courbé, de la poche de son gilet un petit miroir glissa, et, heurtant un caillou, se brisa.

Ce signe de malheur le frappa vivement. Il jeta autour de lui un regard méfiant, et, tout frémissant d'inquiétude, comme s'il se fût senti menacé par des puissances invisibles, il murmura :

« J'ai peur... Allons-nous-en, allons-nous-en... »

Sa montre marquait alors la demie de quatre heures.

Il prit son veston sur l'arbuste où il l'avait posé, enfila les manches, et il se mit à chercher dans la poche extérieure de droite. C'est là qu'il avait mis ce portefeuille en cuir marron qui renfermait ses papiers.

« Tiens, fit-il très étonné... il me semblait pourtant bien... »

Il fouilla la poche extérieure de gauche, puis celle de côté, en haut, puis, avec une agitation fébrile, toutes les poches intérieures.

Le portefeuille n'y était pas. Et, chose stupéfiante, aucun des autres objets dont la présence dans les poches de son veston ne faisait pour lui aucune espèce de doute ne s'y trouvait, ni son étui à cigarettes, ni sa boîte d'allumettes, ni son carnet.

Il fut confondu. Son visage se décomposa. Il balbutia des mots incompréhensibles, tandis que la plus redoutable des idées s'emparait de son esprit au point de lui apparaître aussitôt comme une vérité certaine : il y avait quelqu'un dans l'enceinte du Vieux-Château.

Il y avait quelqu'un dans l'enceinte du Vieux-Château ! Et ce quelqu'un se cachait actuellement aux environs des ruines, dans les ruines peut-être ! Et ce quelqu'un l'avait vu ! Et ce quelqu'un avait assisté à la mort d'Arsène Lupin et à la mort de Florence Levasseur ! Et ce quelqu'un, profitant de son inattention, et connaissant par ses paroles à lui l'existence des papiers, avait fouillé le veston et vidé les poches !

Sa figure exprima cet émoi de l'homme habitué aux actes des ténèbres et qui sait tout à coup que des yeux l'ont surpris dans ses besognes détestables, et que les mêmes yeux, maintenant, épient ses gestes et voient celui qui n'a jamais été vu. D'où partait ce regard qui le troublait comme le grand jour trouble l'oiseau de nuit? Était-ce le regard d'un intrus caché par hasard ou d'un ennemi acharné à le perdre? Était-ce un complice d'Arsène Lupin, un ami de Florence, un affilié de la police? Et cet adversaire se contentait-il du butin ou se préparait-il à l'attaquer?

L'infirme n'osait bouger. Il était là, exposé aux agressions, en terrain découvert, sans rien pour le protéger contre des coups qui pourraient partir avant même qu'il sût où se trouvait l'adversaire.

À la fin cependant l'imminence du péril lui rendit quelque vigueur. Immobile encore, il inspecta d'abord les alentours avec une attention si aiguë qu'il semblait qu'aucun détail n'eût pu lui échapper. Que ce fût entre les pierres du chaos ou derrière les buissons, ou que ce fût à l'abri du grand rideau de lauriers, il eût avisé la silhouette la plus indistincte.

Ne voyant personne, il avança. Sa béquille le soutenait. Il marchait sans que ses pas et sans que cette béquille, terminée probablement par un bouton de caoutchouc, fissent le moindre bruit. La main droite tendue serrait un revolver. L'index pesait sur la détente. Le plus petit effort de volonté, moins que cela même, l'ordre spontané de son instinct, et la balle supprimait l'ennemi.

Il se dirigeait vers la gauche. Il y avait, de ce côté, entre la pointe extrême des lauriers et les premières roches éboulées, un petit chemin de briques qui devait être plutôt le faîte d'un mur enseveli. Ce chemin, par lequel l'ennemi avait pu venir, sans laisser de traces, jusqu'à l'arbuste qui portait le veston, l'infirme le suivit.

Les dernières branches des lauriers le gênant, il les écarta.

Des masses de buissons s'entremêlaient. Pour les éviter il longea la base du monticule. Puis il fit encore quelques pas, contournant une roche énorme.

Et alors, subitement, il recula et perdit presque l'équilibre, tandis que sa béquille tombait et que le revolver lui échappait des mains.

Ce qu'il venait d'apercevoir, ce qu'il apercevait, était bien le spectacle le plus terrifiant qu'il lui fût possible de considérer. En face de lui, dix pas plus loin, ce n'était pas un homme qui se dressait, les mains dans les poches, les jambes croisées, l'une de ses épaules légèrement appuyée contre la paroi de la roche. Ce n'était pas et ce ne pouvait pas être un homme, puisque cet homme, l'infirme le savait, était mort, d'une mort d'où personne ne revient. C'était donc un fantôme, et cela, cette apparition d'outre-tombe, portait l'épouvante de l'infirme à ses dernières limites.

Il grelottait, repris de fièvre et de nouveau défaillant. Ses yeux agrandis contemplaient l'inconcevable phénomène. Tout son être rempli de croyances et de peurs sataniques ployait sous le fardeau d'une vision à laquelle chaque seconde ajoutait un surcroît d'horreur. Incapable de fuir, incapable de se défendre, il s'affaissa sur les genoux. Et il ne pouvait détacher son regard de ce mort, que, une heure à peine auparavant, il avait enseveli dans les profondeurs d'un puits, sous un linceul de pierres et de granit.

Le fantôme d'Arsène Lupin !

Un homme, on le vise, on tire sur lui, et on le tue. Mais un fantôme ! un être qui n'existe pas, et qui pourtant dispose de toutes les forces surnaturelles !… À quoi bon lutter contre les machinations infernales de ce qui n'est plus ? À quoi bon ramasser l'arme tombée et la braquer sur le spectre impalpable d'Arsène Lupin ?

Et il vit cette chose incompréhensible : le fantôme sortit les mains de ses poches. L'une d'elles tenait un étui à cigarettes, et l'infirme reconnut ce même étui de métal bruni qu'il avait cherché vainement! Comment douter alors que l'être qui avait fouillé le veston ne fût justement celui-là qui ouvrait l'étui, qui choisissait une cigarette et qui faisait craquer une allumette, prise, elle aussi, dans une boîte appartenant à l'infirme!

Miracle! une flamme réelle jaillit de l'allumette! Prodige inouï! des volutes de fumée montèrent de la cigarette, une fumée véritable dont l'odeur particulière, que l'infirme connaissait bien, lui parvint aussitôt.

Il se cacha la tête entre les mains. Il ne voulait plus voir. Fantôme ou hallucination, émanation de l'autre monde ou image née de ses remords et projetée par lui, il ne voulait plus que ses yeux en fussent torturés.

Mais il perçut le bruit, de plus en plus distinct, d'un pas qui s'en venait! Il sentit une présence étrangère qui évoluait autour de lui! Un bras se tendit! Une main lui tenailla la chair d'une étreinte irrésistible! Et il entendit des mots prononcés par une voix qui était, à ne s'y pas tromper, la voix humaine et vivante d'Arsène Lupin:

«Eh bien, voyons, cher monsieur, dans quel état nous mettons-nous? Certes, je comprends tout ce que mon brusque retour a d'insolite et même d'inconvenant, mais enfin il ne faut pas se frapper outre mesure. On a vu des choses beaucoup plus extraordinaires, comme l'arrêt du soleil par Josué... ou des cataclysmes beaucoup plus sensationnels, comme le tremblement de terre de Lisbonne en 1755. Le sage doit ramener les événements à leur juste mesure, et ne pas les juger d'après leur action sur son propre destin, mais d'après leur retentissement sur la fortune du monde. Or, avouez-le, votre petite mésaventure est tout individuelle, et n'affecte en rien l'équilibre planétaire. Marc Aurèle a dit, page 84 de l'édition Hachette...»

L'infirme avait eu le courage de relever la tête,

et la réalité lui apparaissait maintenant avec une telle précision qu'il ne pouvait plus se dérober devant ce fait indiscutable : Arsène Lupin n'était pas mort ! Arsène Lupin, qu'il avait précipité dans les entrailles de la terre et qu'il avait écrasé aussi sûrement que l'on écrase un insecte avec le fer d'un marteau, Arsène Lupin n'était pas mort !

Comment s'expliquait un mystère aussi stupéfiant, l'infirme ne pensait même pas à se le demander. Cela seul importait : Arsène Lupin n'était pas mort. Les yeux d'Arsène Lupin regardaient et sa bouche articulait, comme des yeux et comme une bouche d'homme vivant. Arsène Lupin n'était pas mort. Il respirait. Il souriait. Il parlait. Il vivait !

Et c'était si bien de la vie que le bandit avait en face de lui que, poussé soudain par un ordre de sa nature et par sa haine implacable contre la vie, il s'aplatit tout de son long, atteignit son revolver, l'empoigna et tira.

Il tira, mais trop tard. D'un coup de bottine, don Luis avait fait dévier l'arme. D'un autre coup, il la fit sauter des mains de l'infirme.

Celui-ci grinça de rage, et, tout de suite, hâtivement, se mit à fouiller dans, ses poches.

« C'est ça que vous désirez, monsieur ? fit don Luis en montrant une sorte de seringue, chargée d'un liquide jaunâtre. Excusez-moi, mais j'ai eu peur que, par suite d'un faux mouvement, vous ne vous piquiez vous-même. Or, ce serait là, n'est-ce pas ? une piqûre mortelle, et je ne me le pardonnerais pas. »

L'infirme était désarmé. Il hésita un moment, étonné que l'adversaire ne l'attaquât pas de façon plus violente, et cherchant à profiter de ce délai. Ses yeux, petits et clignotants, erraient autour de lui, en quête d'un projectile. Mais une idée parut l'assaillir et, peu à peu lui rendre confiance, et, dans un nouvel accès de joie, vraiment inattendu, il lâcha son éclat de rire le plus strident.

« Et Florence ! s'exclama-t-il. N'oublions pas Florence. Car je te tiens par là. Si je te rate avec mon revolver, si tu m'as volé mon poison, j'ai un autre moyen de t'atteindre, et en plein cœur ! N'est-ce pas que tu ne peux pas vivre sans Florence ? Florence morte, c'est ta condamnation, n'est-ce pas ? Florence morte, toi-même tu le passes la corde au cou ? N'est-ce pas ? n'est-ce pas ? »

Don Luis répondit :

« En effet, si Florence mourait, je ne pourrais pas lui survivre.

— Elle est morte, s'écria le bandit avec un redoublement de gaieté et en sautillant sur ses genoux. Morte ! ce qui s'appelle morte ! Que dis-je ! plus que morte ! Un mort, ça conserve quelque temps encore l'apparence d'un vivant. Mais là c'est bien mieux ! Plus de cadavre, Lupin, une bouillie de chair et d'os ! Tout l'échafaudage des blocs de pierre lui a dégringolé dessus ! Tu vois ça d'ici, hein ! Quel spectacle ! Allons, vite, à ton tour de déménager. Veux-tu un bout de corde ? Ah ! ah ! ah ! C'est à crever de rire. Mais je te l'avais dit, Lupin, rendez-vous devant la porte de l'enfer. Vite, la bien-aimée t'attend. Tu hésites ? Et la vieille politesse française ! Est-ce qu'on fait attendre une femme ? Au galop, Lupin ! Florence est morte ! »

Il disait cela avec une réelle volupté, comme si ce seul mot lui eût paru délicieux.

Don Luis n'avait pas sourcillé. Il prononça simplement, en hochant la tête :

« Quel dommage ! »

L'infirme sembla pétrifié. Toutes ses contorsions de joie, toute sa mimique triomphale furent arrêtées net. Il balbutia

« Hein ? Quoi ? Qu'est-ce que tu dis ?

— Je dis, déclara don Luis, qui ne se départait pas de son calme et de sa courtoisie et continuait à ne pas tutoyer l'infirme, je dis, cher monsieur, que vous avez commis une mauvaise action. Je n'ai jamais rencontré une nature plus noble et plus digne d'estime que Mlle Levasseur. Sa beauté incomparable, sa grâce, l'harmonie de sa taille, sa jeunesse, méritaient un autre traitement. En vérité, il serait regrettable qu'un tel chef-d'œuvre n'existât plus. »

L'infirme restait stupide. La sérénité de don Luis le déconcertait. Il articula d'une voix blanche:

«Je te répète qu'elle n'existe plus. Tu n'as donc pas vu la grotte? Florence n'existe plus!

— Je ne veux pas le croire, fit don Luis paisiblement. S'il en était ainsi l'aspect des choses ne serait plus le même. Il y aurait des nuages au ciel. On n'entendrait pas chanter les oiseaux, et la nature aurait un air de deuil. Or, les oiseaux chantent, le ciel est bleu, toutes les choses sont à leur place, l'honnête homme est vivant, et le bandit se traîne à ses pieds. Comment Florence ne vivrait-elle pas? »

Un long silence suivit ces paroles. Les deux ennemis, à trois pas l'un de l'autre, se regardaient dans les yeux, don Luis toujours aussi tranquille, l'infirme en proie à l'angoisse la plus folle. Le monstre comprenait. Si obscure que fût la vérité, elle lui apparaissait avec tout l'éclat d'une certitude aveuglante; Florence Levasseur, elle aussi, vivait! Humainement, matériellement, cela n'était pas dans les choses possibles. Mais la résurrection de don Luis non plus n'était pas dans les choses possibles, et pourtant don Luis vivait, et son visage ne portait même pas la trace d'une égratignure, et ses vêtements ne semblaient même pas déchirés ou souillés.

Le monstre se sentit perdu. L'homme qui le tenait entre ses mains implacables était de ceux dont le pouvoir n'a pas de limites. Il était de ceux qui s'échappent des bras mêmes de la mort et qui arrachent victorieusement à la mort les êtres dont ils ont pris la garde.

Le monstre reculait, peu à peu, traînant ses genoux sur le petit sentier de briques.

Il reculait. Il passait devant le chaos qui recouvrait l'ancien emplacement de la grotte, et il ne tourna pas les yeux de ce côté, comme s'il eût eu la conviction définitive que Florence était sortie saine et sauve du formidable sépulcre.

Il reculait. Don Luis l'avait quitté du regard et, occupé à défaire un rouleau de corde qu'il avait ramassé, paraissait ne plus se soucier de lui.

Il reculait.

Et brusquement, ayant observé l'ennemi, il pivota sur lui-même, se dressa d'un effort sur ses jambes molles, et se mit à courir dans la direction du puits.

Vingt pas l'en séparaient. Il atteignit la moitié, les trois quarts de la distance. Déjà l'orifice s'ouvrait devant lui. Il étendit les bras, du geste d'un homme qui veut piquer une tête, et il s'élança.

Son élan fut brisé. Il roula sur le sol, ramené brutalement en arrière et les bras serrés si violemment autour du buste qu'il ne pouvait plus remuer.

C'était don Luis qui, ne le perdant pas de vue, avait jeté sa corde préparée à la manière d'un lasso, et lui avait, au moment même où il se précipitait dans l'abîme, enroulé autour du corps une boucle solide.

Quelques secondes l'infirme se débattit. Mais le nœud coulant lui sciait les chairs. Il ne bougea plus. C'était fini.

Alors don Luis Perenna, qui le tenait au bout de la laisse, s'en vint vers lui et acheva de le lier avec le reste de la corde. L'opération fut minutieuse. Don Luis s'y reprit à plusieurs fois, utilisant aussi les rouleaux de cordes que le bandit avait apportés près du puits et le bâillonnant à l'aide d'un mouchoir. Et, tout en s'appliquant à son ouvrage, il expliquait d'un ton de politesse affectée :

« Voyez-vous, monsieur, les gens se perdent toujours par excès de confiance. Ils n'imaginent pas que leurs adversaires puissent avoir des ressources qu'ils n'ont pas. Ainsi, quand vous m'avez fait tomber dans votre traquenard, comment avez-vous pu supposer, cher monsieur, qu'un homme comme moi, qu'un homme comme Arsène Lupin, accroché au bord d'un puits, ayant les avant-bras posés sur le rebord et les pieds contre la paroi intérieure, se laisserait choir comme le premier venu ? Voyons, vous étiez à quinze ou vingt mètres, et je n'aurais pas eu la force de remonter d'un bond ni le courage d'affronter les balles de votre revolver, alors justement qu'il s'agissait de sauver Florence Levasseur et de me sauver moi-même ! Mais, mon pauvre monsieur, le plus minime effort eût suffi, soyez-en convaincu. Si je ne l'ai pas tenté, cet effort, c'est que j'avais mieux à faire, infiniment mieux. Et je vais vous dire pourquoi, si toutefois vous êtes curieux de le savoir. Oui ? Apprenez donc, monsieur, que, du premier coup, mes genoux et mes pieds, en s'arc-boutant contre les parois extérieures, avaient démoli, je m'en rendis compte pas la suite, une mince couche de plâtre qui fermait, à cet endroit, une ancienne excavation pratiquée dans le puits. Heureuse chance, n'est-ce pas ? et de nature à modifier la situation. Aussitôt mon plan fut établi. Tout en jouant ma petite comédie du monsieur qui va tomber dans un gouffre, tout en me composant le visage le plus effaré, les yeux les plus écarquillés et le rictus le plus hideux, j'agrandis cette excavation de manière à rejeter les carreaux de plâtre devant moi pour que leur chute ne fit aucun bruit. Le moment venu, à la seconde même où mon visage défaillant disparut à vos yeux, moi, tout simplement. et grâce à un tour de reins qui ne manquait pas d'audace, je sautais dans ma retraite. J'étais sauvé.

« J'étais sauvé, puisque précisément cette retraite

se creusait du côté où vous étiez en train d'évoluer, et que, obscure elle-même, elle ne projetait dans le puits aucune lumière. Dès lors il me suffisait d'attendre. J'écoutai paisiblement vos discours et vos menaces. Je laissai passer vos projectiles. Et, vous supposant reparti vers Florence, je m'apprêtais à sortir de mon refuge, à revenir à la clarté du jour et à vous tomber sur le dos, lorsque... »

Don Luis retourna l'infirme, comme on fait d'un paquet que l'on ficelle, et il reprit :

« Avez-vous visité, sur les bords de la Seine, en Normandie, le vieux château féodal de Tancarville ? Non ? Eh bien, vous saurez qu'il y a là, hors des ruines du donjon, un ancien puits, qui offre, comme bien d'autres puits de l'époque, cette particularité d'avoir deux orifices, l'un au sommet qui s'ouvre vers le ciel, l'autre un peu en dessous, creusé latéralement dans la paroi et qui s'ouvrait sur une des salles du donjon. À Tancarville, ce second orifice est aujourd'hui fermé par une grille. Ici il fut muré par une couche de cailloux et de plâtre. Et c'est justement le souvenir de Tancarville qui me fit rester, d'autant que rien ne pressait puisque vous aviez eu la gentillesse de m'avertir que Florence ne me rejoindrait pas dans l'autre monde avant quatre heures.

« J'examinai donc mon refuge, et, comme j'en avais eu l'intuition, je constatai que c'était le sous-sol d'une construction aujourd'hui démolie et sur les ruines de laquelle le jardin avait été aménagé. Ma foi, je m'avançai à tâtons, en suivant la direction qui, au-dessus, m'eût mené vers la grotte. Mes pressentiments ne me trompèrent pas. Un peu de jour filtrait au haut d'un escalier dont j'avais heurté la marche inférieure. Je montai. En haut, je distinguai le bruit de votre voix. »

Coup sur coup, don Luis retourna l'infirme, non sans quelque brusquerie. Puis il continua :

« Je tiens à vous répéter, cher monsieur, que le

dénouement eût été exactement semblable si je vous avais attaqué directement, et dès le début, par la voie de terre. Mais, cette réserve faite, j'avoue que le hasard m'a bien servi. Souvent contrarié par lui au cours de notre lutte, cette fois je n'ai pas à me plaindre, et je me sentais tellement en veine que je ne doutai pas une seconde que, après m'avoir offert l'entrée de la voie souterraine, il ne me conduisît à la sortie. De fait, je n'eus qu'à retirer doucement vers moi le frêle obstacle de quelques briques accumulées qui masquaient cet orifice, pour pénétrer librement au milieu des éboulements du donjon. Guidé par le son de votre voix, je me glissai entre les pierres, et j'arrivai ainsi au fond de la grotte où se trouvait Florence. C'est amusant, n'est-ce pas, cher monsieur? et vous voyez tout ce qu'il y avait de comique à vous entendre tenir vos petits discours : "Réponds oui ou non, Florence. Un signe de ta tête décidera de ton sort. Si c'est oui, je te délivre. Si c'est non, tu meurs. Réponds donc, Florence. Un signe de tête... Est-ce oui? Est-ce non?" Et la fin surtout fut délicieuse, lorsque vous avez grimpé sur le dessus de la grotte et que vous gueuliez de là-haut : "C'est toi qui as voulu mourir, Florence! Tu l'as voulu. Tant pis pour toi!" Pensez donc, comme c'était drôle! À ce moment-là, il n'y avait plus personne dans la grotte! Personne! D'un seul effort, j'avais attiré Florence vers moi et l'avais mise à l'abri. Et tout ce que vous avez pu écraser avec votre dégringolade de blocs, c'est peut-être une ou deux araignées et quelques mouches qui rêvassaient sur les dalles. Et voilà, le tour était joué, et la comédie s'achevait. Premier acte : Arsène Lupin sauvé. Deuxième acte : Florence Levasseur sauvée. Troisième et dernier acte : Monsieur le monstre foutu. Et combien! »

Don Luis se releva, et contemplant son ouvrage d'un œil satisfait :

«T'as l'air d'un boudin, s'écria-t-il, repris par sa nature gouailleuse et par son habitude de tutoyer ses ennemis... un vrai boudin! Pas très gros, le monsieur. Un saucisson de Lyon pour famille pauvre! Mais bah! tu n'y mets aucune coquetterie je présume? D'ailleurs tu n'es pas plus mal comme ça qu'à l'ordinaire, et en tout cas tu es absolument approprié à la petite gymnastique de chambre que je te propose. Tu vas voir ça... une idée à moi vraiment originale. T'impatiente pas.»

Il prit un des fusils que le bandit avait apportés, et il attacha au milieu de ce fusil l'extrémité d'une corde qui avait environ douze ou quinze mètres de long, et dont il fixa l'autre bout aux cordes qui ligotaient l'infirme, à la hauteur du dos.

Ensuite il saisit le captif à bras-le-corps et le tint suspendu au-dessus du puits.

«Ferme les yeux si tu as le vertige. Et surtout ne crains rien. Je suis très prudent. Tu es prêt?»

Il laissa glisser l'infirme dans le trou béant et saisit ensuite la corde qu'il venait d'attacher. Alors, peu à peu, pouce par pouce, avec précaution, de manière qu'il ne se cognât point, le paquet fut descendu à bout de bras. Lorsqu'il parvint à une douzaine de mètres de profondeur, le fusil posé en travers du puits l'arrêta, et il demeura là, suspendu dans les ténèbres et au centre de l'étroite circonférence.

Don Luis alluma plusieurs bouchons de papier qui dégringolèrent en tournoyant et jetèrent sur les parois des lueurs sinistres.

Puis, incapable de résister à l'attrait d'une dernière apostrophe, il se pencha comme l'avait fait le bandit et ricana:

«L'endroit est choisi pour que tu n'attrapes pas de rhume de cerveau. Que veux-tu? Je te soigne. J'ai promis à Florence de ne pas te tuer, et au gouvernement français de te livrer autant que possible vivant. Seulement, comme je ne savais que faire de toi jusqu'à demain matin, je t'ai mis au frais. Le truc est joli, n'est-ce pas ? et, ce qui ne saurait te déplaire, vraiment conforme à tes procédés. Mais oui, réfléchis. Le fusil ne repose à ses deux bouts que sur une longueur de deux ou trois centimètres. Alors, pour peu que tu gigotes, pour peu que tu bouges, si seulement tu respires trop fort, le canon ou la crosse flanche, et c'est l'immédiat et fatal plongeon. Quant à moi, je n'y suis pour rien ! Si tu meurs, c'est un bon petit suicide. Tu n'as qu'à ne pas remuer, mon bonhomme.

« Et l'avantage de ma petite mécanique, c'est qu'elle te donne un avant-goût des quelques nuits qui précéderont l'heure suprême où on te coupera la tête. D'ores et déjà tu te trouves en face de ta conscience, nez à nez avec ce qui te sert d'âme, sans rien qui dérange votre silencieux colloque. Je suis gentil, hein ! cher ami ? Allons, je te laisse. Et, souviens-toi, pas un geste, pas un soupir, pas un clignement de paupières, pas un battement de cœur. Ne rigole pas surtout ! Si tu rigoles, tu es dans le lac. Médite, c'est ce que tu as de mieux à faire. Médite et attends. Au revoir, monsieur. »

Et don Luis, satisfait de son discours, s'éloigna en murmurant :

« Voilà qui est bien. Je n'irai pas jusqu'à dire avec Eugène Sue qu'il faut crever les yeux des grands criminels. Mais, tout de même, une bonne petite punition physique, assaisonnée d'angoisse, c'est équitable, hygiénique et moral. »

Don Luis s'en alla et, reprenant le chemin de briques, contournant le chaos des ruines, il se dirigea, par un sentier qui descendait le long du mur d'enceinte, vers un bosquet de sapins où il avait mis Florence à l'abri.

Elle attendait, toute meurtrie encore de l'effroyable supplice enduré, mais déjà vaillante, maîtresse d'elle-même, et sans inquiétude, eût-on dit, sur l'issue du combat qui mettait don Luis aux prises avec l'infirme.

«C'est terminé, fit-il simplement. Demain, je le livrerai à la justice.»

Un frisson la secoua, mais elle se tut, tandis que don Luis Perenna l'observait en silence.

C'était la première fois qu'ils se retrouvaient ensemble et seuls, depuis que tant de drames les avaient séparés et projetés ensuite l'un contre l'autre comme des ennemis implacables, et don Luis en éprouva une telle émotion qu'il ne put dire à la fin que des phrases insignifiantes, sans rapport avec les pensées qui le bouleversaient:

«En suivant ce mur, et en bifurquant vers la gauche, nous allons retrouver l'automobile... Vous ne serez pas trop fatiguée pour marcher jusque-là?... Une fois dans l'automobile, nous irons à Alençon... Il y a un hôtel très paisible près de la place principale... vous pourrez y attendre que les événements prennent pour vous une tournure favorable... et cela ne saurait tarder, puisque le coupable est pris.

— Marchons», dit-elle.

Il n'osa pas lui proposer de la soutenir. D'ailleurs elle avançait sans défaillance, et son buste harmonieux ondulait sur ses hanches du même rythme égal. Don Luis retrouvait pour elle toute son admiration et toute sa ferveur amoureuse, pourtant jamais encore elle ne lui avait semblé plus lointaine qu'en ce moment où par des miracles d'énergie, il venait de lui sauver la vie. Elle n'avait pas eu pour lui un remerciement, ni même un de ces regards un peu adoucis qui récompensent l'effort, et elle demeurait comme au premier jour la créature mystérieuse dont il n'avait jamais compris l'âme secrète et sur qui l'orage même d'événements si formidables n'avait pas jeté la moindre lumière. Que pensait-elle? Que voulait-elle? Vers quoi se dirigeait-elle? Problèmes obscurs qu'il n'espérait plus résoudre. Désormais chacun d'eux ne pourrait se souvenir de l'autre qu'avec colère et rancune.

«Eh bien, non, se dit-il, comme elle prenait place dans la limousine, eh bien, non, la séparation n'aura pas lieu de cette manière. Les mots qui doivent être prononcés entre nous le seront tous, et, qu'elle le veuille ou non, je déchirerai les voiles dont elle s'enveloppe. »,

Le trajet fut rapide. À l'hôtel d'Alençon, don Luis fit inscrire Florence sous un nom quelconque, puis, l'ayant laissée seule, une heure plus tard il vint frapper à sa porte.

Cette fois encore il n'eut pas le courage d'aborder tout de suite la question comme il l'avait décidé. Il y avait d'ailleurs d'autres points qu'il voulait éclaircir sur-le-champ.

«Florence, dit-il, avant de livrer cet homme, je voudrais savoir ce qu'il fut pour vous.

— Un ami, un ami malheureux et dont j'avais pitié, affirma-t-elle. Aujourd'hui, j'ai du mal à comprendre ma pitié pour un tel monstre. Mais il y a quelques années, quand je le connus, c'est pour sa faiblesse, pour sa misère physique, pour tous les symptômes de mort prochaine qui déjà le marquaient, c'est pour cela que je m'attachai à lui. Il eut l'occasion de me rendre quelques services, et bien qu'il vécût une vie cachée, qui me troublait par certains côtés, il prit peu à peu sur moi, et à mon insu, beaucoup d'empire. J'avais foi dans son dévouement absolu, et lorsque l'affaire Mornington éclata, ce fut lui qui, je m'en rends compte maintenant, me dirigea et, plus tard, dirigea Gaston Sauverand. Ce fut lui qui me contraignit au mensonge et à la comédie, en me persuadant qu'il travaillait pour le salut de Marie-Anne. Ce fut lui qui nous inspira contre vous tant de défiance, et qui nous habitua si bien à garder le silence sur lui et sur tous ses actes, que Gaston Sauverand, dans son entrevue avec vous, n'osa même pas parler de lui. Comment ai-je pu être aveugle à ce point, je l'ignore. Mais il en fut ainsi. Rien ne m'a éclairée. Rien n'a pu faire que je soupçonne un instant cet être inoffensif, malade, qui passait la moitié de sa vie dans les maisons de santé et dans les cliniques, qui a subi toutes les opérations possibles, et qui, s'il me parlait quelquefois de son amour, ne pouvait cependant espérer... »

Florence n'acheva pas. Ses yeux venaient de rencontrer ceux de don Luis, et elle avait l'impression profonde qu'il n'écoutait point ce qu'elle disait. Il la regardait, et c'était tout. Les phrases prononcées tombaient dans le vide. Pour don Luis les explications relatives au drame lui-même ne signifiaient rien, tant que la lumière ne serait pas faite sur le seul point qui l'intéressât, sur les pensées obscures de Florence à son égard, pensées d'aversion, pensées de mépris. En dehors de cela, toute parole était vaine et fastidieuse.

Il s'approcha de la jeune fille, et lui dit à voix basse :

« Florence, Florence, vous connaissez les sentiments que j'ai pour vous, n'est-ce pas ? »

Elle rougit, interdite, comme si cette question eût été la plus imprévue de toutes les questions. Pourtant ses yeux ne se baissèrent point, et elle répliqua franchement :

« Oui, je les connais.

— Mais peut-être, reprit-il avec plus de force, en ignorez-vous toute la profondeur ? Peut-être ne savez-vous pas que ma vie n'a pas d'autre but que vous ?

— Je sais cela aussi, dit-elle.

— Alors, si vous le savez, dit-il, je dois en conclure que c'est là précisément la cause de votre hostilité contre moi. Dès le début j'ai été votre ami et je n'ai cherché qu'à vous défendre. Et pourtant, dès le début, j'ai senti que j'étais pour vous l'objet d'une aversion à la fois instinctive et raisonnée. Jamais je n'ai vu dans vos yeux autre chose que de la froideur, de la gêne, du mépris, de la répulsion même. Aux instants de péril, lorsqu'il s'agissait de votre vie ou de votre liberté, vous risquiez toutes les imprudences plutôt que d'accepter mon secours. J'étais l'ennemi, celui dont on se défie et auquel on ne pense qu'avec une sorte d'effroi. N'est-ce pas la haine, cela ? Et n'est-ce pas par la haine seulement qu'on peut expliquer une telle attitude ? »

Florence ne répondit pas sur-le-champ. Il semblait qu'elle reculât le moment de prononcer les mots qui montaient à ses lèvres. Son visage amaigri par la fatigue et par la détresse avait plus de douceur qu'à l'ordinaire.

« Non, dit-elle, il n'y a pas que la haine qui explique une pareille attitude. »

Don Luis fut stupéfait. Il ne comprenait pas bien le sens de cette réponse, mais l'intonation que Florence y avait apportée le troublait infiniment, et voilà que les yeux de Florence n'avaient plus leur expression habituelle de dédain, et qu'ils s'emplissaient de grâce et de sourire. Et c'était la première fois qu'elle souriait devant lui.

« Parlez, parlez, je vous en supplie, balbutia-t-il.

— Je veux dire, reprit-elle, qu'il y a un autre sentiment qui explique la froideur, la défiance, la crainte, l'hostilité. Ce n'est pas toujours ceux qu'on déteste que l'on fuit avec le plus d'épouvante, et, si l'on fuit, c'est bien souvent parce qu'on a peur de soi, et qu'on a honte, et qu'on se révolte, et qu'on veut résister, et qu'on veut oublier, et qu'on ne peut pas… »

Elle se tut, et comme il tendait vers elle des mains éperdues, et comme il implorait d'elle des mots et des mots encore, elle hocha la tête, signifiant ainsi qu'elle n'avait pas besoin de parler davantage pour qu'il pénétrât entièrement au fond de son âme et découvrît le secret d'amour qu'elle y dissimulait.

Don Luis chancela. Il était ivre de bonheur, et presque endolori par ce bonheur imprévu. Après les moments horribles qui venaient de s'écouler dans le décor impressionnant du Vieux-Château. il lui paraissait fou d'admettre qu'une félicité aussi extravagante pût s'épanouir soudain dans le cadre banal de cette chambre d'hôtel. Il eût voulu de l'espace autour de lui, des forêts, des montagnes, la clarté de la lune, la splendeur d'un soleil qui se couche, toute la beauté et toute la poésie du monde. Du premier coup, il atteignit à la cime la plus haute du bonheur. La vie même de Florence s'évoquait devant lui depuis l'instant de leur rencontre jusqu'à la minute tragique où l'infirme, penché sur elle, et voyant ses yeux pleins de larmes, hurlait : « Elle pleure ! Elle ose pleurer ! Quelle folie ! Mais ton secret, je le connais, Florence ! Et tu pleures ! Florence, Florence, c'est toi-même qui auras voulu mourir ! »

Secret d'amour, élan de passion qui, dès le premier jour, l'avait jetée toute frémissante vers don Luis, et qui, la déconcertant, l'emplissant de frayeur, lui semblant une trahison envers Marie-Anne et envers Sauverand, tour à tour l'éloignant et la rapprochant de celui qu'elle aimait et qu'elle admirait pour son héroïsme et pour sa loyauté, la déchirant de remords et la bouleversant comme un crime, en fin de compte la livrait, sans force et désemparée, à l'influence diabolique du bandit qui la convoitait.

Don Luis ne savait que faire, ne savait avec quels mots exprimer son délire. Ses lèvres tremblaient, ses yeux se mouillaient. Obéissant à sa nature, il eût saisi la jeune fille et l'eût embrassée comme un enfant embrasse, à pleine bouche et à plein cœur. Mais un sentiment trop respectueux le paralysait. Et, vaincu par l'émotion, il tomba aux pieds de la jeune fille en bégayant des mots d'amour et d'adoration.

CHAPITRE X

LE CLOS DES LUPINS

Le lendemain matin, un peu avant neuf heures. Valenglay causait chez lui avec le préfet de police, et demandait :

« Ainsi, vous êtes de mon avis, Desmalions ? Il va venir ?

— Je n'en doute pas, monsieur le président. Et il viendra selon la règle d'exactitude qui domine toute cette aventure. Il viendra, par coquetterie, au dernier coup de neuf heures.

— Vous croyez ?... Vous croyez ?...

— Monsieur le président, j'ai pratiqué cet homme-là depuis plusieurs mois. Au point où les choses en sont arrivées, placé entre la mort et la vie de Florence Levasseur, s'il ne démolit pas le bandit qu'il pourchasse, et s'il ne le ramène pas pieds et poings liés, c'est que Florence Levasseur est morte, et c'est que lui, Arsène Lupin, est mort.

— Or, Lupin est immortel, dit Valenglay en riant. Vous avez raison. Et d'ailleurs, je suis entièrement de votre avis. Personne ne serait plus stupéfait que moi si à l'heure tapante notre excellent ami n'était pas ici. Vous m'avez dit qu'on vous avait téléphoné d'Angers, hier ?

— Oui, monsieur le président. Nos hommes venaient de voir don Luis Perenna. Il les avait devancés en aéroplane. Depuis, ils m'ont téléphoné une seconde fois du Mans, où ils venaient de faire une enquête dans une remise abandonnée.

— L'enquête était déjà faite par Lupin, soyons-en sûrs, et nous allons en connaître les résultats. Tenez, neuf heures sonnent. »

Au même instant, on entendit le ronflement d'une automobile. Elle s'arrêta devant la maison et, tout de suite, un coup de timbre.

Les ordres étaient donnés. On fit entrer le visiteur. La porte s'ouvrit, et don Luis Perenna apparut.

Certes pour Valenglay et le préfet de police, il n'y avait rien là qui ne fût prévu, puisque le contraire, ils le disaient, les eût justement surpris. Mais cependant leur attitude trahit, malgré tout, cette sorte d'étonnement qu'on éprouve devant les choses qui dépassent la mesure humaine.

« Et alors? s'écria vivement le président du Conseil.

— Ça y est, monsieur le président.

— Vous avez mis la main sur le bandit?

— Oui.

— Nom d'un chien! murmura Valenglay, vous êtes un rude homme. »

Et il reprit:

« Et ce bandit? Un colosse évidemment, une brute malfaisante et indomptable?

— Un infirme, monsieur le président, un dégénéré... responsable certes, mais en qui les médecins pourront constater toutes les déchéances, maladie de la moelle épinière, tuberculose, etc.

— Et c'est cet homme-là que Florence Levasseur aimait?

— Oh! monsieur le président, s'exclama don Luis avec force, Florence n'a jamais aimé ce misérable. Elle ressentait pour lui la pitié que l'on a pour quelqu'un qui est destiné à une mort prochaine, et c'est par pitié qu'elle lui laissa espérer que, plus tard, dans un avenir indéterminé, elle l'épouserait. Pitié de femme, monsieur le président, et fort explicable, puisque jamais, au grand jamais, Florence n'a eu le plus vague pressentiment sur le rôle que jouait cet individu. Le croyant honnête et dévoué, appréciant son intelligence aiguë et puissante, elle lui demandait conseil et se laissait diriger dans la lutte entreprise pour sauver Marie-Anne Fauville.

— Vous êtes sûr de cela?

— Oui, monsieur le président, sûr de cela et de bien d'autres choses, puisque j'en ai les preuves en main.»

Et, tout de suite, sans autre préambule, il ajouta:

«Monsieur le président, l'homme étant pris, il sera facile à la justice de connaître sa vie jusqu'en ses moindres détails. Mais, dès maintenant, cette vie monstrueuse, on peut la résumer ainsi, en ne tenant compte que de la partie criminelle et en laissant de côté trois assassinats qui ne se relient par aucun fil à l'histoire de l'héritage Mornington.

«Originaire d'Alençon, élevé grâce aux soins de M. Langernault, Jean Vernocq fit la connaissance des époux Dedessuslamare, les dépouilla de leur argent, et, avant qu'ils eussent le temps de déposer une plainte contre inconnu, les amena dans une grange du village de Formigny, où, désespérés, inconscients, abrutis par des drogues, ils se pendirent.

«Cette grange était située dans un domaine appelé le Vieux-Château, appartenant à M. Langernault, le protecteur de Jean Vernocq. M. Langernault était malade à ce moment. Au sortir de sa convalescence, comme il nettoyait son fusil, il reçut au bas-ventre toute une décharge de gros plombs. Le fusil avait été chargé à l'insu du bonhomme. Par qui? Par Jean Vernocq, lequel avait en outre, la nuit précédente, vidé le coffre de son protecteur.

«À Paris, où il vint jouir de la petite fortune ainsi amassée, Jean Vernocq eut l'occasion d'acheter à un coquin de ses amis des papiers qui attestaient la naissance et les droits de Florence Levasseur sur tout héritage provenant de la famille Roussel et de Victor Sauverand, papiers que cet ami avait jadis dérobés à la vieille nourrice qui avait amené Florence d'Amérique. À force de recherches, Jean Vernocq finit par retrouver d'abord une photographie de Florence, puis Florence elle-même. Il lui rendit service, affecta de se dévouer à elle et de lui consacrer sa vie. À ce moment, il ne savait pas encore quel bénéfice il tirerait des papiers dérobés à la jeune fille et de ses relations avec elle, mais subitement tout changea. Ayant appris par l'indiscrétion d'un clerc de notaire la présence dans le tiroir de maître Lepertuis d'un testament qui devait être curieux à connaître, il obtint, de ce clerc de notaire (qui depuis a disparu), il obtint, contre la remise d'un billet de mille francs, que ce testament lui fût communiqué. Or, c'était précisément le testament de Cosmo Mornington. Et précisément Cosmo Mornington léguait ses immenses richesses aux héritiers des sœurs Roussel et de Victor Sauverand.

«Jean Vernocq tenait son affaire. Deux cents millions! Pour s'en emparer, pour conquérir la fortune, le luxe, la puissance, et le moyen d'acheter aux grands guérisseurs du monde la santé et la force physique, il suffisait, d'abord de supprimer toutes les personnes qui s'interposaient entre l'héritage et Florence, puis, quand tous les obstacles seraient abolis, d'épouser Florence.

«Et Jean Vernocq se mit à l'œuvre. Il avait fini par trouver dans les papiers du père Langernault, ancien ami d'Hippolyte Fauville, des détails sur la famille Roussel et sur le désaccord du ménage Fauville. Somme toute, cinq personnes seulement le gênaient; en première ligne, naturellement, Cosmo Mornington, puis, dans l'ordre de leurs droits, l'ingénieur Fauville, son fils Edmond, sa femme Marie-Anne et son cousin Gaston Sauverand.

«Avec Cosmo Mornington ce fut aisé. S'étant introduit comme docteur chez l'Américain, il versa le poison dans une des ampoules que celui-ci destinait à ses piqûres.

«Mais avec Hippolyte Fauville, auprès de qui il s'était recommandé du père Langernault et sur l'esprit duquel il avait rapidement pris une influence inouïe, Jean Vernocq joua la difficulté. Connaissant d'une part la haine de l'ingénieur contre sa femme, et le sachant d'autre part atteint de maladie mortelle, ce fut lui qui, à Londres, au sortir d'une consultation de spécialiste, insinua dans l'âme épouvantée de Fauville cet incroyable projet de suicide, dont vous avez pu suivre, après coup, l'exécution machiavélique. De la sorte et d'un seul effort, anonymement comme on l'a dit, sans être mêlé à l'aventure, sans même que Fauville eût conscience de l'action exercée sur lui, Jean Vernocq supprimait Fauville et son fils, et se débarrassait de Marie-Anne et de Sauverand en rejetant diaboliquement sur eux toutes les charges de cet assassinat dont personne au monde ne pouvait l'accuser, lui, Jean Vernocq.

«Et le plan réussit.

«Dans le présent, une seule anicroche: l'intervention de l'inspecteur Vérot. L'inspecteur Vérot mourut.

«Dans l'avenir, un seul danger, mon intervention à moi, don Luis Perenna, dont Vernocq devait prévoir la conduite puisque Cosmo Mornington me désignait comme légataire universel. Ce danger, Vernocq voulut le conjurer, d'abord en me donnant comme habitation l'hôtel de la place du Palais-Bourbon, et comme secrétaire Florence Levasseur, puis en cherchant quatre fois à m'assassiner par l'intermédiaire de Gaston Sauverand.

«Ainsi il tenait dans ses mains tous les fils du drame. Maître de mon domicile, s'imposant à Florence, et plus tard à Sauverand, par la force de sa volonté et par la souplesse de son caractère, il approchait du but. Mes efforts ayant abouti à démontrer l'innocence de Marie-Anne Fauville et de Gaston Sauverand, il n'hésita pas. Marie-Anne Fauville mourut. Gaston Sauverand mourut.

« Donc, tout allait bien pour lui. On me poursuivait. On poursuivait Florence. Personne ne le soupçonnait. Et le terme fixé pour la délivrance de l'héritage arriva.

« C'était avant-hier. À ce moment, Jean Vernocq se trouvait au cœur même de l'action. Malade, il s'était fait admettre à la clinique de l'avenue des Ternes, et, de là, grâce à son influence sur Florence Levasseur, et par des lettres adressées de Versailles à la mère supérieure, il dirigeait l'affaire. Sur l'ordre de la supérieure, et sans connaître le sens de la démarche qu'elle accomplissait, Florence se rendit à la réunion de la Préfecture, et apporta les documents mêmes qui la concernaient. Pendant ce temps, Jean Vernocq quittait la maison de santé et se réfugiait près de l'île Saint-Louis, où il attendait la fin d'une entreprise qui, au pis-aller, pouvait se retourner contre Florence, mais qui, en aucun cas, semblait-il, ne pouvait, lui, le compromettre.

« Vous savez le reste, monsieur le président, acheva don Luis. Florence, bouleversée par la vision subite de son rôle inconscient dans l'affaire, et surtout du rôle épouvantable qu'y jouait Jean Vernocq, Florence s'échappa de la clinique où M. le préfet l'avait conduite sur ma demande. Elle n'avait qu'une idée: revoir Jean Vernocq, exiger de lui une explication, entendre de lui le mot qui justifie. Le soir même, sous prétexte de montrer à Florence les preuves de son innocence, il l'emportait en automobile. Voilà, monsieur le président. »

Valenglay avait écouté avec un intérêt croissant cette sombre histoire du génie le plus malfaisant qu'il fût possible d'imaginer. Et peut-être l'avait-il écoutée sans trop de malaise, tellement elle illuminait, par opposition, le génie clair, facile, heureux, et si spontané, de celui qui avait combattu pour la bonne cause.

« Et vous les avez retrouvés ? dit-il.

— Hier soir à trois heures, monsieur le président. Il était temps. Je pourrais même dire qu'il était trop tard, puisque Jean Vernocq commença par m'expédier au fond d'un puits et par écraser Florence sous un bloc de pierre.

— Oh ! oh ainsi vous êtes mort ?

— De nouveau, monsieur le président.

— Mais Florence Levasseur, pourquoi ce bandit voulait-il la supprimer ? Cette mort anéantissait son indispensable projet de mariage.

— Il faut être deux pour se marier, monsieur le président. Or, Florence refusait.

— Eh bien ?

— Jadis Jean Vernocq avait écrit une lettre par laquelle il laissait tout ce qui lui appartenait à Florence Levasseur. Florence, toujours émue de pitié pour lui, et ne sachant pas d'ailleurs l'importance de son acte, avait écrit la même lettre. Cette lettre constitue un véritable et inattaquable testament en faveur de Jean Vernocq. Héritière légale et définitive de Cosmo Mornington par le seul fait de sa présence à la réunion d'avant-hier et par l'apport des documents qui prouvent sa parenté avec la famille Roussel, Florence, morte, transmettait ses droits à son héritier légal et définitif. Jean Vernocq héritait sans contestation possible. Et comme, faute de preuves contre lui, on eût été obligé de le relâcher après son arrestation, il aurait vécu tranquille, avec quatorze assassinats sur la conscience (j'ai fait le compte), mais avec deux cents millions dans sa poche. Pour un monstre de son espèce, ceci compensait cela.

— Mais, toutes ces preuves, vous les avez ? s'écria vivement Valenglay.

— Les voici, fit Perenna en montrant le porte-feuille de cuir marron qu'il avait pris dans le veston de l'infirme. Voici des lettres et des documents que le bandit a conservés par une aberration commune à tous les grands malfaiteurs. Voici, au hasard, sa correspondance avec M. Fauville. Voici l'original du prospectus par lequel on me signala que l'hôtel de la place du Palais-Bourbon était à vendre. Voici une note concernant les voyages que Jean Vernocq fit à Alençon, pour y intercepter les lettres de Fauville au père Langernault. Voici une autre note qui prouve que l'inspecteur Vérot avait surpris une conversation entre Fauville et son complice, qu'il avait dérobé la photographie de Florence, et que Vernocq avait lancé Fauville à sa poursuite. Voici une troisième note qui n'est qu'une copie des deux notes trouvées dans le tome huit de Shakespeare, et qui montre que Jean Vernocq, à qui ces volumes de Shakespeare appartenaient, connaissait toute la machination de Fauville. Voici une quatrième note très curieuse, et d'une psychologie remarquable, où il montre le mécanisme de son emprise sur Florence. Voici sa correspondance avec le Péruvien Cacérès, et des lettres de dénonciation qu'il devait envoyer aux journaux contre moi et contre le brigadier Maze-roux. Voici... Mais est-il besoin, monsieur le président, de vous en dire davantage? Vous avez entre les mains le dossier le plus complet. La justice constatera que toutes les accusations que j'ai portées, avant-hier, devant M. le préfet de police, étaient rigoureusement exactes. »

Valenglay s'écria :

« Et lui ! lui, où est-il, ce misérable?

— En bas, dans une automobile, dans son automobile plutôt.

— Vous avez prévenu mes agents? dit M. Des-malions avec inquiétude.

— Oui, monsieur le préfet. D'ailleurs, l'homme

est soigneusement ligoté. Rien à craindre. Il ne s'évadera pas.

— Allons, dit Valenglay, vous avez tout prévu, et l'aventure me semble bien terminée. Un problème cependant reste obscur, celui peut-être qui a le plus passionné l'opinion. Il s'agit de la marque des dents sur la pomme, des dents du tigre, comme on a dit, et qui étaient celles de Mme Fauville, innocente pourtant. M. le préfet affirme que vous avez résolu ce problème.

— Oui, monsieur le président, et les papiers de Jean Vernocq me donnent raison. Le problème est d'ailleurs très simple. Ce sont bien les dents de Mme Fauville qui ont marqué le fruit, mais ce n'est pas Mme Fauville qui a mordu dans le fruit.

— Oh! oh!

— Monsieur le président, c'est à peu de chose près, la phrase par laquelle M. Fauville a fait allusion à ce mystère dans sa confession publique.

— M. Fauville était un fou.

— Oui, mais un fou lucide, et qui raisonnait avec une logique terrifiante. Il y a quelques années, à Palerme, Mme Fauville est tombée si malencontreusement que sa bouche porta contre le marbre d'une console, et que plusieurs de ses dents, en haut comme en bas, furent ébranlées. Pour réparer le mal, c'est-à-dire pour fabriquer l'attelle d'or destinée à consolider, et que Mme Fauville garda durant plusieurs mois, le dentiste prit, suivant l'habitude, le moulage exact de l'appareil dentaire. C'est ce moulage que M. Fauville avait conservé par hasard et dont il se servit la nuit de la mort pour imprimer dans la pomme la marque même des dents de sa femme. C'est ce même moulage que l'inspecteur Vérot avait pu dérober un moment et avec lequel, désirant garder une pièce à conviction, il avait marqué la tablette de chocolat. »

L'explication de don Luis fut suivie d'un silence. La chose était si simple en effet que le président du

Conseil en éprouvait un étonnement. Tout le drame, toute l'accusation, tout ce qui avait provoqué le désespoir de Marie-Anne, sa mort, la mort de Gaston Sauverand, tout cela reposait sur un infiniment petit détail auquel n'avait songé aucun des millions et des millions d'êtres qui s'étaient passionnés pour le mystère des dents du tigre. Les dents du tigre ! On avait adopté opiniâtrement un raisonnement en apparence inattaquable : puisque l'empreinte de la pomme et l'empreinte même des dents de Mme Fauville sont exactement semblables, comme deux personnes au monde ne peuvent théoriquement ni pratiquement donner la même empreinte, c'est que Mme Fauville est coupable. Bien plus, le raisonnement semblait si rigoureux que, à partir du jour où l'on avait connu l'innocence de Mme Fauville, le problème était resté en suspens, sans que surgît dans l'esprit de personne cette pauvre petite idée que l'empreinte d'une dent peut être obtenue autrement que par la morsure vivante de cette dent.

« C'est comme l'œuf de Christophe Colomb, dit Valenglay en riant. Il fallait y penser.

— Vous avez raison, monsieur le président. Ces choses-là, on n'y pense pas. Un autre exemple : me permettez-vous de vous rappeler qu'à l'époque où Arsène Lupin se faisait appeler à la fois M. Lenormand et le prince Paul Sernine[1], personne ne remarqua que ce nom de Paul Sernine n'était que l'anagramme d'Arsène Lupin ? Eh bien ! il en est de même aujourd'hui. Luis Perenna, c'est proprement l'anagramme d'Arsène Lupin. Les même lettres composent les deux noms. Pas une de plus, pas une de moins. Et pourtant, quoique ce fût la seconde fois, personne ne s'est avisé de faire ce petit rapprochement. Toujours l'œuf de Christophe Colomb ! Il fallait y penser ! »

1. Voir *813*.

Valenglay fut un peu surpris de la révélation. On eût dit que ce diable d'homme avait juré de le déconcerter jusqu'à la dernière minute et de l'étourdir par les coups de théâtre les plus imprévus. Et comme ce dernier peignait bien l'individu, mélange bizarre de noblesse et d'effronterie, de malice et de naïveté, d'ironie souriante et de charme inquiétant, sorte de héros qui, tout en conquérant des royaumes au prix d'aventures inconcevables, s'amusait à mêler les lettres de son nom pour prendre le public en flagrant délit de distraction et de légèreté!

L'entretien touchait à son terme. Valenglay dit à Perenna:

«Monsieur, après avoir réalisé dans cette affaire quelques prodiges, vous avez finalement tenu votre parole et livré le bandit. Je tiendrai donc ma parole, moi aussi. Vous êtes libre.

— Je vous remercie, monsieur le président. Mais le brigadier Mazeroux?

— Il sera relâché ce matin. M. le préfet de police s'est arrangé de telle sorte que vos deux arrestations ne soient pas connues du public. Vous êtes don Luis Perenna. Il n'y a aucune raison pour que vous ne restiez pas don Luis Perenna.

— Et Florence Levasseur, monsieur le président?

— Qu'elle se présente d'elle-même au juge d'instruction. Le non-lieu est inévitable. Libre, à l'abri de toute accusation, et même de tout soupçon, elle sera certainement reconnue comme l'héritière légale de Cosmo Mornington et touchera les deux cents millions.

— Elle ne les gardera pas, monsieur le président.

— Comment cela?

— Florence Levasseur ne veut pas de cet argent. Il a été la cause de crimes trop effroyables. Elle en a horreur.

— Et alors ?

— Les deux cents millions de Cosmo Morning-ton seront intégralement employés à construire des routes et à bâtir des écoles au sud du Maroc et au nord du Congo.

— Dans cet empire de Mauritanie que vous nous offrez ? dit Valenglay en riant. Fichtre, le geste est noble, et j'y souscris de tout cœur. Un empire et un budget d'empire... En vérité, don Luis s'est acquitté largement envers son pays... des dettes d'Arsène Lupin. »

Huit jours plus tard, don Luis Perenna et Maze-roux s'embarquaient sur le yacht qui avait amené don Luis en France. Florence les accompagnait.

Avant de partir, ils apprenaient la mort de Jean Vernocq, qui, malgré les précautions prises, avait réussi à s'empoisonner.

Arrivé là-bas, don Luis Perenna, sultan de Mauri-tanie, retrouva ses anciens compagnons, et accré-dita Mazeroux auprès d'eux et auprès de ses grands dignitaires. Puis, tout en organisant l'état de choses qui devait suivre son abdication et précéder l'occu-pation du nouvel empire par la France, il eut, sur les confins du Maroc, plusieurs entrevues secrètes avec le général Lauty, chef des troupes françaises, entrevues au cours desquelles furent arrêtées en commun toutes ces mesures dont l'exécution pro-gressive donne à la conquête du Maroc une aisance inexplicable autrement. Dès maintenant, l'avenir est assuré. Un jour, quand l'instant sera venu, le fragile rideau de tribus en révolte qui voile les régions pacifiées tombera, découvrant un em-pire ordonné, régulièrement constitué, sillonné de routes, muni d'écoles et de tribunaux, en pleine exploitation et en pleine effervescence.

Puis, son œuvre accomplie, don Luis abdiqua et revint en France.

Il est inutile de rappeler le bruit que provoqua

son mariage avec Florence Levasseur. De nouveau, les polémiques recommencèrent, et plusieurs journaux réclamèrent l'arrestation d'Arsène Lupin. Mais que pouvait-on ? Bien que personne ne doutât de sa véritable personnalité, bien que le nom d'Arsène Lupin et le nom de don Luis Perenna fussent composés des mêmes lettres, et que cette coïncidence eût fini par être remarquée, légalement Arsène Lupin était mort, et légalement don Luis Perenna existait, sans que l'on pût ni ressusciter Arsène Lupin ni supprimer don Luis Perenna.

Il habite aujourd'hui le village de Saint-Maclou, parmi les vallons gracieux qui descendent vers les rives de l'Oise. Qui ne connaît sa très modeste maison, teintée de rose, ornée de volets verts, entourée d'un jardin aux fleurs éclatantes ? Le dimanche, on s'y rend en partie de plaisir, dans l'espérance de voir à travers la haie de sureaux, ou de rencontrer sur la place du village, celui qui fut Arsène Lupin.

Il est là, la figure toujours jeune, l'allure d'un adolescent. Et Florence est là aussi avec sa taille harmonieuse, avec l'auréole de ses cheveux blonds et son visage heureux, que n'effleure même plus l'ombre d'un mauvais souvenir.

Parfois, des visiteurs viennent frapper à la petite barrière de bois. Ce sont des infortunés qui implorent le secours du maître. Ce sont des opprimés, des victimes, des faibles qui ont succombé, des exaltés que leurs passions ont perdus. À tous ceux-là don Luis est pitoyable. Il leur prête son attention clairvoyante, l'aide de ses conseils, son expérience, sa force, son temps même au besoin.

Et souvent aussi c'est un émissaire de la Préfecture, ou bien quelque subalterne de la police qui vient soumettre une affaire embarrassante. Et là encore don Luis prodigue les ressources inépuisables de son esprit. En dehors de cela, en dehors de ses vieux livres de morale et de philosophie qu'il a retrouvés avec tant de plaisir, il cultive son jardin. Ses fleurs le passionnent. Il en est fier. On n'a pas oublié le succès obtenu, à l'exposition d'horticulture, par le triple œillet alterné de rouge et de jaune qu'il présenta sous le nom d'«œillet d'Arsène».

Mais son effort vise de grandes fleurs, qui fleurissent en été. En juillet et en août, les deux tiers de son jardin, toutes les plates-bandes de son potager, en sont remplis. Superbes plantes ornementales, dressées comme des hampes de drapeaux, elles portent orgueilleusement des épis entrecroisés aux couleurs bleue, violette, mauve, rose, blanche, et justifient le nom qu'il a donné à son domaine, le «Clos des lupins».

Toutes les variétés du lupin s'y trouvent, le lupin de Cruikshanks, le lupin bigarré, le lupin odorant, et le dernier paru, le lupin de Lupin.

Ils sont tous là, magnifiques, serrés les uns contre les autres comme les soldats d'une armée, chacun d'eux s'efforçant de dominer et d'offrir au soleil l'épi le plus abondant et le plus resplendissant. Ils sont tous là, et, au seuil de l'allée qui conduit à leur champ multicolore, une banderole porte cette devise, tirée d'un beau sonnet de José María de Heredia:

Et dans mon potager foisonne le lupin.

C'est donc un aveu? Pourquoi pas? N'a-t-il pas dit, dans une récente interview:

«Je l'ai beaucoup connu. Ce n'était pas un méchant homme. Je n'irai pas jusqu'à l'égaler aux sept sages de la Grèce, ni même à le proposer comme exemple aux générations futures. Mais cependant il faut le juger avec une certaine indulgence. Il fut excessif dans le bien et mesuré dans le mal. Ceux qui souffrirent par lui méritaient leur peine, et le destin les eût châtiés un jour ou l'autre s'il n'avait eu la précaution de prendre les devants. Entre un Lupin qui choisissait ses victimes dans la tourbe des mauvais riches, et tel grand financier qui dévalise et jette dans la misère la foule des petites gens, tout l'avantage ne revient-il pas à Lupin? Et, d'autre part, quelle abondance de bonnes actions! Quelles preuves de générosité et de désintéressement! Cambrioleur? Je l'avoue. Escroc? Je ne le nie pas. Il fut tout cela. Mais il fut bien autre chose que cela. Et s'il amusa la galerie par son adresse et son ingéniosité, c'est par les autres choses qu'il la passionna. On riait de ses bons tours, mais on s'enthousiasmait pour son courage, pour son audace, son esprit d'aventure, son mépris du danger, son sang-froid. sa clairvoyance, sa bonne humeur, le gaspillage prodigieux de son énergie, toutes qualités qui brillèrent à une époque où, précisément, s'exaltaient les vertus les plus actives de notre race, l'époque héroïque de l'automobile et de l'aéroplane, l'époque qui précéda la grande guerre.»

Et, comme on lui faisait remarquer:

«Vous parlez de lui au passé. Le cycle de ses aventures est donc terminé selon vous?

— Nullement. L'aventure, c'est la vie même d'Arsène Lupin. Tant qu'il vivra, il sera le centre et le point d'aboutissement de mille et une aventures. Il l'a dit un jour: "Je voudrais qu'on inscrivît sur ma tombe: *Ci-gît Arsène Lupin, aventurier.*" Boutade qui est une vérité. Il fut un maître de l'aventure. Et, si l'aventure le conduisit jadis trop souvent à fouiller dans la poche de son voisin, elle le conduisit aussi sur des champs de bataille où elle donne, à ceux qui sont dignes de lutter et de vaincre, des titres de noblesse qui ne sont pas à la portée de tous. C'est là qu'il gagna les siens. C'est là qu'il faut le voir agir, et se dépenser, et braver la mort, et défier le destin. Et c'est à cause de cela qu'il faut lui pardonner, s'il a quelquefois rossé le commissaire et quelquefois chipé la montre du juge d'instruction... Soyons indulgents à nos professeurs d'énergie. »

Et don Luis termina, en hochant la tête :

« Et puis, voyez-vous, il eut une autre vertu qui n'est pas à dédaigner, et dont on doit lui tenir compte en ces temps moroses : il eut le sourire ! »

Table

Le Livre de Poche s'engage pour
l'environnement en réduisant
l'empreinte carbone de ses livres.
Celle de cet exemplaire est de :
550 g éq. CO$_2$
Rendez-vous sur
www.livredepoche-durable.fr

PAPIER À BASE DE
FIBRES CERTIFIÉES

Composition réalisée par INTERLIGNE

Achevé d'imprimer en octobre 2014, en France sur Presse Offset par
Maury Imprimeur – 45330 Malesherbes
N° d'imprimeur : 192579
Dépôt légal 1re publication : octobre 1969
Édition 19 – octobre 2014
LIBRAIRIE GÉNÉRALE FRANÇAISE – 31, rue de Fleurus – 75278 Paris Cedex 06

30/2695/2